SEÑALES DE HUMO

Obras de Rafael Reig en Maxi

Todo está perdonado
Lo que no está escrito
Un árbol caído
Señales de humo. Manual de literatura para caníbales I
La cadena trófica. Manual de literatura para caníbales II
Para morir iguales
Amor intempestivo

RAFAEL REIG
SEÑALES DE HUMO
Manual de literatura para caníbales I

El papel utilizado para la impresión de este libro está calificado como **papel ecológico** y procede de bosques gestionados de manera **sostenible**.

1.ª edición en colección Andanzas: mayo de 2016
1.ª edición en colección Maxi: marzo de 2018
2.ª edición en colección Maxi: mayo de 2020
3.ª edición en colección Maxi: octubre de 2021
4.ª edición en colección Maxi: diciembre de 2022

© Rafael Reig, 2016

Adaptación de la cubierta: Maxi Tusquets / Área Editorial Grupo Planeta

Ilustración de la cubierta: Realización expresamente para esta edición por Patricia Bolinches. © Patricia Bolinches, 2016.

Fotografía del autor: © Itziar Guzmán / Tusquets Editores

Diseño de la colección: FERRATERCAMPINSMORALES

Reservados todos los derechos de esta edición para
Tusquets Editores, S. A. - Av. Diagonal, 662-664 - 08034 Barcelona
www.maxitusquets.com

ISBN: 978-84-9066-441-4
Depósito legal: B. 1.404-2018
Impresión y encuadernación: QP Print
Printed in Spain - Impreso en España

Queda rigurosamente prohibida cualquier forma de reproducción, distribución, comunicación pública o transformación total o parcial de esta obra sin el permiso escrito de los titulares de los derechos de explotación.

Índice

Este dolor en las articulaciones... 13

1. Una mano en la pared 19
2. Clérigos contra juglares 51
3. Una voz junto al fuego 87
4. El último centauro medieval 121
5. «Noli timere» 157
6. La invención de los intelectuales 177
7. Lo inesperable 211
8. Un arcipreste responde una carta 251
9. Un bel morir 271
10. La dificultad de ser otro 285
11. Relámpagos en zigzag 305
12. Vale más de tu jabón la espuma 345

Epílogo 373

Para Anusca. Para Violeta.
Para los amigos carpinteros.
Para los QSQ siempre.

Todo acto o voz genial viene del pueblo
y va hacia él, de frente o transmitidos
por incesantes briznas, por el humo rosado
de amargas contraseñas sin fortuna.

César Vallejo

Este dolor en las articulaciones se desencadenó hace más de treinta años, cuando me fue impuesta la tarea de trasladarme en el tiempo; ingrata responsabilidad que me ha reducido a la postración en que ahora me hallo, apartado de mi empleo y sueldo, privado de la compañía y hasta del respeto de mi propia esposa, y recluido en este turbio establecimiento sanitario, rodeado de balsámicos pinos, trinos de aves, el rumoroso arroyo, la delicada brisa y largos etcéteras, entre los que se cuenta una valla metálica que, por muy electrificada que esté, no podrá evitarme otro desplazamiento intersecular, sin duda el último para mi debilitado organismo.

Pasados los cincuenta años, el 12 de febrero de 2015, fui desposeído de una vida decorosa y apacible, puede que hasta feliz —al menos vista desde fuera—, en la que era catedrático de Lengua y Literatura en el remoto Instituto Sansón Carrasco, en Manoteras, y devoto, amantísimo esposo en un inmueble en propiedad a dos pasos de la céntrica glorieta de Quevedo, en la calle Arapiles.

Seres del porvenir, pensad en mí, deteneos a contemplar mi estado. Sentid el frío que hace fuera de la propia vida. Hermanos humanos* que viviréis después de mí, considerad cuánto duele, estando a la intemperie, ese espacio vacío que uno ocu-

---

* Era lo que suplicaban los ahorcados de la balada de Villon: «*Frères humains qui après nous vivez, / N'ayez les coeurs contre nous endurcis*» (Hermanos humanos que tras nosotros vivís, / no seáis duros de corazón con nosotros).

paba en el digno hogar casi feliz o en aquel centro docente de hormigón armado y patio de cemento; ved el hueco que deja mi silueta como recortada de una fotografía, al lado de la dulce esposa o entre las sonrisas sibilinas de los obtusos colegas y de los traviesos bachilleres. Sentid el peso apenas soportable del destino singular que me fue anunciado a los dieciocho años, cuando tuve ocasión de morir por primera vez.

Desde esta Clínica Graellsia cumplo con el deber de poner a disposición de la ciencia ciertos avatares de la enfermedad nerviosa provocada por mi juvenil suicidio y que me proporcionó, junto a indecibles padecimientos, un conocimiento fidedigno de la historia de la literatura, además de la misión de redimir a la especie humana.

En 1980, tras aprobar con excelentes calificaciones COU, cuando me disponía a afrontar la Selectividad, fui informado por las voces de la necesidad de extinguir mi vida corporal. Me refiero, claro está, a las fastidiosas voces que se dirigen a mí desde el interior de mi propio cráneo y sobre las que tendré ocasión de hablar en lo sucesivo.

Me suicidé al aire libre, a esa hora de la tarde en la que el viento empieza a mover las ramas de los árboles como si intentara transmitir un mensaje cifrado. Mis padres habían salido a cenar y les dije que iba a dar una vuelta con Zavala y Ortiz, condiscípulos en el Liceo Francés, con quienes tomé la precaución de quedar a las nueve de la noche en el bar de Tito, La Iguala, calle Alfonso X el Sabio. Me llevé todas las pastillas de Rohipnol y dejé en el armarito del baño el envase relleno con otras semejantes. Desde la muerte de mi hermano Enrique, mi madre no podía dormir sin el auxilio de un poderoso narcótico, pero hasta las once o doce de la noche no descubrirían la sustitución y entonces sería demasiado tarde: aguas abajo por el río Estigia, ya me habría desvanecido en el reino de las sombras.

No escribí ninguna nota. Eso ya lo había hecho mi hermano, con resultados tan deficientes que hicieron necesaria mi propia intervención.

Era el 28 de junio de 1980 cuando salí de casa decidido a no volver. Miradme, hermanos humanos del mañana, entrando en el bar La Iguala, donde aún no había nadie a las siete de la tarde y Tito, el propietario, no había dado comienzo a su inspección ritual de nalgas. A las mujeres, Tito sólo les miraba el culo, aunque con tanta intensidad como si quisiera aprenderse cada uno de ellos de memoria. Era un coleccionista y era también un contemporáneo, pues sólo en la segunda mitad del siglo XX empezó a concederse cada vez menos crédito a las glándulas mamarias para depositar a cambio una acendrada fe (de carbonero) en las esquinas y siempre comprometidas posaderas.

Consumí un coñac Gladiador y pedí una Fanta de litro para llevar.

Entonces oí de nuevo aquella voz desconocida que se dirigió a mí en tono amable y, tengo que admitirlo, bastante persuasivo: «¿No te resultaría maravilloso experimentar las sensaciones de una mujer en el transcurso de un coito?». Rechacé con violencia aquella infame proposición y me sentí avergonzado, porque lo cierto es que, pocos meses antes, cuando murió mi hermano, a mí mismo se me había ocurrido la idea de que sería muy agradable sentir lo que siente una mujer al ser poseída; idea que en el acto me produjo repulsión y una inmediata sensación de alarma y abismo.

Bajo el puente de Eduardo Dato encontré un banco, al costado del Instituto Fortuny. Decían que aquello era un museo de escultura al aire libre, pero no había más que escombros, cascotes, alambres retorcidos y bloques de cemento, todo ello con unos letreros que titulaban con nombres rimbombantes: «Estructura permutacional», «Estela de Venus», *«La petite faucille»*, «Estructuración hiperpoliédrica del espacio», etc. La obra de arte de vanguardia que me tocó al lado era una enorme esfera de bronce partida en dos, como un melocotón cuyo hueso se hubiera quedado entero en una de las mitades, de la que sobresalía un rechoncho pene prehistórico a punto de introducirse en el agujero de la otra mitad. El correspondiente letrero decía: «Unidades-Yunta».

En la mitad vaginal alguien había pintado con aerosol un semicírculo atravesado por un solo radio en su interior, algo parecido a la huella que dejaría sobre la arena un pájaro marino: un albatros, un cormorán, una gaviota, un pelícano o un largo etcétera.

Entre las mitades separadas a cuchillo iba a caer, honda y rosada, casi inmóvil, la tarde del último día de mi vida. Bajo aquel puente nunca pasaba nadie hasta que oscurecía y aparecían algunas prostitutas y numerosos travestis, que descubrirían mi cadáver, aunque no avisarían a las autoridades, para no meterse en líos. Abandoné el banco y me senté en el pedestal de las Unidades-Yunta, y comencé a tragar pastillas con ayuda de la Fanta y un cigarrillo, el último de mi existencia terrenal, que, ¡cruel ironía del destino!, resultó ser un Fortuna.

A la indecisa luz de las ocho y media la vi acercarse con paso ligero, como si llegara tarde a una cita. Venía hacia mí con la minifalda negra reglamentaria en el Madrid de aquella década, muslos de estatua bajo medias también negras, cazadora de cuero y uno de esos sobres grandes en los que entregan las radiografías en los hospitales. Aún llevaba puestas unas Ray-Ban Wayfarer aquella desconocida. Era mayor que yo y más alta, con una cola de caballo y unos pechos cuya abundancia remitía a épocas pretéritas. Esa sería la última persona que verían mis ojos, aquellos ojos míos de 1980, y yo no podría ver los suyos. Nunca sabría cómo se llamaba, adónde iría, qué parte de su esqueleto llevaría fotografiada en aquel sobre. *Ne te verrai-je plus que dans l'éternité?**

Al llegar a mi altura se quitó las Ray-Ban y me miró. Tenía un lunar bajo el pómulo derecho, cerca de los labios. Sus ojos azulados recorrieron mis temblorosos dieciocho años y mi cuerpo entre las dos mitades del melocotón de bronce, como si me hubiera propuesto impedir con mi cadáver atravesado el triste pero inevitable acoplamiento del escaso pene paleolítico y su amplia vagina cóncava y rupestre.

Entonces la desconocida sonrió y nuestras miradas se encontraron, provocando en mi organismo una descarga eléctrica que duró hasta que volvió a ponerse las gafas y siguió andando. «*Ô toi que j'eusse aimée, ô toi qui le savais!*»,** recité y cerré los ojos para no verle el culo, porque no quería parecerme a Tito, el de La Iguala, ya que detestaba el tiempo en que me había tocado vivir.

Me tomé la última pastilla y adopté lo que en las aeronaves se llama «posición de seguridad», la propia también, según mis informaciones, de los fetos *nascituri* en el interior de sus madres. Oía las ramas de los árboles sacudidas por un viento envolvente como líquido amniótico y escuchaba el latido de mi corazón,

---

* «¿No volveré a verte más que en la eternidad?», se preguntaba Baudelaire ante la fugitiva belleza de *une passante* o transeúnte. Mi familiaridad con el poeta, a cuyos nervios he tenido acceso con frecuencia, me asegura que la eternidad a la que se refería es el infierno, lo que indica que no vio a la viandante en un barrio residencial, puesto que daba por hecha su condenación, sino en un lugar semejante al que me encontraba yo.

** «¡Oh tú a quien yo habría amado, oh tú que lo sabías!», Charles Baudelaire, «*À une passante*».

cada vez más lento, como ese último hilo de agua que gotea obstinado del grifo tras cerrar la llave de paso.

Según mis propios cálculos, una muerte, cualquier muerte, dura y duele mucho más que quince vidas sucesivas.

1
Una mano en la pared

Of all the barbarous middle ages, that
Which is most barbarous is the middle age
Of man! It is—I really scarce know what.

¡De todas las bárbaras edades medias,
la más bárbara es la mediana edad
de un hombre! Es..., apenas sé lo que es.

BYRON, *Don Juan*, canto XII

En el nombre de la santa Trenidat, Padre, Fijo, e Spíritu Santo, tres personas e un solo Dios verdadero, sin el cual cosa nin puede ser bien fecha, ni bien dicha, començada, mediada, nin finida; eso iba diciendo en mi interior, y supe de inmediato que estaba en el año 1453, en el reinado del muy prepotente don Juan el segundo, y era el 28 de mayo. Llevábamos demasiadas horas doblando el lomo y removiendo tierra con la azada. Sabía que mi compañero, Marcos Gómez, era sanguíneo, que es una de las cuatro complisiones de los hombres, según sus cualidades e la constelación de sus planetas, siendo yo en cambio malenconioso e por ende triste, pensativo e muy dado a hablar en susurros. A Marcos le correspondía el aire, húmido e caliente, e por ende de toda alegría es amigo e ríe de grado, e toma plazer con toda cosa y en el su coraçón reyna la piedad; a mí, en cambio, diéronme los astros el cuarto elemento, la tierra, fría e seca, e que hace por lo mismo a los malencónicos dar tantas veces de la cabeza a la pared y así vivimos tan sin tiento nin mesura.

El castillo ya hacía sombra sobre el suelo y en el pico de La Jarosa el sol poniente cubría de sangre el negro pinar. Sabía el nombre de aquellos montes, conocía aquellas matas y el tamaño que bajo tierra habrían alcanzado las cebollas, y me daba cuenta, sin poder explicarlo todavía, de que se había producido una intersección, *quasi dicat,* como si dijera, una confluencia entre mis nervios y los de aquel pechero medioeval en cuyo cuerpo estaba alojado, Antón, hijo de un arcipreste al que llamaba tío. Por eso sabía leer y escribir en latín y en romance, mientras que Marcos era un destripaterrones corpulento y tenía un ojo glauco, cubierto por un velo grisáceo. A mí, con dieciocho años, me faltaban dos piezas dentales y no podía dejar de comprobarlo con la lengua cada pocos minutos. Arranqué una vaina que estaba abierta y Marcos se santiguó incontinenti: era cosa de brujas, que se las llevaban para sus conjuros y pronosticaciones. Por eso decíamos que eran habas contadas cuando algo no tenía remedio, como si una de ellas lo hubiera leído y calculado en las habas sobre la palma de su mano. En la vaina en cambio las habas eran inofensivas y sin complicaciones: por eso Marcos soltaba la risa cuando le decían que era un bavieca y más simple que una mata de habas. Con todo el cuerpo, así se reía Marcos, como si estornudara; sus mandíbulas provocaban una agitación que se transmitía de la barriga a los pies, de las manos a las asentaderas. Ni él ni yo (hago referencia al cuerpo de Antón Sánchez, en el que residían entrelazados nuestros haces nerviosos) habíamos ido nunca más allá de lo que alcanzaba la vista, unas seis o siete leguas; ni lo echábamos de menos, aunque nada nos gustaba tanto como escuchar a quien venía de lejos. Los viajeros contaban historias nunca oídas y todo lo maravilloso sucedía siempre en tierras lejanas.

—¿Sabes que mañana se acaba la Edad Media? —se me ocurrió decirle.

—La vida pasa como un soplo y no subsiste, pero tú aún eres mozo, Antón, y antes se acaba el diente que la simiente —meció Marcos los hombros y engrameó la tiesta.

—Se acaba esta forma de vida, Marcos. Alguien dejará abierta una poterna en la muralla y Constantinopla caerá en manos del Turco. Mañana mismo.

Volvió a santiguarse y dijo:

—A ti el sol te ha soltado los sesos.

—Mañana martes terminará todo. Después de muerto, el emperador Constantino Paleólogo será decapitado y los turcos se quedarán su cabeza embalsamada: nosotros sólo podremos enterrar un cuerpo sin rostro, ni siquiera habrá una frente sobre la que hacer la señal de la Cruz. La imprenta de tipos móviles ya está funcionando en Mainz. Cristóbal Colón descubrirá unas Yndias equivocadas. Luego vendrá el Renacimiento, Marcos, y un día, gracias a la guillotina, todos seremos iguales e con los mismos derechos.

El humo de su ojo izquierdo se oscureció, casi endrino, áspero como una ciruela silvestre, y se puso a dar voces:

—¡Escupe, Antón, escupe! ¡Echa fuera de ti al Enemigo! Tú estás poseído, ¡arrodíllate, Antón Sánchez! —me ofreció dos dedos cruzados para que los besara como exorcismo.

—Comprobaremos que es la Tierra la que gira alrededor del Sol, ya lo verás.

Arrojó al suelo la azada y echó a correr hacia el pueblo, dejándome allí de pie, solo, orilla el Manzanares, bajo la luz declinante del penúltimo atardecer de la Edad Media.

Salí corriendo sin mirar atrás, en dirección contraria, hacia La Camorza: Antón sabía adónde iba. La intersección de nuestros nervios me hacía ser aquel campesino sin dejar de ser al mismo tiempo el joven que agonizaba en Madrid, bajo el puente de la Castellana. Poco después las pegajosas jaras me azotaban las piernas y las zarzas me cubrían de arañazos, pero cada zancada cuesta arriba aumentaba las posibilidades de encontrar árboles, rocas, matorrales, cuevas, algo que no fuera aquel campo raso en el que todo quedaba a la vista. Fui ganando altura hasta que vi un prado, verde e bien sencido, lugar cobdiciadero para omne cansado, pero Antón no quería detenerse y seguí hacia un oscuro robledal, en el que no quería meterme, pero al que me empujaba la impaciencia de Antón. Él también tenía miedo, porque oía dentro de la cabeza un confuso rumor de oraciones en latín corrompido y jaculatorias en romance. Lo que más le asustaba no era que le persiguieran (nadie subiría de noche a la Peña Sacra, donde ya había druidas y brujas siglos antes de que Nuestro Señor Ihesu Christo nos redimiera con su sangre), sino lo que él en secreto deseaba encontrar entre aquellos robles de corteza plateada. Seguí adelante, temblándome la contera. No había linde ni cercado ni orilla, no podía saber con qué paso dejaba de estar fuera y a salvo, o ya estaba dentro y en peligro; pero llegó un momento en el que supe que ya no podría hallar el camino de vuelta. Estaba en el corazón del bosque, dentro de una burbuja de tiniebla, donde no había horizonte, sino sólo un azogado cielo cóncavo que trastocaba arriba y abajo, delante y detrás, antes y después. Cada pocos pasos la luna centelleaba en el tronco de un árbol distinto, siempre muy separados entre sí, como trazando un camino imposible de recorrer, un trayecto en espiral que sólo conducía más adentro. Aquello era un laberinto, pues de sí mismo, ¿quién será capaz de encontrar la salida?

Oí una voz de mujer que cantaba en la oscuridad. Cesó el viento y los pájaros interrumpieron su vuelo, inmóviles, suspendidos en un firmamento de piedra; la luna ya no crecía, era un latido en vilo, como la gota de lluvia que nunca termina de caer de la hoja.

¿Qué faré, mamma?
Meu al-habib est ad yana.*

Sonaba como si saliera de un cántaro de barro, muy hondo y muy oscuro, y parecía a punto de convertirse en grito, sin dejar nunca de ser canción.

Quise preguntar qué era lo que estaba cantando, pero me retuvo el hecho de que Antón sabía la respuesta y la canturreó en mi lóbulo frontal con un viejo romance:

Yo no digo esta canción
sino a quien conmigo va.

Había un humo rosado, un viento suave de atardecer deshecho entre los dedos, y entonces, junto a una piedra plana, la vi.

Aquella mujer estaba acuclillada, con el culo apoyado en los talones y las manos sobre las rodillas, sujetando la saya reman-

---

* «¿Qué haré, madre? / Mi amado está a la puerta.»

gada. Pensé que estaría orinando. O lo pensó Antón, ya no recuerdo. Llevaba un harapo pardo que la cubría de cuello para abajo y, en esa postura, parecía que su cuerpo estuviera metido dentro de una campana. Tenía el pelo negro, con reflejos de cobre, y enmarañado, y sus ojos luminosos titilaban como charcos en los que acabara de caer una piedra pequeña. Levantó la mano derecha mostrándome la palma. No supe si era un saludo, una señal o una amenaza; si me cerraba el paso o me invitaba a acercarme. Fue el sistema nervioso de Antón el que se puso en movimiento hacia ella. Mis propios nervios alzaron la mano derecha con la palma extendida.

Seguí a aquella mujer hasta que alcanzamos un claro del bosque en el que ardía una hoguera. Alrededor del fuego habría hasta veinte personas, jóvenes y viejos; unos tañían, otros cantaban y bailaban, y había tres ancianas que removían un caldero humeante. Reconocí el miedo de Antón: mi vida tampoco valía una arveja y sólo pensaba en mi casa e mi viña.

La mujer me invitó a sentarme a su lado.

—Soy Martina —me dijo, y apretó la palma de su mano contra la mía.

—Soy Antón —respondí.

Aún ahora, en esta apacible, alpina y tenebrosa clínica, y bajo el imperio hipnótico del doctor Borrallo, puedo recordar al escribir el tacto y el contorno de su mano abierta, las líneas de su destino sobre las mías, apretadas unas contra otras, la voz nublada de Martina y la luz zodiacal* de sus ojos garzos.

El primer sitio al que me llevó mi abuelo Benito fue al interior de una cueva, hacia 1970, tendría yo unos ocho años. Él

---

* Esa vaga claridad de aspecto fusiforme que se ve ciertas noches, después del ocaso o antes del amanecer, inclinada sobre el horizonte. Así define el diccionario la luz zodiacal, aunque sólo la he encontrado en las pupilas de Martina.

era alcalde de Cangas de Onís y ya no iba armado, aunque conservaba en casa su Astra 400. Descendimos con ayuda de cuerdas y alumbrados por linternas.

Altamira la encontró por casualidad en 1868 un cazador que buscaba a su perro. Cien años después, en 1968, un grupo de jóvenes, al bajar al Pozu'l Ramu, descubrió unas pinturas en las paredes. Entre ellos se encontraba Celestino Fernández Bustillo, que murió a los pocos días en un accidente de montaña y en cuyo honor aquellas cuevas se llamaron de Tito Bustillo.

Bajo tierra, lo primero que atrajo mi atención fue lo que mucho más tarde supe que se llamaba el Camarín de las Vulvas. Se trata de un pequeño recinto cuyas paredes y techo están cubiertos de representaciones esquemáticas de genitales femeninos, dibujados con pintura rojiza sobre la roca.

Hasta un niño de ocho años se daba cuenta de que aquello eran chochos, voraces vulvas voladoras, bandadas de chuminos que oscurecen el cielo, rajas, coños, algunos con vello púbico, entreabiertos; otros cerrados a cal y canto; todos iguales y al mismo tiempo cada uno diferente, único, inolvidable.

Después de mi suicidio, cuando desperté en la clínica de la doctora Cuétara, recordé que una de aquellas vulvas era la misma que vi pintada con spray en las Unidades-Yunta, antes de que apareciera la belleza fugaz de una viandante con gafas Ray-Ban (Emilia Montalvo, que me salvó la vida y se convirtió en mi esposa, y era enfermera en una pequeña clínica; por eso transportaba radiografías).

Aunque mi abuelo no me soltaba de la mano, al ver aquello me sentí en peligro, bajo el influjo de una amenaza que entonces era para mí de naturaleza desconocida.

¿Qué era aquella habitación? ¿Una cámara nupcial? ¿Una capilla? ¿Una colección semejante a la que atesoraba Tito, el de La Iguala? ¿Un altar de sacrificios? ¿Una sepultura?

Seguí recorriendo las galerías de la sima kárstica, contemplé la cúpula de La Cuevona, iluminada por una apertura cenital, vi ciervos, un reno, caballos al galope y aquel caballo negro que a veces sueño que pinto a lápiz en un cuaderno escolar.

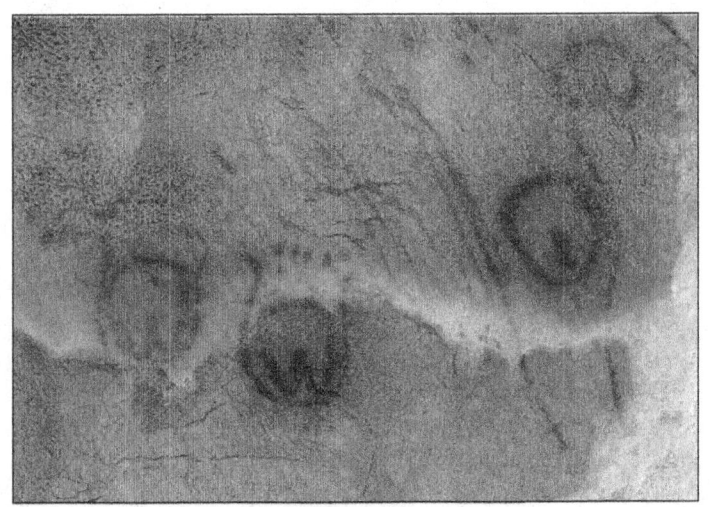

Y de pronto me encontré con la mano.

Hace 20.000 años una mujer apoyó su mano derecha abierta sobre la roca caliza y, con una caña, sopló pintura roja sobre ella. Ahí seguía, tendida, ante los asombrados ojos de mis ocho años, conservada mediante una aleación indeleble de óxido de hierro, manganeso, arcilla, calcita, cuarzo, grasa de un animal y huesos calcinados.

Así empieza todo, gente del porvenir, chicas y chicos del Sansón Carrasco.

Quien haya visto en el macizo de Ardines el Camarín de las Vulvas no podrá negar la afinidad entre la pintura rupestre y el arte mingitorio. El impulso creador no es otra cosa que escribir tras la puerta de un lavabo JUAN ESTUVO AQUÍ, o TONI AMA A PAQUI, o LOLA LA CHUPA. El arte sólo es un nombre en un muro, un corazón en la corteza de un árbol, una mano en la pared.

Cuando el ingeniero militar aragonés Roque Joaquín Alcubierre excavó, a mitad del XVIII, aquellas dos ciudades que llevaban dieciséis siglos enterradas bajo la ceniza, Herculano y Pompeya, encontró en todas las paredes centenares de pintadas parecidas:*

HIC EGO BIS FVTVI (Aquí follé dos veces).

HARPHOCRAS HIC CVM DRAVCA BENE FVTVIT DENARIO (Aquí folló bien Harphocras con Drauca por un denario).

RVFA ITA VALE QUARE BENE FELAS (Que te vaya tan bien como la chupas, Rufa).

RESTETVTA PONE TVNICA ROGO REDES PILOSA CON [NNVM] (Restituta, súbete la túnica y enséñame los pelos del coño).

Alguna más melancólica:

MESSIUS HIC NIHIL FVTVIT (Aquí Messius no folló nada).

Y otra más curiosa:

AMAT QUI SCRIBET PEDICATVR QUI LEGET (Ama el que escribe, al que lee se la meten).

Hay manos en todas las cuevas del paleolítico, como hay firmas en las paredes de todos los cuartos de baño.

Y algún número de teléfono. (Es Jorge, el más gamberro, el matón, el que se va a comer el mundo: siempre hay uno en todas las clases, vamos a llamarle Jorge. Trabaja después de clase en un taller, en un supermercado, en un bar. Lo dice mirando con intención a Cristina, la exuberante que tampoco falta en ningún grupo de gente del porvenir.)

Sí, también teléfonos. Pues ya puedes cansarte de llamar (Cristina, desdeñosa).

Son la misma «palabra contra el tiempo» de la que hablaba Antonio Machado: estuve aquí, fui, existí, y no quiero que muera conmigo el mundo mío.**

Quizá mi abuelo Benito, durante la campaña del Maestrazgo, pudo verlas en el barranco de Valltorta y volvió a encontrarlas más tarde en el Pozu'l Ramu. Quizá por eso quiso enseñármelas: manos abiertas y vulvas voladoras, caballos, bisontes,

---

* Se recogieron en el voluminoso libro *Inscriptionum parietariarum pompeianarum supplementum* (1909).
** De esa rebelión escribía Antonio Machado: «¿Y ha de morir contigo el mundo tuyo, / la vieja vida en orden tuyo y nuevo? / ¿Los yunques y crisoles de tu alma / trabajan para el polvo y para el viento?».

ballenas, esa estrella que ahora vemos aún en el cielo aunque ya se apagó hace miles de años.

¿De quién son esas manos?

Las últimas dataciones efectuadas por Alistair Pike utilizando la técnica del uranio/torio aseguran que algunas pinturas de manos tienen más de 37.000 años de antigüedad. ¿Podrían entonces ser obra de neandertales? Juan Luis Arsuaga afirma: «Las elaboradas figuras de ciervos y bisontes, no creo; pero las siluetas de manos y los símbolos, ¿por qué no?».*

Lo más intranquilizador no es pensar que quien apoyó la mano en la pared fue aniquilado. No sólo él, eso es lo alarmante, porque si Arsuaga lleva razón, es el testimonio de toda una especie que desapareció, otra posible humanidad fallida, que se extinguió, pero antes quiso escribir en la puerta del lavabo: aquí estuve yo, amé, cacé, fabriqué puntas de lanza, tuve sueños que no se cumplieron.

No hay más que verlas, la inmensa mayoría son pequeñas manos de mujer.

Los primeros versos en romance también son voces de mujer. Nos hablan a diez siglos de distancia, aunque suenen como un susurro al oído. Son las *jarchas*, nuestra lírica rupestre, esa piedra lanzada al río del tiempo, la mano abierta contra la pared.

Cuando las escuché en la voz de Martina, vivas, centelleantes, llevaban desde el año 1000 entre nosotros, guijarros rodando, avena llevada por el viento, pavesas de una hoguera apagada.

Como tantas cuevas prehistóricas, las jarchas son un descubrimiento reciente y accidental. Samuel Miklos Stern estudiaba las *moaxajas*, unas composiciones en hebreo de origen árabe, cuando encontró en su interior el brillo inesperado de unos versos en romance: las jarchas. La publicación en 1948 del legendario artículo de Stern, «*Les vers finaux en espagnol dans les muwassahas hispano-hébraiques: une contribution à l'histoire du muwassaha et à l'étude du vieux dialecte espagnol mozarabe*», cambió por completo la historia de nuestra literatura. No exagera Alan

* *El País*, 14 de junio de 2012.

Deyermond al comparar las jarchas con la piedra Rosetta o con los rollos del Mar Muerto. Al año siguiente Stern encontró más jarchas en una moaxaja árabe y así, entre Stern y el arabista Emilio García Gómez, desenterraron la primitiva lírica popular románica, sepultada en composiciones cultas en árabe y hebreo.

> De los sos ojos tan fuertemientre llorando,
> tornava la cabeça e estávalos catando...

Hasta 1948 así comenzaba la literatura española para generaciones de bachilleres: con la mirada atrás del Cid al partir hacia el destierro, con aquellos «uços sin cañados» y las «alcándaras vazías», y el encuentro en Burgos con la «niña de nuef años», la marisabidilla que le dice: «Cid, en nuestro mal vos non ganades nada».

Aquel enjuto y melancólico muchacho que fui ya tuvo que estudiar en COU las jarchas y sabía que nuestra literatura no empezaba con un monumental poema épico, sino con estrofas como pedradas; no con las gestas de un héroe, sino con la voz de una mujer; no en Castilla, sino en tierra de moros; no con batallas y ejércitos, sino con cuerpos desnudos que se buscan en la penumbra.

Sobre el rotundo pedestal del *Cantar de Mío Cid* casi no queda más remedio que construir una patria, una religión verdadera, el bien común, el orden social y todas las instituciones, himnos, banderas, jerarquías y potestades correspondientes. Sobre guijarros, piedras de río, cantos rodados; con una mujer que llora, canta, suspira y sólo quiere volver a abrazar a su *habibi*, ¿qué podría haberse levantado? ¿Qué paredes de humo, qué torres de niebla, qué murallas de agua?

Así no íbamos a ninguna parte. Por eso las jarchas permanecieron escondidas e incluso en mi libro de COU apenas eran una anécdota casi a pie de página.

En cierta película de Stanley Kubrick hay un primate que por primera vez utiliza una herramienta: hace palanca con un hueso. *2001: Odisea del espacio,* yo la he visto. (Jorge, otro Jorge, en veinte años de tarima en cada curso es el mismo muchacho condenado a ver cumplidas esas minúsculas ambiciones que le han dejado concebir: la moto Bultaco, la tele de plasma, el abono en el Santiago Calderón, el piso con ventanas de carpintería metálica que dan a un descampado; siempre resignado a desear tan poca cosa.) Ésa es la película, Jorge. Pues alguien utilizó también por vez primera nuestra herramienta más valiosa, una lengua romance, para hacer algo asombroso e inolvidable.

No fue un rey ni un guerrero ni un clérigo. Ni siquiera un hombre. Fue una mujer. Ni siquiera una dama, sino una cualquiera, sin patrimonio ninguno ni más autoridad que su cuerpo y su deseo, su dolor y su miedo. Tampoco utilizó su lengua romance como instrumento de poder, como sucede en la película, donde aquel hueso se convierte en la quijada de Caín. Sólo era una mujer que deseaba algo, aunque no sabía qué: por eso necesita la canción, el poema; para descubrir qué era lo que quería. Por eso lo inventa de una forma tan natural que no parece que se le ocurra, sino que le ocurre; que no dice, sino que es.

Tenía que ser cosa de brujas en torno a la hoguera, donde se reúne la perdida gente, las cautivas almas, los egipcianos a la deriva, sin hogar ni parroquia, ante los que sólo se abre, como ante los infelices Jorges, *«l'empire familier des ténèbres futures»*.*

«Al alborear los tiempos históricos...», así empezó su primera clase don Rafael Lapesa, a quien siempre recuerdo con una larga gabardina y una boina calada casi hasta las gafas con cristales de culo de vaso. Por tanto, como solía decir don Rafael,

---

* «El imperio familiar de las tinieblas futuras», Charles Baudelaire, *Les fleurs du mal*, XIII.

al alborear los tiempos históricos, había pueblos con un idioma común asentados a ambos lados de los Pirineos. Eran *homo sapiens,* los únicos supervivientes del género *homo* tras la desaparición de nuestros hermanos neandertales en esa guerra de la que nos habla el mito de Caín y Abel.

En levante estaban los iberos; al sur, la civilización tardesia o turdetana. Poco después llegaron los fenicios, en 1100 a. de C., y fundaron Cádiz. Tras ellos, los cartagineses. En el centro se establecieron los celtas y otros como los ligures. Los celtas adoraban a los ríos, de ahí los nombres Deva y Riodeva, cuya raíz es la misma del latín *divus* o *deus.* Celtas son los nombres de Alcobendas (de *alcovindos,* corzo blanco) y Coslada (de *cosla,* avellana).

¡Pues entonces mi abuelo es celta! (Jorge no podía dejarlo pasar. Su abuelo vive en Coslada, lisiado y medio ido de la cabeza, pobre Jorge y su taller mecánico.)

Tras la segunda guerra púnica vino la romanización, de la que sólo se libró el vascuence, y sobrevivieron unas pocas palabras prerromanas que aún nos hacen soñar: abarca, aliaga, barda, barro, charco, perro, rebeco, silo, sima y un no tan largo etcétera. Parecen iberas barranco o carrasca; celtas, légamo, álamo, beleño, puerco y toro, gancho y estancar.

Los romanos traían, no sólo el derecho, la oratoria y los acueductos, sino también la fantasía griega, que se enhebró con las divinidades locales: así se convirtió Diana en las *xanas* de las fuentes y ríos de Asturias.

La latinización fue inexorable: por testigos nos quedan Quintiliano, Séneca o Marcial. El latín clásico fue deslizándose sin embargo hacia el latín vulgar, la lengua hablada por quienes no podían leer a Quintiliano (es decir la inmensa mayoría) y fragmentándose en varios dialectos romances.

A partir del año 409 algunos pueblos germánicos (vándalos, suevos, alanos) cruzan los Pirineos. Poco después Alarico, visigodo, saquea Roma. Lo que habían intentado impedir los ejércitos de Germánico y Varo ya era un hecho: habían llegado los bárbaros.

Entre el siglo I y el IV fueron dejando su rastro en el latín vulgar, donde ya no había un *bellum,* sino una *werra,* y donde el casco se convirtió en yelmo, como el *helm* germano.

Los alanos fueron exterminados y los vándalos huyeron de la Bética hacia África, dejando su huella en los poetas sevillanos, que sufren hasta la fecha una propensión crónica a utilizar el sobrenombre de Vandalio. Luego llegaron los visigodos, empujados por los francos, que destruyeron su reino de Tolosa en el siglo VI. Al principio estos arrianos, antes de la abjuración de Recaredo, apenas se mezclaban con los hispanorromanos, a los que, en cuanto empezaron a hacerlo, expusieron a dos males pegadizos e incurables que arrastraban consigo desde su tierra de neblinas y tempestades: la inspiración épica y la idea de nación.

Mientras tanto, los mahometanos iban preparando su ejército, se avecinaban tiempos difíciles: en pocos años tomaron toda España. La épica nacional considera desde entonces los tiempos godos como el paraíso original perdido. La llamada Reconquista (por más que, como recordaba Ortega, hay que tener mucho tupé para llamar Reconquista a algo que duró ocho siglos, tras una conquista conseguida en sólo siete años) no fue una vida regalada. La *Primera Crónica General* señala que «los cavalleros et los condes et aun los reys mismos paravan sus cavallos dentro en sus palatios, et aun dentro en sus cámaras donde durmién con sus mugieres». Semejante promiscuidad (y acaso zoofilia), si bien permitía acudir sin pérdida de tiempo a los rebatos, ha dejado hasta hoy una impronta indeleble en las costumbres privadas de nuestras clases dominantes. Por lo demás, estaban muy arraigadas la venganza, la ordalía, la ejecución y el asesinato político o recreativo. En las escuelas monásticas, sin embargo, los letrados escribían cronicones y obras teológicas, y los monjes copiaban manuscritos.

El romance hispánico (en cualquiera de sus dialectos) se utilizaba ya en escrituras de propiedad o notariales, porque toda escritura es de propiedad: señala qué mundo es el nuestro, cómo nos lo imaginamos, cómo queremos transformarlo. También aparece temprano en las glosas de San Millán de la Cogolla o de Silos, pero el primer uso literario de una lengua romance es el de las jarchas, un siglo antes que en el resto de España y de Europa.

Es obligado hacerse la siguiente pregunta: durante todos esos siglos, sin internet, sin tele, si un triste transistor de radio, aquellas gentes que araban los campos y pastoreaban ovejas, ¿no tuvieron coplas ni canciones con las que entretenerse?

Menéndez Pidal es contundente:* «los pueblos románicos no pudieron estarse sin ningún recreo literario medio milenio largo antes de ese siglo XI en que se suponen nacidas las literaturas neolatinas». Pidal ya defendía en 1919, con respecto a los juglares, la continuidad de una tradición popular que venía de la lírica romana y más atrás, de la lírica femenina griega. Las jarchas no hicieron sino comprobar sus teorías y permitirle ampliarlas.

Esa línea de continuidad en la cultura popular, aunque reprimida, aunque a veces oculta, aunque apartada de nuestra vista, es la que pretendemos trazar, uniendo varios puntos con una línea recta que llegue hasta vosotros mismos; porque tenéis que saber que se trata de una guerra y, hasta ahora, estamos perdiendo todas las batallas. También la historia de la literatura es una historia de lucha de clases. Clerecía contra juglares, poetas de corte y poetas de calle, *auctores* y anónimos, cronistas y bufones, intelectuales y cómicos de la legua, académicos galardonados y novelistas sin suerte.

—*Die Geschichte aller bisherigen Gesellschaft ist die Geschichte von Klassenkämpfen* —le susurraba a la gente del porvenir.

En alemán, desde que tuve conciencia de que el principal obstáculo para la enseñanza son los padres de los estudiantes, siempre más que dispuestos a presentar una reclamación en el Ministerio.

---

* *Poesía juglaresca y literaturas románicas.*

—Martina, Martina —repetía ella alzando su mano abierta y llevándosela luego al pecho izquierdo.
—Antón, Antón —respondía yo imitando sus gestos.

> ¡Tanto amare, tanto amare,
> *habib*, tanto amare!
> Enfermaron *olios nidios*
> e dolen tan male.*

La que cantaba era una de las tres viejas que antes estaban en torno al caldero y ahora, sentada sobre una roca de granito, parecía decidida a partirse la garganta en dos, mientras Martina y yo seguíamos manoteando y pronunciando nuestros nombres.

> *¡Amanu, amanu, ya l-malih! Gare,*
> ¿por qué tú me queres, *ya-llah*, matare?**

Sentada en otra piedra cantaba ahora la segunda vieja con parecida voz de cristal partido. Mis ojos, acostumbrados ya a la penumbra, distinguieron hasta una docena de mujeres y hombres tendidos, deslavazados sobre el suelo, con la mirada perdida. Cada poco tiempo alguno de ellos se agitaba como un arbusto atravesado por un animal en fuga, o daba un suspiro, o se ponía a llorar. Luego supe que habían ingerido un bebedizo preparado con *Amanita muscaria*, el hongo rojo con lunares blancos que paraliza a los insectos y libra a los humanos de sí mismos (al menos por un breve intervalo). Mi mano derecha, inquieta, arrancaba puñados de hierba fría y arañaba, acezante, la dura y apretada tierra, como si a tientas buscara el recuerdo de un acto vergonzoso o ridículo, una infamia, una traición o una cobardía. Después se alzaba de nuevo para mostrar la palma a Martina. El aroma de la retama y la lavanda fue interrumpido

---
* «¡Tanto amar, tanto amar, / mi amor, tanto amar! Enfermaron mis ojos brillantes / y duelen tanto.»
** «¡Piedad, piedad, hermoso mío! Dime: / ¿Por qué tú quieres, ay Dios, matarme?»

por una repentina vaharada de sangre fresca: era de un cervatillo al que un hombre acababa de cortar la garganta. A medida que el aliento vital se derramaba, los grandes ojos del animal se fueron volviendo opacos, negras piedras de ónice lanzadas al vacío.

Amanu ya habibi,
al-wahsha me no farás.
Bon, becha ma boquella:
*eu sé que no te irás.**

Era la última de las tres viejas, desde otra piedra, cerrando el círculo. Allí mandaban aquellas mujeres, de eso no cabía duda. Los hombres obedecían y las respetaban como si fuesen castas matronas, damas principales o nobles dueñas, en lugar de lo que a simple vista y sin duda eran: brujas, hechiceras, adoradoras del Maligno, componedoras de filtros amorosos y ungüentos voladores, troteras, remendadoras de virgos y facedoras de auspicios, maldiciones y encantamientos, para los cuales muy pronto le arrancarían el hueso del corazón al ciervo degollado, igual que saqueaban sepulturas y allegaban dientes de ahorcado, uñas y pelo, habas y adelfas, y la indispensable sangre fresca de recién nacidos. Podían volar sobre una escoba, detener la trayectoria de los cuerpos celestes y transformar a cualquiera y a sí mismas en lo que se les antojara, en búho, en asno, en laurel, en corriente de agua, en cerdo o en salamandra.

Nadie avivaba el fuego. Las redomadas viejas permanecían en silencio, como si dormitaran en sus asientos de piedra; los pesados párpados entornados, dejando ver una rendija con un brillo oscuro; las ganchudas narices uniéndose a las barbillas; las sarmentosas manos sobre los muslos. En la oscuridad oí ronquidos, tal vez lamentos, que procedían de cuerpos derribados. Bajo un árbol, uno de ellos orinó en un cuenco de barro y des-

---

* «Piedad, mi amor, / sola no me dejarás. / Guapo, bésame en la boca: / yo sé que no te irás.»

pués se bebió su pis. Como los siberianos y los indios vedantas, estos medioevales conocían la rara virtud de la *Amanita muscaria*, cuyo principio psicoactivo se conserva intacto en la orina. Entre los antiguos romanos no era infrecuente que los esclavos, en las fiestas, bebieran la orina de sus amos, para lograr la socialización de la narcosis alucinógena. También pude percibir movimientos torpes y repentinos, acalambrados; dos cuerpos que se unían y se agitaban con breves y violentas embestidas, acompañadas de gemidos sofocados, sin besos ni caricias ni expresiones vocales, sin más trámite que apartar un trozo de paño ni otra consecuencia que un resoplido, una tos, un ruido de gozne de puerta al abrirse o al cerrarse y un nuevo cambio de postura. Aquellos seres silvestres se conducían como animales de corral, pero no nos engañemos: aún faltaban siglos para la aparición del cine, que nos enseñó a todos a cerrar los ojos para besarnos, a susurrar y suspirar, y a acariciarnos para intercambiar sentimientos como cromos repetidos. Los medioevales, según pude comprobar, podían darse mordiscos, pero jamás serían capaces de aguantar tantísimo tiempo besándose sin abrir los ojos, como hacen mis testarudos contemporáneos. Por lo que iba viendo, se apretaban unos contra otros como niños que se cogen de la mano para espantar el miedo.

Miraba a Martina dormida. Su corazón latía a una velocidad excesiva, como el de un pequeño animalito en peligro, escondido entre las jaras. Sabía, porque Antón Sánchez lo sabía, que la vida de todas las criaturas tiene la misma duración: el mismo número de latidos. Si los pájaros viven menos tiempo que los elefantes es porque su corazón late más deprisa y alcanza mucho antes la misma cantidad de pulsaciones. Cada vez que nos asustamos, cuando nos impacientamos, al agitarnos o al ver desnudo el cuerpo amado, perdemos tiempo de vida, aceleramos el fin. A veces vale la pena. A veces aquel que ama, él mismo se ata e se mata, se face de señor siervo. E segund ponen los auctores de medecina, la luxuria es causa eficiente e final de debilitar el humano cuerpo. Si permanecía contemplando la curva de la cadera de Martina, podía consumir en pocos momentos varios meses, años quizá de mi existencia, de modo que me puse en pie. ¿Era bella Martina? ¿O la belleza era una solución de compromiso que, en 1453, todavía no se había alcanzado; un término medio, por así decir, entre la carne y el espíritu?

Al otro lado de los robles vi el cuerpo sin vida del cervatillo, abierto en canal para facilitar la lectura de sus entrañas, y a las tres brujas que, aparecieron de pronto y me rodearon dando brincos y aullidos. No parecían habitantes de la tierra que sin embargo pisaban.

—Hablad si podéis —les dije.

—¡Salve, Martín! ¡Salve a ti, aplicado estudiante de Selectividad! —me saludó la Bruja número 1.

—¡Salve a ti, Martín, catedrático y crononauta! —añadió la Bruja número 2.

—¡Salve, Martín, redentor de la humanidad! —concluyó la Bruja número 3.

Y se disiparon en el aire, como burbujas que estallaran, y me dejaron solo, con el corazón encogido por el miedo.

Me sorprendió que hubieran usado mi nombre, el del muchacho que seguía muriendo bajo el puente, en lugar de dirigirse a Antón, cuyo cuerpo tenían ante sus ojos.

¿Por qué me habían llamado tales cosas? Salvo la primera, que no podía negar que era mi condición (al menos en el último cuarto del siglo XX), y parte de lo dicho por la Bruja número 2, puesto que estaba viajando en el tiempo, ¿qué significaban las demás? ¿Eran acaso pronosticaciones? Los funestos augurios de aquellas tres Parcas, recién leídos en los torcidos renglones del intestino de un ciervo, ¿dejaban a la vista las costuras de mi destino singular?

Ahora resulta fácil verlo, porque en efecto gané la cátedra por oposición y también navegué a menudo por el mar del tiempo, donde me he convertido en ese piloto que, como Palinuro, pronto tendrá que caer al agua, para que los demás vuelvan a la vida tras la restauración de los cielos.

Trepé a un montículo y pude vaciar la vejiga en lo que resultó ser la divisoria de aguas, puesto que regatos de mi caudalosa orina se precipitaron a la vez por ambas vertientes.

De vuelta al campamento o vivaque,* vi a las tres viejas de nuevo en sus piedras, inmóviles, petrificadas ellas mismas, como si nunca hubieran consultado el legible cervatillo ni danzado en corro ni me hubieran saludado con salves y amenazadores augurios. Me acosté al lado de Martina y la abracé con torpeza. Sentí en mi mano abierta el suave tremor de su corazón, cada vez más pausado, en tanto que el mío se desbocaba, a galope tendido, retumbando en mi pecho con el estruendo que sólo podía anunciar la presencia, cada vez más cerca, de la eternidad.

¿Por qué había huido Antón al monte? Por más que interrogué a sus filamentos nerviosos, no obtuve respuesta, así que me convencí de que él tampoco la conocía, sino que actuaba en defensa propia, aunque bajo el influjo de ciertas canciones y determinados juglares.

En un punto, sin embargo, nuestros nervios se hallaban tan entrecosidos que formaban una sola voluntad: la que movió mi mano recorriendo la curva de la cadera de Martina.

Recibí como respuesta un rodillazo y una mirada de través, seguida sin embargo de una alegre risotada.

—Ya non es tiempo de yazer al sol —me dijo.**

Se debía de haber cometido uno de esos amaneceres castellanos amoratados y casi subrepticios, de los que a nadie se podía culpar, porque ya habían sido eliminados los indicios y

---

* Así me dije, sin ánimo de ocultarle nada a Antón, que no podía conocer un término que hasta el siglo XVIII no le prestaría el francés a nuestra lengua.
** Sólo mucho después supe que estaba recitando la *Dança General de la Muerte*, en la que la Muerte repite de forma obsesiva a los mortales que «ya non es tiempo»: Ya non es tiempo de yazer al sol / con los parroquianos bebiendo del vino.

las pruebas, el rocío y la niebla, y ahora parecía que había sido un accidente, como si no hubiera habido noche ni víctima; y el ciego sol tenía su coartada y testigos de descargo (la retama, la corneja, aquel cirro nuboso en el horizonte), todos dispuestos a declarar que él nunca se había movido de su cénit. Caía a pico la luz, tan vertical que no hacía sombra, y puesto que era mediodía, tenía que haber amanecido, por más que ahora resultaran inconcebibles el rocío de los prados y la niebla suave sobre el agua del río; y aquella despiadada claridad meridiana había adquirido ya los atributos de lo eterno e irremediable, semejante a la perdición de un alma castigada a permanecer para siempre a plena luz (que es el mayor castigo, no obstante el inmerecido prestigio del que goza la apacible y acogedora tiniebla).

Había que levantar el campamento y emprender la marcha, siempre capitaneados por aquellas tres Parcas pavorosas y hieráticas. Íbamos al abrigo de laderas cubiertas de brezo, de pequeños bosques de fresnos o de robles, hacia los piedemontes del Guadarrama. Cerca del río se nos unieron dos hombres, uno ya mayor y otro joven, que habían abandonado el Camino de Santiago, quizá perseguidos por haber asaltado a un peregrino, aunque ellos aseguraron ser juglares. Compartieron con todos sus botas de vino. Por la noche, en un claro del bosque, volvimos a hacer fuego, y en lugar de invocar al Maligno, como tanto deseaba Antón, aquellos egipcianos volvieron a rendir culto a lo que ellos llamaban «el arte».

*Non t'amaray, illa con al-sarti
an taima halhali ma'a qurti.**

Cada vez que le preguntaba a Martina qué era aquello, no obtenía más respuesta que «el arte».

—¿Qué es «el arte»?

—Es cuando vas por el campo y de pronto te acuerdas.

---

* Años después se me informó de que aquella acrobática proposición aparece en la jarcha n.º 31, que suele traducirse: «No te amaré hasta que no juntes / las ajorcas de mis tobillos con mis pendientes».

—¿De qué?

—Eso no tiene ninguna importancia —me aseguraba.

Y si la interrogaba sobre su autor sólo añadía:

—*Muqadam illam fecit.*

Una parte de mí, colonizada por los nervios de Antón, creía que Muqadam sería alguno de los muchos nombres del Maligno. De ser así, aquellas invocaciones no funcionaban, porque nadie con pezuñas y olor sulfúrico compareció, ni súcubos ni íncubos, ni se nos prometió nada a cambio de la entrega de nuestras almas (quizá inservibles, fugaces como sombra de aliso), si bien, durante las tres noches que permanecimos acampados bajo La Pedriza, me acosté al lado de Martina.

Teníamos que pasar al otro lado, hacia Segovia, y los dos juglares (que más parecían salteadores de caminos) conocían bien los puertos de la sierra. Cabe el fuego, cerca de la buena brasa, ellos también se entregaban al «arte»: hacían juegos de manos, imitaban voces, contaban chistes e enxiemplos, cantaban y recitaban, a veces con música, pues el mayor, al que llamaban Juan Poeta, sabía los instrumentos e todas las juglarías. Era un hombre largo, la cabeza non chica, velloso, con andares de pavón y voz campanuda, e ojos hondos, bermejos como pies de perdices, aunque con la nariz muy luenga, que le descomponía el rostro, y, según aprecié de inmediato, era buen bebedor y doñeador alegre, nacido bajo el signo de Venus. El joven se llamaba Rodrigo Cota. Parecían dos cómicos, aunque a veces se pusieran serios, y su actuación era semejante a un especial Nochevieja de la tele, porque pasaban a gran velocidad de una cosa a otra, de una cantiga a la Virgen a la descripción burlesca de una batalla, de una copla subida de tono a una endecha o a un consejo moral dado con suma gravedad. Era imposible aburrirse y no reírse a carcajadas, y no pocas veces te dejaban pensando.

Según me explicaron, todo lo habían sacado del *Libro del Arcipreste*,[*] que utilizaban como guión para elaborar cada una

---

[*] Entonces no supe darme cuenta de que se trataba del *Libro de buen amor*, de Juan Ruiz, Arcipreste de Hita.

de sus actuaciones. Cada vez que se mencionaba el nombre de un paso de la sierra, por ejemplo, enjaretaban algún cantar cazurro de los muchos con que al parecer contaban, a ser posible situado en el lugar mencionado, donde una serrana selvática le cerraba el paso al protagonista, a menos que le diera regalos y con ella folgara o, como decían en ocasiones con gesto inequívoco, «luchara» con ella. A menudo la gracia estaba, no en la belleza, sino en la monstruosidad de la mujer: «la más grande fantasma que vi en este siglo».

> Sus miembros e su talla non son para callar,
> ca bien creed que era gran yegua cavallar:
> quien con ella luchase, non se podría bien fallar:
> si ella non quisiese, non la podría aballar.

¿Qué es *aballar?* (Olga, la inevitable gordita con gafas, llamémosla Olga, la que hace los deberes y siempre escucha con atención, la que le tiene envidia a la despampanante Cristina; esa Cris que hoy hace volver la vista a su paso y mañana heredará las tinieblas y las varices, el gesto espantado y la bata de flores, el azúcar en sangre y el asombro al mirarse al espejo.) Es lo mismo que tumbar o derribar, echar abajo o «aballo».

Si Juan Poeta decía que «mayor es que de osa la patada do pisa», el joven daba grandes pisotones para que nos imagináramos las huellas, como las de un oso, que dejaban sus enormes pies; y cuando hablaba de que sus «tetas colgadas, / dávanle a la çinta pues que estaban dobladas, / ca estando senzillas darl'ién so las ijadas», el joven hacía gestos de desdoblar unos pechos como pellejos de vino.

Comíamos carne de gamo y bebíamos de unos odres que contenían un fuerte destilado con aroma de enebro, hasta que caíamos al suelo, felices y algo aturdidos, y me colocaba siempre al lado de Martina.

A veces no me daba rodillazos. Una noche me pellizcó un pezón. Otra me mordió el hombro derecho y después pasó la lengua sobre la marca de sus dientes, pero me dio la espalda y se acurrucó como siempre lo hacía para quedarse dormida, doblada como un cuatro o una letra ese, los pies muy juntos y las manos fuera del alcance de mi vista, bajo la estameña o acunadas en los sobacos.

Ciento y veinte años me dijo Martina que tenía; que cuatro veces había muerto y resucitado, y que sabía que en la séptima ya no habría más camino de vuelta. Que por madre tenía a la bruja tercera, de quien había aprendido a preparar pócimas y a confeccionar unturas, a trastocar unos seres en otros, a remediar doncellas que hubieran sufrido un percance y a tomar augurios de las aves y de los estornudos, de espadas y de espejos, de agua en movimiento y de cristales rotos. Que ella era gitana del mismo tronco del Faraón de Egipto y que sus antecesoras habían rodado por todo lo descubierto de la Tierra, desde Tesalia al Cáucaso, siempre enredadas en sus tratos con el mundo de las tinieblas.

La noche siguiente al mordisco nos apartamos del grupo y del fuego, y nos abrazamos bajo una manta, y hubo pellizcos y enlazamos nuestras piernas para darnos calor. Mi *mentula* se endureció entre sus dedos hasta adquirir dimensiones de *fascinus*,* pero a Antón le sobrevino un miedo medioeval y agrario a pecar contra la natura, si se producía una *effusio seminis extra vas*, mientras que yo ya no deseaba otra cosa; y contendimos ambos hasta que la propia naturaleza me dio la razón (como no podía ser de otra forma), aunque la efusión la recogió la mano de Martina —que sin ser el vaso idóneo, tampoco era el más nefando y al menos evitó que mojara la fría y oscura tierra (como le sucedió al desdichado Onán).

---

* Ambos nombres se refieren al pene, que los romanos llamaban *mentula* cuando estaba fláccido y *fascinus* si estaba erecto y por tanto era capaz de provocar fascinación hipnótica en quien lo contemplara.

Dos o tres noches más tarde, tras los robles, a pocos metros de mí, el juglar joven, Rodrigo Cota, abrazaba a una mujer que estaba vuelta de espaldas a él. A lo lejos las negras y rocosas siluetas de las Parcas se recortaban contra el oscuro cielo como picos de una montaña. La mujer, sin salir de su abrazo, se volvió de cara al juglar.

—¡Martina! —exclamé, sin poder impedir que mi mano abierta se levantara en el aire y allí quedara, en ridículo, inútil y echadiza, un cachivache esperando la mano de Martina, que no se apartó del hombro del juglar.

—¿Antón? —me sonrió—. ¿Qué estás haciendo aquí?

—Vine a verte. ¿Cómo pasa tu vida?

—Así, a comunal medida.

—¿No tienes sueño?

—Antón, tengo que hablar con Rodrigo, cras te veré —dijo y, echando aquellos ojos de través, me dio cantonada.

Cras, cras, siempre mañana y nunca luego, luego. De cras en cras vase el triste a Satanás. Me sentí agraviado, vi en su cara, en la sonrisa maliciosa, su imperio sobre mí, el deseo de someterme, de torcerme el brazo y quebrar mi voluntad; y vi más: sentí el desfallecimiento, casi voluptuoso, de mi corazón; y mi rendición, semejante a la de un vasallo ante su señor natural o a la de un pueblo elegido en presencia de su Dios verdadero y revelado.

Quizá con razón sugería Freud que «la credulidad del amor» es «una fuente importante, si no la fuente originaria, de la autoridad».*

Esa noche dormí a intervalos y padecí por primera vez una dolorosa ampliación de mi capacidad auditiva. No se veía ni torta (debía de estar nublado), pero percibía los sonidos del bosque a un volumen casi intolerable: los pasos de la garduña retumbaban más que el derrumbamiento de una torre, las ramas de los robles crujían como puentes levadizos, el arroyo bramaba oceánico con estruendo de tempestad. Mi percepción

---

* *Tres ensayos de teoría sexual.*

aumentada me hacía oír, nítida y distintamente, cada sonido; la mayoría jamás antes oídos: el ruido morado de una aguileña* al deshojarse, deshecha por el viento; el de un guijarro echado a rodar por el trote de un corzo; incluso el lacerante ruido verdoso de un corazón al callarse,** en este caso el de un topo atrapado por la comadreja. He de precisar que todas estas impresiones auditivas las sentía en mi inmediata proximidad, por más que la aguileña estuviera en la ladera opuesta del monte; el corzo, en la cima; o el topo, en lo más profundo del valle. Peores, más punzantes eran otros sonidos que jamás creí que fuera capaz de percibir un oído humano: el gorgoteo en las ávidas gargantas de los bebedores de pis, la crepitación de un muslo rozado por las yemas de los dedos, el martilleo alarmante del pulso inconfundible, irreemplazable, de Martina, que latía cada vez más deprisa.***

De nada sirvió que me taponara los oídos con los dedos, con puñados de hierba y con un barro amasado con mi propia saliva: aquel estrépito, por medio de un proceso físico que no consigo entender en su totalidad, procedía de mi interior, al que habría tenido acceso por los poros de la piel, y donde se amplificaba hasta un extremo insoportable.

Al romper el día, con un tenue gemido muy lento, que percibí como un grito desgarrador, cesó el fenómeno acústico y abrí los ojos. En efecto había nubes de tormenta. Al rato vi a Martina que volvía del arroyo con la cara y el pelo mojados y poco después distinguí a Rodrigo Cota, que estaba bastante alejado, entretenido en una discusión con Juan Poeta. Martina y Rodrigo ni se miraron, lo que, en el atolondramiento de mis diecio-

---

* Ha llegado a mi conocimiento que esta *Aquilegia vulgaris*, tan común entre los pinos que rodean este sanatorio, es tóxica y produce la muerte por parada cardíaca, lo que no impide que sus semillas se usen para preparar afrodisíacos.
** «Para morir basta un ruidillo, / el de otro corazón al callarse», decía Vicente Aleixandre en el poema «Vida», de *La destrucción o el amor*.
*** Este fenómeno de sensibilidad exacerbada se ha repetido en varias ocasiones, aunque siempre en uno solo de los sentidos, pues en dos simultáneamente resultaría incompatible con la vida. Tengo que señalar que, según mi experiencia, es mucho más difícil de soportar cuando afecta al olfato.

cho años, juzgué prueba fehaciente de que no había tenido lugar ninguna intimidad entre ellos. Antón en cambio no se fiaba, pues sabía que la muger es cuchillo de dos tajos, capaz de hacer una cosa y poner cara de haber hecho la contraria.

Pensé, por medio de los nervios de Antón, que más vergüenza non tenía que puta carcavera, de esas que ejercen su oficio en cualquier cárcava al borde del camino o en el campo, por los rastrojos. Mis propios haces nerviosos, sin embargo, me aseguraban que, sin Martina, mi vida non valía un vil grano de mijo. Por la muger vino en el mundo la destruyción, de acuerdo, y amar era locura, daño, desvarío y perdición de tiempo, admitido, pero ¿qué sabría Antón del amor en pleno siglo XV? El amor, que había sido inventado hacía muy poco tiempo en las cortes y entre los nobles (y por eso se llamaba amor cortés), sólo era un pasatiempo de ricos ociosos, como las justas y los torneos, las cacerías y las adivinanzas. El amor era cosa de trovadores y de esas historias de cavallería en las cuales a las veces ponen ce por be, así que ¿cómo iba a creerse enamorado? No estaba a su alcance, como ya suso dije. Por dispensación de la potencia divina, que le plugo ansí de ordenar el mundo, hay tres estados de gente: oratores, velatores e pecheros. Los primeros rezan y cuidan de las almas; los segundos, guerreros de a caballo, velan con sus espadas por los cuerpos; los demás, siervos de la gleba, pagan pechos y viven por sus manos, pero nunca se enamoran. Ni se les pasa por la cabeza. Eso es cosa de mujeres y de canciones, como en las jarchas o en las coplas de doña Concha Piquer. Me acordé de pronto, pese a no haberlo oído nunca antes (o se acordaría tal vez Antón), y me puse a canturrear:

—Di, pastor, ¿quiéreste casar?
—Más querría pan,
más querría pan.

A lo lejos oí la voz transparente de Martina:

> Como si *filyol' alyenu*,
> non más adormis a meu senu.*

¿Me lo cantaba a mí? Penado y escocido, me fui hacia los juglares y Rodrigo me dio un abrazo, lo que confirmó mi ingenua certeza de que entre ellos no había habido nada.

—Martina es maravillosa, Rodrigo —confesé.

—Llámame Ruy, compañero.

—Ruy, compañero —le complací—, a mí me gusta mucho.

—Pues arrímate en cuanto se haga de noche —interrumpió Juan Poeta.

—Me dirá que nones.

—Eso es decir que sí. Hoy te dirá uno la muger; a cabo de hora otro; si a uno dice sí, a otro dice no; al uno da el ojo, al otro por antojo; al uno da del pie, al otro fiere del cobdo; al otro aprieta la mano, al otro tuerce el rostro. Son así. Andan como señal que muestra los vientos: a las veces es levante, otras veces a poniente, cuando quiere a tramontana.

—Dirá sí, siempre que le des algo —me informó Rodrigo—, pero no te pedirá gran cosa.

Se dedicaron entonces, entre tragos de la bota de vino, a su pasatiempo medieval preferido: denostar a las mujeres. Vanas, calculadoras, mentirosas, lascivas, inconstantes, infieles, avarientas, entre otros largos etcéteras, y para no mencionar el hecho de que todas ellas eran, de nación, rameras; meretrices espontáneas y sin remisión. Tales maldades dijeron, que no pude dejar de hacerme una pregunta: ¿de qué tenían tanto miedo?

El pronunciamiento militar

En 1453 aquellos dos eran reliquias, fantasmas del pasado, restos de un naufragio. Llevaban el *Libro del Arcipreste* en

---

* «Como si fueras un extraño, / ya no dormirás más en mi pecho.»

la faltriquera cuando ya habían pasado los tiempos del arcipreste, eran juglares en la decadencia de la juglaría; eran poetas y salteadores de caminos, artistas y maleantes, no había mandamiento divino ni ley humana que no estuvieran dispuestos a incumplir, pero contaban las sílabas con el mayor cuidado, golpeando con los nudillos en un tablón, y se dejaban los ojos para leer su Virgilio, su Ovidio o su Horacio. Iban y venían sin dar explicaciones ni pedirlas y eran bien recibidos entre los egipcianos y los campesinos, en los castillos de los nobles y en las fiestas de las aldeas. Sin embargo, no hacían el menor esfuerzo por comportarse: se emborrachaban como auténticos centauros, se insolentaban con damas y nobles; se acercaban a las dueñas lozanas y a las doncellas, tambaleantes, con ojos enrojecidos y aliento intolerable, y hacían por mancillarlas, rozando su blanca y tibia carne con manos temblorosas, acometiéndolas a vista de cualquiera. A menudo acababan recibiendo latigazos, en mazmorras o ahorcados. Eran alegres, dados a las risotadas, aunque con intervalos de tristeza sin motivo ni remedio, en los que parecían estar acabándose, vencidos, derribados no por un accidente o un adversario, sino por la vida misma, por el curso normal de los acontecimientos.* Ya no gozaban de la protección de una iglesia o de un señor y aún no contaban con un mecenas renacentista ni mucho menos con las becas, premios y prebendas del siglo XX. Como Blanche DuBois, sabían que en su escena final siempre lamentarían con coquetería teatral: «*I have always depended on the kindness of strangers*».**

Como todos los escritores en cualquier tiempo, siempre que no acepten jugar en el tablero que les ofrecen los poderosos.

Quizá por eso la mayoría son centauros, descienden de Quirón y Folo; se les invita a una boda y, en cuanto les das la espalda un momento, ya le están metiendo mano a la novia; no pueden evitarlo: de cintura para abajo son bestias con pezuñas

---

* «Existe un mutilado, no de un combate sino de un abrazo, no de la guerra sino de la paz. Perdió el rostro en el amor y no en el odio. Lo perdió en el curso normal de la vida y no en un accidente», César Vallejo.
** «He contado siempre con la amabilidad de los desconocidos.»

y acaban sintiendo, como Quirón, el deseo de convertirse en mortales, a quién se le ocurre, ¡en mortales! Sólo por amor a la vida, ¡esta vida que llevamos!*

Durante cientos de años, tipos como ellos habían sido la única expresión literaria del romance hispánico. La lírica, las colecciones de cuentos, ya fueran admirables o ejemplares; las historias divertidas o terribles, con personajes inolvidables, y en suma el largo etcétera que forma una cultura había estado a cargo de los centauros.

Los poderosos no tardaron en reaccionar. No basta con poseer la tierra y las armas; someter a los vasallos tampoco es suficiente. Sabían que para mantener el poder necesitaban invadir la imaginación de los sometidos. Por eso Alfonso X el Sabio se disfraza de jovencita enamorada para escribir cantigas a imitación de las jarchas y la poesía popular. Los letrados (casi todos clérigos entonces) querían ocupar el lugar de los juglares y poder utilizar sus mismas armas, así que acabaron llevando a cabo un muy español pronunciamiento militar.

El combate se libra en el campo de batalla de las representaciones imaginativas: quiénes creemos que somos, cómo nos contamos a nosotros mismos quiénes somos y lo que nos sucede, qué imaginamos que nos está pasando.

En otras palabras, la historia de la literatura.

---

* Quirón, hijo de Cronos y de Filira, hija de Océano, nació inmortal y era sabio y benévolo. Deseó ser mortal para librarse del dolor, y Prometeo se lo concedió. El resto de los centauros siempre eligieron el dolor frente a la nada.

2
Clérigos contra juglares

Yo trabajo y trabajo,
debo substituir
tantos olvidos,
llenar de pan las tinieblas,
fundar otra vez la esperanza.

Pablo Neruda

La primera ofensiva tuvo como jefe de operaciones a un benedictino del monasterio de San Millán de la Cogolla que vivió en la primera mitad del siglo XIII, Gonzalo de Berceo, que anunció, mirando por encima del hombro a los juglares, en su *Libro de Alexandre:*

> Mester traigo fermoso, non es de joglaría,
> mester es sin pecado, ca es de clerecía
> fablar curso rimado por la cuaderna vía
> a sílabas cuntadas, ca es grant maestría.

Aquel pronunciamiento desencadenó la guerra en la que aún combatimos, gente del porvenir, la *Klassenkampf,* de la que os hablo en alemán para evitar complicaciones.

Berceo defiende sus propios intereses, los de su clase. Cuando escribe la vida de santo Domingo de Silos, por ejemplo, quiere en primer lugar aumentar las donaciones y tributos a su monasterio, pero sabe que para persuadir a los de abajo tiene que hablarles como les hablaban los juglares:

> Quiero fer una prosa en román paladino,
> En qual suele el pueblo fablar a su vecino,
> Ca non so tan letrado por fer otro latino:
> Bien valdrá, como creo, un vaso de bon vino.

Donde antes se expresaba el descontento, pusieron vidas ejemplares de santos y guerreros; donde se sembraba avena loca, cultivaron jardines alegóricos; donde borbotaba un corazón insurrecto, languideció la humildad sumisa. Y apareció el orgullo intelectual, la santa propiedad de la cultura, donde antes prevalecía el anonimato y la obra colectiva: «Yo, maestro Gonçalvo de Verçeo nomnado», así empieza Berceo, en la segunda estrofa, con su nombre y apellido, los *Milagros de Nuestra Señora*.

En seguida se sumó a la artillería poética la infantería en prosa, con el infante don Juan Manuel a la cabeza. Este señor feudal, duque y príncipe de Villena, escribió un libro de cuentos sencillos con su moraleja y lo hizo, según dice, «en la manera que entendí sería más ligera de entender» y «queriendo que non dexassen de se aprovechar d'él los que no fuessen muy letrados». También quería luchar con las armas del enemigo, pero convirtiendo la literatura de entretenimiento de los juglares en adoctrinamiento.

En *El conde Lucanor,* a esa primera parte de cuentos populares, añade don Juan Manuel otras cuatro, con proverbios, y una quinta parte de doctrina cristiana, que van dirigidas a otra clase de lector, a un intelectual que acababa de inventar Petrarca y aún no había llegado a nuestro país, pero que ya intuía el infante. En el prólogo dice que Jayme de Xérica:

> Me dixo que querría que mis libros fablassen más oscuro, et me rogó que si algund gran libro feziesse, que no fuesse tan declarado. Et só çierto que esto me dixo porque él es tan sotil et de tan buen entendimiento, et tiene por mengua de sabiduría fablar en las cosas muy llana et declaradamente.

Este retrato del intelectual lo reconocían todos mis estudiantes del Sansón Carrasco, aunque sólo hubieran visto intelectuales por la tele: alguien que no se siente lo bastante importante si se le entiende con claridad.

Como en toda guerra, los poderosos tenían las leyes a su servicio. En las *Siete Partidas,* Alfonso X el Sabio declara infames a los juglares:

Son enfamados los juglares, et los remedadores, e los facedores de los zaharrones que públicamente ante el pueblo cantan o baylan o facen juegos con precio que les den: et esto es porque se envilecen ante todos por aquello que les dan.

¿Zaharrones? Suena muy feo. (Cristina, con pechos aumentativos y pintada como una puerta.) Son los que se disfrazan para hacer reír. ¿Y les metían en la cárcel? (Juanjo, el de las gafas, a la izquierda; ese muchacho inteligente y taciturno, que casi no tiene amigos y lee a escondidas; hay uno en cada curso, vamos a llamarle Juanjo, escribe a escondidas cuentos y poemas.) No, Juanjo, pero no podían ser jueces ni consejeros, entre otras cosas. Quedaban inhabilitados. Infamado o enfamado es lo mismo que tener «mala nombradía». Por ejemplo, los alcahuetes también eran infames. Pero atentos: no todos los juglares eran infames, el rey sabio hacía alguna excepción, siempre en beneficio de los suyos, como es costumbre en quienes hacen las leyes.

Mas los que tanxiesen estrumentos o cantasen por solazar a sí, o por facer placer a sus amigos, o dar alegría a los reyes o a los otros señores, no serien por ende enfamados. (Partida séptima, Título 6, Ley 4)

Así que sólo castigaban a los juglares de verdad, a los que iban por esos caminos (Yéssica, hombros desnudos, un pequeño tatuaje en el nacimiento del seno izquierdo y quiere que la llamen Yessi; la que no atrae, como Cris, la mirada de todos, sino sólo la mía). Así es, Yessi. Y tampoco las juglaresas eran bien vistas por el rey sabio, que no autorizaba que los «homes nobles e de grant linaje» las tuvieran por barraganas. «Nin juglaressa, nin sus fijas; nin tavernera, nin regatera, nin alcahueta» y en general «nin otra persona de aquellas que son llamadas viles», puesto que «non sería guisada cosa que la sangre de los nobles fuesse embargada nin ayuntada a tan viles mujeres» (Partida cuarta, Título 14, Ley 3).

¿Regatera? Que regatea, es la que vende al por menor los comestibles comprados al por mayor, también por esos caminos, en las ferias, en las plazas.

Alfonso X el Sabio conocía el poder de las representaciones imaginativas, sabía de sobra cuál era el *casus belli* y el campo de batalla, de qué se querían apoderar y por qué se habían levantado en armas. Creía en la fuerza de esa literatura que habían inventado los juglares: por eso recomendaba que, ante los caballeros, sólo se dijesen cantares de gesta, ya que «oyéndolos les creçerán las voluntades et los coraçones e esforçaranse faziendo bien» (Partida segunda, Título 21, Ley 20).

La ofensiva se lleva a cabo tanto en prosa como en verso, en textos legales y en los teatros. De un lado, el poderoso ejército del mester de clerecía al que se suman los trovadores, poetas terratenientes, que muy pronto serán petrarquistas; y también la nueva figura del intelectual. En la resistencia popular, los pocos juglares que van quedando hacen lo que pueden, pero están siempre en retroceso, esperando los refuerzos de un género que aún tardaría más de un siglo en inventarse: la novela.

Mi corazón estaba con ellos, con Ruy Cota y Juan Poeta, con Juan Ruiz, con los egipcianos y las cantaderas, con quienes hacían reír, llorar y asombrarse a los hombres con la espalda dolorida de recoger ajos, a las mujeres que hacen ristras con ampollas en los dedos. Al lado de quienes les decían que había injusticia y explotación, y les empujaban a tomar al asalto el castillo del señor. De quienes les contaban la verdad: que los hombres se mueren y no son felices. Que el amor hace daño. Que la vida pasa y somos aniquilados, y nada subsiste, pero vale la pena haber escrito un día «Juan ama a Lola» en la puerta de un lavabo. (¿No me mires así, Yessi, ¿a quién amas tú? No me mires más, no escribas mi nombre con un rotulador. Non sería guisada cosa, non.)

En aquel momento los juglares ya sólo confiaban en «el villano francés» para lanzar un desesperado contraataque frente a la epidemia de petrarquismo bubónico.

Sólo mucho después supe que al mencionar a un villano francés hablaban de François Villon, el último juglar de la Edad Media, el único capaz de inventar la poesía moderna para que siguiera siendo fiel a la cultura popular y al mismo tiempo irresistible. Su obra fue el inútil y heroico esfuerzo bélico, antes de que toda Europa se pusiera de rodillas ante la guerra bacteriológica de los petrarquistas.

Los límites de un intelectual

A mediados del XV, en el ocaso de la Edad Media, el pobre Rodrigo Cota, en alpargatas y sin más armas que unos versos en romance castellano, se enfrentaba en lucha desigual a los nobles poetas, a los aristócratas eruditos y a figuras como Juan de Mena, que compuso poemas en un solemne y sonoro español martirizado por el latín, apenas comprensibles, aunque todavía conservó (porque no era aristócrata) cierto empuje medieval de crítica a la sociedad en su *Laberinto de fortuna*:

> Como las telas que dan las arañas
> las leyes presentes no sean atales
> que prenden los flacos viles animales
> e muestran en ellos sus lánguidas sañas;
> las bestias mayores que son más strañas
> passan por ellas, rompiendo la tela
> así que non obra vigor la cautela
> sinon contra flacos e pobres compañas.

Parece que esté hablando de la benévola fiscalidad para las empresas frente a la saña impositiva contra los asalariados; parece que esté hablando de mis estudiantes de Manoteras, que quedarán prendidos en la red, mientras que los muchachos del Pilar, del Estudio o del Liceo Francés (como yo mismo), pasarán rompiendo la tela hasta alcanzar los puestos que tienen reservados en los consejos de administración, en las academias o en los ministerios.

Juan de Mena necesitaba el patrocinio de los poderosos, pero cometió un error de cálculo.

Al fin y al cabo no era un noble, sino sólo un intelectual, del que ya se chanceaba (con bien poca gracia) Juan de Lucena, obispo de Burgos, cuando escribía:

> De grand ánimo te muestras mi Joan de Mena, que las armas tanto exaltas. Trahes magrescidas las carnes por las grandes vigilias tras el libro, mas no durescidas ni callosas de dormir en el campo; el vulto pálido, gastado del estudio, mas no roto ni recosido por encuentros de lança.

¿Qué bulto? (El pobre Jorge. Risas, falso rubor en las mejillas de Cris.) No, Jorge, el vulto era la cara.

Juan de Mena venía de otro lugar, no era uno de los suyos, no era noble, como Manrique o el marqués de Santillana, no era guerrero, sólo sabía latín y quemarse las pestañas bajo el flexo. Lo consiguió, sin embargo: Juan II le nombró cronista real y secretario de latín. Frecuentó la corte y tenía el cometido de escribir la crónica de lo sucedido en los reinos. Mena apoyó sin titubeos a Álvaro de Luna, el hombre más poderoso del reino, el valido del rey Juan II, y ése fue su error.

Se equivocó y tuvo miedo:

> ¡O miedo mundano! Que tú nos compeles
> grandes plazeres fingir por pesares...
> Buenos nos fazes llamar los viciosos;
> notar los crueles por muy piadosos
> e los piadosos por mucho crueles.

Claudicó y así certificó cuáles son los límites de un intelectual, qué podemos esperar de ellos, en cualquier tiempo, ante las tentaciones que ofrecen los poderosos o ante sus medios de presión. No olvidéis su ejemplo, gente del porvenir.

En 1453 Mena obtuvo una renta que procedía de los bienes de Álvaro de Luna, recién degollado. A Luna lo ejecutaron el 2 de junio, ante mis ojos, y el 28 de agosto el rey hizo a Mena la donación de una renta anual de trece mil maravedíes procedente del patrimonio del muerto. Para humillarle. Para taparle la boca. Para que se enterara de quién manda y cuál era su sitio. Existen dos copias de ese documento, una en Simancas, otra en la biblioteca de la Academia de la Historia.

> Hay algo siniestro en el rápido traslado de la propiedad de Luna a uno de sus más elocuentes admiradores [...] Es triste que un hombre que había lanzado filípicas en el *Laberinto* contra la corrupción pudiera haber sido propicio al soborno, pero ésta es, sin embargo, la interpretación más verosímil. Si éste fue el caso, explica por qué la tan esperada crónica nunca apareciese.*

En ella no habría podido salir bien parado el muy prepotente don Juan el Segundo, pero Mena siguió cobrando como cronista de Juan II y también de Enrique IV, hasta su muerte, que esperó con paciencia y con la cara que se le queda a quien ha prevaricado, al que ha consentido que el rey compre su silencio y su palabra.

¿Fue amigo del marqués de Santillana? Él dice que sí, pero se ha puesto en duda, porque los nobles no tienen amigos, como sabe todo el mundo. Ni los intelectuales. (Juanjo, siempre listo y rápido.) Tampoco ellos, Juanjo, cada uno defiende sus propios intereses. A Mena le hacía falta que Santillana le introdujera en los ambientes aristocráticos; al marqués, por su parte, puesto que no andaba nada sobrado de letras clásicas, le venía muy bien tener a mano a un latinista como Mena.

Juan de Mena habría escrito a favor del sí a la OTAN. (Juanjo otra vez. Sus compañeros no saben lo que fue el referéndum para permanecer en la OTAN, ¿le habrán hablado sus padres de eso?) Por supuesto, Juanjo, si se lo hubieran pedido, como

---

* Lo cuenta Florence Street en «La vida de Juan de Mena», *Bulletin Hispanique*, 1953, vol. 55, n.º 2.

Juan Benet, como Rafael Sánchez Ferlosio, como Gil de Biedma, todos firmaron, como hace cualquier intelectual cuando se le recuerda quién manda.

Mena murió en tierras del marqués de Santillana, en Torrelaguna, cerca de Guadalajara. Se cayó de una mula, ni siquiera de un caballo, y murió con «un rabioso dolor de costado».

Íñigo López de Mendoza, marqués de Santillana, hijo de Diego Hurtado de Mendoza, almirante de Castilla, pertenecía a una de las mejores familias, emparentado con el cardenal Mendoza, Gómez Manrique, Jorge Manrique y Garcilaso de la Vega. Los Mendoza eran una de las mafias literarias, políticas y económicas más poderosas del reino. Santillana siempre estuvo del lado de Juan II y participó en la batalla de Olmedo, de la que tanto se burlan las *Coplas de la panadera*.

> Di, panadera.
> Con habla casi estranjera,
> armado como françés,
> el noble nuevo marqués
> su valiente voto diera,
> e tan rezio acometiera,
> con los contrarios sin ruego,
> que vivas llamas de fuego
> pareçió que les pusiera.

Al menos parece que el marqués, aunque hablaba raro y vestía más extravagante todavía, luchó con valor.

Menos amable es la «panadera, soldadera, / que vendes pan de barato» con don Rodrigo Manrique, aquel a cuya muerte escribió unas coplas su hijo Jorge Manrique, alabando su valor en el combate. Sin embargo, tenía fama de cobarde:

> Con lengua brava e parlera
> y el coraçón de alfeñique,
> el comendador Manrique
> escogió bestia ligera,
> y dio tan gran correndera

> fuyendo muy a deshora
> que seis leguas en un hora
> dexó tras sí la barrera.
> Di, panadera.

En definitiva un fanfarrón, al que en cualquier patio de recreo le dirían lo mismo que Pedro Bermúdez les decía a los infantes de Carrión: «¡Lengua sin manos, cómo osas fablar!» (v. 3328).

Santillana no cometió errores de cálculo: contribuyó con entusiasmo al derribo de Álvaro de Luna, contra el que escribió su *Doctrinal de privados*. Murió en su palacio de Guadalajara en 1458.

Lo poco que en Santillana tiene contacto con la cultura popular es lo único que recordamos de él, como ese villancico en el que el señor marqués se esconde para espiar a tres «damas fermosas»:

> Por mirar su fermosura
> destas tres gentiles damas,
> yo cobríme con las ramas,
> metíme so la verdura.
> La otra con gran tristura
> començó de sospirar
> e dezir este cantar
> con muy honesta mesura:
>
> *La niña que los amores ha,*
> *sola, ¿cómo dormirá?*

Al poco tiempo el *voyeur* sale de su escondite:

> Yo salí desconsolado,
> como hombre sin abrigo.
> Ellas dixeron: «Amigo,
> non soys vos el que buscamos,
> mas cantad, pues que cantamos».
> Dixe este cantar antiguo:

> *Sospirando iba la niña*
> *e non por mí,*
> *que bien se lo conocí.*

Al leer el título, el poema adquiere una turbiedad tenuemente incestuosa, pero todavía capaz de sobresaltar a mis asustadizos estudiantes: «Villancico que hizo el marqués a tres hijas suyas». Qué asco, qué pervertido. (Yéssica, frunciendo los labios, me mira a mí, como si me acusara de algo. ¿A mí también, Yessi? ¿Por qué me miras a mí?)

Lo mismo sucede con sus serranillas, escritas a imitación de las del gran Juan Ruiz, pero dulcificadas, sin mujeres como la Chata, que a los hombres ata.

Las de Juan Ruiz eran parientes lejanas de las amazonas, depredadoras de hombres, que exigían ser satisfechas. (Silba Jorge, entusiamado.) Una fantasía muy masculina, Jorge, tienes razón.

En el otro bando, los trovadores provenzales y catalanes tenían sus *pastorelas*, donde un caballero encontraba a una pastora y se enamoraban por lo fino intercambiando ternezas y metáforas. Nuestros joviales juglares castellanos preferían serranas brutales, sexo en lugar de amor, buen yantar juntos en vez de conversación, y un tratamiento cómico y a veces hasta grotesco de los encuentros románticos.

Juan Ruiz debió de pasarse años cruzando esta sierra, en la que ahora me encuentro capturado en la clínica Graellsia. En el siglo XV, en estas montañas, cuando uno quería gastar, se iba a la gran ciudad, la babilónica Segovia, donde se le acababa muy pronto el dinero:

> Torné para mi casa luego al terçer día,
> mas non vin por Lozoya, que joyas non traía;
> coidé tomar el puerto que es de la Fuenfría,
> erré todo el camino como quien lo non sabía.
>
> Por el pinar ayuso fallé una vaquera,
> que guardaba sus vacas çerca esa ribera:

> «Omíllome», dixe yo, «serrana fallaguera,
> o morarme he convusco o mostradme la carrera».

Al parecer, en la tentadora Segovia, en tres días, uno ya veía el fondo de la bolsa, vacía de monedas. Al volver, como Juan Ruiz no llevaba nada de valor, no consideró necesario ir por el paso de Lozoya, que debía de ser el más seguro, sino que decidió cruzar por el más aventurado puerto de la Fuenfría, donde se perdió, como me ha pasado a mí más de una vez, en los paseos con el doctor Borrallo.

En la Edad Media los caminos y las encrucijadas eran muy peligrosos, lugar de encuentros incluso sobrenaturales, pero el arcipreste no se cruzó con salteadores de caminos ni con hechiceras, ni con el estrépito que producen ejércitos misteriosos, cortejos de almas y espíritus de difuntos, sino con un personaje aún más legendario: la serrana.

A diferencia de la poesía culta de los trovadores, los juglares nunca las encuentran entonando dulces canciones: siempre están trabajando. Ésta guardaba vacas, por el pinar arriba, y el buen arcipreste le dijo: Ante vos me humillo, serrana cariñosa *(fallaguera* o *falaguera* es la que halaga y atrae con suavidad y dulzura), o me quedo a vivir con vos o me indicáis el camino.

La serrana, todo un carácter, primero le lanza el cayado, como si fuera una jabalina, y le da detrás de la oreja, pero luego, dolorido por el golpe, le lleva a la cabaña donde se solazaron y le dio de comer (aunque le cobró la comida, no faltaba más). Al despedirle:

> Sacóme de la choça, e llegóme a dos senderos:
> anbos son bien usados e anbos son camineros;
> andit lo más que pud aína los oteros,
> llegué con sol temprano al aldea de Ferreros.

Dos caminos frecuentados (bien usados, es decir, seguros) y cómodos (camineros, de buen caminar) que van a dar a lo que hoy se llama Otero de Herreros, en Segovia.

En el puerto de Lozoya tuvo ese encuentro difícil de olvidar:

> Fallé una vaqueriza çerca de una mata;
> preguntéle quién era; respondióme: «¡La Chata!
> Yo só la Chata rezia que a los omnes ata».

Extraña fantasía la del arcipreste, extraño nudo de deseo y miedo que aún sigue apretando a quien lo lee: la recia Chata, la que ata a los hombres. Frente a las timoratas beldades convencionales de la poesía culta, incluidas las serranas de cartón piedra del marqués de Santillana, la Chata, la recia Chata, aún nos araña la imaginación y deja allí el dibujo de sus uñas.

Tampoco aquí se habla de delicados sentimientos, sino que se regatea el precio y se negocian las condiciones. El arcipreste le promete regalos y ella, satisfecha:

> Echóme a su pescueço por las buenas respuestas,
> e a mí non me pesó porque me llevó a cuestas;
> escusóme de passar los arroyos e las cuestas.

Tras el arcipreste, las serranillas fueron capturadas por el enemigo y conducidas a un campo de prisioneros de guerra: les raparon el pelo y les dieron aceite de ricino, pero aguantaron de pie y la Chata, con las manos atadas a la espalda, le escupió en la cara al marqués de Santillana.

La poesía culta embelleció entonces a las mujeres con la misma falta de imaginación que el Photoshop, idealizó los paisajes y coloreó los sentimientos, casi de vuelta la pastorela, con la sierra agreste convertida en un jardín apacible, un *locus amoenus*. ¿Qué es eso? (Olga, que quiere que lo escriba en la pizarra para anotarlo en su cuaderno.) Un lugar ameno, propicio al encuentro entre los amantes, que invita al placer. ¡Los lavabos de la Zodiak! (Jorge. Es una discoteca, una leyenda, un lugar ameno en el que «ocurren cosas».) Allí galantean nobles caballeros y educadas damas, que jamás aparecerían tajando leña, sino como la vaquera de la Finojosa: en «un verde prado de rosas e flores». A Menga de Manzanares la encuentra el marqués cantando y hablan de amor, nunca de precio.

Ya no las escribían juglares andarines e infames, como Juan Poeta o Rodrigo Cota, mi amigo, sino aristócratas como el marqués de Santillana.

El Poeta se llamaba a sí mismo Juan de Valladolid, donde nació, hijo de un verdugo y pregonero y de una criada de mesón, pero se le conocía, a menudo en tono de burla, como Juan Poeta. Su padre ejercía también como ropavejero, cargado con fardos de jubones y calzas por la Costanilla, con tal aspecto que «no hay perro que nol' ladre», como escribió Antón de Montoro en una copla que el mismo Poeta me recitó y que comienza:

> O qué nuevas de Castilla
> os traigo, Juan, caminando;
> que en Valladolid la villa
> yo hallé en la Costanilla
> vuestro padre pregonando,
> y dezía en sus pregones
> —si no me miente el sentido—,
> muy cargado de jubones,
> calças viejas y calçones:
> «¿Quién halló un asno perdido?».

Por si no fuera suficiente, era judío converso, como no dejaron de recordarle nunca los Manrique y otros poetas de las mejores familias. Vivía a salto de mata, aunque a veces la fortuna le sonreía, como la temporada que pasó en Palermo, hacia 1422, donde trabajó en la aduana y en un taller de encuadernación. Poco después, en 1425, el virrey de Sicilia le concedió una renta anual de cinco onzas de oro, que él se gastaba en la taberna en menos de veinte días. En cuanto conseguía sentar cabeza, le venía, como el aguijón de un tábano, la *nostalgie de la boue,* la nostalgia del fango, el impulso a caer lo más bajo que pudiera, la sed de malas compañías y noches mal dormidas, la añoranza de la perdición y el deseo de volver a ser centauro; así que le dejó a su hija y a su yerno la renta y el empleo de *confector librorum,* se puso un hatillo al hombro y cogió puerta. A veces se instalaba en cortes o en palacios, pero lo habitual era verle como le encontré entonces: por los caminos, sin blanca, medio curda, jovial, perdulario y siempre a merced de la buena voluntad de los desconocidos. No había más remedio que quererle. Años después me interesé por su suerte y supe que ya casi anciano emprendió un viaje a Tierra Santa, quizá para desmentir su fama de judío converso sólo a medias, y los piratas marroquíes le apresaron y le vendieron como esclavo en Fez. El cautiverio fue breve: algún desconocido benévolo pagó el rescate. En 1477 estuvo en la corte de Isabel I, la Católica, mientras los grandes poetas le dedicaban letrillas insultantes, y luego desapareció, debió de coger *la clé des champs,* la llave de los campos, y así, sin volver la vista atrás, se perdió por algún camino, cuando ya empezaba el Renacimiento, el último juglar de Castilla, intentando cruzar los Pirineos para encontrar al villano francés, perseguido por el ejército de la clerecía y los intelectuales.

Pudo haber sido un buen poeta de cancionero, tan refinado y tan culto como quienes le insultaban, pero eligió el polvo y los caminos, y entretener con sus versos a los destripaterrones. Su labor fue decisiva para transmitir y consolidar la ancha y profunda corriente del Romancero popular en el momento en que apareció la amenaza de la nueva arma bacteriológica: la poesía petrarquista.

El otro juglar, Rodrigo (o Ruy, compañero, como él prefería), era un muchacho de mis años, toledano, con muchas lecturas y un sentido del humor enrevesado. Era de familia casi acomodada, aunque también de origen judío, y tenía una casa en Tapia, donde le gustaba escribir bajo una higuera. De su enorme talento me enteré poco después, cuando descubrí que era el «antiguo auctor» de *La Celestina** y cuando vi representar el magnífico *Diálogo entre el amor y un viejo*.

Los dos hablaban mucho del arcipreste Juan Ruiz, al que concedían más respeto del que se otorga a un padre, a un capitán o a un Dios.

—El amor no tiene desenlace, ése es el problema —decía Ruy—. ¡Amor, vete tu vía!

Y el Poeta recitaba, con ronca voz teatral:

> Eres padre del fuego, pariente de la llama,
> más arde e más se quema qualquier que te más ama;
> Amor, quien más te sigue, quémasle cuerpo e alma,
> destrúyeslo del todo, como el fuego a la rama.
>
> Los que non te provaron, en buen día nasçieron;
> folgaron sin cuidado, nunca entristeçieron.

Y Ruy Cota acotaba:

—El amor es un engañabobos, un invento para que los ricos desocupados crean que tienen corazón y hasta vida interior. El arcipreste sólo creía en folgar, en un amor alegre, pero ahora los enamorados sufren, en lugar de disfrutar. ¿A quién se le habrá ocurrido tal desatino?

—A mí dadme alegría, no me deis pasión —confirmó Juan Poeta.

---

* En la segunda edición (Toledo, 1500) cuenta Fernando de Rojas que encontró unos papeles con el comienzo de la historia de Calisto y Melibea: «Vi que no tenía su firma del auctor, el cual, según algunos dicen, fue Juan de Mena, y según otros, Rodrigo Cota». Leyó aquellos papeles y le gustaron. «¡Gran filósofo era!», escribió del «antiguo auctor», del que decidió conservar todo tal y como lo encontró, en el primer acto, y avisa de que lo escrito por él comienza en el segundo, a partir de donde dice «Hermanos míos».

La invención del amor

De sobra sabían a quién se le había ocurrido. La invención del amor verdadero (es decir cortés) tuvo lugar hacia el siglo XI, en las cortes de los duques y condes, en Provenza, Aquitania, Borgoña y otros lugares, y se extendió de inmediato entre la nobleza europea como nueva práctica deportiva, igual que en otros tiempos lo haría el golf o el pádel.

El invento decisivo, sin embargo, no fue el amor, sino el de un sitio donde instalarlo: la interioridad, ese mundo propio que cada persona ya podía tener por dentro, sin que por fuera se notara lo más mínimo.

Hasta entonces el amor era algo que sucedía por fuera, en la realidad material, en un *locus amoenus*, un huerto por lo general, y que se hacía con el cuerpo. Ahora va a ser algo que sucede por dentro, en esa alma que acaba de ser inventada, en ese espíritu que se cree libre, desligado de las condiciones materiales de la existencia.

> Dentro en mi alma fue de mí engendrado
> un dulce amor, y de mi sentimiento
> tan aprobado fue su nacimiento
> como de un solo hijo deseado.*

Este hijo único, el amor, niño mimado, ha sido engendrado por el propio Garcilaso sin ayuda de hombre o mujer, por partenogénesis, y vive y crece «dentro en mi alma», puro y libre, sin contacto con lo que sucede fuera, en el ancho y ajeno mundo.

La realidad, el mundo, la vida que vivimos, sólo seguía haciendo acto de presencia en las canciones populares:**

> No me habléis, conde,
> d'amor en la calle:

---

* Garcilaso, soneto XXXI.
** Recogidas con amplitud y precisión por Margit Frenk en varios libros, entre ellos *Lírica española de tipo popular*.

> catá que os dirá mal,
> conde, la mi madre.
>
> Mañana yré, conde,
> a lavar al río;
> allá me tenéis, conde,
> a vuestro servicio.

La realidad seguía siendo muy poco presentable:

> Chapirón de la reina,
> chapirón del rey.
> Mozas de Toledo,
> ya se parte el rey,
> quedaréis preñadas,
> no sabréis de quién.

Sin embargo, con la invención de un alma por dentro, los poderosos ya podían reconciliarse consigo mismos, absolverse y seguir encantados de haberse conocido. Por dentro era amor, aunque por fuera se trataba de dominación. No era lo que parecía, cariño, ahora podían explicarlo todo.

La invención de esa interioridad libre y privada fue de gran importancia para el desarrollo del capitalismo, que no utiliza esclavos por la fuerza (como lo era Antón Sánchez), sino que necesita sujetos libres para que puedan obligarse por su propia voluntad, mediante un contrato. Por dentro es un mercado libre, aunque por fuera parezca simple explotación. Pueden explicarlo, cariño, no es lo que parece.

Pero eso vendría un poco más adelante, cuando el amor (y ese espacio donde ponerlo, el alma) se extienda al resto de la población, hasta llegar a nuestros tristes tiempos, en que el amor, un gran amor incluso, forma parte de los derechos fundamentales de la persona y está garantizado por la Constitución. El amor y la tele son ahora ya lo único que da a cada uno ese cuarto de hora en el que puede sentirse el protagonista de su propia vida. Durante los cuarenta y cinco minutos restantes de nuestra existencia no somos más que factores de producción.

Al principio el amor recién inventado sólo estaba al alcance de quienes se lo podían permitir. Las reglas del nuevo deporte eran sencillas: el amor sólo se podía sentir entre nobles, entre caballeros y damas. Era en esencia una transposición de las relaciones feudales de vasallaje: la dama era la señora y el caballero era su vasallo. Un requisito fundamental es que el amor fuera imposible, para lo cual se prefería que la dama estuviera casada. De ahí se sigue que debía de ser secreto y de ahí los (sobradamente ridículos) nombres que los trovadores dan a sus amadas, los emblemas, los acertijos, los acrósticos en los poemas. De haber podido, se habrían amado en código morse, para darle aún más misterio.* El amor era por tanto una pasión, algo que se padecía sin remedio. Una amplia gama de sentimientos aparecía así en ese nuevo espacio interior: el alma del enamorado. Allí podía absolverse a sí mismo y contemplarse a la luz más favorable de sus buenas intenciones. Por eso se habla tan a menudo del «amor al amor», puesto que la presunta amada era poco más que la ocasión o el pretexto para que la pasión hiciera aparecer un alma en el interior del caballero, al que buena falta le hacía.

La Celestina es, entre otras muchas cosas, una impugnación de este amor cortés. Calisto practica la caza, pero también el amor, entre otras distracciones nobiliarias. Sus propios criados se burlan de él, de su deseo de estar pensativo y doliente, de su improvisado sufrimiento, de su pasión avasalladora e inventada, pero que a sus propios ojos le enaltece.

Una vez que Calisto consigue a Melibea, el artificio del amor cortés se desmorona como un castillo de naipes: se trataba sólo de cobrar la presa. Hay que esperar al acto XIX para que la realidad del deseo de Calisto quede al descubierto, cuando Melibea le dice:

---

* Por desgracia tendrían que esperar siglos para que estuvieran disponibles el alfabeto morse y el telégrafo, aún con hilos.

Dexa estar mis ropas en su lugar e, si quieres ver si es el hábito de encima de seda o de paño, ¿para qué me tocas en la camisa? Pues cierto es de lienço. Holguemos e burlemos de otros mill modos, que yo te mostraré, no me destroces ni maltrates como sueles. ¿Qué provecho te trae dañar mis vestiduras?

Calisto, desenmascarado, se olvida de esa alma buena que había conseguido inventarse y responde con grosera contundencia cinegética: «Señora, el que quiere comer el ave quita primero las plumas».

El amor cortés, como deporte, era equivalente a la caza. Los nobles, al cazar, según decían ellos, se preparaban para la guerra. No era más que un entrenamiento de dominación. Se trataba de comerse el ave.

Mucho más tarde, don Quijote también se inventará su propia pasión, su amor cortés (al fin y al cabo, ha sido armado caballero), y se inventará a su amante, Dulcinea (que no es más que la ocasión para conseguir estar enamorado). Como diría Voltaire, se inventa pasiones para ejercitarse, del mismo modo que los nobles cazaban para mantenerse en forma.

Cervantes, sin embargo, idealista y piadoso, no permite que su héroe se coma el ave.

A Sancho Panza, como es natural, le resulta incomprensible la pasión de don Quijote. Como le resultaba inconcebible y ridícula a las canciones populares:

> Dadme alegría,
> alma y coraçón,
> dadme alegría,
> no me deis pasión.

El huerto del amor

La choza de grandes piedras estaba rodeada de las ruinas de una tapia de mampostería, con cardos y flores por el suelo, hojas secas, arbustos y rastrojo. Había troncos secos partidos y hoyos excavados por una tempestad, que parecían impacientes sepulturas abiertas. A la entrada de la choza estaba Juan Poeta disfrazado de anciano de larga barba blanca. Precedida de la música de una flauta, apareció Martina cubierta por una túnica. Todos contuvimos la respiración: estaba resplandeciente.

Juan Poeta se puso a gritar:

> Cerrada estaba mi puerta,
> ¿a qué vienes? ¿Por do entraste?
> Di, ladrón, ¿por qué saltaste
> las paredes de mi huerta?
> La edad y la razón
> ya de ti me han libertado;
> deja el pobre corazón
> retraído en su rincón
> contemplar cual le has parado.

Le explica que su huerto no es lo que fue, que está destruido, que ya no es el huerto del amor, que se vaya, que de sobra le conoce y sabe que no trae nada bueno. Si Martina representaba al Amor, todos entendimos que Juan Poeta era el Viejo, no él mismo ni otro viejo con nombre y apellido, sino cualquiera de nosotros en cuanto pasara algo de tiempo.

El Amor le dice que, puesto que él le ha reconocido, quiere hablarle. El Viejo se niega, no se fía. El Amor gira a su alrededor, y aunque el Viejo se vuelve y le da la espalda, no puede evitar mirar el cuerpo de Martina. Nosotros tampoco. Vuelve a gritar nervioso:

> Vé de ay, pan de zarazas,
> vete, carne de señuelo,
> vete, mal cebo de anzuelo:
> tira allá, que me embarazas:
> reclamo de pajarero.

Las zarazas son las bolas de pan con cristales y agujas dentro; se las damos a los animales que hay que matar. El Amor le pide que le escuche y el Viejo, temblando al mirar a Martina, responde:

> Habla ya: di tus razones:
> di tus enconados quejos;
> pero dímelos de lejos:
> el aire no me enfeciones.

Hablan y el Viejo va cediendo poco a poco, y Martina cada vez se acerca más a él, encareciendo los benéficos efectos del Amor, que hace valiente al cobarde, amable al rudo, alegre al enojado y un largo etcétera que ya conocíamos por Juan Ruiz. Le habla de magia y cosmética, unturas, estoraque, solimán, y hasta le ofrece el equivalente medioeval de la Viagra:

> Mil remedios dan amores
> con que enhiestan lo caído.

Aunque por un instante el Viejo, con mirada soñadora, parece considerarlo, se pone de pronto de pie y se dirige a Marina con tanta dureza que ella cae al suelo, junto a la tapia. Cuando el Viejo termina su apocalíptica diatriba, Martina, tras un prolongado silencio, vuelve a hablar con voz delgada y temblorosa. Le explica que los padecimientos del amor no hacen sino acrecentar el placer:

> No ay plazer do no ay dolor.
> Nunca ríe con sabor
> quien no llora alguna vez.

Entonces, desde el suelo, Martina le dirige una mirada ardiente y le promete que, con su inmenso poder, va a hacerle rejuvenecer y «de muerto revivir». El Viejo la ayuda a levantarse y se rinde:

> Allegate un poco más:
> tienes tan lindas razones,
> que sofrirte he que me encones
> por la gloria que me das.

Al hablar de las «tan lindas razones», el Viejo clavó los ojos, acercando la cara, en los pechos de Martina. Bajé la vista, no sé si avergonzado o furioso, cuando ella dejó caer su túnica de los hombros a los codos y, con los pechos desnudos, abrazó al Viejo, que para mí ya había vuelto a ser un individuo demasiado específico; el Viejo era el viejo: Juan Poeta, dolorosamente individual.

> Hete aquí bien abrazado;
> dime, ¿que sientes agora?

El Viejo respondió con lujuria. Martina entonces deshizo el abrazo y se dio media vuelta. La túnica se quedó entre los dedos del Viejo. Ella se subió en una de las piedras de la tapia, diciendo «¡Agora verás, don Viejo!». Desnuda, por encima del Viejo que se puso de rodillas, le anunció su castigo: iba a enamorarse perdidamente de una chica de corazón muy duro, una mujer joven y esquiva. Tras una carcajada, comenzó a recitar:

> ¡O viejo triste, liviano!
> ¿Cual error pudo bastar
> que te había de tornar
> rubio tu cabello cano?
> ¿Y esos ojos descosidos,
> que eran para enamorar,
> y esos labios tan sumidos,
> dientes y muelas podridos,
> que eran dulces de besar?

Sin compasión siguió enumerando las miserias del Viejo, al que le temblaba la barbilla y le lloriqueaban los ojos.

> ¡Viejo triste entre los viejos
> que de amores te atormentas!
> Mira cómo tus artejos
> parecen sartas de cuentas:
> y las uñas tan crecidas
> y los pies llenos de callos,
> y tus carnes consumidas,
> y tus piernas encogidas,
> cuales son para caballos.

El Viejo apretaba en los puños la túnica, y los artejos o nudillos le blanqueaban de dolor. Nunca habíamos oído tanta crueldad: habló de su boca gargajosa, de su tos, de que si intentaba escupir se ensuciaba la barba, de que cuando estuviera «entremetido en cosas dulces de amores» le daría un dolor repentino en los ijares y se le atravesaría un gemido en la garganta. El Viejo, que éramos otra vez cada uno de nosotros, lloraba a lágrima viva escondiendo la cara en la túnica.

Una chica de no más de doce años apareció desde detrás de la casa y empezó a bailar descalza alrededor del Viejo, que no podía evitar mirarla. Martina siguió su vituperio subida a la roca de granito:

> ¡O maldad envejecida!
> ¡O vejez mala de malo!
> ¡Alma viva en seco palo,
> viva muerte y muerta vida!
> Depravado y obstinado,
> deseoso de pecar,
> mira, malaventurado,
> que te deja a ti el pecado,
> y tú no le quieres dejar.

Daba tanta pena ver llorar al Viejo de rodillas, que todos habíamos apartado los ojos del cuerpo desnudo de Martina, hasta el momento en que se dio media vuelta y saltó al otro lado de la tapia. La niña entonces le dio con el pie desnudo una patada en la cara al Viejo, que soltó un grito desgarrador y escapó a cuatro patas. La niña también desapareció detrás de la choza.

Nos quedamos en silencio. ¿Qué quería decir aquella exhibición de crueldad? ¿Por qué el Amor había tentado primero al Viejo para después humillarlo? ¿Por qué le castigaba a convertirse en la patética figura del viejo enamorado de una niña que no le hace caso?

Aparecieron los tres, pero ahora sin disfraces, y levantaron las manos. Aplaudimos con entusiasmo.

Se suele hablar del origen litúrgico del teatro medieval, de las representaciones del *Auto de los Reyes Magos,* del teatro sacro cortesano de Gómez Manrique, de los entremeses y de los momos, pero la emoción del teatro pocas veces la he sentido (en ningún siglo) de forma tan intensa (y tan desoladora) como viendo el *Diálogo entre el amor y un viejo,* de Rodrigo Cota.

—Parece fruto de una mente demoníaca —nos decía en clase Lázaro Carreter, don Fernando—. ¡Se trata de un crimen gratuito! El Viejo está solo y tranquilo, no tiene cuentas pendientes. Ya estaba derrotado. ¿Para qué va el Amor a tentarle? ¿Por qué tanto ensañamiento? Es casi perverso. Se nota que es la conciencia desesperada de un judío, de un converso perseguido.

Don Fernando era un hombre melifluo, entre la amabilidad abacial y la simpatía emprendedora de vendedor de grandes almacenes, satisfecho de sí mismo y al que siempre le estaban esperando en otro lugar a la misma hora. Puede que tuviera razón, pero él no había visto como yo al público emocionado, primero riéndose del Viejo, en seguida sobrecogido, derramando lágrimas, compadecido de sí mismo, víctima sin saberlo de una catarsis aristotélica. Tampoco había conocido al jovial juglar Ruy Cota como le conocí yo. Tocaba la vihuela, cantaba, recitaba versos, pero también cantares sucios e de cazorrerías, e otros cantares vanos de amor; saltaba e tornairaba, endoblando su cuerpo e torciendo los ojos e la boca o faziendo otros malos gestos e villanías de amor torpe e suzio, que semeja que ha quebrantado los miembros e así los meneaba como si los oviese descoyuntados. Si se sentía perseguido por judío, no menos se sentía querido (por el pueblo) y odiado (por los poderosos) por juglar, como todos ellos, juglares y juglaresas, cantadores y cantaderas, egipcianos todos, felices con su arte y con la felicidad y el aplauso de sus iguales, incluso a riesgo de la infamia en esta vida y de la perdición de sus almas en la eternidad.

Tras la representación, tampoco me cupo ya ninguna duda de que Ruy Cota fue el autor del primer acto de *La Celestina*. Fernando de Rojas habla de él y de Juan de Mena, pero salta a la vista que el nombre de Mena lo puso para despistar. Lo explicaba muy bien, con voz nublada por la cazalla, don Marcelino Menéndez y Pelayo:

> Juan de Mena fue un poeta superior dentro de su género y escuela, y en cierto modo el mayor poeta del siglo XV, pero su prosa es francamente detestable, llena de pedanterías, inversiones y latinismos horribles [...] Basta haber leído una página cualquiera del *Omero romanzado* [...] para comprender que era incapaz de escribir ni una línea de *La Celestina*. De su *Glosa* decía el Brocense que, «allende de ser muy prolija, tiene malísimo romance y no pocas boberías (que ansí se han de llamar): más valdría que nunca pareciesen en el mundo, porque parece imposible que tan buenas coplas fuesen hechas por tan avieso entendimiento». Esta incapacidad de Juan de Mena para usar otro lenguaje que el métrico debía de ocultársele menos que a nadie a Fernando de Rojas, verdadero progenitor de nuestra prosa clásica, a quien no llega ningún escritor del siglo XV y superaron muy pocos del siguiente. ¿Cómo hubiera podido creer ni por un momento que era obra de Juan de Mena la que dice haber tenido entre manos? Este rasgo es uno de los que hacen dudar de su absoluta sinceridad. Puso a bulto el nombre del poeta cordobés, porque era una grande autoridad literaria en su tiempo y se le citaba para todo.

De mi amigo Ruy Cota solía decir don Marcelino, hablando de su *Diálogo entre el amor y un viejo:* «Quien imaginó este coloquio en verso no era indigno de haber escrito algunas páginas de *La Celestina*».*

Vuelo nocturno

Al día siguiente, nos pusimos en marcha y, en un cruce de caminos, encontramos el cuerpo de un ahorcado que aún se balanceaba, colgado de la rama de un roble. Los pájaros le habían vaciado los ojos y tenía el vientre abierto, con entrañas ilegibles, emborronadas a picotazos por los buitres, tachadas por los gusanos, enmendadas por las ratas. Nadie dijo nada. En la Edad Media no era raro contemplar cadáveres: la vida era menos solitaria de lo que pensaba Hobbes, pero aun así pobre, desagradable, brutal y demasiado breve.**

Avanzábamos hacia el norte, pero a la orilla de un arroyo,*** decidimos acampar de nuevo: para intentar cruzar el puerto, había demasiado viento y quedaba poca luz.

> *Me-w 'l-habib enfermo de mew amar*
> *¿Ke no a d'estar?*
> *¿No ves a mibe ke s'a de no legar?*****

Estaba calentando algo en un puchero pequeño y, cuando la canción me atravesó el corazón, le dije a Rodrigo:

—Ruy, compañero, ¿la estás oyendo?

—Te está llamando —intervino Juan Poeta—. Dicen una cosa y quieren decir la contraria, pero ni te acerques. Líbrate de la maléfica.

---

* Así lo dejó también escrito en sus *Orígenes de la novela*, en el (apasionante y apasionado) capítulo «*La Celestina*. Razones para tratar esta obra dramática en la historia de la novela española».
** «*The life of man [was]solitary, poor, nasty, brutish, and short*», *Leviathan*, XIII.
*** El Majavilán imagino que fue.
**** «Mi amigo está enfermo de amarme. / ¿Cómo no ha de estarlo? / ¿No ves que a mí no ha de llegar?»

—¿Es bruja? —pregunté.
—De las que cuentan por habas los sucesos por venir. Y adivina y sortílega, perfumista y envenenadora; amén de puta, eso por descontado.
—Ten cuidado, amigo —me advirtió Rodrigo Cota.
Me acerqué hacia ella. Igual que Antón, ya me había rendido y, como el impaciente vaso, no veía el momento de que cayera sobre mí esa gota que me colmara y me permitiera desbordarme. Me dirigía de cabeza, como escribió el arcipreste:

> A las grandes dolençias, a las desaventuras,
> a los acaesçimientos, a los yerros de locuras.

Le pregunté qué estaba cocinando y me dijo que nada para mí; le dije que la quería y me respondió que mis palabras non las preciaba dos piñones; me advirtió que podía causarme daño y le confesé que me daba lo mismo. Entonces me miró de frente, con la cuchara en la mano, y sonrió como lo había hecho la mujer de las Ray-Ban, o quizá ella misma en el otro extremo del tiempo.
—Más tarde, después que haya cantado el somorgujo.
Supuse que sería un pájaro y confiaba en que Antón sabría distinguir su canto. Ella metió la cuchara en el puchero y me la ofreció para que bebiera.
—¿Tienes miedo?
—No —mentí, y bebí aquello, que tenía un sabor ácido y olía a almendras amargas.
—Ahora vete, habibi.
Supuse que sería beleño lo que había bebido. A mis espaldas la oía cantar:

> *Vent' a mib de nohte.*
> *In non, si non queris, yireim' a tib:*
> *garme a ob legarte.**

---

* «Ven a mí de noche. / Si no, si no quieres, yo iré a ti: / dime dónde encontrarte.»

Entre los robles, se hacía más de noche y no dejaba de escuchar graznidos, arrullos, trinos y gorjeos; ya no había pájaro en aquel monte y en aquel río que no ululara, crotorara, gañera, piara o zureara, pero ninguno era el reclamo del somorgujo, que debía de tener la cabeza sumergida bajo el agua.

Como desprendidas de las cortezas de los árboles, aparecieron de pronto las tres brujas y, sin tocar el suelo con los pies, se pusieron a bailar alrededor de una piedra plana hasta que se encendió un fuego sobre ella.

—¿Cuándo volveremos a encontrarnos las tres en el trueno, los relámpagos o la lluvia? —preguntó la Bruja número 2.

—Cuando todo esté escrito y borrado, dicho y callado, leído y olvidado —aseguró la Bruja número 1.

—Cuando el hombre ya sea mujer y reciba la semilla en un vientre fecundo —añadió la Bruja número 3.

—Eso será antes de que el sol se ponga entre dos cuerpos de bronce y la sombra cubra al joven cuya muerte dura y duele demasiado —al decir esto, la Bruja número 2 arrojó un puñado de sal sobre las llamas.

—Nos encontraremos en la Fonte Frida.

—En el yermo nos encontraremos también.

—Y a la orilla del mar, también allí otra vez.

Tras esto dijeron las tres a la vez:

—El mal es el bien y el bien es el mal; el hombre es la mujer y la mujer es el hombre: echemos a volar a través de la niebla y el aire impuro.

Y así lo hicieron hasta perderse de vista en el éter sutil, imponderable y elástico.

El fuego se había apagado, pero cuando pasé la mano sobre la piedra, la ceniza aún quemaba tanto que hubiera dado un grito de no ser porque me sorprendió una pavorosa carcajada, semejante a la risa de un desesperado. Era el canto aterrador del somorgujo, que acababa de sacar la cabeza del agua, de regreso de la muerte.

Retumbaban mis latidos como cascos de caballo al galope y, con cada paso que daba de vuelta al campamento, se encogía mi vida: pero no parecía importarme, puesto que me puse a correr.

> A mi puerta nace una fonte:
> ¿por dó saliré que no me moje?

Sin dejar de cantar se desnudó y quedé clavado en el suelo, inmóvil pero en vilo. Martina metió la mano en el puchero que yo no sabía si contenía beleño o estramonio y, murmurando entre dientes, se untó de los pies a la cabeza.

—*Noli me tangere:** cuando vuelva a mi propio cuerpo, sabré quién eres y quiénes somos tú y yo —me dijo.

Luego se tumbó sobre la hierba y allí se quedó como cae un cuerpo muerto.** La llamé por su nombre, pero no recordó. Acerqué mi boca a la suya y vi que no respiraba ni poco ni mucho. No me atrevía a tocar su pecho, pero puse dos dedos en su cuello y comprobé que su corazón había dejado de latir. ¿Sería así como conseguía vivir cientos de años como si tal cosa? Me puse despacio a mirarla y deprisa se apoderaron de mí el miedo y el deseo. Quise morderla, por ver si volvía en sí, pero no hallé parte en toda ella que la vergüenza no me lo impidiera. Acudieron los juglares y otros del campamento, y así nos encontraron a los dos: ella como una estatua o catatónica y a mí junto a ella, en cuclillas, absorto, mirando su cuerpo desnudo. Unos decían: «Muerta parece un angelito, mírala»; otros, menos considerados: «Ya está la bruja untada y va volando por los aires».

—¡Cuánto sufrir por non nada, pobre amigo! —se compadeció Rodrigo Cota—. No olvides que de sí mismo sale quien su vida desata.

—Apártate de la maléfica —me recordó Juan Poeta.

Acostumbrados debían de estar ya a estos transportes, pues

---

* «No me toques» fue lo que le dijo, recién resucitado, Jesucristo a María Magdalena (Juan 20, 17), aunque en el original griego escribió el evangelista: μὴ μου ἅπτου, que también podría traducirse como: «No me retengas».
** «*E cadi come corpo morto cadde*», Dante, *Inferno*, V.

muy pronto se retiraron todos y me dejaron a solas con Martina. Me tumbé a su lado, al aire de su vuelo, y mi mano se posó con la suavidad de un copo de nieve sobre su muslo. En ese momento despertó Martina y, viéndose desnuda y toqueteada, me miró de hito en hito y me abofeteó con todas sus fuerzas. Cerré los ojos y recibí un segundo sopapo en la otra mejilla, dado con el dorso de la mano.

Si es que volaba, a mí nunca me dijo adónde, como tampoco supe nunca a qué universo se desplazaba Emilia Montalvo, mi esposa, cada vez que se quedaba traspuesta haciendo ganchillo.

Lo primero que hice, en cuanto estuve libre, fue superar la Selectividad.

Aunque aprobé gracias a la nota media, suspendí el examen de Literatura, lo que me causó tanta humillación como perplejidad. Me tocó el arcipreste de Hita y respondí con sinceridad. Expliqué que no valía la pena leerlo, porque no era un libro, sino una serie de números como los de un musical, que se podían acoplar en distinto orden para cada representación, y conté que Juan Ruiz los guardaba en un cartapacio donde tenía varias versiones de cada serranilla, cada aventura con monja, cada historia de cornudos; y elegía una u otra según el montaje que quisiera llevar a cabo, aunque, como todos los cómicos, tenía números fijos que siempre aparecían: el combate de don Carnal y doña Cuaresma, la muerte de Trotaconventos y el planto que le dedica, los amores con doña Endrina, etc.

Intenté aclarar que el texto en realidad no era lo importante, sino la puesta en escena, a menudo con varios juglares y alguna cantadera; el resultado era una representación teatral muy semejante a un especial Nochevieja de televisión.

Me pusieron un cero. Ni siquiera un dos o un cuatro. Cero puntos.

Así comprendí que había poderosos intereses en que no querían que se conociera la verdad.

Esperando a los bárbaros

Nadie en Castilla se había enterado del final, hacía unos pocos días, de la Edad Media, a la que ni siquiera llamaban así. Aún tardaría en llegar (a pie, en barco y a caballo) al rey, el muy prepotente don Juan el segundo, noticia de que, por pecados de la Christiandad, los turcos tomaron la gran cibdad de Constantinopla, e sojuzgaron el imperio de Trapisonda.

Ellos no sabían que eran medioevales; dividían el tiempo en edades *(aetates);* la primera duró desde la caída de los ángeles hasta el fin del diluvio; la segunda, hasta Abraham; la tercera, hasta la guerra de Troya; y así hasta la sexta, en la que se encontraban, que había empezado con Jesucristo. Se consideraban por tanto continuadores de los clásicos grecolatinos, casi sus contemporáneos; jamás habrían imaginado que nuestro siglo les juzgaría como una Edad Oscura que volvió la espalda a la cultura de la Antigüedad.

Pensaban que vivían en una bola, a la que se imaginaban como un huevo: la gota de grasa en el centro de la yema es la Tierra, donde estamos todos; la yema es la región del aire; la clara es el éter; y la cáscara del mundo es el cielo. Todo lo que existe es una combinación incesante de cuatro elementos: aire, tierra, fuego y aire. Así nosotros somos también compuestos de cuatro humores, porque el hombre es un pequeño mundo. El centro del mundo es la Tierra, a la que sólo la piadosa mano de Dios sujeta en el vacío; si nos dejara de su mano, caeríamos sin remedio al abismo de la eternidad. Los siete planetas errantes producen la música de las esferas, y cada uno da una de las siete notas. Nosotros también tenemos siete componentes: los cuatro elementos (del cuerpo) más las tres potencias (del alma). Para ellos, la analogía era una forma de conocimiento, lo mismo que el símbolo o la etimología. En los nombres se contiene la naturaleza de lo que nombran: mujer, cadáver, celulitis. Así la mujer, por su debilidad y blandura, se llama *mollis*, que es flexible o blando en latín, como muelle o como molusco, que es un animal invertebrado de cuerpo baboso, aunque a menudo protegido por una concha o caparazón. Cadáver no es más que *Cara data vermibus*, carne entregada a los gusanos. La celulitis es término antiguo, creado por el temor que nuestros antepasados sentían a que su mujer se transformara en otra (o en árbol, como Dafne), lo cual solía suceder a partir de cierta edad, cuando la piel suave se torna piel de naranja y entonces el cielo se convierte en piedra: el *caelum* se vuelve λίθος (litos).

Entre otras múltiples boberías, Aristóteles había asegurado que las mujeres tenían un diente menos que los hombres *(Hist. Anim.* II, 3, 501b). Esta información tan precisa la había obtenido el filósofo, no de la observación y recuento en varias cavidades bucales, faltaría más, sino por simple deducción, sentado en su despacho, elucubrando mediante silogismos a partir de ciertas premisas sobre el concepto de mujer y por tanto la mayor o menor frialdad de la sangre femenina. Durante siglos nadie, ni una sola persona, se tomó la molestia de contar las piezas dentales de ninguna mujer. ¿Para qué contarlas, si la teoría hacía indispensable que les faltara un diente? La realidad empírica no se mostraba entonces tan soberbia y prepotente como ahora; agachaba la cabeza ante el resplandor de la idea, cuanto más abstracta mejor. No se trataba sólo de la extraordinaria *auctoritas* de Aristóteles, sino de una fe (conmovedora, imponente, admirable) en la superioridad del espíritu sobre la materia, de la teoría sobre la práctica, del deseo puro sobre la impura realidad y de la cegadora luz de la idea sobre las grises tinieblas de los hechos. Alfonso X el Sabio, en su *Lapidario*, afirma que Aristóteles «mostró todas las cosas por razón verdadera». Además también mostró que «todas las cosas del mundo son como travadas et reciben vertud unas de otras». La realidad es una selva de signos que atravesamos sobrecogidos.

La interpretación alegórica, en la que la *res* es siempre un *signum*, que se asocia a otra *res* y a otros signos, forma una trama que vuelve coherente el mundo real, tan mostrenco y opaco, tan poco inteligible como nuestras vidas; y así le dio, durante toda la Edad Media, un sentido resonante y unitario.

La Edad Media dio comienzo con la caída del Imperio romano de Occidente, en el 476, cuando Oloacro depuso a Rómulo Augusto, y concluyó con la caída del Imperio romano de Oriente, en 1453, cuando el turco tomó Constantinopla. Mil años habían estado en las tinieblas sin saberlo.

Habían deseado impacientes la acogedora oscuridad: en el 476 llevaban ya tiempo esperando a los bárbaros.

>¿Qué esperamos agrupados en el foro?
>
>Hoy llegan los bárbaros.
>
>¿Por qué inactivo está el Senado
>e inmóviles los senadores no legislan?
>
>Porque hoy llegan los bárbaros.
>¿Qué leyes votarán los senadores?
>Cuando los bárbaros lleguen darán la ley.

Así comienza un célebre poema de Constantino Cavafis, que termina de esta forma:

>¿Por qué de pronto esa inquietud
>y movimiento? (Cuánta gravedad en los rostros.)
>¿Por qué vacía la multitud calles y plazas,
>y sombría regresa a sus moradas?
>
>Porque la noche cae y no llegan los bárbaros.
>Y gente venida desde la frontera
>afirma que ya no hay bárbaros.
>
>¿Y qué será ahora de nosotros sin bárbaros?
>Quizá ellos fueran una solución después de todo.

3
Una voz junto al fuego

It is in the tranquillity of decomposition that I remember the long confused emotion that was my life, and that I judge it, as it is said that God will judge me, and with no less impertinence.

Es en la tranquilidad de la descomposición donde recuerdo la larga, confusa emoción que fue mi vida, y donde la juzgo, como se dice que Dios me juzgará a mí, y con no menos impertinencia.

SAMUEL BECKETT, *Molloy*

Nosotros, mientras tanto, seguíamos andando hacia el norte y, cuanto más cerca del corazón de Castilla, más peligro corríamos. No todas las noches conseguía acostarme al lado de Martina, que prefería a menudo la compañía (o los regalos) de Ruy Cota. Aprendí a ser triste.

Le había preguntado si, al volver de su vuelo, sabía quién era yo y me dijo que sí.

—¿Quiénes somos nosotros, tú y yo? —insistí.

—Lo sabrás cuando hayas llegado.

—¿Adónde?

—Adonde vamos —respondió, así que la dejé por imposible y dije:

—Deberíamos volver atrás, al principio.

Al día siguiente, cuando me desperté, no estaba en el campamento, sino en el salón de un castillo, en Toledo, en el año 711.

Aquí sí habían hecho acto de presencia los bárbaros: nunca defraudaron. Se empujaron unos a otros hacia el sur, desde inhóspitos lugares hiperbóreos de días muy cortos y noches interminables. Huyendo de los hunos, oleadas de vándalos, suevos y alanos llegaron a España hacia el 411 y se instalaron, desafiando a Roma, que acabó pidiendo ayuda a otros bárbaros, los nuestros, hasta convertirlos en una leyenda: los reyes godos.

Mucho tiempo después, cuando ya no existía, todo el mundo se puso de acuerdo en que la España visigoda había sido el paraíso perdido, hasta tal punto que en el siglo XX, para el examen de reválida, todos los bachilleres aprendían de memoria y recitaban como un conjuro la lista de los reyes godos en orden cronológico.

Los visigodos mantuvieron el control sobre España cuando cayó el Imperio romano, pero hasta en el paraíso había una serpiente *(et in arcadia ego)*.

Incierto se presentaba el reinado de Witiza, a finales del siglo VII, y por eso acabó siendo depuesto por don Rodrigo, el postrimero rey de los godos y el culpable de la perdición de España, que fue expulsada del paraíso. La pérdida del reino (que estaba para nosotros) se produjo, como era inevitable, por medio de una mujer y en ella una serpiente también tiene su papel en el reparto y una actuación decisiva en el desenlace, porque la leyenda de Rodrigo y la Cava es nuestro libro del *Génesis* y ha fascinado a los españoles desde el Romancero a fray Luis de León, de Pedro del Corral a Juan Goytisolo.

Don Rodrigo era un hombre triste y torpe, parecido a las moscas en invierno, a las que cuesta hacer que abandonen la superficie sobre la que se han posado, y hay que dar dos o tres palmadas, hasta que reaccionan, pero es como si les pesaran las alas, vuelan despacio, aturdidas, con tendencia a caerse en cualquier recipiente que contenga leche o vino.

Quizá cuando le conocí en Toledo, su atolondramiento se debía a la presencia de Florinda la Cava, a la que espiaba escondido desde un mirador, mientras Telmo Ramírez, su camarero, en cuyos nervios estaba yo alojado, le espiaba a él.

> Pensó la Cava estar sola,
> pero la ventura quiso
> que entre unas espesas yedras
> la mirara el rey Rodrigo.

Un día, después de comer, se apartó el rey y se sentó en el alféizar de una ventana, y llamó a la Cava, que le curase los aradores de las manos, que mucho le picaban, porque Rodrigo padecía de sarna. Con un alfiler de oro le sacaba los diminutos ácaros de sus escondites bajo la piel. Cualquiera diría que no era una situación la más propicia para desfallecer de amor, pero Rodrigo no vio nada de particular en ello y decidió aprovechar el momento para descubrir su corazón a aquella muchacha que se había arrodillado a sus pies. La reina, con sus doncellas, se había apartado y no podía oírles. O quizá se había apartado para no tener que oírles.

La proximidad de la cabeza de la Cava sacaba de su quicio a Rodrigo, pues la tenía sobre sus muslos y sacaba sin parar la punta de la lengua, que se movía como para ayudar o dirigir el alfiler de oro con el que buscaba ácaros en la mano izquierda del rey.

Al dirigirse a la otra mano, rozó la Cava la natura del rey, que no poco abultaba ya bajo el manto, y al mismo tiempo, como por distracción, clavó el alfiler en su muslo. Rodrigo apretó los labios para ahogar un gemido que no sabía si era de dolor o de placer. Entonces le declaró sus deseos.

—Señor, más querría ser muerta que tal consentir.

Rodrigo le pasó la mano por el cabello y acarició su nuca, aquella nuez de ballesta entre la primera y segunda vértebra, por donde se comunican los espíritus, en virtud de los cuales el alma hace sus operaciones. Apretó la mano e hizo fuerza para acercar la cabeza de la Cava a su manto. No consiguió moverla y ella alzaba los ojos y le miraba desafiante. ¿Podría apretar la mano hasta ahogarla? Claro que podría: ¿acaso no era el rey? Desataría así el nudo que une su alma con su cuerpo y quedaría sin entendimiento ni sentidos,* con la lengua fuera, hasta que el viento de su espíritu escapara por su boca, como una nube o como se despega del río la niebla al amanecer. Rodrigo sintió aumentar su deseo. Aflojó la mano: él también era obstinado.

—¿Entonces nunca sería de grado?

—No sería nunca, señor, sino contra mi voluntad —dijo

---

* Por eso suponen algunos que nuca viene del griego νοῦς, mente, la *mens* latina. Otros creen que procede del término árabe para médula espinal y algunos afirman que así se llama por su parecido con la nuez de una ballesta.

la Cava, y con una coqueta sonrisa que dejó perplejo al *Rex visigothorum* añadió—: Siempre por la fuerza tendría que ser.

Esa noche, Rodrigo no pegó ojo. Sentía que había hecho el ridículo en manos de una chiquilla. Recordó sus dedos apretando el cuello de la Cava. ¿Qué deseaba? ¿Qué le empujaba a querer que muriese en su regazo? ¿Quién era él? ¿Qué había en su interior?

Tras tres noches en vela, el rey Rodrigo decidió que sólo había una forma de saberlo: llegar hasta el final. Tocar el fondo del pozo de su deseo y su voluntad.

Mandó llamar a la Cava y que se la trajeran a su cámara, donde estaba solo (aunque yo podía verles tras un paramento).

Se lanzó sobre ella, que le recibió a golpes con los puños, pero no dio voces. Se acostaron en la cama, desnudos *(nudus cum nuda)*, con la espada entre los dos, como Tristán con Isolda. Lucharon en silencio y con todas sus fuerzas. La Cava aprisionaba entre los muslos la natura de Rodrigo, que intentaba moverse, sin lograrlo, no sólo por la fuerza que hacía la Cava con las piernas, sino porque también le daba mordiscos. En el amplio lecho, giraban enlazados, sin dejar de combatir. Los dos se cortaron con el filo de aquella espada, y cuando el rey estaba boca abajo, con la Cava a horcajadas sobre su espalda y el puño de la espada en el interior del *Rex visigothorum*, éste dejó escapar un gemido sofocado, parecido a un rebuzno, y se quedó inmóvil. La Cava descabalgó y le miró con una sonrisa condescendiente. Le extrajo la espada y la clavó en la madera del estrado, donde se quedó temblando. *Stetit illa tremens.** Era de hierro, con dos filos, y entre la cruz y el pomo, el puño, forrado de cuero, medía casi veinte centímetros, lo que permitía utilizarla a mandobles. El pomo era metálico, doloroso e inolvidable (sobre todo para Rodrigo). En una de las dos caras esmaltadas había una inscripción: CVRSVM PERFICIO.**

---

* En el libro II de la *Eneida* de Virgilio.
** «Aquí termina mi viaje» o «He llegado al final de mi camino». Es curioso que la misma inscripción estuviera grabada en la última casa de Marilyn Monroe, donde murió.

> Si dicen quién de los dos
> la mayor culpa ha tenido,
> digan los hombres: la Cava
> y las mujeres: Rodrigo.

La Cava le escribió a su padre, el conde don Julián, y lo que sucedió después es historia sabida. El conde don Julián, el traidor, se dirigió a los moros para facilitarles el paso del Estrecho y la destruyción de España. Juan Goytisolo se alistó en aquella expedición, aunque algunos siglos después. Tariq y el moro Muza conquistaron con facilidad el sur de la península. Rodrigo, nuestro postrimero *Rex visigothorum*, se puso al frente del ejército, que se enfrentó a los invasores en la batalla de Guadalete, entre el 19 y el 26 de julio del 711.

Perdimos y «la espaciosa y triste España»* fue conquistada.

> Llegaron los sarracenos
> y nos molieron a palos,
> que Dios ayuda a los malos
> cuando son más que los buenos.

Hasta el buen fraile agustino, Luis de León, se rasgó las vestiduras: «¡Cuánto yelmo quebrado, / cuánto cuerpo de nobles destrozado!».

¿Cómo murió? (Olga, la pizpireta, que hoy ha venido con lápiz de labios brillante, pero parece aburrida. ¿Está mirando a Juanjo, que le lanza miradas furtivas? Qué va, sólo mira a Jorge, suplicando una mirada de él; a Jorge, que la evita y espera que Cristina descubra su cazadora nueva.) No sabemos. ¿Desapareció envuelto en una nube? (Yéssica, sonrisa burlona, muslos largos y el pelo muy corto.) Tal cual. No fastidie, profe. (Jorge, siempre en el último banco.)

Unos creen que don Rodrigo murió en aquella llanura y su cadáver cayó al río y fue arrastrado por la corriente. Otros afir-

---

* Fray Luis de León así la llama en su séptima oda, donde cuenta la leyenda de Rodrigo y la Cava.

man que una nube lo transportó a otro lugar, donde espera el momento para reaparecer y torcer el curso de la Historia de España. La leyenda popular afirma que hizo penitencia encerrándose desnudo en una sepultura con una serpiente de dos cabezas. Con una de ellas atacó al rey en su natura; con la otra, derecha al corazón. Sus últimas palabras fueron:

> Ya me come, ya me come,
> por do más pecado había.

«Hommes de l'avenir souvenez-vous de moi»*

Nosotros, hermanos humanos, no disponemos de una fuerza espectacular, ni contamos con dientes desgarradores, ni uñas afiladas, ni la facultad de volar, ni vejigas repletas de mortales venenos, ni siquiera vista de lince, astucia de zorro o velocidad de gacela; tal vez seamos la especie menos capacitada para sobrevivir, la más menesterosa en un mundo donde hasta las incansables cucarachas son más aptas y menos frágiles. Entonces ¿cuál es nuestra ventaja evolutiva? ¿Cómo hemos conseguido multiplicarnos y poblar el planeta?

Gracias a la posibilidad de almacenar y transmitir información, lo que permite que cada individuo adquiera el conocimiento acumulado por la especie, lo aprendido a lo largo de nuestra historia.

Los pigmentos perdurables dan testimonio de la búsqueda de un soporte físico duradero. Sin embargo, lo decisivo es inmaterial: el lenguaje.

Es mucha y de muchas clases la información que necesitamos para sobrevivir, crecer y multiplicarnos, para intentar comprender la realidad y a nosotros mismos, para aceptar la muer-

---

* «Hombres del porvenir acordaos de mí», G. Apollinaire, «Vendemiaire», *Alcools*.

te a regañadientes o sublevarnos en vano. Y para almacenar y transmitir cada clase de información hay que crear el soporte adecuado, un lenguaje específico para una información específica. Si queremos dejar constancia de que cierta cantidad de tierra es de mi propiedad, necesitaremos contar, inventar un ábaco y números. Para transmitir una idea sobre relaciones matemáticas inventamos ecuaciones; si se trata de una melodía, creamos pentagramas; si queremos hablar de ciertas propiedades de la materia, recurrimos a la formulación química; para lo que aprendemos sobre nuestro propio lenguaje y nuestro pensamiento, utilizamos la lógica formal.

¿A quién se le ocurre declarar un sentimiento amoroso mediante una ecuación? ¿Explicar con una partitura para violín la relación entre la longitud de los catetos y el cuadrado de la hipotenusa? ¿Utilizar la lógica formal para describir la composición química de los minerales? ¿Recurrir a un soneto alejandrino para desarrollar el cálculo infinitesimal? ¿En qué cabeza cabe? No, humanos hermanos, no: eso no se le ocurre ni al que asó la manteca (fuera quien fuera el mentecato).

En Altamira, en las cuevas de Tito Bustillo, se hacían pinturas parietales, se cantaba, pero también, no cabe duda, en torno al fuego, se contaban historias. Aventuras de caza, accidentes, amores y errores, dioses y demonios, castigos y recompensas; casi todas las noches alguien contaba algo diferente. Desde que el mundo es mundo, nos contamos historias unos a otros. La narración, ese lenguaje específico, ¿para qué la hemos inventado? ¿Qué clase de información contiene, tan indispensable para nuestra supervivencia?

Es el soporte que hemos construido para almacenar y transmitir todo lo que sabemos, lo que hemos conseguido inventar, sobre nuestras propias emociones. La respuesta a la pregunta: ¿cómo debemos vivir?

Para eso nos contamos historias. Las emociones no se sienten, se aprenden. Son una construcción social y cultural. Una emoción no es la respuesta espontánea a un estímulo, sino que incorpora sentido, valores, finalidad. Nos enseña cómo vivir:

qué debemos sentir ante la desgracia de un amigo, cómo reaccionamos ante la traición, qué significa decir «te quiero», qué consecuencias tiene; qué podemos hacer con el rencor, con la envidia, con la angustia o con el miedo a la muerte.

El motivo por el que una historia es el lenguaje específico para almacenar y transmitir lo que sabemos o lo que pensamos de nosotros mismos está en la propia naturaleza de nuestras emociones. Las emociones tienen una textura narrativa. Si preguntamos por una melodía, se nos explicará mediante notación musical o quizá silbando. En cambio, si preguntamos por emociones, siempre nos acaban contando una historia. ¿Qué es el rencor, el miedo, la frustración, el amor, la pérdida, la nostalgia, la esperanza o la desesperación? La respuesta a estas preguntas nunca es una definición; exige una historia, un «es cuando...»: es cuando alguien se ha comportado mal contigo sin que lo parezca y no puedes acusarle; es cuando sientes que te mereces más de lo que te ha sido concedido; es cuando prometes hacer algo y no puedes cumplirlo... Toda emoción humana necesita una historia para ser comprendida (o aprendida). Por eso la narración es el depósito de lo que sabemos o creemos sobre nosotros mismos y sobre cómo debemos vivir nuestra vida.

Si quieres saber cómo se formaron las montañas, estudia Geología. Si quieres entender por qué no llegas a fin de mes, a pesar de que trabajes diez horas al día, estudia Economía, lee a Marx a ser posible. Si quieres decidir qué material es el más indicado para construir un puente, estudia Ingeniería. Pero si necesitas aprender qué es la ambición, como enfrentarte a la culpa o al miedo, o cuáles son tus sentimientos ante la victoria de otro, lee novelas y relatos. Ahí está todo lo que hemos logrado aprender. Es nuestro Archivo General de Emociones (AGE), en el que hemos ido almacenando las enseñanzas de Mío Cid, de Lázaro de Tormes, de Julien Sorel, de Madame Bovary o de Juanito Santa Cruz. Ahí están, en el AGE, disponibles para quien quiera saber algo sobre sí mismo y sobre cómo vivir.

Como la narración, las emociones son estructuras complejas. Ninguna aparece aislada, exenta y exacta, sino que surgen entretejidas unas con otras, como las proverbiales cerezas, impuras e imprecisas, unidas a otras emociones a menudo de sentido contrario, de forma que no hay amor sin odio, perdón sin rencor, luto sin satisfacción de un deseo, abnegación sin cálculo egoísta, esperanza sin un ángulo ciego de desesperación.

Nos contamos historias, desde la época de las cavernas hasta estos tristes tiempos de cafeterías con aire acondicionado, para construir y para explicarnos nuestras propias emociones, para transmitir lo que hemos aprendido sobre cómo hay que vivir. Nos contamos sin parar unos a otros, en forma de historias, nuestros amores y divorcios, los problemas laborales, el reparto de las herencias, nuestra reacción ante la adversidad, nuestra juventud, lo que pensamos de nosotros mismos y de quienes nos quieren (nunca lo suficiente) o nos rechazan (jamás por nuestra culpa). Recibimos sin parar modelos, patrones que nos enseñan qué debemos sentir, siempre a través de las ficciones narrativas: en películas, en canciones, en historias, en leyendas; en la vida de los héroes, de los santos, de los famosos; en novelas, en series de la tele, en rumores de barrio, en cotilleos de oficina. Así es como aprendemos qué es ser una buena madre, un marido, un hijo, un empleado, un jefe o qué debemos sentir ante *una larga y penosa enfermedad.*

La historia de Rodrigo y la pérdida del reino dio origen a un ciclo entero de romances y a la temprana novela de caballerías de Pedro del Corral, la *Crónica del rey don Rodrigo con la destruyción de España,* de 1430. ¿Por qué? Pues porque es una narración que nos cuenta algo sobre nosotros mismos. ¿Qué os dice a vosotros?

Que es peligroso cumplir los deseos. (Yessi, casi distraída, casi desinteresada, con media sonrisa irónica.) Pero no podemos dejar de hacerlo, vale la pena. (Olga, con entusiasmo.)

¿A pesar de las consecuencias, aunque haga daño a otros o a uno mismo? ¿Por qué vale tanto la pena, Olga?

Para saber quiénes somos. (Cristina. Siempre hay, en cada

curso, un día en el que la exuberante, de quien nadie esperábamos nada, nos sorprende a todos.) Si no sabemos cuál es nuestro deseo, nunca nos conoceremos. (Jorge, que no puede callarse. ¿Lo dice porque quiere atraer a Cris, que vuelva la cabeza y vea su cazadora nueva, o lo ha pensado?) ¿Y si lo que sabemos de nosotros no nos gusta? ¿Y si nuestro deseo nos convierte en otra persona? (Olga. Puede que acabe de entender en ese instante cómo acabará su rendición a Jorge y tal vez dónde: en los lavabos de esa discoteca Zodiak que está en el polígono de Sanchinarro, volviendo sola a casa al amanecer, mordiéndose los labios para no llorar.)

Las emociones se construyen y pueden ser aprendidas; por tanto también es posible desaprenderlas, desmontarlas, deconstruirlas; si las narraciones se escriben, pueden también ser leídas, descifradas y des-escritas, impugnadas y puestas al descubierto. ¿Hay que luchar hasta el final contra la larga y penosa enfermedad que acabará venciéndonos, tal y como nos enseñan ahora? ¿Y por qué no rendirse desde el primer momento? ¿Es más España la fantasía de los godos nobles y ociosos e ignorantes o los ocho siglos de musulmanes cultos? ¿O tal vez los laboriosos judíos, que también fueron expulsados?

Leer es un acto tan decisivo como escribir. Quien escribe no desmonta un mito, ésa es la tarea de los que leemos. Si no sabéis leer, siempre estaréis indefensos frente al poder. Quien escribe construye mitos, otros mitos. El tablero de juego de la literatura, el campo de batalla, son las representaciones imaginativas. Ésa es la guerra en la que combatimos, la que empezó con los juglares contra los clérigos.

Lo único que poseemos y nadie nos podrá quitar, decía Diógenes, son las representaciones imaginativas. En otras palabras, la imagen que tenemos de nosotros mismos: quiénes pensamos que somos y qué pensamos que nos ha sucedido. Por eso escribir y leer son actos políticos, forman parte de esta lucha tan interminable como desigual. ¿Qué pensaban de sí mismos los ciudadanos del siglo XIX, lo que nos cuenta Galdós o lo que nos cuentan los folletines sentimentales que el propio

Galdós leía? ¿O quizá lo que cuentan folletines como *María, la hija de un jornalero*, de Ayguals de Izco, que leía todo el mundo? ¿Qué imagen ha prevalecido sobre la posguerra franquista, la de *La colmena* o la de *La Plaça del Diamant*? ¿El legionario Cela, el delator, va a contarnos de dónde venimos? ¿O quizá nos lo cuentan Corín Tellado y las novelas del Oeste de Marcial Lafuente Estefanía, que, leídas en un vagón de metro, también tratan de la posguerra? ¿Qué sabemos de la Edad Media, de la imagen de sí mismos que tenían en ese tiempo? ¿Lo que cuenta el gran Íñigo López de Mendoza, marqués de Santillana, conde del Real de Manzanares y señor de Buitrago y de Hita; o lo que nos cuenta Juan Ruiz, un quídam, un piernas, un don nadie arcipreste por los caminos de la sierra? ¿O quizá lo que cuentan la *Danza de la Muerte* o las *Coplas de la Panadera*, esas que los juglares recitaban a quienes no sabían leer ni comer con cubiertos?

La impresión de una mano en la pared de la caverna no es narrativa. Esa mano son las jarchas. Es el corazón grabado en la corteza de un árbol. El nombre escrito tras la puerta del baño. Es cuando vas por el campo y de pronto te acuerdas.

Una escena de caza en cambio ya es una narración, como lo eran las historias que se contaban en torno al fuego, dentro de la cueva.

En nuestro romance hispánico, la primera mano en la pared son las jarchas. Casi al mismo tiempo, la primera voz junto al fuego es la narración del *Cantar de Mío Cid*.

La poderosa cuña castellana

Las jarchas se cantaban en romance mozárabe, pero a partir del Cid asistimos a la rápida hegemonía del romance castellano sobre el resto de los dialectos peninsulares. Es entonces cuando entra en acción lo que Menéndez Pidal llamó «la cuña castellana».

Moviendo las cejas arbustivas entre la boina calada y las gafas de exagerado grosor, nos explicaba Lapesa la supremacía del castellano como si hablara de uno de aquellos «ejecutivos agresivos» tan admirados en este siglo sombrío: triunfó, decía el maestro, porque era más dinámico y más emprendedor.

Mientras el leonés y el aragonés se estancaban en las formas *castiello, siella, aviespa, ariesta,* el tajante castellano reducía los grupos vocálicos y decía con firmeza: *castillo, silla, avispa* y *arista*. Inventivo y vigoroso, produjo una che para poder decir *hecho, leche* y *mucho,* cuando los otros romances seguían pronunciando los titubeantes y poco varoniles *feito* o *fet, leite* o *llet* y hasta el aportuguesado *muito*. Por si fuera poco, el castellano era certero y decidido en su elección, mientras los dialectos colindantes dudaban largamente entre las diversas posibilidades. Así superó vacilaciones como *puorta* o *puarta* y escogió pronto *puerta,* rompiendo con el filo de la espada cuantos nudos gordianos se interponían en su camino.

Así, para 1150 la *Chronica Adefonsi Imperatoris* habla ya de «nostra lingua» y algún poema de la misma época pondera en latín el acento viril del hablar castellano comparándolo al son de atabales: *«illorum lingua resonat quasi tympanotriba».** La suerte estaba echada: en la segunda mitad del siglo XIII Alfonso X el Sabio fija la norma y hace posible escribir por fin en «castellano drecho».

Palabras de amor

Tanto las jarchas como el Cid arrancan del mismo tronco, la narración más poderosa y duradera, la más intrincada y testaruda de nuestra cultura: la Biblia, esa piedra que sigue ahí inmóvil para que volvamos a tropezar con ella.

¿Qué es la Biblia sino una historia de amor? Mejor dicho,

---

* Así lo explica también Lapesa en su *Historia de la lengua española.*

dos historias de amor distintas: el amor de Yahvé y el de Jesucristo.

Yahvé es un marido posesivo, atrabiliario y celoso. El pueblo elegido es una mujer a la vez dócil y testaruda, sumisa con intermitencias insurrectas; basta un instante de distracción del marido para que se ponga a adorar al primer becerro de oro que pase por delante de sus ojos, lo que provoca la (justa en opinión de ambos) cólera de Yahvé, cuya inseguridad siempre se encauza a través de la violencia. Después la mujer díscola se pone de rodillas ante el tirano doméstico y, entre contoneos y arrumacos, llora y suplica: perdona a tu pueblo, Señor, no estés eternamente enojado. Yahvé cede, ofrece una nueva alianza en la que todo será distinto, siempre que el pueblo elegido acepte, por ejemplo, circuncidarse. Da lo mismo: volverá a suceder, se repetirá a los pocos meses, habrá reproches y reconciliación y otra nueva alianza, que volverá a incumplirse. Ninguno de los dos tiene remedio. Yahvé puede destruir ciudades, provocar diluvios o enviar siete plagas sucesivas, pero no conseguirá que el pueblo elegido deje de cometer esas sus abominaciones que a él tanto le ofenden. Otra vez vendrá la súplica, el perdón y vuelta a empezar.

Jesucristo en cambio propone un modelo diferente: la servidumbre voluntaria. Quiere que los demás elijan quererle, necesita que se entreguen por su propia voluntad, sin que él tenga que ejercer ninguna presión ni dar nada a cambio. Yahvé aún pertenece a la cultura de la esclavitud: tú me perteneces. Jesucristo anuncia el capitalismo: tú eliges libremente pertenecerme; quiere personas libres, es decir, con capacidad para obligarse mediante contrato, por su propia voluntad.

En ambos casos, el resultado es el mismo: no pueden vivir el uno sin el otro y su amor es una fatalidad a la que no se puede oponer resistencia.

Yahvé está encadenado al pueblo que, más que elegido por él, parece haberle sido impuesto. No entra en su divina y durísima cabeza de granito escoger otro pueblo cualquiera, más sensato y menos idólatra, algo mejor dispuesto quizá a circuncidar su corazón. Prefiere a ese pueblo por una sola razón: porque es el suyo, lo ha elegido él, es de su propiedad. A su vez, el pueblo elegido, por muy arbitrarias o simplemente estúpidas que le parezcan las órdenes de Yahvé, aunque le ordene matar a su hijo Isaac, nunca contempla la posibilidad de mandarle a freír espárragos y unirse a cualquiera de los numerosos dioses disponibles (o ídolos, según Yahvé): él es su señor natural y ella no es capaz de «desnaturarse», de romper el vínculo de vasallaje que le une al señor.* Se necesitan el uno al otro y nunca consiguen hacerse felices. Buscan, como todo el mundo, un amor que no duela, pero no logran dejar de hacerse daño.

El amor evangélico tampoco es otra cosa que una pasión, algo que se padece, ese enamoramiento que tuerce la voluntad y exige el sacrificio del yo.

Las jarchas, esa mujer que se entrega a su habibi, aunque quiera matarla, desembocan en Étienne de La Boétie y su *Discours de la servitude volontaire* (Discurso de la servidumbre voluntaria); el amor del Viejo Testamento, el del *Cantar de Mío Cid*, lleva en línea recta a Hegel y su *Phänomenologie des Geistes* (Fenomenología del espíritu); las jarchas van a dar al capitalismo con rostro amable; el *Cantar* sólo puede conducir a la construcción de un Estado absoluto y hegeliano. Mi amor baldío, en cambio, apocalíptico, camina entre sombras y no va a ninguna parte, sino que vuelve hacia atrás, regresa al fondo oscuro de la cueva de Tito Bustillo.

El *Cantar de Mío Cid* también es una historia de amor, pero hay que tener en cuenta que el amor, como cualquier líquido, adopta la forma del recipiente que lo contiene. En el feudalismo, el amor reproduce el patrón de la relación de vasallaje. Así, el enamorado cortés es vasallo de su amada. Hoy en cambio el amor es un mercado capitalista con sus contratos temporales

---

* La *desnaturatio* era, por así decir, la forma de divorcio al alcance de los medievales, y era el correlato jurídico a la institución de la *ira regia*, la prerrogativa real de hacer caer en desgracia a aquellos súbditos o vasallos que hubiesen incurrido en el desagrado del rey con o sin motivo aparente.

y precarios y su alarmante destrucción del estado de bienestar. En cada período de la historia, todas las relaciones de poder (entre ellas, la relación amorosa) se desarrollan de forma parecida, como distintos materiales troquelados con el mismo molde.

En este caso se trata de un hombre, Rodrigo, enamorado de otro hombre, Alfonso, que además es su superior y su señor natural.

La historia da comienzo cuando, en ejercicio de su derecho a la «ira regia», Alfonso ha repudiado a su marido, Rodrigo (Ruy en la intimidad), y le destierra, como si le echara de casa sorprendido en flagrante adulterio: ahí tienes esa puerta.

¿Por qué destierra Alfonso VI al Cid? Como de costumbre, hay dos versiones: la oficial y la popular.

La historia oficial dice que el Cid se extralimitó un poco (no demasiado para la época) en el saqueo de la taifa de Toledo. La situación era delicada, porque entonces los reyes de taifas se preguntarían para qué pagar parias si no les garantizaban protección alguna frente a los cristianos espontáneos como Rodrigo. Alfonso toma una decisión ejemplar: destierra a su amado.

La historia popular cuenta que Rodrigo, que había luchado con Sancho II, lo primero que hace es tomarle juramento al nuevo rey, Alfonso VI, en Santa Gadea de Burgos, do juran los fijosdalgo, «sobre un cerrojo de hierro y una ballesta de palo». Incluso le amenaza: si no dice la verdad sobre «si tú fuiste o consentiste en la muerte de tu hermano»:

> Villanos te maten rey, villanos que no hidalgos;
> abarcas traigan calzadas, que no zapatos con lazo;
> traigan capas aguaderas, no capuces ni tabardos;
> con camisones de estopa, no de holanda ni labrados;
> cabalguen en sendas burras, que no en mulas ni caballos,
> las riendas traigan de cuerda, no de cueros fogueados;
> mátente por las aradas, no en camino ni en poblado;
> con cuchillos cachicuernos, no con puñales dorados;
> sáquente el corazón vivo, por el derecho costado.

Alfonso jura (de mala gana, es comprensible), pero de inmediato destierra al Cid: «¡Vete de mis tierras, Cid, mal caballero probado!». El Cid se comporta entonces como cualquier protagonista de película:

> —Que me place —dijo el Cid—, que me place de buen grado,
> por ser la primera cosa que mandas en tu reinado.
> Tú me destierras por uno; yo me destierro por cuatro.

No se podría llevar esta escena al celuloide a menos que Clint Eastwood aceptara el papel del Cid: hay que dar media vuelta, «sin al rey besar la mano», y salir con la cabeza muy alta, orgulloso y enamorado, camino del destierro.

La historia oficial niega la existencia de la jura, pero nadie puede negar la necesidad narrativa de inventársela. Por una parte, retrata al personaje: es el hombre desafiante que se enfrenta al marido (y señor natural) y le pide cuentas porque no se fía de él, el que no teme las consecuencias, pues cree más que nadie en la fuerza de su amor, que le permite colocarse en la posición más ventajosa: la víctima abnegada que se destierra por cuatro.

¿Alfonso destierra a Rodrigo porque desconfiaba de él, como dice la versión oficial, o le destierra porque Rodrigo se había atrevido a desconfiar de él, como afirma la versión popular?

Como fuere, el *Cantar* empieza* con una escena conmovedora: Rodrigo, arrojado a la calle por el iracundo marido, se aleja hacia poniente, mientras los vecinos espían apartando un visillo. Aunque avanza con paso firme, tiene un instante de debilidad que le embellece: vuelve la vista atrás.

> De los sos ojos tan fuertemientre llorando,
> tornava la cabeça e estávalos catando.

---

* Como los descubrimientos de cuevas prehistóricas, este magnífico arranque es fruto de la casualidad: se perdió la hoja inicial del manuscrito, unos cincuenta versos, que quizá dieran una explicación innecesaria, pues sin ella el poema cobra más fuerza. Es el mismo caso de muchos romances: la versión más corta, quizá fragmentaria, es la más poderosa.

Llorar de los ojos no era una redundancia en la Edad Media; quería decir que sólo lloraba, en silencio, inmóvil, sin los aspavientos y gemidos (y hasta el retorcerse los cabellos) que en aquella época eran indispensables, quizá como hoy los jóvenes necesitan dar un puñetazo a la pared cuando reciben una noticia funesta, tal y como han aprendido de las películas. Rodrigo, sin embargo, quiere enseñar al público cómo debe comportarse todo un hombre.

¿Qué estaba mirando («catando»)? La vida que dejaba atrás, su matrimonio roto, las perchas sin su ropa en el armario, el lugar vacío donde solía poner sus zapatillas:

> Vio puertas abiertas e uços sin cañados,
> alcándaras vacías, sin pielles e sin mantos.

Los uzos son puertas o postigos, sin candado o cañado. Las alcándaras, perchas, tanto para aves de cetrería como para ropa, en este caso. En fin, mira lo que mira siempre quien sale por la puerta de casa y deja dentro a la pareja y los niños, y no sabe qué va a hacer a partir de ese momento; el triste panorama de la propia vida que se queda atrás, vacía de uno mismo, como la cavidad de la que se acaba de descuajar un árbol, con las doloridas raíces a merced del viento.

Los vecinos por su parte se asoman para ver lo mismo que siguen mirando ahora: otra persona buena desaprovechada, maltratada por un hombre que no está a su altura, que no se la merece.

> Exiénlo ver mugieres e varones,
> burgeses e burgesas por las finiestras son,
> plorando de los ojos, tanto avién el dolor,
> de las sus bocas todos dizían una razón:
> —¡Dios, qué buen vasallo si oviesse buen señor!

A partir de aquí, Rodrigo emprende un camino difícil que no tiene otro objetivo que recuperar a su hombre, el esquivo Alfonso, su tirano doméstico, su señor natural.

Bien podía haberse quedado por ejemplo en Valencia, en sus palacios, donde «todos eran ricos, cuantos allí ha» (v. 1.215), donde estaba folgando, pero no: para él la vida no tiene sentido sin ese hombre, Alfonso, su perdición, su fatalidad, *mon homme*.

Conocemos de sobra esta historia, es la misma que cantaba Mistinguett hacia 1916.

> *Quand il me dit: Viens!*
> *Ju suis comme un chien.*

> Cuando él me dice, ven aquí,
> soy como un perro.

Y la repetía Billie Holiday años después, en otro país, en otro idioma, donde era *my man*:

> *What's the difference*
> *If I say I'll go away?*
> *When I know I'll come back*
> *On my knees someday*
> *For whatever my man is*
> *I am his for ever more.*

> ¿Qué diferencia hay
> si le digo que me voy?
> Porque sé que volveré
> de rodillas otra vez:
> sea como sea mi hombre
> soy suya para siempre.

También lo han cantado Edith Piaf, Barbra Streissand, Diana Ross y por supuesto nuestra manchega universal Sara Montiel.

Estos amores difíciles se conocen en el siglo presente como «la espiral de la violencia de género», esa escalera de caracol que conduce al desván donde está encerrada la loca (que morirá en un incendio). Han tejido el argumento de gran parte de la cultura occidental y han inspirado obras literarias, películas, canciones y escritos filosóficos, como *Herrschaft und Knechtschaft*, de Hegel: la dialéctica del amo y el esclavo.

El *Cantar* nos lo cuenta como un drama en tres actos (planteamiento-nudo-desenlace, o también orden-desorden-orden) y es costumbre resumirlo como la aventura de Rodrigo para recuperar su honor. ¿O para recuperar su amor?

Tras un acto de desafío de Rodrigo (el juramento o el saqueo por cuenta propia, da lo mismo) la ira regia le condena al destierro: sólo dispone de nueve días para abandonar «la gentil Castilla». Rodrigo intenta echar una puerta abajo para que le den posada, pero se lo impide la condenada «niña de nuef años». Tiene que pasar la noche en despoblado, durmiendo «en la glera» (v. 56; en un cascajar, sobre los guijarros de la orilla del Arlanzón), «como si fuesse en montaña» (v. 67; que es como decir en plena selva). Tampoco le venden alimentos, pero cuenta Rodrigo con lo que hoy suele llamarse un «grupo de apoyo», divorciados amigos que le ayudarán y sin duda le dirán: «ahora sólo puedes pensar en ti mismo», «tienes que reinventarte», «lo más importante eres tú»; o como se decía en esa época: «¡Ya Campeador, en buen hora fuestes nacido!» (v. 71), que es lo que le dice Martín Antolínez, el burgalés cumplido, cuando le trae unas pizzas para pasar esa primera noche.

¿Y al día siguiente? Nada más fácil que timar a unos prestamistas judíos, Raquel y Vidas, empeñando unas arcas llenas de arena como si contuvieran piedras preciosas. Nos podrá parecer que la estafa es poco heroica, pero es homérica, digna de Ulises, fecundo en ardides. Por otra parte, no perjudicaba a cristianos, que eran entonces sinónimo de humanos. El propio Rodrigo se disculpa:

> Véalo el Criador con todos los sos santos,
> yo más non puedo e amidos lo fago (vv. 94-95).*

---

* De dos formas podían hacerse las cosas entonces: de buen grado o «amidos», que es a la fuerza o de mala gana. Viene del latín *invitus*, por la fuerza, que da en *embidos*, luego *ambidos* y al fin *amidos*.

Lo único importante es que así Rodrigo cuenta con dinero para dejar a sus hijas y su mujer en un monasterio, a cargo del abad don Sancho, y seguir su viaje para abandonar Castilla antes de que se cumpla el plazo.

Tiene un sueño profético, en el que san Gabriel en persona le dice que todo va a salir bien. ¿Qué más necesita? Al día siguiente cruza la frontera de Castilla. Ya está en las tinieblas exteriores, donde hace tanto frío y tendrá que luchar para sobrevivir. Es tierra de moros, el equivalente a territorio apache. Como un pionero, Rodrigo podrá fundar ciudades o apoderarse de poblaciones, no hay más ley que la fuerza y no se debe olvidar que la espada, como el revólver *(the Great Equalizer)*, era entonces «la gran igualadora»; con una espada o un Colt 45 (también conocido como *the Peacemaker*, el Pacificador) todos lo hombres son iguales: lo único que cuenta es el valor de cada uno (y su puntería).

El propio Samuel Colt, emocionado ante su creación, escribió un poema lírico, casi enternecedor, sobre su revólver:

> *Be not afraid of any man*
> *No matter what his size.*
> *When trouble rises*
> *Call on me*
> *And I will equalize.**

En la Edad Media, como en el Lejano Oeste, como en el siglo XX y el XXI, la razón todavía estaba siempre del lado del más fuerte. Si podías aplastarle la cabeza a tu enemigo, ya no había más que discutir. Era una ordalía: el propio Dios había dirigido tu pedrada, tu espada o tu flecha y por lo tanto te merecías su vivienda, su dinero, su mujer y sus zapatos si eran de tu número y te apetecía ponértelos: llevabas razón. El invento de Colt, que no dependía de la fuerza física, igualaba a los adversarios y facilitaba que la intervención divina decidiera la victoria.

---

* «No tengas miedo de ningún hombre, / sin que importe su tamaño. / Cuando empiecen los problemas, / cuenta conmigo / y yo os haré iguales.»

Después de la muerte de Liberty Valance, hasta en el Oeste se impuso el juicio contradictorio, en el que quien argumenta mejor y hace valer sus pruebas con más eficacia se alza con el triunfo. Desde entonces nos hemos vuelto todos querulantes, aunque no resulta ni mucho menos obvio por qué un razonamiento más sólido o una retórica más convincente son preferibles a un puñetazo mejor dado. La fuerza física es natural, mientras que la capacidad de probar con palabras que uno tiene razón casi siempre se debe a una educación más costosa o un abogado más caro (para no hablar de las leyes injustas). ¿Es preferible que la desigualdad proceda de la naturaleza a que proceda de la acumulación de capital? Es evidente, a despecho de Hobbes y otros ingenuos iusnaturalistas, que no existe igualdad biológica; unos son más fuertes que otros o más aptos para dar el puñetazo a tiempo, como sabe todo aquel que haya pasado por el patio de un colegio. Ni el peso ni la agilidad ni la fortaleza están repartidas por igual, así que ¿por qué admitimos la quimera de que, por regalo de la naturaleza, con independencia de las circunstancias, todos disponemos de la misma capacidad de razonar, repartida equitativamente? Parece más cierto que la razón depende de la educación, de las lecturas, de los conocimientos; en definitiva, de las posibilidades que a cada uno le ha ofrecido su posición social.

Así lo decía ya el arcipreste de Hita, para quien la que llaman justicia era una simple cuestión de dinero:

> El dinero es alcalde e jüez mucho loado,
> éste es consejero e sotil abogado,
> alguaçil e merino, bien ardit, esforçado:
> de todos los ofiçios es muy apoderado.

El *Cantar de Mío Cid*, como *The Man Who Shot Liberty Valance* (El hombre que mató a Liberty Valance) se sitúa en la bisagra que cierra el predominio de la fuerza y da paso al de la razón. Rodrigo, como el senador Stoddard (James Stewart), se convierte en el héroe indispensable, el acto de violencia que fundamenta el imperio de la ley. Cuando los infantes de Carrión violan y humillan a las hijas del Cid, ¿qué hace el Campeador, el guerrero invencible, el justiciero con espada? Podría haberlos aniquilado con su Colada o su Tizona, pero en lugar de eso interpone una demanda. ¿Dónde se ha visto que el que en buena hora ciñó espada recurra a los tribunales? Su venganza no será privada, sino a través del Derecho (si bien con un procedimiento godo, característico del Derecho germánico: el combate judicial, una forma de ordalía).

Pero esto será más adelante, de momento Rodrigo tiene que ganarse el pan en tierra de moros.

> ¡Mala cuita es, señores, aver mingua de pan,
> fijos e mugieres verlos murir de fanbre! (vv. 1.178-1.179).

Como recuerda el juglar, dirigiéndose emocionado a los oyentes, al relatar el asedio de Valencia.

El Cid y los suyos toman Castejón y hacen una incursión de saqueo Henares abajo, «por el cobdo ayuso la sangre destellando» (v. 501). Reparten el botín, «todos sedes pagados e ninguno por pagar» (v. 536) y deciden abandonar el castillo, porque «cerca es el rey Alfonso e buscarnos verná» (v. 532), pues esas tierras se encuentran todavía dentro de su radio de influencia. Llegan a Alcocer: «venido es a moros, exido es de cristianos» (v. 567).

> De Castiella la gentil exidos somos acá,
> si con moros non lidiáremos, no nos darán del pan (vv. 672-673).

No es exactamente un mercenario, como repiten los manuales contemporáneos, sino más bien un «emprendedor», un pequeño empresario de la guerra contra los moros, que contrata y paga sus efectivos paramilitares. Y sigue siendo un hombre enamorado: tras la toma de Alcocer, reparten el botín y el Cid decide esta vez enviar una parte a Alfonso. No da ninguna explicación, sólo una orden a Minaya:

> Enbiarvos quiero a Castiella con mandado
> d'esta batalla que avemos arrancado;
> al rey Alfonso, que me á airado,
> quiero'l enviar en don treinta caballos,
> todos con siellas e muy bien enfrenados,
> señas espadas de los arçones colgando (vv. 813-819).

Ha ganado dinero, todos son casi ricos ya, pero aún están a la intemperie, donde sopla el viento:

> La tierra es angosta e sobejana de mala;
> todos los días a mío Cid aguardavan
> moros de las fronteras e unas yentes estrañas (vv. 838-840).

Es la sabida historia de la divorciada, que resumió Gil de Biedma: «Vestida de corsario / en los bares se te ve / con seis amantes por banda». Pero todos ellos son «unas yentes estrañas» y Rodrigo acaba aceptando que: «son uno y lo mismo / los memos de tus amantes, / el bestia de tu marido», así que, a fin de cuentas, ¿por qué no intentar recuperar el amor verdadero, el de su señor natural, aunque duela tanto tantas veces?

Así que les vende Alcocer a los moros (por tres mil marcos) y sigue su camino:

> Cuando quitó a Alcocer mío Cid el de Bivar,
> moros e moras compeçaron de llorar (vv. 855-856).

Los enemigos estaban tan satisfechos como sus propios soldados, porque: «Qui a buen señor sirve siempre bive en delicio» (v. 850), que es una resonancia del buen vasallo que veían las vecinas salir de Burgos.

El juglar nos cuenta que el rey recibió el regalo con satisfacción, pero no perdona todavía a Rodrigo. ¿Qué tendrá que hacer este hombre bueno para recuperar a su marido, para que no permanezca eternamente enojado?

Tras arrasar las tierras de Alcañiz continúa hacia otras bajo la protección del conde de Barcelona, don Remont, que introduce un nuevo mimbre en la cesta que está armando el juglar: el menosprecio de la aristocracia. Rodrigo humilla al conde y le deja en libertad, pero se queda el dinero porque:

> Prendiendo de vos e de otros irnos hemos pagando,
> abremos esta vida mientras ploguiere al Padre Santo,
> commo qui ira á de rey e de tierra es echado (vv. 1046-1048).

La primera parte acaba con el primer cierre en falso: «¡Tan ricos son los sos que non saben qué se an!» (v. 1086).

Es una estrategia narrativa muy eficaz. El juglar ha dejado un cabo suelto que le permitirá volver a crear tensión. Porque, como nos contará en la segunda parte, no se trataba de dinero, sino de amor.

En el terreno militar, el centro del segundo cantar es la conquista de Valencia. Su núcleo emocional es el resquebrajamiento de la careta de indiferencia del Cid. Hasta ahora se ha comportado como si la ira regia non valiera un figo. Él ha pasado página, su ex le trae sin cuidado, ha conseguido una vida nueva, ¿o acaso no ha hecho una fortuna?

Precisamente por eso. Ahora se da cuenta. Hace demasiado frío fuera del nido de amor, lejos del amado. ¿De qué sirven los averes monedados e las apreciaduras,* cada batalla vencida, maravillosa e grant, las sobejanas ganancias, los tesoros repletos de oro, carbunclos e perlas, las espadas tajadoras y esos caballos con su palafrenes? ¿Qué son, qué valen, sin *mon homme*? Ni aunque supiera todas las lenguas, hasta la de los ángeles, ni conociera los misterios de la ciencia, sin amor no soy nada: *nihil sum*. Las lenguas dejarán de hablarse, la ciencia quedará anulada, las riquezas se disiparán, hasta la vanidad desaparecerá como nube deshecha por el viento, y entonces, cuando se rompa el azogue de los espejos en los que ahora vemos un borroso reflejo *(in enigmate),* cuando nos miremos por primera

---

* Es lo que hoy llamaríamos dinero en efectivo (averes monedados) o un pago con propiedades o acciones o algo que se aprecie que vale la misma cantidad (apreciaduras).

vez cara a cara *(facie ad faciem)*, sólo quedará el amor, sólo estará en pie *mon homme* y el amor que le tengo, porque el amor soporta siempre, cree siempre, espera siempre, aguanta siempre: *omnia suffert omnia credit omnia sperat omnia sustinet.**

El misterio de una barba

Desde el principio del *Cantar* estamos familiarizados con la barba del Cid: «¡Merced ya Cid, barba tan complida!» (v. 268), «Enclinó las manos la barba vellida» (v. 274) y un largo etcétera. ¿Por qué tiene tanta importancia la barba?

Porque es el más hombre. (Jorge, siempre el más galllito.) No, Jorge, no es un símbolo de virilidad. Como decía Freud: «A veces un puro es solamente un puro». Es el símbolo de su honor. (Olga, la gordita, la más aplicada, lo ha leído en el libro de texto.) No sólo es eso, Olga.

Los textos escolares y ediciones anotadas dan explicaciones que los lectores contemporáneos se tragan sin masticar siquiera: la barba del Cid es símbolo de su honor en la Edad Media. Éste es el problema (uno de ellos) de convertir la literatura en objeto de enseñanza escolar. Como mis obtusos y reticentes alumnos del Sansón Carrasco, ahora ya somos todos incapaces de leer con nuestros propios dientes, nos alimentamos de papilla triturada por otros; siempre demasiado procesada, como esa bollería industrial que los bachilleres sansonitas engullían a dos carrillos en el patio de recreo.

Es cierto que el Cid presume de que nadie le ha tocado la barba, lo que viene a querer decir que nadie le ha puesto la mano en la cara, y en ese sentido la barba intacta da testimonio del honor sin daño. Pero no es sólo eso, ni siquiera fundamentalmente eso, como bien sabían quienes escuchaban el *Cantar* en lugar de leerlo (y encima con anotaciones escolares).

---

* Son las muy manoseadas palabras de san Pablo en 1 Corintios 13, con diminutas libertades.

Si tan evidente fuera que, a mayor longitud de la barba, mayor honor, ¿por qué iba a sorprenderse nadie de la barba del Cid?

Y, sin embargo, daba que hablar. Les llamaba la atención, no sólo a los cristianos, sino también a los moros, que (entonces como ahora) siempre han sido indiferentes a lo que los infieles hicieran con su vello, sus cuerpos o sus almas. Esa barba hacía «que fablassen d'esto moros e cristianos».

Mil versos espera el juglar para revelarnos el motivo de aquella barba. Mil versos durante los cuales a nadie, al filo del año 1200, se le ha ocurrido pensar en un símbolo del honor (y mucho menos de la virilidad).

> Ya-l' crece la barba e vale allongando;
> dixo mío Cid de la su boca atanto:
> —Por amor del rey Alfonso, que de tierra me á echado,
> nin entrarié en ella tigera ni un pelo non avrié tajado,
> e que fablassen d'esto moros e cristianos (vv. 1238-1242).

¡Naturalmente! ¡Era por amor! Había hecho un voto por amor a su hombre.

Salta a la vista que, si fuera un símbolo de todos conocido, ¿por qué iban a fablar tanto de ello moros e cristianos? ¿Por qué se iban a sorprender de algo que hoy sabe, antes de empezar a leer, cualquier estudiante de bachillerato?

Ése era el as que el juglar había escondido en la manga para sacarlo mil versos más tarde, en el momento oportuno: el Cid se deja la barba por amor, prometió no cortársela hasta recuperar a su hombre. Y si dicen, que digan, ya sean moros o cristianos: que sepan todos de lo que un hombre es capaz por amor.

No es una trampa: la barba siempre ha estado a la vista, lleva ahí desde los primeros versos y a los «escuchantes» de la Edad Media (a diferencia de los escolarizados «lectores» contemporáneos) ya les había llamado la atención esa barba desaforada de Ruy Díaz. Puede que alguno sospechara que se trataba de una promesa y, en ese caso, no habiendo iglesia por medio, tenía que ser por amor, no había otra posibilidad. Sólo por amor se hacían desatinos sin cuento: dejar de cortarse las uñas de manos y pies, darse de latigazos en una escarpada peña, impedir el paso en algún puente a quien no jurase que su dama era la más hermosa concebida por la naturaleza, ayunar y hasta comer sin sal, que, como todo el mundo sabía, era cosa que sólo hacía el Maligno, pues cuantos participaron en algún aquelarre confesaron (bajo tortura por lo general) que en los banquetes del Diablo ningún alimento llevaba sal, lo que les hizo incómodo tragarse aquellos manjares.

El juglar menciona la cumplida barba del Cid cada pocos versos, pero oculta el juramento hasta que le conviene, cuando el Cid lo recuerda *(dixo* que non entrarié, con un pretérito indefinido en lugar del presente que usa en el mismo contexto: ya le *crece)*, porque salta a la vista que no tendría ningún sentido que hiciese la promesa una vez que la barba ya le debía de llegar a la cintura.

Ahora, cuando «Mío Cid don Rodrigo en Valencia está folgando» (v.1.243), cuando ya ha alcanzado la fama («sonando van sus nuevas allent parte del mar» v. 1.156), es cuando el juglar exhibe la barba como testigo de cargo de que, a pesar de haberlo conseguido todo (dinero, poder y la conquista de Valencia, su heredad), no tiene nada, no es nada ni nadie, mira sus manos y sabe que seguirán vacías, hasta que no apriete en ellas las manos de Alfonso, su amor, su pecado, su alma, *mon homme,* luz de su vida, fuego de sus entrañas, Al-fon-so, dice, y la lengua se ensancha y retrocede, como una ola, desde la articulación de la vocal más abierta, Al, a la cresta de la más posterior, Fon, hasta que el silencio trémulo de la consonante fricativa alveolar precede al estallido, Sooooo, con el que, con los labios abiertos, Alfonso entero rompe contra el paladar de Rodrigo en blanca espuma cálida.

Y mientras tanto, Rodrigo, con esas barbas silvestres de profeta bíblico, lejos de ofrecer un símbolo de honor o virilidad, no hace más que el payaso, sólo es un mamarracho, un estafermo que (él mismo lo admite) da que hablar a moros e cristianos y provoca risa a las doncellas y miedo a los chiquillos.

Una vez más el juglar se está enfrentando con los problemas decisivos de su oficio. Crea tensión y empuja a seguir leyendo con los cierres en falso, que dejan un hilo suelto. Ahora está decidiendo cuándo facilitar qué información al lector, cómo distraer su atención para no hacer trampa, para que no aparezca sólo cuando hace falta, salido de ninguna parte, como un *Deus ex machina*. Un narrador, como un mago, manipula la atención del que lee o escucha; la dirige hacia su mano izquierda, por ejemplo, cuando es con la derecha como cambia una carta por otra. Hay que recordar que los juglares también hacían trucos de magia:

> Fazen algunas encantaciones, como fazen algunos parescer, con engaños, que mudan algunas cosas en culebras o en ranas o en dados e en otras cosas tales que son contra natura e sobre natura, e estas cosas todas fazen ellos engañosamente, escarnesciendo los ojos de los locos que se pagan de ver vanidades.*

Rodrigo sufre en silencio, aunque su barba salvaje cuente la verdad. ¿Cómo puede seguir enamorado de ese hombre? Su corazón es un secreto para él mismo, un arca con candado, tal vez llena de arena (como las que entregó a Raquel y Vidas), tal vez llena de piedras preciosas, tal vez de agua de río; tal vez vacía. Sobre su contenido, Rodrigo sólo sabe lo que puede adivinar por su peso, por el ruido que hace al moverla, por el vértigo que siente al levantarla a pulso. ¿Y si también contiene su propia destrucción y la de España?

Mucho le ha costado llegar hasta donde está:

> En tierra de moros, prendiendo e ganando,
> e dormiendo los días e las noches trasnochando,
> en ganar aquellas villas mío Cid duró tres años (vv. 1.167-1.169).

Cuando por fin lo tiene todo, como quien ha olvidado a su antiguo amor, pero un día, sin saber por qué, se detiene en el

---

* Martín Pérez, *Libro de las confesiones*.

pasillo, al ir o volver de la cocina para traer hielo a los invitados, y se apoya en la pared, porque de pronto tiene ganas de llorar sin que nadie le vea, Rodrigo se da cuenta de que sigue enamorado. Todo lo hacía por amor y, aunque conquiste el mundo, si no tiene el amor de su hombre, no es nada, no es nadie, así que, ganada Valencia, vuelve a enviar regalos a *mon homme* y a suplicar perdón; y esta vez lo obtiene; y no sólo eso, el propio Alfonso casa a las hijas del Cid con los infantes de Carrión: otro final feliz que cierra, de nuevo en falso, el segundo cantar.

En el tercer cantar, tras la afrenta de Corpes, Rodrigo, de nuevo por amor, renuncia a la venganza y reclama que sea su hombre, el propio Alfonso, el que haga justicia.

¿Cómo murió? (Olga siempre hace esa pregunta.) Ganando batallas después de muerto. (Jorge, que ha debido de oírlo muchas veces.)

No sólo mis estudiantes del Sansón Carrasco, sino la población general, cuando se le pregunta por el final del *Cantar de Mío Cid*, se quedan in albis, no lo recuerdan, suponen que acaba bien, pero no saben cómo, qué sucede una vez que los infantes han sido castigados y las hijas vuelven a casarse. Si la interrogación es directa (¿cómo murió el Cid?), la respuesta más frecuente es: en una batalla. O bien: en una batalla, pero ganó otra después de muerto.

Sin embargo, éstos son los últimos cinco versos del *Cantar:*

> Passado es d'este sieglo mio Cid el Campeador
> el día de cincuaesma, ¡de Christus aya perdón!
> Assí fagamos nos todos, justos e pecadores.
> Éstas son las nuevas de mio Cid el Campeador,
> en este logar se acaba esta razón.

Tenía que acabar así: con la muerte del protagonista. Por eso es una narración.

El lugar del muerto

El problema central de una narración es cómo entender o cómo contar una vida real; y cómo será capaz de contarlo a personas que no entienden su propia vida alguien que tampoco entiende la suya.

El inventor del Cid utiliza el modelo más clásico: el *acmé*. En griego el ἀκμή (acmé) es la punta o el filo de un objeto. En una vida humana, el acmé sería el período de apogeo, cuando la persona hizo aquello por lo que es recordado, aquello que dio sentido a su existencia o quizá aquello que le destruyó (como el rey Rodrigo). Es el patrón de las clásicas vidas de hombres ilustres, en las que la infancia o primera juventud carecía de importancia, antes de que Freud y sus secuaces vinieran a lavar en público los trapos sucios de todo el mundo.

La vida de una persona, dice Walter Benjamin,* sólo adquiere forma transmisible en el momento de su muerte, porque es la muerte lo que da autoridad a cualquier narración. Basta con recordar aquella observación de Moritz Heimann que cita Benjamin: «una persona que muere a los treinta y cinco años es en cada instante de su vida una persona que muere a los treinta y cinco años». Cualquier vida es un borrador que sólo la muerte pasa a limpio.

Las aguas del río del tiempo van en las dos direcciones, hacia delante y hacia atrás. Su pasado, cuando lo conocemos, nos explica el presente de una persona. Pero también, el presente corrige el pasado. Así ocurre en la conocida estafa de las vidas de los grandes hombres. Si hablamos del «pequeño Johann Sebastian» no estamos hablando de ningún niño real, sino sólo de un niño visto a través del futuro adulto Bach, un niño modificado por el adulto que ya conocemos. Sin duda el «pequeño Johann Sebastian» hizo muchas cosas y no pocas travesuras: jugaría a la guerra, espiaría a una mujer desnuda, dibujaría ca-

---

* En el ensayo en el que contrapone el relato a la novela, *Der Erzähler* (El contador de historias).

ballos, pero, visto desde el célebre Bach, sólo nos interesa que un día cogió una flauta y compuso una canción.

La muerte es por lo tanto lo que convierte una vida en narración, en experiencia que se puede transmitir.

El narrador es, por supuesto, alguien que viene de tierras lejanas y que ha visto cosas que no conocemos. Nos interesan las narraciones de viajes al Polo, de selvas exóticas, de tiempos remotos. De acuerdo, pero no nos engañemos: ¿de qué lugar lejano querríamos que regresara alguien para contarnos una historia? ¿De más allá de las montañas? ¿De más allá del mar? ¿De más allá del desierto? No es suficiente, queremos que venga de más lejos: de más allá de la vida. El único lugar lejano y misterioso del que nadie ha vuelto para sentarse junto al fuego y contarnos una historia es la muerte.

¿Qué es lo que de verdad querríamos que nos contara? Lo que hay al otro lado, desde luego, pero sobre todo otra cosa: cómo se ve nuestra propia vida desde el otro lado.

No hay adolescente que no haya tenido fantasías sobre su muerte: lo que pensarían los demás, su propio entierro, el llanto de algunos, cómo juzgarían sus acciones, cuánto le echarían de menos y un largo etcétera. Querríamos saber cómo será nuestra vida cuando nos convirtamos en la persona que muere a los treinta y cinco, a los cincuenta y tres, a los ochenta y uno. Cómo es nuestra vida a los veinte, si ya somos sin saberlo el que va a morir a los cuarenta y dos; cómo se ve ya terminada.

Ésa es la experiencia que da la narración al que la lee o la escucha: ver la vida desde el otro lado, cuando ya no importa, con ecuanimidad y una sonrisa.

El narrador del Cid avanza en ese camino, que no es otro que la difícil senda que conduce a la novela, al *Lazarillo*, a Cervantes y a Galdós.

La novela es significativa, por lo tanto, no porque nos presente el destino de otro, tal vez de forma didáctica, sino porque el destino de este desconocido, gracias a la llama en la que se consume, nos da el calor que nunca recibimos de nuestro propio destino.

Lo que atrae al lector a la novela es la esperanza de calentar su temblorosa vida con la muerte que está leyendo.*

Aunque la novela moderna aún no había sido inventada, el autor del *Cantar* ya la estaba esperando, como la buscaba siglos después Petrarca en vano o como estuvo a punto de encontrarla Fernando de Rojas.

En los periódicos suele contarse lo que le sucedió al viejo Rovirosa con el jefe de redacción recién nombrado. Rovirosa, un periodista de colmillo retorcido y larga experiencia, escribió la crónica de un suceso, el hallazgo de un cadáver en una zanja: «El cuerpo sin vida del joven fue encontrado en una fosa de cuatro metros de altura».

El joven y por tanto impertinente jefe de redacción le devolvió el artículo con una tachadura en rojo:

—Será profundidad, Rovirosa, no altura —le corrigió.

—Altura, jefe, altura —respondió con chulería, sin quitarse el cigarrillo de la boca—. Es que yo escribo desde el punto de vista del muerto.

Tenía razón Rovirosa: toda novela es póstuma, porque hay que escribirla desde el punto de vista del muerto. Desde la muerte.

Por eso tardaba tanto en llegar la novela moderna.

---

* Así dice Walter Benjamin.

4
El último centauro medieval

Mon prince, on a les dames du temps jadis qu'on peut.

Mi príncipe, cada uno tiene las damas de antaño que puede.

GEORGES BRASSENS, «Les amours d'antan»

La Porte Rouge es una pequeña casa, conocida así por un letrero rojo (aún no se le había ocurrido a nadie numerar los portales), al lado de la iglesia de Saint Benoît-le-Bientourné.* En la habitación del piso de arriba sólo hay un hombre de aspecto raquítico y poco amistoso, que escribe muy despacio con una pluma de ganso. Se llama François Villon, aunque entre delincuentes se le conoce como *Simon Le Double*, por el labio superior partido de una cuchillada. A quien se la dio, un tal Philippe Sermoise, le mató acto seguido, y aún no sabe si fue con el puñal que le clavó en el abdomen o con la piedra que le estampó en la frente.

François oye la campana de Notre-Dame, Jacqueline, la más grande de París, pero no levanta la cabeza de lo que está escribiendo: un testamento en verso al que ha titulado *Le Lais* (El Legado), y que comienza así:

L'an quatre cent cinquante six,
Je, François Villon, écolier...

Ese año, tras un largo proceso iniciado por Calixto III, uno de los dos papas valencianos, por fin se ha proclamado la inocencia de Juana de Arco, *la Doncella de Orleans*, y por todas partes hay cruces con la inscripción CROIX PUCELLE, 1456. Pron-

---

* La construyeron con el altar en el lado contrario, hacia occidente, y tras la reforma adquirió el nombre de «bien colocada».

to será patrona de Francia, donde a Villon no le consta la existencia de ninguna doncella; a los veinticinco años nunca se ha acostado con una virgen y ya ha llegado a la conclusión de que, para conseguirlo, no tendrá más remedio que recurrir a la fuerza. Miente: sabe que nunca será capaz de violar a una mujer. En cambio, sí se ha acostado con una mujer embarazada. Miente otra vez: no tuvo valor para hacerlo, aunque Margot se lo propuso en su propia taberna, la Grosse-Margot, y él ya le ha contado a todo el mundo que lo hizo.* De haberlo hecho, habría sido a cambio de dinero, como la mayoría de sus aventuras amorosas. La atracción que siente François por las mujeres, por cualquier mujer, es inversamente proporcional al interés que despierta en ellas. ¿Amorosas? Ahora dice la verdad: él siempre se enamora, aunque se avergüence de ello y nunca pasen más de dos días antes de que empiece a sentir odio hacia sí mismo y rencor hacia su amada.

Ante el tañido de *Marie*, la campana de la capilla de la Sorbona, François levantó la cabeza y escribió unas líneas:

> *Finalement, en écrivant,*
> *Ce soir, seulet, ettant en bonne,*
> *Dictant ce lais et décrivant,*
> *J'ouîs la cloche de Sorbonne,*
> *Qui toujours à neuf heures sonne.*

> Finalmente, cuando escribía,
> esta tarde, solito y estando en vena,
> dictando y consignando este legado,
> oí la campana de la Sorbona,
> que siempre suena a las nueve.

---

* Y así lo escribió en la «*Ballade de la Grosse Margot*»: «*Et au réveil, quand le ventre lui bruit, / Monte sur moi, que ne gâte son fruit. / Sous elle geins, plus qu'un ais me fait plat, / De paillarder tout elle me détruit, / En ce bordeau où tenons notre état*». (Y al despertar, cuando le bulle el vientre, / se monta encima de mí, para no estropear su fruto, / bajo ella gimo, me aplasta como una tabla. / De tanto follar me deja destrozado / en este burdel donde tenemos nuestro hogar).

Cuando sonó la aldaba, ya estaba de pie y con la capa en la mano.

—¿Estás mejor?

François consiguió evitar que Colin de Cayeux le abrazara.

—No quiero hablar de eso. Hay prisa, ya ha sonado *Marie*.

Todo París hablaba de lo mismo: el famoso Villon, el que se reía en verso de cualquiera, por fin había recibido su merecido gracias a una denuncia de Catherine de Vausselles, su doncellita de la nariz torcida *(«ma demoiselle au nez tortu»)*, que le acusó de ser el autor de unos versos infamantes que los borrachos iban a recitar bajo su ventana. François nunca llegó a escribirlos en ninguna parte, pero demasiadas personas los aprendieron de memoria. La condena fue una humillación: desnudo y atado a un carro, había recorrido las calles mientras se pregonaba su nombre y era azotado en el culo con una pala de lavandera.* De los azotes se encargó Noel Jolis, el amante de Catherine. François se consideraba un «mártir del amor», como solían hacer los trovadores, y desde entonces apenas había salido de la Porte Rouge. Necesitaba abandonar París hasta que el suceso se olvidara, y para ello necesitaba dinero, pero eso lo iba a resolver esa misma noche.

El lugar de encuentro, la taberna de La Mule, estaba al lado de su casa, en la rue Saint-Jacques, frente al convento de trinitarios de los Mathurins, y era un agujero hondo como un cuévano de vendimia y más tenebroso que la conciencia de un magistrado del Châtelet.

Allí estaba Guy Tabarie, un compañero de estudios de François, algo corto de luces y largo de lengua, con otros dos rufianes. A uno le llamaban *Petit-Jean*, un tipo como un armario y con una cerrada barba negra, y capaz de hacer saltar cualquier cerrojo con sus ganzúas.**

---

* Más tarde recordará: «*De moi, pauvre, je veux parler: / J'en fus battu comme à ru teles, / Tout nu, je ne le quiers celer*» (De mí, pobre, quiero hablar: / fui apaleado como piedra de río, / todo desnudo, no lo quiero ocultar).

** Como *fortis operator crochetorum* le calificó la posterior investigación judicial.

El otro, el quinto cómplice, era yo, al menos en parte, gracias a la conexión que había establecido con Dom Nicolas, un monje de malas costumbres y agradecido estómago. Dormía en Madrid un día la siesta y me desperté en París, en 1456, donde acababa de conocer al villano francés, de quien los juglares esperaban en Castilla nuevo armamento para derribar a los poderosos.

Si a Dom Nicolas le hubieran dicho que aquel tipo canijo con el labio partido iba a ser recordado siglos después como el primer poeta de Francia, se habría partido de risa. Yo lo había estudiado en el Liceo Francés, aunque no se nos permitía leer la mayoría de sus poemas: demasiado groseros, obscenos, inmorales.

Cenamos lo que fue a comprar Tabarie (salchichas, nueces y un pastel de carne), ya que en las tabernas no se servía comida, bebimos una cantidad suficiente de Sancerre blanco y repasamos el plan para asaltar el Colegio de Navarra, el más rico de los colegios universitarios de la ciudad.

Pasadas las diez nos pusimos en marcha. Éramos profesionales: recogimos la escalera que habíamos escondido en una casa abandonada frente al Colegio, dejamos las capas y a Tabarie de guardia, saltamos la tapia, localizamos el cofre, Petit-Jean hizo su trabajo y antes de medianoche ya estábamos de vuelta con más dinero del que habíamos calculado.

Nos llevamos quinientos escudos de oro. A Tabarie le dimos diez para comprar su silencio.

Ése fue nuestro único error.

Como dijo Robert Louis Stevenson: para decidir el destino de un hombre a veces sólo hace falta una cara bonita en la acera de enfrente y un par de malas compañías a la vuelta de la esquina.*

---

* «*Many a man's destiny has been settled by nothing apparently more grave than a pretty face in the oppsite side of the street and a couple of bad companions round the corner*», en «François Villon, Student, Poet and Housebreaker», *The Cornhill Magazine*, vol. XXXI, julio/noviembre de 1877.

Amigos que le llevaran por el mal camino nunca le faltaron a Villon. La cara bonita, a pesar de la nariz torcida, se la proporcionó Catherine, la *«fausse beauté que tant me coûte cher»*, la falsa belleza que tan cara me cuesta, y a la que lo menos que volvió a llamar fue *«orde paillarde»*, que vale por puerca follatriz.

Al día siguiente lo celebramos con una cena en el Pomme-de-Pin y poco después acompañamos a Villon a la puerta de Saint-Jacques. Una vez más, abandonaba la ciudad. Habló de ir a Angers y prometió investigar los ahorros que tenía el abad, que era su tío. Si merecía la pena hacerle una visita y aligerarle del peso del vil metal, Villon nos avisaría.

Villon ni siquiera se llamaba Villon, sino François de Montcorbier, y había nacido en 1431, el mismo año en que Juana de Arco, la única doncella de Francia, fue quemada viva (pero intacta), atada a una estaca en la plaza del mercado de Rouen. La guerra de los Cien Años, que aún duraba, iba convirtiendo el país en una pesadilla. En París había hambre, aunque hacía honor al lema de su escudo: FLVCTVAT NEC MERGITVR, podía ser zarandeada por el oleaje, pero nunca se hundía. Los lobos hambrientos cruzaban el Sena y desenterraban cadáveres en los cementerios para alimentarse en invierno, *«que les loups se vivent de vent»*, cuando los lobos viven del viento. En 1438 el hambre provocó verdadera desesperación en la ciudad; en septiembre una manada de lobos mató a catorce personas y se comió a un niño entero en la Place aux Chats, cerca de los Inocentes. Los fragmentos que quedaron del cráneo eran tan pequeños que parecían las cáscaras de un huevo cascado al caer de un cesto.

> *Necessité fait gens méprendre*
> *Et faim saillir le loup du bois.*

> La necesidad hace a la gente equivocarse
> y el hambre al lobo salir del bosque.

París se despoblaba día a día y en el campo, aunque se comiera algo mejor, se corría más peligro. Había hordas de salteadores de caminos, fugitivos de la ley o desertores de la guerra, carne de horca, *gens de sac et de corde*, que mataban sin pestañear y violaban sin hacer distinciones de sexo o edad (y ni siquiera zoológicas), también les llamaban *écorcheurs*, porque desvalijaban a sus víctimas hasta dejarlas tan desnudas como un alcornoque tiritando tras el descorche; muchos formaban bandas organizadas, verdaderas francmasonerías del crimen, como los *coquillards*, que sembraron el pánico por todos los caminos de Francia disfrazados de peregrinos a Santiago con su concha *(coquille)*.

Villon aborrecía el campo, al que siempre se dirigió como fugitivo, cuando no tenía más remedio que *«prendre la clé des champs»*, usar la llave de los campos para escapar. Por lo demás, como a otros escritores, le parecía ese lugar por el que los pollos se pasean crudos. Siempre fue un poeta urbano, insensible a la naturaleza, en la que sólo veía nubes de mosquitos, manadas de lobos o malhechores emboscados; y fue el primer artista parisino, tan identificado con la ciudad como Baudelaire o Edith Piaf. No conocía mejor paisaje que la *«humaine beauté»*, la belleza humana, por la que hasta el rey David, según recuerda en sus versos, olvidó el temor de Dios, *«voyant laver cuisses bien faites»*, viendo lavarse unos muslos bien hechos.

Su madre se quedó viuda al poco tiempo de nacer François. Eran muy pobres y la necesidad fue la principal experiencia formativa de su infancia. En su poesía llega a disculparse por hablar tanto de la pobreza:

> *Laissons le moûtier où il est;*
> *Parlons de chose plus plaisante:*
> *Cette matière à tous ne plait,*
> *Ennuyeuse est et déplaisante.*

> *Pauvreté, chagrine et dolente,*
> *Toujours dépiteuse et rebelle,*
> *Dit quelque parole cuisante;*
> *S'elle non ose, si le pense elle.*
>
> Dejemos las cosas como están;
> hablemos de algo más agradable:
> este asunto no gusta a todos,
> aburrido es y desagradable.
> La pobreza, triste y doliente,
> siempre despectiva y rebelde,
> dice algo que escuece;
> si no se atreve, sí que lo piensa.

Mancha la pobreza, acobarda, encoge el corazón, ensucia los deseos y el filo de las uñas, aburre a los demás y obliga a quien la sufre a hacer ciertas cosas, demasiadas, demasiado a menudo, a escondidas de su propia alma, como escribió César Vallejo:

> Yo todavía
> compro *du vin, du lait, comptant les sous*
> bajo mi abrigo para que no me vea mi alma.

Quien ha contado monedas sin sacar la mano del bolsillo antes de entrar en una tienda sabe que la voz de la pobreza escuece como una picadura, que su palabra es insolente y desafiante, tal y como escribió Villon, que pudo haberse librado de la pobreza pero nunca lo hizo.

Aunque admite que su obra es milagrosa, a Robert Louis Stevenson le disgusta que Villon se comporte como *«le mauvais pauvre»*, el mal pobre: rencoroso, quejica, violento, avinagrado por un incurable resentimiento social, el ingrato que muerde la mano que le da de comer. *«He was the first wicked sansculotte»*, el primer miserable *sansculotte*, el incapaz de aceptar su destino: *«It is a poor heart, and a poor age, that cannot accept the conditions of life with heroic readiness»*, hay que ser un hombre de corazón menguado, igual que la época, para no aceptar con decisión heroica las condiciones de la vida, las reglas del juego.

¿Qué reglas del juego? ¿Las de los poderosos? Lo heroico es sublevarse, aunque sea en vano, contra esas condiciones inaceptables. El corazón insurrecto de Villon, el mal pobre, es menos medioeval que las palabras de Stevenson.

El *mauvais pauvre* al que se refiere Stevenson es Thénardier, el personaje de *Les Misérables* que tiene un único deseo: «*Oh! Je mangerais le monde!*», sólo quiere comerse el mundo.

Cuando el buen burgués va a visitar en su miserable casa al mal pobre, Thénardier le increpa con palabras que bien podrían ser las que Villon le respondería a Stevenson:

> *Il n'y a pas de Dieu! Et vous venez dans nos cavernes, oui, dans nos cavernes, nous appeler bandits! Mais nous vous mangerons! Mais, pauvres petits, nous vous devorerons!*

> ¡No hay ningún Dios! ¡Y venis a nuestras cuevas, sí, a nuestras cuevas, a llamarnos bandidos! ¡Pero os vamos a comer! ¡Pero os vamos a devorar, pobres pequeños!

Predestinado a ser un miserable, François se encontró hacia 1448 con Guillaume de Villon, el muy respetable capellán de Saint-Bênoit-le-Bientourné, que le tomó bajo su protección para darle estudios. No era la primera vez, se me ha informado de que ya en 1430 Guillaume había acogido a un niño de diez años, Jean Le Duc, que cincuenta años después, a diferencia de Villon, llegaría a ser también el respetable capellán de Saint-Bênoit-le-Bientourné. François le llama «más que un padre» y «más dulce que una madre», y muy pronto adoptará su apellido. Así pasó a vivir en la Porte Rouge y en 1452 Dominus Franciscus Montcorbier obtiene su título universitario y se convierte en un hombre que ha leído a Ovidio y a Virgilio, a Aristóteles y a Boecio. Vivió intensamente la vida de estudiante, con un poco de latín y constantes visitas a tabernas y burdeles, por no mencionar las inevitables malas compañías a la vuelta de la esquina. Para Villon las tabernas y burdeles fueron La Mule, la Grosse-Margot (que también tenía habitaciones), La Cage Verte, el Grand-Godet, Grèves, la Pomme-de-Pin o Trumelières.* Sus oportunas malas compañías a la vuelta de la esquina se llamaban Colin de Cayeux y Regnier de Montigny. Colin era el hijo del pueblo (su padre era herrero y cerrajero) y Regnier el aristócrata tronado (a la vuelta del exilio su acaudalado padre se encontró en la ruina). Ambos eran *coquillards*, miembros de la sociedad secreta de delincuentes a la que incorporaron a Villon. Ambos murieron en la horca.

La primera travesura en la que participó Villon fue el asunto bastante ridículo (aunque terminó causando muertos) del *Pet-au-Deable*. «*Pires ne trouverez que écoliers*», se decía en aquellos tiempos, cuando también había muchos que no iban a la universidad a estudiar, igual que en nuestro siglo: «no encontrarás nada peor que los estudiantes», a los que se les antojó cargar a cuestas con un menhir prehistórico, conocido como «el pedo del Diablo», y transportarlo hasta la colina de Santa Genoveva. Las autoridades, con varios «*robustes sergents*», lo recuperaron. Los testarudos estudiantes volvieron a transportar la piedra y las autoridades la remplazaron por otro pedrusco cóncavo y con forma redonda, del que los estudiantes se apoderaron para llevarlo a la colina y unirlo al Pet-au-Deable, formando así una Unidad-Yunta nupcial, de la que esperaban un coito lapidario. Obligaron a los transeúntes y a la propia policía a rendir homenaje al pétreo matrimonio y se formó tal alboroto que hubo que lamentar dos víctimas mortales.

Luego vino el asesinato de Sermoise y Villon abandonó París, en el verano de 1455. Volvió en la primavera de 1456, cuando ya había recibido el indulto por el crimen, y se instaló de nuevo en la Porte Rouge. Tonsurado y con su título universitario, debía de haber encontrado algún beneficio eclesiástico

---

* No pudiendo, como sólo es mi caso, desplazarse en el tiempo, resultará útil la consulta de *Notes sur quelques tavernes frequentées par l'Université de Paris aux XIV e XV siècles* (París, 1898).

o algún empleo como secretario o escribano. No tuvo suerte ni tampoco hizo un gran esfuerzo. Luego, demasiado tarde, lamentó su *«jeunesse folle»*, su loca juventud, sin la cual *«j'eusse maison et couche moll»*. Demasiado tarde: nunca tuvo ni casa ni blando lecho. Se fue convirtiendo en un profesional del robo a mano armada. Por la noche solía acabar, bastante borracho, en el Cementerio de los Inocentes, muy cerca de la Porte Rouge, cruzando el Sena, al lado de Les Halles, en el centro de un París que sólo se entendía desde aquel osario gigantesco y siempre concurrido.

Se entraba a los Inocentes por el pórtico de la rue Saint-Denis, donde el duque de Berry había hecho esculpir en 1408 el «Encuentro de los Tres Vivos con los Tres Muertos». Se convirtió en uno de los lugares comunes más frecuentes en la Edad Media. Tres jóvenes salen a cazar y en una curva del camino, al salir de un bosque o en una encrucijada, se encuentran con tres muertos a los que reconocen con espanto: son sus propios cadáveres comidos por los gusanos. En alguna ocasión pueden ser tres mujeres y es muy frecuente que los muertos se dirijan a los vivos: éramos los que sois, los que somos seréis; aunque suelen preferir el contundente latín: *sum quod eris, quot es olim fui*.

Demasiadas parroquias hacían uso de los Inocentes, así que, para hacer sitio a los muertos recientes, todos los días se desenterraban cadáveres y se iban amontonando calaveras en anaqueles, como si fueran libros en una biblioteca, y también esqueletos en unas cordilleras formadas por tibias, fémures, costillares y cráneos, que doblaban la altura de un hombre de pie. Recuerdo la luz sucia y oblicua del amanecer en la cima de aquellos montes óseos, atravesando una calavera rota y saliendo por las órbitas de los ojos y entre las mandíbulas, como un grito resplandeciente o una mirada que deslumbra y hace cerrar los ojos. Era un lugar alegre, siempre bullicioso y atractivo, donde había muchas mujeres, todas a un precio bastante razonable, todas tiritando, y se entregaban sobre una losa por unas monedas y para entrar en calor; se jugaba a los dados y a las cartas, se bailaba y se cantaba; había juglares, saltimbanquis, prestidigitadores y alquimistas; los borrachos, como solía estarlo Villon, tropezaban con los huesos sueltos que rodaban por el suelo; y desde muy temprano se instalaban los puestos del mercado, que solían usar lápidas como mostradores y cruces de piedra como perchas para colgar ropa o sacos de alimentos; así que podíamos comprar vino y queso, aunque también libros, ropa, armas o hasta hacer testamento con uno de los escribanos que también usaban las tumbas como pupitre. Había otras amenidades para el pueblo: los sermones, las reclusas y el patíbulo. Los predicadores de lengua de fuego se turnaban en el púlpito instalado entre las tumbas, a veces con una calavera en la mano, y al final siempre pedían dinero. Una mujer recluida en un panteón para consagrarse a Dios hasta la muerte y a la que se podía contemplar a través de una reja era una de las atracciones permanentes: a partir de 1420 fue Alix la Burgotte, que pasó cuarenta y seis años encerrada en el cementerio; en 1442 se le unió, en otra celda, Jeanne de la Voirière, que lanzaba gemidos, maldiciones y jaculatorias arrodillada, desmelenada y con los brazos en cruz.

En España también abundaron las mujeres que por propia voluntad se encerraban para vivir muradas o emparedadas. Lo hacían en una ceremonia pública que se celebraba como un entierro. Berceo contó la vida de Santa Oria, murada en Silos:

> Era esta manceba de Dios enamorada,
> por otras vanidades non dava ella nada,
> más querría ser ciega que verse casada...
> fo a pocos días fecha emparedada,
> ovo gran alegría cuando fo encerrada.
> ... Desemparó el mundo Oria, toca negrada,
> en un rencón angosto entró emparedada;
> sufrié gran astinencia, vivié vida lazrada,
> por ond ganó en cabo de Dios rica soldada.
> Quiso ser la madre de más áspera vida,
> entró emparedada, de celicio vestida,

> martiriava sus carnes a la mayor medida,
> que no fuesse la alma del diablo vencida.

En Pamplona llegó a haber al mismo tiempo más de cien emparedadas. También se utilizó como castigo, como ocurría en Astorga, en cuya catedral aún se conserva la celda de la emparedada, con ventana a la calle, para que la extraviada mujer pudiera servir de ejemplo y recibir limosna o insultos de los vecinos. En la pared hay un letrero en el que se lee: MEMOR ESTO JVDITII MEI, SIC ENIM ERIT ET TVVM. MIHI HERI ET TIBI HODIE. Recuerda mi destino, pues será también el tuyo. Para mí ayer, para ti hoy.

En su magnificencia, los Reyes Católicos declararon «a cualesquiera emparedadas» exentas de pagar impuestos, lo que incluía tanto a las eremitas voluntarias como a las reclusas.

Sin embargo, lo más concurrido en los Inocentes era el patíbulo, en el que se ofrecían no menos de tres ejecuciones semanales.

La decoración contaba también con un mural con la *Danse Macabre*, obra de Jean le Fevré. Para Johan Huizinga, que debía de ignorar nuestra españolísima *Dança General de la Muerte*, esa pintura es el origen de todas las danzas de la muerte medievales. Con su vigoroso estilo y su acalorada concepción de la Edad Media, afirma el sabio holandés en *El otoño de la Edad Media*:

> En ninguna parte estaba reunido de forma tan patética todo lo que ponía a la muerte delante de los ojos como en el Cementerio de los Inocentes, de París. Allí apuraba el espíritu hasta el fondo el horror de lo macabro. Todo cooperaba a prestar a aquel lugar lúgubre el carácter sagrado y el estremecimiento pintoresco de que tanto gustaba la última Edad Media. Ya los santos a quienes estaban consagrados la iglesia y el cementerio, los Santos Inocentes sacrificados en lugar de Jesús, provocaban con su lastimoso martirio la intensa excitación y la emoción sangrienta que aquella época sabía paladear.

Algo más que emociones se paladearon en los Inocentes. En 1590, para resistir el asedio en París, muchos trituraban huesos y amasaban un «pan de muertos» con el que, a pesar de todo, no consiguieron sobrevivir.

Todo esto se terminó en 1876, en plena Ilustración, siendo rey Luis XVI, cuando tuvo lugar la sustitución (que todavía padecemos) de los sacerdotes por los técnicos (ingenieros, arquitectos, médicos, científicos, etc.): entonces se prohibieron, por razones de salud pública, los cementerios en el centro de la ciudad. Los Inocentes fue destruido y comenzó el penoso traslado de los restos de más de veinte generaciones, que duró quince meses, durante los cuales se comprobó que varios cuerpos no se habían descompuesto del todo, sino que se habían convertido parcialmente en grasa, es decir, en ácido margárico o heptadecanoico, que fue utilizado para fabricar jabón y velas con las que alumbrar aquel terrible Siglo de las Luces.

La *Danse Macabre* dibujada en los Inocentes, con sus pareados, quedó impresa en las retinas de Villon, que la recreó en sus baladas. En el *Testamento* lega a los ciegos del hospicio sus gafas (aunque sin el estuche), para que también ellos puedan distinguir a la gente de bien de los deshonestos, pues era diversión común intentar desenmascarar a los falsos ciegos, arrojando obstáculos a su paso para comprobar si tropezaban.

En el cementerio se acaba la risa, sin embargo, y Villon construye la que quizá sea la primera «escena de la calavera»:

> *Quand je considère ces têtes*
> *Entassées en ces charniers,*
> *Tous furent maîtres des requêtes,*
> *Au moins de la Chambre aux Deniers,*
> *Ou tous furent porte-paniers:*
> *Autant puis l'un que l'autre dire;*
> *Car d'évêques ou lanterniers*
> *Je n'y connais rien à redire.*

> Cuando miro esas calaveras
> amontonadas en los osarios,
> todos fueron letrados relatores,
> como poco del Tribunal de Cuentas,
> o todos fueron mozos de cuerda,
> igual puedo decir lo uno que lo otro;
> pues entre obispos y faroleros
> no encuentro la menor diferencia.

No es imaginable que Shakespeare leyera jamás a Villon, pero ambos le hicieron las mismas preguntas a un cráneo desenterrado.

> *Et icelles qui s'enclinaient*
> *Unes contre autres en leurs vies,*
> *Desquelles les unes régnaient,*
> *Des autres craintes et servies;*
> *Là les vois toutes assouvies,*
> *Ensemble en un tas pêle-mêle.*
> *Seigneuries leur sont ravies,*
> *Clerc ne maître ne s'y appelle.*

> Y aquellas que se inclinaban
> unas ante otras en vida,
> algunas de ellas reinaban,
> temidas y servidas por las otras;
> ahí las veo a todas llegadas a su fin,
> juntas y revueltas unas con otras.
> Los señoríos han sido arrebatados,
> aquí nadie se llama clérigo o maestro.

Así, el monólogo ante una calavera, quizá con una calavera en la mano, como suele representarse el de Hamlet, se convierte en una de las peroratas centrales de nuestra cultura. Y también, andando el tiempo, como cabía esperar, en un lugar común y algo amanerado, sobre todo en el Barroco, donde se llegaron a pintar muchos más bodegones con cráneos, la extraña fruta, que con manzanas o naranjas.

Como siempre, por casualidad, como en Tito Bustillo o en Altamira, en 1978 una cuadrilla de obreros de la Compañía de Luz y Fuerza del Centro, que realizaba trabajos de cableado subterráneo, descubrió en la Ciudad de México el Templo Mayor de Tenochtitlán, que se creía perdido para siempre o quizá inventado por los cronistas de Indias.

Las calaveras eran tan omnipresentes como en aquel Cementerio de los Inocentes donde Villon tropezaba borracho con cráneos, costillares, clavículas o falanges dislocadas.

Villon y Hamlet le hacían la misma pregunta a una calavera: ¿quién eres? ¿Quién fuiste?

Fue un poeta mexicano, José Emilio Pacheco, quien hizo responder a una calavera en 1983:

> Como Ulises me llamo Nadie. Como el demonio de
> los Evangelios mi nombre es Legión.

Villon recorrió media Francia, siempre a pie, y como él mismo dijo no hubo matojo ni matorral que no arrancara un jirón de su ropa, una gota de sangre. Cometió delitos, no sabemos cuáles; solo o en compañía de otros, no sabemos cuántos ni quiénes (aunque sin duda eran *coquillards);* como también ignoramos cuantas veces le torturaron o le condenaron a muerte (aunque constan varias sentencias y los correspondientes indultos). También buscó la protección de los príncipes y los nobles, que por entonces mantenían poetas en plantilla en sus cortes, de las que siempre acabó siendo expulsado, porque no podía evitar comportarse como un centauro. O porque no se reía de las ocurrencias de un conde.

Quienes se quejan de la dictadura del mercado no deberían olvidar lo que significaba depender de la voluntad de un noble para vivir.

Fue expulsado de la corte de René de Anjou, de la corte del

duque de Orleans en Blois y de la de Juan II de Borbón, que le dio seis escudos de oro. Seis. Sacaba más robando. Acabó varias veces en la cárcel. Cuando volvió a París, estaba preparado para sentarse a escribir el *Testamento*, que empieza así:

> *En l'an trentième de mon âge*
> *Que toutes mes hontes j'eus bues,*
> *Ne du tout fol, ne de tout sage,*
> *Non obstant maintes peines eues,*
> *Lesquelles j'ai toutes reçues*
> *Sous la main Thibault d'Aussigny.*

> A los treinta de mi edad,
> con todas mis vergüenzas ya bebidas,
> ni del todo loco ni del todo sabio,
> a pesar de tantas penas,
> todas ellas recibidas
> de la mano de Thibault d'Aussigny.

Y añade la fecha:

> *Écrit l'ai l'an soixante et un*
> *Que le bon roi me délivra*
> *De la dure prison de Meung*
> *Et que vie me recouvra.*

> Lo escribí en el año sesenta y uno,
> cuando el buen rey me libró
> de la dura prisión de Meung
> y me devolvió la vida.

En la actualidad el castillo de Meung-sur-Loire es una atracción turística, cuya propaganda oficial sugiere diversiones como ésta:

Pénétrez dans les inquiétants souterrains du château et plongez-vous dans le show vidéo à 7 m sous terre. La salle de tortures vous attend également...

Recorra los inquietantes subterráneos del castillo y sumérjase en el espectáculo de vídeo a 7 metros bajo tierra. La sala de torturas también le espera...

En 1973 la casualidad intervino una vez más y logró que al derribar un depósito de agua bastante feo en el ala suroeste del castillo, tres albañiles encontraran en el suelo una pequeña abertura enrejada. Comprobaron que era la única entrada a una cavidad de piedra, en forma de colmena, de doce metros de profundidad. Ésa era la mazmorra en la que estuvo François Villon en el verano de 1461. En el suelo descubrieron un pozo rectangular de una profundidad aterradora, cuarenta y dos metros, que servía como recipiente para los excrementos y la orina, aunque también fue la tumba de más de un prisionero: preferían arrojarse de cabeza para morir lo antes posible y descansar en paz, sobre un lecho de su propia mierda y la de sus compañeros.

Así se aclararon algunos de sus versos. «*Ayez pitié, ayez pitié de moi*», tened piedad, tened piedad de mí, suplicaba en la *Épitre à mes amis*: «*Le laisserez là, le pauvre Villon?*», ¿le dejareis aquí, el pobre Villon? Les pide que le saquen de allí, y se queja de que tardan demasiado y él se muere entretanto: «*Trop demourez, car il meurt entandis*».

Aunque tardaron en comprenderse, sus instrucciones son bastante precisas: «*Et me montez en quelque corbillon*», subidme en alguna cesta.

Atkinson, que tradujo el poema al inglés en 1930, se deja llevar por la fantasía al explicar en su anotación que un Villon enamorado pide un cesto para llegar hasta la alta torre de su amada, tal y como le ocurrió a Virgilio, que se quedó suspendido en el aire a la vista de toda Roma y para regocijo de poetas como Juan Ruiz, Fernando de Rojas o el propio Villon.

Sin duda se acordó de Virgilio, pero en aquella ocasión sólo pretendía ser literal: solicitaba un cesto porque era la única manera de salir de aquel agujero en el suelo que en la época se llamaba *oubliette*, porque los prisioneros acababan olvidados allí dentro.

Antes de encerrarle en la *oubliette*, Villon fue torturado, como parte del proceso judicial. La ley exigía que, para ahorrar a todos situaciones incómodas, se mantuviera al reo en ayunas antes del interrogatorio, así se evitaba que durante la tortura arrojase lo que hubiera comido. Se le aplicó el tormento de toca y agua. Le ataron de pies y manos en el potro y le pusieron en cada pierna dos garrotes, que son sogas retorcidas con un palo para comprimir los miembros. Uno en el muslo y otro en la caña de la pierna, de la rodilla abajo. Y otros dos garrotes en cada brazo, el uno en el morcillo del brazo, y el otro del codo abajo. Una vez estuvo así, le echaron uno detrás de otro siete cuartillos de agua por la boca, sobre una toca delgada, la cual estaba algo metida en la boca; de suerte que el agua pudiera entrar en ella.

La toca, por lo general un lienzo de lino, produce una sensación de ahogamiento tan pavorosa que se dice, como le explica uno de los guardas de los galeotes a don Quijote, «cantar en el ansia», para significar que uno confesó con la toca y agua, ya que «ansia» significa en germanía «agua».

>—No entiendo —dijo don Quijote.
>Mas una de las guardas le dijo:
>—Señor caballero, cantar en el ansia se dice, entre esta gente non santa, confesar en el tormento. (I, XXII)

En Abu Grahib no inventaron nada: los médicos y científicos que diseñaron los «métodos de interrogación» se limitaron a llamar *waterboarding* a lo que en la Edad Media se conocía como tormento de toca y agua, inventado por la Inquisición, ya que tenía prohibido derramar sangre o mutilar.

Por eso Villon maldice a Thibault d'Aussigny, arzobispo de Orleans, que le encarceló y *«qui tant d'eau froide m'a fait boire»*, que me ha hecho beber tanta agua fría. Las quejas del poeta debieron de superar la paciencia de sus verdugos, así que, como solía hacerse con quienes no podían parar de aullar y compadecerse de sí mismos, le proporcionaron fruta en abundancia: le hicieron *«manger d'angoisse mainte poire»*, comer de angustia muchas peras. Aún hoy se dice en francés *«avaler des poires d'angoisse»* con el sentido de pasar penalidades. El origen está en un sencillo instrumento mecánico que los franceses llamaban *poire d'angoisse* y nosotros pera veneciana. Varios segmentos en forma de pera que se abren o cierran, como pétalos de una flor, al girar un tornillo. La pera se introducía cerrada en uno de los tres orificios corporales (oral, rectal o vaginal) y a continuación se abría, lo que provocaba desgarros y heridas graves. Se aplicaba en la vagina a las brujas y hechiceras, a las adúlteras y a quienes hubieran tenido comercio carnal con íncubos o demonios que hubieran adoptado formas de animales. El ano se reservaba para los sodomitas. En la boca se utilizaba con predicadores heréticos y, muy a menudo, con aquellos que no dejaban de compadecerse a gritos de sí mismos, como fue el caso de Villon, que se mantuvo por fin en silencio y también perdió casi todos los dientes, se le desencajó la mandíbula y nunca pudo volver a hablar o a masticar sin dolor intenso.

Después le bajaron a la *oubliette* en un cajón atado con cuerdas y le dejaron allí, dispuestos a olvidarse un día de él para siempre, aunque de momento, de vez en cuando, quizá para entretenerse, le bajaban en un cesto un mendrugo de pan duro y un jarro de agua.

Me contó que en aquella noche perpetua, mientras esperaba la muerte, se acordó de Boecio, de Jonás en el vientre de la ballena, pero sobre todo de Job. Con la desfachatez de los poetas, Villon era muy dado a compararse con Job, aquel con quien no valía la pena seguir discutiendo, porque «se tenía por justo» (Job 32, 1), el que «oscurece la providencia con discursos vacíos de sentido» (Job 38, 1), el dispuesto a sucumbir cargado de razón.

Entonces ocurrió el milagro: muere Carlos VII y el nuevo rey, Luis XI, se detiene en Meung-sur-Loire durante su primer viaje y, como era costumbre, concede un indulto a cierto número de presos, entre ellos Villon.

Con una cesta de gran tamaño es alzado de la tumba. Le cuesta ponerse en pie, la luz del día le deslumbra, y aunque tiembla y está llorando, de sus ojos no sale ni una sola lágrima. A los infelices resucitados les dan de comer, pero Villon, sin dientes y con el paladar y la mandíbula destrozados por la pera, no puede masticar. Lo que consigue deglutir, un trozo de pan ablandado en agua, lo vomita con violencia en cuanto llega a su estómago. Luego le entregan la *clé des champs* y echa a andar muy despacio, sin mirar atrás. Susurraba:

> Habíanme rodeado las aguas hasta el alma, el abismo me había cercado, las algas se habían enredado en mi cabeza. A las raíces de los montes descendí, los cerrojos de la tierra se echaron sobre mí para siempre, pero tú sacaste de la fosa mi vida. (Jonás 2, 6-7)

Avanza como un reptil, casi a rastras, paso a paso, y a quien encuentra en el camino le repite lo mismo: me llamo François y hasta el nombre me duele.

Hasta que él te miraba, costaba creer que aquel hombre hubiera podido llegar a París a pie. Nunca había sido robusto, sino más bien canijo, pero entonces apenas parecía un garabato, o mejor, algo tachado a conciencia, oculto por borrones y cicatrices. Andaba encorvado y cada pocos pasos se le descuajeringaba una pierna, y no conservaba apenas un cabello, ni siquiera en las cejas. Me costó reconocerle, era un anciano de treinta años, como una tortuga sin caparazón, a punto de deshacerse en una masa gelatinosa.

—¡Villon, ecce homo! —me levanté para saludarle, con miedo a que se desmoronase si le abrazaba.

—Más bien *homunculus*,* querido Dom Nicolas: *un navet qu'on ret ou pèle*.

Como un nabo que se raspa o se pela, así se describía tras el cautiverio en Meung.

—No has perdido el sentido del humor.

Nos sentamos en aquella apartada mesa del Cheval Blanc y pedí una jarra de Sancerre.

—*La gorge m'arde* —susurró Villon, para quien nada apagaba el fuego de su garganta: siempre le ardía.

—Tampoco has perdido la sed.

Entonces me miró a los ojos y comprendí que era otro hombre: alguien con una misión que cumplir y que por tanto podría haber seguido andando hasta Normandía y luego cruzar a nado hasta la costa inglesa, si necesario fuera.

Me relató la pesadilla del castillo de Meung y me dijo que estaba escribiendo un testamento.

—¿Quieres que tu voluntad se cumpla después de tu muerte?

Volvió a dirigirme esa mirada que por lo general asociamos con los trastornos mentales que constituyen un peligro para uno mismo o los demás, y dijo:

—*Qui meurt a ses lois de tout dire*.

El que muere puede decirlo todo, tiene derecho a decirlo todo.

—¿Todo? Eso ya lo hizo Tabarie: no le quedó nada por decir. Ahora se ha callado: una soga le cerró la garganta.

—Hay que tener cuidado con el relente, esa despiadada brisa que broncea a los cadáveres: en seguida deja negra a la gente si se quedan al aire libre cuando están muertos.**

Eso en el siglo XV lo sabíamos todos, hasta los niños peque-

---

* Nada más fácil que crear un homúnculo, según explicó Paracelso un siglo más tarde: basta con introducir licor espermático en un alambique y dejarlo pudrir durante cuarenta días enterrado en estiércol de caballo. Pasado ese tiempo, aparecerá un hombrecillo transparente, casi sin sustancia y muy pequeño, de unos treinta centímetros. Un atributo notable que Paracelso descubrió en el homúnculo era que dormía muy poco, apenas dos o tres horas al día.

** Así lo advirtió Villon: «*Gardez vous de ce mauvais hâle / Qui noirci les gens quand sont morts*».

ños, porque ir a ver ahorcamientos era el espectáculo más popular entonces, como lo será en todo tiempo y lugar, en caso de que esté permitido.

Villon ya sabía que sus dos amigos, sus malas compañías, Colin de Cayeux y Regnier de Montigny, habían sido ahorcados. De los participantes en el asalto al Colegio de Navarra sólo quedábamos con vida él y yo.

Y en cuanto a Villon no estaba muy seguro: quizá fuera un cadáver insepulto, con una breve prórroga para cumplir esa misión que hacía que sus pupilas brillaran.

A Villon, además, también volvía a arderle la garganta, como de costumbre. Pedí otro jarro de Sancerre.

—Toda obra es póstuma —dijo Villon, después de haber bebido.

Salimos al frío de la noche.

—¿La Cage Verte? —le propuse.

Al oír el nombre de aquel burdel acogedor que él frecuentaba desde los tiempos del Peut-au-Deable, sonrió y recitó un poema:

> *Bien est verté que j'ai aimé*
> *Et ameroie volontiers.*

> Bien es verdad que he amado
> y amaría de buena gana.

Y puedo asegurar que lo intentó, pero no pudo, el pobre Villon.

Cuando llegamos al edificio de la Place Maubert, las chicas le recibieron como si trajera piedras preciosas o miles de escudos de oro, aunque apenas llevaba calzones de lienzo, descosidos y rotos, medias de carne y una capa raída. Como le oí decir tantas veces a Juan Ruiz: bajo mala capa yace buen bebedor. A todas las reconoció por sus nombres, bien los de pila, bien los que habían ido adquiriendo con su destreza: Jeanne de Bretagne, Isabeau, Margot, Perrette, Jacqueline, Blanche la Savetière, Guillemette la Tapissière, Julie la Gantière, Jeanneton la Chaperonnière, Catherine la Boursière, Marion la Dentue.*

Por más que se diga que antes se pierde el diente que la simiente, la triste realidad era que a Villon, a los treinta años, no le quedaban más que dos o tres muelas muy apartadas unas de otras y, si conservaba semilla alguna, carecía de fuerza para aventarla ni siquiera en un baldío; aunque nada le impedía quedarse absorto mirando a las chicas, embelesado incluso cuando se lavaban.

En su *Ballade des langues envieuses* (Balada de las lenguas envidiosas), exigía que dichas lenguas fueran sumergidas y fritas en rejalgar, arsénico, cal viva, agua de lavar piernas con lepra, en la sangre que se seca en las lancetas de los barberos y también se acordó con nostalgia de los:

> *petits bains de filles amoureuses*
> *(Qui ne m'entend n'a suivi les bordeaux).*

Que hoy podríamos traducir como: ojalá metan sus envidiosas lenguas en la palangana donde se enjuagan las putas (quien no me entiende no ha sido aficionado a los burdeles).

El caso es que ninguna de aquella *filles de joie* logró nada con Villon, ni siquiera la mano enguantada de ágiles y rosados dedos de Julie. Villon sólo quería a la Bella Armera, que ya había cumplido entonces los ochenta años, pero había sido tan hermosa a los veinte que todo el mundo la recordaba.

La trajeron en angarillas entre varias compañeras y reconocí de inmediato a la figura de *la Vieille* del *Roman de la Rose*,

---

* Zapatera, tapicera, guantera, sombrerera, bolsera y dentuda, respectivamente. Es característico de la ingenuidad de nuestro timorato siglo que los comentaristas crean de buena fe que estas señoras ejercían tales humildes y honradas profesiones. Ni mucho menos. Me consta que no manufacturaban calzado, tapices, guantes, sombreros ni bolsas; fueron así bautizadas por las prestaciones sexuales especializadas que ofrecían; y la Dentuda, si bien tenía unos graciosos paletos, no recibió el nombre tampoco por el tamaño de sus piezas dentales, sino por lo que con ellas era capaz de hacer.

esos 22.000 octosílabos alegóricos que componen uno de los libros más leídos durante toda la Edad Media. La Vieja, que fue prostituta, y algo hechicera, actúa en su ancianidad de alcahueta y empuja a las más indecisas con su *carpe diem:* aprovecha el momento. Viene de muy lejos, de las brujas de Ovidio y las sibilas griegas, y es la abuela de nuestra Trotaconventos y de nuestra Celestina.

El *carpe diem* y el *memento mori* (recuerda que vas a morir) son dos caras de la misma moneda o dos filos de la misma espada: vas a verte como yo, así que aprovecha ahora. Si lo dice la Vieja del *Roman del la Rose* o la Vieja Armera, o cualquier viejo verde (desde Ronsard a Góngora), la conclusión es: aprovecha el tiempo y disfruta de la vida, goza de tu cuerpo y de tu juventud. Si lo dice la calavera, o los Tres Muertos a los Tres Vivos, la conclusión es: aprovecha el tiempo y conviértete, salva tu alma y tu vida eterna. Ambos *topoi* (lugares comunes y muy frecuentados) se suelen presentar mediante el *ubi sunt,* tan manoseado incluso en nuestro siglo, sobre todo en la música popular. ¿Dónde están? ¿Dónde están ahora los cuerpos hermosos de ayer, los héroes muertos, las riquezas, las nieves de antaño? Todo se lo ha llevado el viento: *Autant en emporte ly vens.*

La Armera que un día fue bella, reclinada en un banco, tenía la mirada perdida y un hilo de saliva le corría por las comisuras de los labios, barbilla abajo, hacia la camisa. Movía las mandíbulas como si hiciera un esfuerzo para tragarse un pelo pegado al paladar o expulsarlo con ayuda de la lengua. Villon comenzó a improvisar, sobre la falsilla del *Roman de la Rose,* un *ubi sunt* con una voz ronca que le salía a trompicones de las mandíbulas destrozadas por la pera veneciana. *Qu'est devenu ce beau nez droit?,* ¿dónde está ahora aquella hermosa nariz recta?, preguntaba, señalando con el dedo el gancho de carnicería que casi se juntaba con el mentón de la anciana Armera; ¿dónde está aquel carnoso lóbulo que apreté entre mis dientes?, y apuntaba al desprendido colgajo de su oreja, cubierto de pelo; *et ces belles lèvres vermeilles?,* preguntaba, dirigiendo el dedo a los desleídos y resecos labios entre los que asomaba un solo diente; ¿qué ha sido de sus *petits tetins, hanches charnues*?, y apartó entonces la camisa, dejando a la vista unas tetas como vejigas vacías que colgaban hasta el vientre y unas caderas descarnadas, ásperas como quicios de puertas o como guardacantones; *ces larges reins, ce sadinet assis sur grosses fermes cuisses*?, al decirlo alzó las faldas de la anciana, con el tétrico y solemne gesto de quien retira la manta que cubre el rostro de un cadáver, y las grandes nalgas parecían setas pisadas por la pezuña de una vaca, y los muslos firmes eran palitroques temblorosos, sobre los que no se asentaba ninguna tentadora almeja, sino que se deshacía un higo chumbo nimbado de canas.

—*C'est d'humaine beauté l'issue!* —casi gritó Villon. Éste es el fin de la belleza humana.

Me gustaría poder escribir que de los ojos helados de la vieja y ya no bella Armera brotaron ardientes lágrimas, pero lo cierto es que siguió en la inopia, con su mecánico y repulsivo movimiento de masticación y la mirada perdida en la misma grieta de la pared.

Sí derramaron algunas lágrimas las *filles de joie*, pero lloraban por sus propias tetas aún firmes, por sus anchas caderas, por el formidable poder que todavía ejercían sobre los hombres.

Villon ahora estaba sonriente y me confió, una vez más, que la garganta le ardía.

—*La gorge m'arde* —me miró otra vez como si la luz de sus pupilas llegara hasta mí atravesando una calavera y ahora ya pudiera decirlo todo.

¿Adónde íbamos a ir después de aquello, salvo a los Inocentes?

Bajo la luna de enero, aterida de frío, los cráneos parecían, no de mármol, sino de nácar, relucientes y frágiles, pero eran más duraderos y más opacos que los rostros vivos que habían llevado encima. Caras de labrador severo, de panadera, de abadesa rubicunda, de lavandera sonriente, de escribano, de madre, de padre; transparentes y transitorios, y ahora cada día más borrosos en el recuerdo de sus hijos y de sus amigos, cada día más iguales unos a otros, como sus calaveras amontonadas en las arcadas de los Inocentes.

Había tres *filles de joie* de pie en la reja del panteón de la reclusa arrodillada, Jeanne de la Voirière, que iba sin mangas, con dos cilicios apretados uno en cada brazo. Escuchaba con atención a Perrette, que le estaba diciendo cuánta envidia le daba su soledad.

—El siglo no vale la pena, querida, aquí estás muy a gusto —le decía Jacqueline.

—¿Y los hombres? Nunca he tocado a un hombre. Ni siquiera he hablado con uno.

—No te pierdes gran cosa, créeme —dijo Rose—. Son grand mal en chico rato.

—Más que nada, los hombres son una perdición de tiempo —añadió Perrette—. Y un martirio para los sentidos corporales: huelen a estiércol, saben a esparto, su piel es un trozo de tocino con cerdas erizadas, y cuando se te suben encima, no hay más remedio que cerrar los ojos y rezar para que no te cuenten su triste vida, porque te echarías a llorar de pena.

—Al menos una vez —insistía la reclusa—. Ya llevo veinte años mortificando la carne.

La sangre, muy pálida, le corría codo abajo hasta mojarle las manos. Se oyó un silbido y Rose volvió la cara.

—¡Ya voy! —gritó hacia el silbido y luego se dirigió a la reclusa—. Mira a ese hombre. Aquel gordo que no se tiene en pie. Mira qué cara de animal. Lo haremos de pie, me doblaré sobre esa lápida y se pondrá detrás de mí. Me levantará la ropa y al empujarme me golpeará las rodillas contra la piedra. Mira las señales que tengo. No durará ni un momento y no sentiré nada más que ganas de vomitar y de estar muerta y en paz. Dará un resoplido y se apartará de mí. Así será todavía cuatro o cinco veces más esta noche y, cuando llegue a casa, *mon homme* me dará una paliza y me llamará puta. A lo mejor me da cuatro monedas. No siempre lo hace, hay días que sólo recibo los palos.

Volvió a sonar el silbido y Rose salió corriendo.

—¿Dice la verdad? —le pregunté a Villon.

—Sí dice, pero no toda la verdad. También ha sido feliz. Quizá volverá a serlo. O no, qué más da: está viva. Entre el dolor y la nada, yo me quedo con el dolor.*

—¿Qué vas a hacer ahora?

—Tengo que escribir. Hasta que se me congele la tinta al amanecer.** Luego dormiré dos o tres horas y volveré a escribir.

—¿Para decirlo todo?

—Eso es, querido Dom Nicolas. Todo lo que he visto. Conozco a los hombres por el ruido de sus pasos, el árbol por su resina, conozco el jubón por el cuello, conozco al amo por el criado, conozco la muerte que acaba con todo.

—Nada hay que no conozcas.

—*Je connais tout, fors que moi-même.*

Lo conocía todo, menos a sí mismo, pobre Villon.

—En la lucha entre tú y el mundo, ponte de parte del mundo*** —le aconsejé.

Me miró con aquella mirada que nadie podía sostener, como si le hubiera quitado las palabras de la boca o su misión del lugar en su interior donde la hubiera escondido. A lo lejos, el cuerpo del ahorcado se balanceaba en el patíbulo, como un péndulo, empujado por los topetazos que le daban las aves de carroña al volar en la oscuridad.

—Es lo que siempre he hecho. Estoy de su parte, a favor de la vida, pero siempre con mi muerte querida y mi vaso de

---

* Siglos después William Faulkner también elegirá lo mismo: «*Given the choice between the experience of pain and nothing, I would choose pain*» (*The Wild Palms*).

** «*Je cuidai finer mon propos / Mais mon encre trouvé gelé*» (Quería terminar mi trabajo, pero encontré la tinta helada).

*** Lo dije porque había leído en una página de Kafka que Villon no leyó jamás: «*Im Kampf zwischen dir un der Welt sekundiere der Welt*».

vino.* Hasta el nombre me duele, Dom Nicolas, y ya no tengo tiempo: sólo me quedan dos días.

—¿Dos días? ¿Por qué dos días?

Entonces vimos volver de la tumba a Rose, cojitranca, dolorida, magullada, tragándose las lágrimas, más guapa que nunca, y pensé que nadie sabría jamás que había existido Rose si Villon no se sentaba a escribir durante toda la noche o si se le congelaba demasiado pronto la tinta.

A favor de la vida escribió Villon, para conservarla en la gota de resina de sus versos, para prolongar a Rose, a las mujeres de París, a las muchachas que enseñan las tetas *(filletes montrant tétins)*, a aquellos a quienes les han roto quince costillas *(qu'on leur froisse les quinze côtes)*, a los niños perdidos y a todos los taberneros.

Al hacer testamento, no era su voluntad lo que quería prolongar más allá de la muerte, sino el mundo, todo lo que conocía fuera de sí mismo: estaba de su parte.

> *Mon prince, je connais tout en somme,*
> *Je connais coulourés et blêmes,*
> *Je connais Mort qui tout consomme,*
> *Je connais tout fors que moi-même.*

> Mi príncipe, en resumen, lo conozco todo,
> conozco a los colorados y a los pálidos,
> conozco a la Muerte que todo consume,
> lo conozco todo, menos a mí mismo.

---

* «Hoy me gusta la vida mucho menos, / pero siempre me gusta vivir: ya lo decía.» Así empezó un poema César Vallejo, que tuvo que esperar siglos (hasta que llegara el café a Europa) para escribir en París el resto: «Me gusta la vida enormemente, / pero, desde luego, / con mi muerte querida y mi café / y viendo los castaños frondosos de París».

Cuando le encontré en el Cheval Blanc, el 5 de enero de 1463, el *homunculus* llevaba poco tiempo en París, pero ya se había metido en líos. En noviembre del 62, nada más llegar, acabó en el Châtelet acusado de un robo a una prostituta. Iba a ser liberado cuando alguien reparó en su nombre y lo relacionó con la confesión que Tabarie había hecho acerca del asalto al Colegio de Navarra, y emitió una orden de *Ne Exeat,* para que no fuera puesto en libertad hasta que no se llevara a cabo un nuevo interrogatorio. Confesó de inmediato y gracias a la ayuda de su *«plus que père»*, Guillaume de Villon, consigue negociar el pago de lo robado a plazos y le dejan libre. Por poco tiempo. Semanas después vuelve al Châtelet y, por una vez, es casi inocente. Tras una comida con sus amigos Pitchart, Dogis y Moustier, vieron a un empleado trabajando en la escribanía de Ferrebouc, un profesional tan destacado que había recibido el encargo de copiar los seis volúmenes del juicio de rehabilitación de Juana de Arco, la Doncella de Orleans, la única que Villon conoció en Francia. Pitchart, que era truculento y pendenciero, escupió al empleado a través de la ventana abierta. Empezaron los gritos, a los que acudió el propio Ferrebouc, que arrastró a Dogis al interior. Dogis le dio una puñalada al escribano y consiguió escapar. Cuando salió, Pitchart ya había huido, igual que Moustier y Villon, que era, para su desgracia, demasiado conocido: Ferrebouc le acusó y al día siguiente estaban todos, menos Pitchart, en el Châtelet. A Villon le aplicaron el tormento de toca y agua, durante poco tiempo, porque confesó lo que querían al instante. Habría confesado un regicidio y también, de haber sido interrogado al respecto, el asesinato de John Fitzgerald Kennedy o el de los marqueses de Urquijo. Al juez no le llevó más de cinco minutos condenarle a muerte, *«étranglé et pendu au gibet de Paris»*.

En prisión, esperando la horca, escribió el cuarteto que repetía a menudo:

Me llamo François y hasta el nombre me duele,
nacido en París, no lejos de Pontoise,

> y con una soga de un par de metros
> sabrá mi cuello lo que pesa mi culo.*

La gracia estaba en explicar qué es París tomando como punto de referencia Pontoise, una aldea miserable. Algo así como decir: soy de Madrid, un pueblo cerca de Carabanchel. En otras palabras: la esencia de su poesía, elegir otro punto de vista.

Luego se acabaron las bromas y escribió la *Ballade des pendues* (Balada de los ahorcados), dándose ya por colgado: como el resabiado Rovirosa, adoptó «el punto de vista del muerto». Clavó una estela funeraria con un aviso, un mensaje en una botella, dirigido a nosotros, los *frères humaines qui après nous vivez*, los humanos de su porvenir:

> Hermanos humanos, que tras nosotros vivís,
> no tengáis contra nosotros el corazón de piedra...

> ... Aquí nos veis, de cinco en cinco y de seis en seis,
> esta carne que tanto hemos alimentado,
> tiempo ha que fue devorada y podrida,
> y nosotros, los huesos, nos volvemos ceniza y polvo.
> De nuestro mal nadie se ría;
> pero rogad que Dios a todos nos absuelva.

> Si a vosotros clamamos, hermanos, no debéis
> sentir desprecio, aunque fuimos ejecutados
> por la justicia. Sin embargo, ya sabéis
> que no todos los hombres son sensatos;
> disculpadnos, puesto que estamos fallecidos,
> ante el Hijo de la Virgen María,
> que su gracia nos sea concedida,
> y nos salve del rayo del infierno.
> Nosotros estamos muertos, ningún alma nos agita,
> pero rogad que Dios a todos nos absuelva.

---

* «*Je suis François, dont il me poise, / Né de Paris emprès de Pontoise, / Et de la corde d'une toise / Saura mon col que mon cul poise.*»

La lluvia nos ha vaciado y lavado,
y el sol, secado y renegrido;
urracas, cuervos, nos han vaciado los ojos,
y arrancado la barba y las cejas.
Jamás ni un instante nos hemos sentado;
de acá para allá, según sopla el viento,
a su antojo sin cesar nos columpia,
más picoteados por los pájaros que un dedal...

Hombres, aquí se acabaron las bromas;
pero rogad que Dios a todos nos absuelva.

Leer esta balada es detenerse en un cruce de caminos, ante un patíbulo desde el que los ahorcados nos interpelan: *frères humaines qui après nous vivez...*

Villon, además de escribir cuartetos y baladas, había apelado la sentencia de muerte. Sucedió lo que menos cabía esperar: los jueces la revocaron. No obstante, a causa de *«la mauvaise vie dudict Villon»*, la mala vida del mencionado Villon, se le impuso una pena de destierro de París durante diez años. Villon solicitó tres días de plazo para abandonar la ciudad y le fueron concedidos.

El primero lo empleó en beber, visitar el burdel y el cementerio, y escribir hasta el punto de congelación de la tinta. Por eso me dijo que le quedaban dos días.

El segundo lo dedicó a poner en orden sus manuscritos. Luego se los entregó al que era su *plus que père* y *plus doux que mère*, Guillame de Villon, el hombre que le perdonaba todo, el que le había protegido siempre. No se despidió de su madre, aquella anciana pobre que no sabía leer y creía en el cielo y el infierno; la acompañó a la iglesia, como tantos días, y le dio la espalda, sin mirar atrás ni derramar una lágrima.

La mañana del 8 de enero de 1463, desde la puerta de Saint Jacques le vi llegar. Los pregoneros habían empezado a anunciar su destierro. Traía un pequeño hatillo con algo de ropa y no tenía dinero. No llevaba ni siquiera un cuchillo. Encorvado, arrastrando un pie, jadeante, le vi avanzar muy despacio por el camino de Orleans, hacia el campo, del que volvía a tener las llaves, ese lugar amenazador donde los pollos se pasean crudos y la vida de un hombre vale menos que una avellana.

Nunca más se supo.

Una nube le envolvió y le hizo invisible en su camino hacia lo desconocido: él mismo.

Pudo haber enfermado y morir en una cuneta, pudo ser asesinado por salteadores de caminos, pudo haber robado en una granja y ser colgado. Qué más da. No hay una cruz ni un nombre y su calavera, en alguna parte, ahora ya pudo haber sido la de una abadesa, un carnicero, un abogado o una prostituta: es Nadie y es Legión.

Los últimos versos de su *Testamento* hablan de su muerte.

François Villon ha muerto, viene a decir, en tercera persona, por más que morir sólo se conjugue en primera persona del singular. François Villon ha muerto, le pegaban todos sin que él les haga nada, «*chassé fut comme un souillon*», fue perseguido como un cochino en San Martín.*

> *Il est ainsi et tellement,*
> *Quand mourut n'avait qu'un haillon.*

> Es así y por lo tanto,
> cuando murió no tenía más que un harapo.

Seguro que fue así.

¿Se arrepintió de algo? ¿Pidió perdón? ¿Recordó su infancia? ¿Pensó en su madre?

---

* Lo escribió siglos después César Vallejo: «César Vallejo ha muerto, le pegaban / todos sin que él les haga nada; / le daban duro con un palo y duro / también con una soga; son testigos / los días jueves y los huesos húmeros, / la soledad, la lluvia, los caminos...».

Sachez qu'il fit au départir:
un trait but de vin morillon
Quan de ce monde voult partir.

Sabed lo que hizo antes de morir:
bebió un trago de bon vino,
cuando del mundo quiso partir.

Ojalá haya sido así.

5
«Noli timere»

¿Qué capitán es éste, qué soldado
de la guerra del tiempo, más deshecho
que de la del mar?

Lope de Vega, *Servir a señor discreto,* I, XIV

En 1328 Alfonso XI le hizo un distinguido regalo de bodas a su esposa María: la ciudad de Talavera, que pasó así a llamarse Talavera de la Reina. Podía haber escogido Cuenca o Pastrana, ella se habría conformado con cualquier cosa, incluso con Móstoles, ya que era portuguesa y tenía quince años. Con saudade y resignación soportó María a la amante de su marido, Leonor de Guzmán, y a los diez hijos que tuvo con ella, pero cuando Alfonso murió en Gibraltar de peste negra, ordenó la detención y asesinato de la otra, que tuvo lugar en Talavera, y la saudade lusitana se tornó en santa ira carpetovetónica, y la resignación, en furor vengativo. Sin embargo, uno de los hijos que Leonor había tenido con Alfonso fue el primer Trastámara, Enrique II.

Hacia 1500 Talavera ya era famosa por su cerámica y en 1541 murió en su casa de la calle de los Siete Linajes el que había sido alcalde muchas veces desde 1508, Fernando de Rojas, un vecino tan ejemplar que a su muerte fue nombrado alcalde el mayor de sus siete hijos, Francisco.

—*Noli timere** —le dijo en latín a su mujer, no tengas miedo; pero cuando ésta salió de la habitación añadió algo que no quería que ella escuchara—: No hay nada, pero ya no me da miedo.

Después comenzó a mover las manos como si quisiera quitarse la sábana y, tras un estertor prolongado, murió, dejando

---

* Fueron las mismas últimas palabras del poeta irlandés Seamus Heaney, también en latín y dirigidas a su mujer.

a Leonor Álvarez y a toda Talavera convencidos de que iría de cabeza al cielo.

Nada más lejos de la verdad: Fernando no creía en nada desde los veinte años.

En 1417 un hombre gordo y de ojos saltones, Poggio Bracciolini, había encontrado en un monasterio benedictino del sur de Alemania la única copia existente de *De rerum natura*. El materialismo ateo de Lucrecio se propagó por toda Europa y fue uno de los dos manuscritos que deslumbraron a Fernando de Rojas, estudiante en Salamanca. El otro fue el primer acto que dejó escrito mi amigo Rodrigo Cota.

Rojas cuenta lo que sintió al leer las páginas de Ruy Cota. Eso dice él, porque no quería confesar cuánto admiraba a Lucrecio (ni era conveniente que lo hiciera), pero es de quien hablaba:

> Leylo tres o quatro vezes. E tantas quantas más lo leya, tanta más necessidad me ponía de releerlo, e tanto más me agradaua, y en su processo nueuas sentencias sentía.

Como diría uno de sus personajes: «A quien dices el secreto, das tu libertad». Bien lo sabía Rojas, que era descendiente de conversos y también hidalgo. Y no menos lo sabía su mujer, Leonor Álvarez: su padre fue juzgado por el Santo Oficio y en el auto de procesamiento se afirma que: «hablando ciertas personas cómo los plazeres de este mundo eran todos burla, e que lo bueno era ganar para la vida eterna, el dicho Álvaro de Montalván, creyendo que no ay otra vida después desta, dixo e afirmó que acá toviese el bien, que en la otra no sabía sy avía nada».

Fue la conjunción de una borrachera (que fue la última en su existencia), el esbozo de Cota y la lectura de Lucrecio lo que le hizo ponerse a escribir sin parar, durante «quinze días», poseído por el deseo de dar cuerpo a la pérdida de su fe en la historia de la vieja Celestina, en Calisto y Melibea, en los criados, en el desdichado Pleberio; todos girando en el vacío, movidos por su deseo, tropezando unos contra otros, como los átomos de Lucrecio.

Lo que nos hace crear a los dioses es el miedo a la muerte, el espanto ante la nada, y por eso Lucrecio quiere arrancar el temor de nuestros corazones y viene a decir lo mismo que Rojas le recomendó a su mujer: no tengas miedo. Más de treinta años le había llevado a Rojas perder el miedo, a base de circunspección y de no volver a probar el vino, hasta comprender por fin a Lucrecio, que enseñaba a vivir sin dioses, en el vacío, solos en el universo. No había nada y él ya no sentía miedo.

Rojas y yo echamos a andar hacia las afueras, hasta una cuesta cerca del río, donde llamé a la aldaba de una casa apartada, medio caída y poco compuesta. Dije mi nombre: Alonso. Ésa era la persona a cuyos nervios se habían adherido los míos, Alonso Guzmán, estudiante. Abrió una vieja que había sido puta y ahora era hechicera y alcahueta, y que me llamaba hijo, porque había sido amiga de la madre de Alonso.

Era Rojas el que le había rogado a Alonso que le dejara presenciar algún conjuro.

Nos condujo a una cámara oscura y angosta y allí la volví a ver: era Martina, que no me reconoció. Vivía con la vieja y trabajaba para ella. Era ramera, se daba a muchos, a cualquiera, a todos.

No había cambiado nada: parecía la misma que en 1453 y también idéntica a mi esposa, Emilia Montalvo.

La habitación estaba llena de alambiques, de redomillas, de barrilejos de barro, de vidrio, de alambre, de estaño, hechos de mil facciones. Del techo cogaban hierbas y raíces: malvaviscos, culantrillo, higueruela, coronillas, flor de saúco y de mostaza. Tenía en un tabladillo, en una cazuela pintada, unas agujas delgadas e hilos de seda, que usaba para coser virgos, cuando no los reparaba de vejiga. Tenía huesos de corazón de ciervo, lengua de víbora, cabezas de codornices, la piedra del nido del águila y otras mil cosas útiles para confeccionar pócimas de cualquier efecto.

—Martina, hija, sube al sobrado alto de la solana y baja acá el bote del aceite serpentino que hallarás colgado del pedazo de la soga que traje del campo la otra noche cuando llovía y hacía escuro.

Era un trozo de soga de ahorcado, que había ido a buscar al patíbulo.

Oíamos sus pasos apresurándose escalera arriba. Rojas tenía la cara fina y pálida, de color terroso; parecía absorto en una visión interior. Quizá un recuerdo. Un temor acaso.

—Madre, no está donde dices: jamás te acuerdas de cosa que guardas —gritaba Martina sobre el tejado.

—No me castigues en mi vejez; no me maltrates, Martina. Baja el papel escrito con sangre de murciélago que está en el arca.

Cuando Martina volvió, se apartó apretada contra una pared, y Rojas y yo la imitamos. La vieja enfurecida se puso a recitar con voz delirante:

—Conjúrote, triste Plutón, señor de la profundidad infernal, emperador de la corte dañada, capitán sobervio de los condenados ángeles, señor de los sulfúreos fuegos, que los hirvientes étnicos montes manan, gobernador e veedor de los tormentos e atormentadores de las pecadoras ánimas...

Sonaba a Lucano, a quien ya había imitado Juan de Mena en su *Laberinto de fortuna*, pero Rojas estaba sobrecogido y le temblaban las manos.

—... mantenedor de las volantes harpías, con toda la otra compañía de espantables e pavorosas hidras; yo, Celestina, tu más conocida cliéntula, te conjuro por la virtud e fuerza destas vermejas letras; por la sangre de aquella noturna ave con que están escriptas; por la gravedad de aquestos nombres e signos, que en este papel se contienen; por la áspera ponzoña de las víboras, de que este aceite fue hecho, con el qual unto este hilado: vengas sin tardanza a obedescer mi voluntad...

Martina no me miraba, mientras yo no apartaba la vista de su perfil. La vieja le pidió a Plutón que Andrea quedara a sus órdenes para entregarse a Andrade.

—Y esto hecho, pide e demanda de mí a tu voluntad. Si no lo hazes con presto movimiento, me tendrás por capital enemiga; heriré con luz tus cárceles tristes e escuras; acusaré cruelmente tus continuas mentiras, apremiaré con mis ásperas palabras tu horrible nombre. E otra e otra vez te conjuro. E assí confiando en mi mucho poder, me parto para allá con mi hilado, donde creo te llevo ya envuelto.

—Estos señores deste tiempo más aman a sí que a los suyos. E no yerran. Los suyos ygualmente lo deben hazer —iba diciendo la vieja mientras se metía en la boca casi sin dientes una tajada de jamón.

Devolver quise cuanto tenía en el cuerpo al oír masticar a Celestina. Hacía ruido de pies de pato metido en un charco y un chirrido angustioso como el de los goznes de las puertas del infierno.

—Que cada uno mire para sí mismo, así todos estaremos contentos y mayor será el bien común —razonó el criado respondón, Sebastián, como si fuera el mismo Adam Smith.

Los tiempos eran otros, ahora los criados cobraban un salario y estábamos a 12 de octubre de 1492: Cristóbal Colón acababa de llegar a América y la Edad Media se hacía pedazos. El Renacimiento acababa de empezar, después de mil años de Edad Media.

Colón había salido de la barra de Saltes el viernes 3 de agosto, con fuerte virazón. El lunes se desencajó el gobernalle de la *Pinta*, según sospecharon por industria de alguno al que le pesaba ir en aquel viaje. El almirante, que se temía lo peor, comenzó a engañar a todos, por si el viaje era más largo de lo que esperaban: si andaban sesenta leguas, no decía sino que habían hecho cuarenta y dos. La noche del 15 de septiembre vieron caer del cielo un ramo de fuego en la mar. Al día siguiente el tiempo era tan benigno que a Colón le pareció abril en el Andalucía. Vieron manadas de yerba muy verde sobre el agua. El lunes 17, entre las yerbas, que parecían de río, encontraron un cangrejo vivo. El martes apareció al norte una gran cerrazón, que es señal de estar cerca de tierra. El 22 de septiembre ya murmuraban los marineros, no veían en estos mares vientos para volver a España. El 25 de septiembre creyeron ver tierra, pero al día siguiente no había más que agua otra vez por todas partes. Atravesaban las praderas de yerba muy verde del Mar de los Sargazos. El miércoles 10 de octubre la gente ya no lo podía sufrir; quejábanse del largo viaje. El día 11, una vez puesto el sol, Rodrigo de Triana dijo haber visto tierra, y esta vez sí era tierra: vieron gente desnuda y al día siguiente el almirante se mojó los dedos en la mar Océana, hizo la señal de la cruz y tomó posesión de aquella isla en nombre las católicas majestades Ysabel y Fernando.

En aquella casa al cabo de la ciudad, cerca de las tenerías, en la cuesta del río, no podíamos saber eso, ya que Colón sólo llegaría a Portugal en marzo de 1493, pero ya se percibían los nuevos tiempos: los criados habían perdido el respeto a sus señores, se reían de ellos a sus espaldas.

—El muy necio cree que está enamorado. Hasta me pide el laúd. Bien sé yo de qué pie cojea. Dice desvaríos de hombre sin seso, sospirando, gimiendo, maltrobando, holgando con lo escuro, deseando soledad, buscando nuevos modos de pensativo tormento —se refería Sebastián a su amo, Carlos de Andrade, que bebía los vientos por Andrea, la hija de un rico constructor.

—Por mi ánima, que si ahora le diesen una lanzada en el calcañar, que saliesen más sesos que de la cabeza —añadió Pedro, otro criado de Andrade, que se esforzaba por mantener una lealtad titubeante, propia de esos tiempos medioevales que ya estaban mandados recoger.

—Habrá leído demasiado a Petrarca —comentó Fernando, el estudiante de leyes, mi amigo.

—Que cierre la boca y abra la bolsa. Aprovechémonos. Ganemos todos, partamos todos, holguemos todos —dijo la vieja Celestina, que en su propio nombre acababa de tomar posesión de un jarro de vino con el que sepultó el tasajo de jamón en su garganta.

En ese instante atravesó mi memoria, como un relámpago, un recuerdo de otra viejecita montada en un asno con un cucurucho en la cabeza y la espalda desnuda y llena de plumas que se habían pegado a una untura de pez. Alguno de los nervios de Alonso había sido sacudido por esa imagen y supe en el acto que la anciana a lomos del pollino era su madre.

—No querría bienes mal ganados —confesó Pedro, que no había hecho sino mojarse los labios con el vino de Toro y no quitaba ojo a la cadena de oro que Celestina sujetaba en su regazo.

—Yo sí. A tuerto o a derecho, nuestra casa hasta el techo —sentenció Celestina.

—Si tú quisieses, Pedro, qué vida gozaríamos —le insinuó Luisa, una putita de menos de veinte años, ante la que el pobre hombre se rindió.

—Quiero irme al hilo de la gente pues a los traidores llaman discretos, a los fieles necios —con esa frase abandonó su lealtad medieval y de un salto se desplazó a los tiempos nuevos, y así se vio sumergido en «las aguas heladas del cálculo egoísta»,* arrastrado por la corriente

—Que goce en paz a la gentil Andrea y gozaremos todos: el dinero se ha hecho redondo para que ruede.

---

* Cuando Marx y Engels, en el capítulo primero del *Manifiesto comunista*, analizan el nacimiento del mundo burgués y la disolución de la sociedad medieval, están hablando de lo mismo que estaba escribiendo Rojas. La burguesía «no ha dejado otro lazo entre hombre y hombre que el desnudo interés, que el seco "pago al contado" [...] Ha sofocado el sagrado embeleso de la ilusión piadosa, del entusiasmo caballeresco, de la melancolía pequeñoburguesa en las aguas heladas del cálculo egoísta. Ha disuelto la dignidad humana en el valor de cambio y ha sustituido las libertades garantizadas y legalmente adquiridas por la única libertad, la libertad de comercio sin escrúpulos. En una palabra, ha sustituido la explotación recubierta de ilusiones religiosas y políticas por la explotación abierta, desvergonzada, directa, a secas [...] Ha convertido en asalariados suyos al médico, al jurista, al cura, al poeta, al hombre ciencia», etc.

—¡Apártate allá, desabrido! ¿Gentil es Andrea? Aquella hermosura por una moneda se compra en la tienda. Si algo tiene de hermosura es por buenos atavíos que trae. Ponedlos en un palo, también diréis que es gentil la madera —no eran celos lo que sentía Blanca, aquella meretriz espabilada, sino un violento rencor hacia los poderosos.

—Pues no la has visto tú como yo —añadió Luisa con idéntica rabia—. Las riquezas las hacen a estas hermosas e ser alabadas; que no las gracias de su cuerpo. Unas tetas tiene, para ser doncella, como si tres veces hubiese parido: no parecen sino dos grandes calabazas. El vientre no se le he visto, pero, juzgando por lo otro, creo que lo tiene tan flojo como una vieja de cincuenta años. Así que no sé qué habrá visto Andrade en ella.

—Andrade es caballero, Andrea fijadalgo: los nacidos por linaje escogido búscanse unos a otros. Por ende, no es de maravillar que ame antes a ésta que a otra —razonó Sebastián.

—Ruin sea quien por ruin se tiene. Las obras hazen linaje, que al fin todos somos hijos de Adán e Eva. Procure de ser cada uno bueno por sí e no vaya buscar en la nobleza de sus passados la virtud.

—¿Fijadalga? ¿Caballero? Más prefiero malvivir sola que en casa de cualquier señora. Estas que sirven a señoras nunca tratan con parientes, con iguales a quien puedan hablar tú por tú, con quien digan: ¿qué cenaste?, ¿estás preñada?, ¿quántas gallinas crías?, llévame a merendar a tu casa; muéstrame tu enamorado; ¿quánto ha que no te vido?, ¿cómo te va con él?, ¿quién son tus vezinas?, e otras cosas de ygualdad semejantes. ¡Y qué duro nombre e qué grave e sobervio es señora contino en la boca! Por esto me vivo sobre mí, desde que me sé conocer. Que jamás me precié de llamarme de otra; sino mía. Mayormente destas señoras, que agora se usan.

—No será para tanto.

—Gástase con ellas lo mejor del tiempo e con una saya rota de las que ellas desechan pagan servicio de diez años. Denostadas, maltratadas las traen, contino sojuzgadas, que hablar delante dellas no osan. E quando ven cerca el tiempo de la obligación de casarla, levántanles un caramillo con cualquier embuste, que se echan con el mozo o con el hijo o pídenles celos del marido o que meten hombres en casa o que hurtó la taza o perdió el anillo; danles un ciento de azotes e échanlas la puerta fuera, las haldas en la cabeça, diziendo: allá yrás, ladrona, puta, no destruyrás mi casa e honra. Assí que esperan galardón, sacan baldón; esperan salir casadas, salen amenguadas, esperan vestidos e joyas de boda, salen desnudas e denostadas. Éstos son sus premios, éstos son sus beneficios e pagos. Nunca oyen su nombre propio de la boca dellas; sino puta acá, puta acullá. ¿A dó vas tiñosa? ¿Qué heziste, vellaca? ¿Por qué comiste esto, golosa? ¿Cómo fregaste la sartén, puerca? ¿Por qué no limpiaste el manto, suzia? ¿Cómo dixiste esto, necia? ¿Quién perdió el plato, desaliñada? ¿Cómo faltó el paño de manos, ladrona? A tu rufián lo habrás dado. Ven acá, mala muger, la gallina no aparece: pues búscala presto; si no, te la descontaré de tu sueldo. E tras esto mil chapinazos e pellizcos, palos e azotes. No ay quien las sepa contentar, no quien pueda sufrirlas. Su plazer es dar bozes, su gloria es reñir. Por esto, madre, he querido más vivir en mi pequeña casa, exenta e señora, que no en sus ricos palacios sojuzgada e cautiva.

—Bien dicho, Luisa, mejor hecho —dijo Fernando y le acercó el jarro de vino.

Otro recuerdo de Alonso me tensó los nervios. Un rollo en una plaza solitaria. Una bandada de grajos y cuervos revolotea sobre una pierna de mujer colgada de una argolla. Es de una ajusticiada y sigue allí expuesta, putrefacta, para darnos ejemplo. Alonso sabe que no es de su madre ese trozo de pierna, que no puede serlo.

Aún quedan muchas de esas columnas de piedra, rematadas por una cruz o una bola; las hay en los pueblos que tenían alcalde y por tanto jurisdicción para condenar. En el Nuevo Mundo, es lo primero que se levanta al fundar una ciudad, el rollo, símbolo de la autoridad y lugar de castigo.

Andrade ya debía de estar gozando de Andrea y nosotros

lo celebrábamos. Cuanto más alegres, más triste parecía Rojas, que ya había bebido más de la cuenta.

—El corazón no tiene remedio —balbuceó.

Para él era una madeja sin cuenda, enmarañada y opaca, en la que se anudan de tal modo los hilos que es doloroso devanarla, que no se sabe adónde lleva cada uno de ellos, y si tiras del hilo negro aparece el blanco en la siguiente vuelta de la aspadera; y donde estaba el bien, el mal asoma, imprevisto, aunque inevitable.

Rojas parecía a punto de vomitar. Le acompañé al exterior, a tomar un poco el aire, que no era otro que la pestilencia de las pieles curtiéndose. Había una neblina como si la respiración del agua del Tormes nos empañara los ojos. Le pregunté a Rojas qué le tenía tan pensativo.

—El mundo todo es contienda —me dijo—. El mundo es falso; el dolor, verdadero. Un laberinto de errores.

—Fernando —continué, movido por mi curiosidad y el miedo de Alonso—, ¿tú crees en la verdad de los conjuros?

—Eso no importa. ¿No están Andrea y Andrade holgando? ¿No estamos nosotros celebrando? ¿No estás mirando tú a Martina como un carnero degollado?

—Sí estoy —admití.

—Sí creo —declaró él—. Creo en el dolor que desencadena el deseo cumplido. Todo lo que escribo habla de las consecuencias de cumplir nuestros deseos.

—¿Esto no acabará bien?

—No puede tener sino un amargo y desastrado final. Vamos a seguir bebiendo, ya estoy bueno.

Por tercera vez vi un recuerdo de Alonso proyectado en el lienzo de mi memoria. Una hoguera en el crepúsculo. Gritos de angustia. Crepitaciones. El olor de la carne quemada, más intenso que el de la piel al hacerse cuero para ropa o para muebles o para bolsas. En el cielo, fosco de humo, ha aparecido ya el lucero del alba. Mi amígdala y mi corazón supieron que la mujer carbonizada por el fuego era la madre de Alonso.

Rojas miraba aquel punto de luz tan cerca de la luna y murmuraba absorto lo que parecía una oración o un conjuro:

—*Alma Venus, caeli subter labentia signa, quae mare navigerum, quae terras frugiferentis...*

Sonaba a crujido de maderamen de navío, lento y profundo, parecido a una vihuela, pero con la cuerda frotada, en lugar de pulsada, como el violonchelo que aún no se había construido.

—Bebamos, amigo —le dije, porque Fernando ya tenía lágrimas en los ojos; y le tomé con dulzura del brazo para llevarle al interior.

Nunca le había visto tan borracho.

Al principio sólo vimos las sombras que las llamas agitaban, como si se retorcieran de placer y dolor, contorsionados y deformes, como las gárgolas de una catedral. Decía Jurgen Baltrusaitis que el escultor gótico, al tener que encajar su figura en la esquina de un tímpano, en un capitel o en un parteluz, sometido a la arquitectura, no tenía más remedio que darles unas posturas forzadas y una gesticulación monstruosa que subrayaba el personaje singular. Algo así hizo Rojas en su libro.

Figuras en el pórtico de un templo siniestro parecían todos ellos, esa perdida gente, legión a las órdenes de la puta vieja, que salmodiaba con voz ebria un triste *carpe diem*:

—Gozad vuestras frescas mocedades, que quien tiempo tiene e mejor le espera, tiempo viene, que se arrepiente. Como yo hago agora por algunas horas, que dexé perder, quando moça, quando me preciaban, quando me querían. Que ya, ¡mal pecado!, caducado he, nadie no me quiere. ¡Que sabe Dios mi buen desseo! Besaos e abraçaos, que a mí no me queda otra cosa sino gozarme de vello. Mientras a la mesa estays, de la cinta arriba todo se perdona. Quando seays aparte, no quiero poner tassa, pues que el rey no la pone. Bendígaos Dios, ¡cómo lo reís e holgays, putillos, loquillos, traviessos! ¡En esto avía de parar el nublado de las questioncillas que habéis tenido! ¡Mirad no derribéis la mesa!

A punto estaba de hacerlo Sebastián, que le había desnudado los pechos a Martina. Rojas tomó asiento sin más compañía que un jarro de vino. A mí me entraron ganas de llorar, sentado en un taburete. Sonó la aldaba.

—Madre, llaman a la puerta. El solaz es derramado —avisó Luisa, deshaciéndose del abrazo de Pedro.

—Mira, hija, quién es: por ventura será quien lo acreciente.

Era un muchacho a quien no conocía, Tomás, también criado de Andrade, y venía descompuesto, con la cara como la cal de las paredes.

—¡Todos están muertos! —anunció.

Se le dio un vaso de vino, se le pidió cumplida noticia, se le escuchó con escarcha en el corazón y agua en los ojos. Contó que, estando los amantes juntos en el huerto, un alboroto al otro lado asustó a Andrade, que puso la escala para saltar la tapia, pero perdió pie y cayó. Su cabeza estaba en tres partes y otro criado tuvo que recoger sesos de unos cantos y meterlos en el cráneo de su desdichado amo. Andrea, enloquecida y desesperada, se tiró de cabeza al pozo del huerto, en presencia de su padre, del que se despidió diciendo: «Dios quede contigo. A él ofrezco mi ánima. Pon tú en cobro este cuerpo que baja». Despedazada por la piedra de las paredes del pozo, tardó un poco en morir ahogada, mientras su padre escuchaba sus aullidos asomado al brocal y veía el agua negra teñirse de rojo.

Todos miramos a la vez hacia la vieja puta borracha, que estaba quedándose dormida en su asiento, con la cadena de oro de Andrade apretada en el puño. ¿Era culpa suya? También. Y nuestra. Y del mentecato de Andrade y la estúpida Andrea. Y de nadie quizá.

Me fui con Rojas hacia la plaza. Venus ya había desaparecido, pero volvería al amanecer. Rojas hablaba como si lo hiciera para sí mismo:

—Cada día vemos novedades e las oymos e las passamos e dexamos atrás. Disminúyelas el tiempo, házelas contingibles.

¿Qué tanto te maravillarías, si dixesen: la tierra tembló o otra semejante cosa, que no olvidases luego? Assí como: helado está el río, el ciego vee ya, muerto es tu padre, un rayo cayó, ganada es Granada, el Rey entra hoy, el turco es vencido, eclipse ay mañana, la puente es llevada, aquél es ya obispo, a Pedro robaron, Ynés se ahorcó. ¿Qué me dirás, sino que a tres días passados o a la segunda vista, no ay quien dello se maraville? Todo es assí, todo passa desta manera, todo se olvida, todo queda atrás.

Nada dije, nada se podía decir, pero sí pensé que había que contar las cosas, tal y como son, escribirlas en piedra duradera. Contar la vida para cambiar la vida. Para ganar la guerra de las representaciones imaginativas.

El argumento de su tragicomedia es tan sencillo como espantoso: muere hasta el apuntador. Es la primera novela (si lo es) o pieza teatral en la que es imposible ir con nadie: no hay héroe, todos son iguales y no es posible simpatizar con ninguno.

Todo empieza en un huerto, un *locus amoenus,* que al final se convertirá en tumba. Andrea y Andrade son ahora Calisto y Melibea. Los criados tienen otros nombres. Celestina es la misma, pero ahora muere, como los criados, todos conducidos al desastre por su ciego egoísmo. Melibea no salta al pozo, sino que se tira desde lo alto de la torre; y su padre, Pleberio, acaba solo en escena y en el mundo, y recita un monólogo devastador con la misma voz de cuerda frotada con la que Rojas recitaba a Lucrecio.

La Celestina es un libro de aluvión, propio del bachiller y letrado que fue Rojas, formado por la grava y los guijarros arrastrados por el agua de la cultura medieval y renacentista; sus personajes acumulan fragmentos de erudición clásica despedazada; Calisto, Melibea, Areusa, Pármeno o Sempronio, vienen de Terencio o de Séneca y, cada vez que abren la boca, escupen perdigones de Aristóteles, trozos de Boccaccio o pecios de Petrarca, todo masticado a medias, maltratado y sacado de quicio. Esto no tenía nada de particular, desde los arciprestes (de Talavera y de Hita) lo corriente era escribir en pepitoria, con menudillos de cultura clásica troceada en los florilegios o en las misceláneas; en los manuales de predicación o en los devocionarios; en los cancioneros o en los pliegos de cordel. Lo que llama la atención es la falta de criterio del autor, para el que todo vale: a veces son las prostitutas y los criados los que citan a Aristóteles; otras veces son los señores los que usan refranes vulgares. Esto es lo subversivo: el resultado de llevar hasta sus últimas consecuencias la igualdad, como señaló Rafael Chirbes:*

> No recuerdo ningún texto de la literatura española en el que la lucha de clases se muestre con tan diáfana claridad, con tanta violencia concentrada: la que se esconde detrás de ese sencillo nadie es más que nadie. [...] Hace falta esperar a las *tricoteuses* de la Revolución Francesa para que este lenguaje, este punto de vista reaparezca en Europa. Habrá que esperar cuatrocientos años para que Balzac o Galdós construyan personajes en los que el alma es un accidente de la economía, de la forma de vestir.

Cuando acabó su tragicomedia, que sin duda nos acerca un paso más a la novela moderna, Rojas se retiró a Talavera, donde dedicó el resto de su vida a perder el miedo.

He sido demasiados hombres, he estado unido a tantos sistemas nerviosos a través de los siglos. Fui esclavo y vi el cadáver de Julio César, a los pies de una estatua de Pompeyo; asistí al asesinato en Sarajevo del archiduque Francisco Fernando y su mujer, Sophie Chotek, bellísima, aunque estuviera embarazada. En el patio de la cárcel Modelo, he sido Galdós y contemplé en 1890 la ejecución con garrote vil de Higinia Balaguer, la asesina del crimen de la calle Fuencarral. La oí gritar sus últimas palabras: «¡Dolores! ¡Catorce mil duros!». Fui Antón Sánchez, fui Dom Nicolas y conocí a François Villon, el último juglar de la Edad Media y el primer poeta moderno. También traté a don Marcelino Menéndez y Pelayo, a Petrarca y a Homero.

---

* «Sin piedad ni esperanza (revolución literaria en *La Celestina*)», en *Por cuenta propia*.

Homero, el hombre que fue Homero, era un troglodita que andaba a cuatro patas, siguiendo como un perro a un hombre ciego, del que se despidió a las puertas de Tánger. Debía de ser Borges, pero no logré darle alcance: a pesar de no ver nada, corría a gran velocidad.

Homero se quedó a mi lado y comenzó a reírse a carcajadas, como si supiera algo oculto para todos los demás.

Entonces, mientras veía alejarse a Fernando de Rojas con los ojos de Alonso Guzmán, recordé a Homero, el troglodita a cuatro patas que no paraba de reírse como si conociera alguna otra forma de librarse del miedo, algo que no sabían ni Lucrecio ni Fernando de Rojas.

¿Por qué seguíamos caminando en 1453 hacia el norte, donde la Inquisición nos esperaba? Seguíamos el curso del río Duratón, aguas abajo, lo que me hacía pensar que nos dirigíamos al Duero, pero ni Rodrigo Cota ni Juan Poeta me decían nada, mucho menos Martina.

Cuando llegábamos a alguna aldea, los juglares daban su espectáculo y recogían alguna moneda. A veces una gallina. Los vecinos nos miraban con una mezcla de admiración y miedo, y al paso de Martina a veces gritaban: «¡Va segadora!». En aquellos tiempos, su color de bronce no era apreciado, porque indicaba que era una campesina y tenía que trabajar.

> Blanca me era yo
> cuando entré en la siega;
> diome el sol,
> y ya soy morena.

Cada vez más a menudo, a los juglares les echaban a patadas y teníamos que salir, antes de que nos alcanzaran los alguaciles. Estábamos en guerra.

Esperábamos el contraataque de nuestros ejércitos y todos confiaban en aquel villano francés que estaba entonces inventando la poesía moderna.

Demasiado moderna: el arma creada por Villon no les sirvió de nada a juglares como Cota o Juan Poeta, que aún no estaban preparados para utilizarla. Era necesario esperar a Baudelaire para que Villon fuera comprensible y su poesía, como una bomba de tiempo, estallara incluso en la poesía de mi propio siglo y de mi propia lengua, desde las enumeraciones de Neruda al descarnado Vallejo. Mientras tanto, se aproximaban las divisiones petrarquistas con su artillería pesada y su guerra química, y ni siquiera habíamos logrado inventar todavía la novela para defendernos. Al menos durante un tiempo, hasta que caballeros de la orden de Santiago, como Quevedo, se pusieron a escribir novela picaresca a imitación del *Lazarillo* y así desactivaron nuestras armas, las convirtieron en una carcasa vacía en la que podían utilizar su propia munición. Lo mismo que pasa en nuestro triste siglo con la novela negra.

Unas noches Martina dormía conmigo; otras, con Ruy Cota o con cualquier otro.

En la iglesia porticada de la villa de Duratón tuvieron bastante público. Esa noche cenamos barbos pescados en el río y, junto al fuego, las egipcianas ofrecieron su misterioso arte. Martina se apartó con el viejo Juan Poeta.

No había amanecido cuando se acostó a mi lado y yo fingí que me despertaba. Me dio un beso en los labios y me entregó una bolsa con monedas.

—No seas niño, Antón —dijo cuando la rechacé—. Es nuestro, tuyo y mío. Somos tú y yo.

Me dormí con la bolsa apretada en la mano y de un humor sombrío.

Cuando me desperté Martina dormía abrazada a mí. A partir de ese día me entregaba lo que obtenía de los otros y yo lo administraba para nosotros dos. Sentí que estábamos formando una familia.

Así llegamos a Valladolid, donde la multitud se había reunido en la plaza.

—Esta es la justicia que manda hacer el rey a este cruel tirano e usurpador de la corona real: en pena de sus maldades mándale degollar por ello —iban diciendo en altas voces los pregoneros.

Entonces lo supe: habíamos ido hacia al norte, hasta Valladolid, para poder ver una ejecución.

Le trajeron a lomos de mula por la calle Francos y por la Costanilla hasta la plaza, donde estaba el cadalso. Se había desayunado con un plato de guindas y una taza de vino puro. Cada vez que oía repetir el pregón respondía él: «Más merezco».

Subió al cadalso, donde había un tapete tendido, e una cruz delante, e ciertas antorchas encendidas, e un garavato de fierro fincado en un madero, e luego fincó las rodillas e adoró la cruz, e levantóse e paseóse dos veces de lado a lado por el cadalso, mirándonos a todos uno a uno a los ojos.

Era don Álvaro de Luna, el condestable de Castilla que había sido más poderoso que el mismo rey don Juan II.

Se acercó a uno de sus pajes y le entregó una sortija de sellar que en la mano llevaba y un sombrero, diciendo:

—Toma el postrimero bien que de mí puedes recibir —y el otro lo recibió llorando.

Ya el verdugo sacaba un cordel para le atar las manos e preguntó don Álvaro:

—¿Qué quieres hacer?

—Quiero, señor, ataros las manos con este cordel.

—No hagas así —e diciendo esto quitóse una cintilla del pecho e se la dio—. Átame con ésta, e yo te ruego que mires si traes buen puñal afilado, porque prontamente me despaches. Dime, aquel garavato que está en aquel madero, ¿para qué está allí puesto?

El verdugo le dijo que era para que, después de degollado, pusiesen ahí su cabeza.

—Después, hagan del cuerpo y la cabeza lo que quieran —dijo Luna con voz firme.

Cuando fue tendido en el estrado, llegóse a él el verdugo e demandóle perdón, e dióle paz, e cortóle la cabeza e púsola en el garavato, donde habría de estar expuesta nueve días, para edificación de todos nosotros.

Después puso el verdugo un bacín de plata cerca del cuerpo sin cabeza para que pusiesen allí dinero quienes quisiesen dar limosna para que le enterrasen.

—Esta es Castilla, que face a los omnes e los gasta —dijo en voz baja Ruy Cota.

El paje del condestable Luna se asomó entonces al borde del estrado con la sortija apretada en el puño.

—Este es el signo del poder —dijo—. Sólo pertenece a vosotros. Os lo devuelvo.

Y esto diciendo arrojó el anillo de oro hacia nosotros, la multitud. Todos alzamos la cara al cielo y vimos la parábola que describía hasta caer, como guiado por mano invisible, en las manos de Martina.

Era un anillo aparatoso, de oro macizo, con las iniciales del condestable, la A y la L, grabadas en el sello. Martina se lo puso en el dedo corazón de la mano derecha.

Entonces vimos a los alguaciles. Venían corriendo con las espadas desnudas y, antes de que pudiéramos darnos cuenta, nos tenían rodeados a Martina y a mí. Ruy Cota, Juan Poeta y los demás habían logrado escapar.

Nos ataron las manos y nos subieron en un carro. Iban a juzgarnos por brujería y por tener comercio con el demonio.

—Duérmete y estarás a salvo —me pidió Martina.

—Te quiero. Más quiero perderme contigo que salvarme solo.

—Te quiero, Antón, duerme.

Me pasó el dedo por la mejilla y sentí que tenía algo untado en la yema.

Me quedé dormido.

6
La invención de los intelectuales

> Un albañil cae de un techo, muere y ya no almuerza. ¿Innovar, luego, el trapo, la metáfora?
>
> César Vallejo

El humanismo italiano dio comienzo en plena Edad Media, en Francia, el 26 de abril de 1336, sobre la caliza blanca de la cima del Mont Ventoux, donde el mistral alcanza más de 300 km/h.

Hoy se conoce al Mont Ventoux como uno de los finales de etapa más populares del Tour de Francia, junto con el Alpe d'Huez. Aún recuerdo la llegada de Eddy Merckx en 1970 y he oído hablar mucho de la muerte de Tom Simpson en el 67, medio borracho y atiborrado de anfetaminas; empezó a hacer eses, se iba contra uno y otro lado de la carretera, hasta que cayó al suelo y pidió a gritos al público que le pusieran sobre el sillín. Una vez montado consiguió avanzar medio kilómetro hasta que perdió el conocimiento, con los pies sobre los pedales y la cabeza derribada sobre el manillar. Sobre aquellas piedras blancas intentaron reanimarle, le hicieron la respiración boca a boca, le dieron masaje cardíaco y lo evacuaron en helicóptero. Pocas horas después murió. En el maillot de Simpson se encontraron dos tubos de anfetaminas vacíos. Al año siguiente, en 1968, se instauraron los primeros controles antidopaje.

Hasta entonces los ciclistas se tragaban sin remilgos aquello que pudieran conseguir. Tabaco, alcohol, pastillas, bocadillos de jamón o un guiso de judías con oreja. Colin Lewis, compañero de equipo y de habitación de Simpson, contó lo sucedido: aquel día asaltaron un bar. Salvo en la zona de avituallamiento, no se les permitía recibir bebida desde los coches, así que era corriente que los gregarios echaran pie a tierra y llenaran de agua sus bidones (y los de sus jefes de equipo) en cualquier río o fuente que encontraran a su paso. En ocasiones desvalijaban bares, merenderos y restaurantes de carretera. Una vez Julio Jiménez (que también corrió aquella fatídica etapa del Tour, en la que salió como segundo en la clasificación) le explicó al periodista Arribas cómo había perdido un incisivo: «Me lo rompí intentando abrir una botella de cerveza. Pasaba en todas las carreras, en el Tour, el Giro, la Vuelta, los gregarios se metían botellas grandes de cristal por todas partes, algunos cargaban hasta con diez o doce. Se llevaban de todo, hasta botellas de champaña. Algunos abrían las cervezas con los dientes, otros golpeaban la chapa contra la potencia del manillar, pero se caían al suelo o se cargaban la pieza. Los más previsores llevaban un abridor colgando de una cadenita del cuello. Y se corría la voz: Fulano lleva abridor».

En aquella etapa del Ventoux hubo saqueo de gregarios (quizá en Chez Laurette, en Malaucène), al que se sumó Colin Lewis: «No sabía muy bien qué pasaba. Entré corriendo en un bar de carretera muy amplio y vi que los corredores arramblaban con todo. El dueño gritaba, los camareros echaban a empujones a los ciclistas y lo más gracioso es que los clientes se pusieron de nuestra parte, y algunos agarraban botellas de la barra y nos las daban. Las cocacolas eran el botín más preciado y yo vi una botella encima del frigorífico, así que me subí a una silla y la cogí. Luego me guardé otras tres botellas en los bolsillos traseros del maillot y me metí una más por la nuca, sin saber qué eran. Salí corriendo». Cuando Lewis, que aunque novato era uno de los pocos fulanos en posesión de un abridor, dio alcance a su jefe de filas, le entregó la cocacola. «Se la bebió entera, casi de un trago, y luego me preguntó: "¿Qué más tienes?" Metí la mano en el bolsillo y agarré una botella cualquiera: era coñac Rémy Martin. Tom la vio, dudó un instante y al final me dijo: "¡Qué demonios, dámela! Estoy un poco flojo, a ver si me pongo a tono". Bebió un trago largo y luego arrojó la botella por los aires a un campo de girasoles».*

---

* Así lo contó Ander Izaguirre en *Plomo en los bolsillos*.

Lo que parece más probable que dijera Tom Simpson es lo mismo que dijo Huck Finn:

—*All right, then, I'll go to hell* —y se bajó de golpe casi media botella del Rémy Martin V.S.O.P. de Chez Laurette.

A las esbeltas chicas y a los robustos muchachos del Sansón Carrasco siempre les hacía leer *Las aventuras de Huckleberry Finn*, con la vana esperanza de que les abriera los ojos. En apariencia es un libro de aventuras. Empieza con Huck Finn que vuelve a casa de la severa viuda. Ella le habla del cielo y el infierno y Huck, aunque siente miedo, ya intuye que quizá preferiría ir al infierno, más que nada porque la viuda tiene decidido ir al cielo y también porque ella le asegura que su amigo Tom Sawyer va a ir al infierno. Hay demasiadas veces en que todos queremos ir al infierno, más que nada por los amigos.

Huck se mete en su habitación a fumar a escondidas y oye un ruido en la oscuridad, al otro lado de la ventana.

Salta por la ventana... «y por supuesto allí estaba Tom Sawyer esperándome».

Así es como comienza siempre una buena aventura. El lector salta por la ventana, hacia la oscuridad, sin mirar atrás: un amigo le está esperando dentro del libro.

El vértice de la novela, donde confiaba siempre que los estudiantes tropezaran, está en el capítulo 31. Huck ha decidido ser bueno, salvarse del infierno, hacer caso a los mayores, así que escribe una nota delatando a Jim, el negro fugitivo.

Entonces, piensa Huck, sólo con escribir esa nota, «todas mis dificultades desaparecieron».

Con el papel sobre la mesa, se queda pensativo. Ve la solución al alcance de la mano, pero también recuerda a Jim y lo que han pasado juntos, y se da cuenta de que está metido en un buen lío.

It was a close place. I took it up, and held it in my hand. I was a trembling, because I'd got to decide, forever, betwixt two things, and I knowed it. I studied a minute, sort of holding my breath, and then says to myself:
  «All right, then, I'll go to hell», and tore it up.

Estaba metido en un atolladero. Cogí el papel y lo sujeté en la mano, temblando, porque tenía que decidir, para siempre, entre dos cosas, y lo sabía. Estudié el asunto un minuto, como conteniendo la respiración, y luego me digo a mí mismo:
  —Vale, muy bien, pues entonces, iré al infierno —y rompí el papel.

Dan ganas de aplaudir. Huck decide seguir su propio juicio, formado en menos de un minuto. Aunque tenga que ir al infierno, prefiere que no desaparezcan sus problemas. No hay mayor aventura que la de tener una vida propia, gracias a los propios problemas en los que nos metemos por los demás.

En el vértice de toda novela digna de tal nombre, hay una decisión moral. Cada dos por tres todos tenemos que volver al capítulo 31 de nuestra vida. Una y otra vez, en casa, en el trabajo, con los amigos, al empezar a escribir, nos encontramos en ese capítulo 31, con el papel en la mano.

¿Qué vas a hacer o qué has hecho ya en ese capítulo 31? ¿Vas a hacer que desaparezcan tus problemas o vas a romper el papel?

(Yessi me mira sin parpadear. Qué va a ser de ti. No me mires más, Yessi, no me mires más. Jorge mira hacia su interior, como si se buscara a sí mismo, como si no lograra dar consigo mismo. Cristina, la pobre Cris, mira sus tetas multiplicadas por el Wonderbra. ¿Llegarás a tu capítulo 31?)

Ojalá no me equivoque. Ojalá no te equivoques.

El 26 de abril de 1336, Francesco Petrarca, de 33 años, decidió subir al Mont Ventoux, impulsado únicamente por el deseo de mirar desde la cima de un lugar tan alto *(sola videndi insignem loci altitudinem cupiditate ductus,* según afirma en la carta que relata su ascensión).* Así se convirtió en el padre del alpinismo, porque hasta entonces a nadie se le había ocurrido escalar un monte sólo por placer, por pura *videndi cupiditate,* sin otra finalidad práctica que echar un vistazo desde la cima. A las montañas se subía para algo útil: para atacar desde arriba al enemigo, para recoger unas tablas de la ley grabadas en piedra, para asistir a espectaculares crucifixiones de dioses verdaderos entre un ladrón bueno y uno malo, etc. Al mismo tiempo, sobre todo gracias al entusiasmo de Jakob Burckhardt,** esa subida innecesaria (y casi con seguridad inventada) convirtió a Petrarca en «el primer hombre moderno» y se consideró la ruptura con la Edad Media, un cambio de mentalidad, la invención del paisaje y el principio del Renacimiento, y Petrarca fue aclamado como padre del humanismo, del alpinismo, de la bibliomanía, de la filología, de la jardinería y de los amores unilaterales y ficticios.

No por casualidad es *altissimum* la primera palabra de la carta, pues en latín *altus* vale tanto por «alto» como por «profundo» (así en *altum vulnus,* herida profunda): el viaje (exterior) asciende hacia la cima de la montaña y el viaje (interior) desciende hasta la profundidad del alma. Alpinismo (material) y espeleología (espitirual). Todo en Petrarca es ambiguo y todo está inspirado en algún libro (y por eso mismo es literatura). En este caso, confiesa al principio de la carta que había estado leyendo a Tito Livio.

Un momento. ¿Leyendo? ¡Por favor! Estamos en presencia de un intelectual, así que había estado *relegendi:* un intelectual sólo relee. Leer algo por primera vez es lo característico de alguien que trabaja en un taller de chapa y pintura; una experiencia tan ajena a los hábitos de un intelectual como rellenar quinielas o remendar calcetines.

---

* «Epyistola ad Dionysium de Burgi Sancti Sepulcri.»
** *La cultura del Renacimiento en Italia.*

Petrarca, el paterfamilias, también fue padre de la figura del intelectual: él mismo nos recuerda que leía (releía) incluso cuando montaba a caballo, dictaba mientras le afeitaban y jamás se sentaba a comer sin una pluma a mano, por si acaso.

Tito Livio cuenta (XL, 21 y 22) que un gran deseo de escalar el monte Hemo, en Tesalia, se había apoderado de Filipo V de Macedonia *(cupido eum ceperat in uerticem Haemi montis ascendendi)*, porque se decía que desde su cima se podían ver dos mares (el Adriático y el Mar Negro), los Alpes y el Danubio, y con semejante vista panorámica se proponía planificar el definitivo ataque a Roma, que haría palidecer al del propio Aníbal. La presencia de esta finalidad práctica, destruir Roma, descalifica a Filipo, el macedonio, como intelectual. Tampoco fue sincero. Tito Livio no se cree nada (como yo no me creo que Petrarca subiera jamás al Mont Ventoux), sino que afirma que estaba tan nublado como si fuera de noche y por tanto Filipo no vio ni torta desde la cumbre, aunque guardó silencio, según opina Livio, y dejó creer a todos que lo había visto y el ataque era inminente.

Petrarca y su hermano pasaron la noche en Malaucène y emprendieron la subida al día siguiente. En seguida se encuentran a un pastor que intenta disuadirles, porque ¿para qué van a subir, si no conseguirán nada útil, salvo cansancio y arrepentimiento, *poenitentiam et laborem?* Como es habitual, el pastor sólo consigue aumentar su deseo de subir *(crescebat ex prohibitione cupiditas)*, así que dejan atrás al rústico, como quien le da la espalda a la oscura y aldeana Edad Media y se dirigen exultantes a la cumbre del Renacimiento luminoso y cosmopolita, y a la invención del paisaje.

Mientras su hermano sube sin mayor problema, Petrarca se empecina en encontrar una ruta más fácil, con menos pendiente, hasta que «agotado por las confusas vueltas del camino» decidió subir en línea recta hasta donde su hermano le esperaba tumbado. En este punto se dispone Petrarca a perfilar con un toque maestro su creación: el intelectual, nuestro hombre de letras.

Apenas habíamos dejado aquella colina, y he aquí que, habiendo olvidado el tortuoso recorrido anterior, me precipité de nuevo sendero abajo, vagando otra vez por el valle en busca de caminos largos y fáciles, aunque acabé dando con un camino largo y difícil. Posponía, claro está, el esfuerzo de la ascensión, pero la naturaleza no se doblega al ingenio humano, ni es posible que alguien corpóreo alcance las alturas descendiendo. ¿Para qué decir más? No sin risas de mi hermano e indignación mía, eso me sucedió tres veces más en el transcurso de unas pocas horas. Engañado así varias veces, me senté en uno de los valles.

El verdadero intelectual, según dejó establecido Petrarca, tiene que ser torpe para las actividades físicas y mecánicas, así como para los aspectos prácticos de la vida, hasta el punto incluso de que un intelectual, si de verdad lo es, no tiene por qué tener demasiado claro que sea imposible alcanzar la cima cuesta abajo o subir bajando *(nec fieri potest ut corporeum aliquid ad alta descendendo perveniat)*.

Sin embargo (o mejor dicho, por eso mismo), la incapacidad práctica le permite ensanchar su percepción de la esencia. Allí sentado, de pronto, le da por echar a volar la mente (más ágil que sus piernas) de lo corpóreo a lo incorpóreo *(illic a corporeis ad incorporea volucri cogitatione transiliens)* y comprende lo que su atlético hermano no ha logrado ver: la *vita beata* está en una cima y no es posible llegar a ella por la cuesta abajo del pecado.

Costará creerlo *(incredibile dictu)*, pero esas cogitaciones suyas dieron fuerza a su extenuado cuerpo para llevarle hasta la cima, donde por fin contempla el panorama (que acaba de convertir en «paisaje», otro invento suyo). *Respicio: nubes erant sub pedibus.* O sea, que tampoco vio nada: las nubes estaban bajo sus pies. Mira a lo lejos el cielo de Italia y, con esa agilidad de mente, tan superior a la de su robusto hermano, pasa del espacio al tiempo y recuerda su lejano pasado en Bolonia.

Entonces empieza a sentirse incómodo: no es quien querría ser. Quiere ser otro, pero ¿lo quiere de verdad? No está tan seguro, se siente dividido en dos y cada uno de ellos quiere una cosa opuesta.

Está embalado: ¡acaba de convertirse en nuestro contemporáneo!

No pudo evitar cierta conmiseración al mirar a Gherardo, *il fratello minori*, otra vez tumbado, en paz consigo mismo, como quien no ha leído nunca un libro.*

Luego se zambulló, como el primer hombre moderno, en su último gran invento: la crisis existencial.

El segundo año de universidad lo pasé, como es habitual, intentando librarme de los amigos que me había hecho durante el primer curso.

Los profesores eran variopintos: había marxistas, positivistas, historicistas y otros simplemente ignorantes.

Don Antonio García Berrio era de los más «científicos»: analizaba los más delicados sentimientos de los petrarquistas con fórmulas matemáticas en la pizarra: $F1 + Y(4)$ podía ser el primer cuarteto, por ejemplo, donde F equivale al poeta y el (1) indica que está enamorado, pero la amada (Y) no le corresponde (4). $F1 + Y(-4)$ sería entonces un primer cuarteto en el que el poeta (F) está enamorado (1), pero la amada (Y), además de estar muerta (-), ni siquiera en vida le correspondía (4).

Cualquiera que entrara en el aula se sorprendería al ver la pizarra llena de misteriosas ecuaciones para explicar el «dolorido sentir» de Garcilaso.

En el último banco, hacíamos travesuras: poníamos una fórmula a voleo y luego intentábamos escribir un soneto a partir de ella. El poeta recibe carta de su amada muerta en la que le

---

* «A solas con la edad, mientras tú duermes / como quien no ha leído nunca un libro.» Así escribió Jaime Gil de Biedma, en «Un cuerpo es el mejor amigo de un hombre», fingiendo (precisamente él), quizá por juego o por consuelo, que creía en la inocencia de los cuerpos.

anuncia que le deja por un caballero más joven al que el propio poeta ha herido en combate.

Como es natural, fantaseábamos con descubrir la ecuación definitiva de la poesía, la equivalencia entre energía y masa, con la velocidad de la luz (al cuadrado) como constante de su proporcionalidad, el incontestable $E=mc^2$ que por fin resuelva, aunque sea en verso, la querella entre el tiempo y el espacio, el espíritu y la materia.

Aquellas entretenidas (aunque inútiles) fórmulas eran posibles, en parte, porque sólo funcionaban en un corpus de poemas muy repetitivos y no poco amanerados: la lírica petrarquista. Por otra parte, el repertorio de situaciones de aquellos sonetos, además de ser limitado, es binario, es decir, susceptible de tratamiento informático. Casi todo lo que dicen sentir los poetas se puede exponer en un diagrama arbóreo como una cascada de disyuntivas: el poeta ama y la amada o le ama o no le ama; si le ama, puede haber un obstáculo o no; si lo hay, puede ser el marido o el padre, y así sucesivamente.

Mi repelencia al pensamiento (por llamarlo de alguna forma) informático era ya entonces aguda (y luego se hizo crónica). Sin duda, lo confieso, por mi propia incapacidad para entenderlo: basta decir que durante varios meses estuve convencido de que la célebre «máquina de Turing» era un cacharro de verdad (y bastante voluminoso, según me lo imaginaba yo).

Las clases de latín se convirtieron en mi antídoto contra la informática. Con el profesor Peñuelas descubrí la poesía clásica. Leíamos el *Pro Archia* de Cicerón, algo de las *Noctes Atticae*, de Aulo Gelio y cosas así, hasta que un día nos tocó Catulo y a mí leer (Peñuelas nos hacía leer en voz alta y a continuación traducir):

Odi et amo. Quare id faciam fortasse requiris.
Nescio, sed fieri sentio et excrucior.

Odio y amo. ¿Preguntas tal vez por qué lo hago?
No lo sé, pero siento que es así y sufro.

Acabáramos, acababa de toparme por primera vez con el celebérrimo poema LXXXV, que hizo impacto duradero en alguno de mis centros nerviosos.

Este dístico elegíaco (un hexámetro y un pentámetro) es sólo en apariencia sencillo.

Además de la métrica, en seguida se da uno cuenta de que hay algo que llama la atención: sólo tiene catorce palabras, pero ocho de ellas son verbos (dudo mucho que por casualidad).

Unamos con una línea el principio y el final: *odi et amo* vs. *sentio et excrucior*. Amo y odio: siento y sufro. Otra flecha podría unir *requiris* vs. *nescio*, por supuesto: tú preguntas y yo respondo (no sé, es la única respuesta). Otra línea debería unir *faciam* y *fieri*, hacer en activa y en pasiva: lo que hace Catulo y lo que siente que es un hecho (o que le ha sido hecho y lo padece). Ese juego de espejos, esas simetrías (un muy elaborado quiasmo, en la jerga técnica) se parece sin duda a esos sentimientos que se contradicen y que puede que sean oscuros, pero es claro el dolor (y la contundencia de esos ocho verbos lo subraya).

Las líneas que (aún no) hemos trazado de un verso a otro forman una cruz y un aspa: quizá la misma en la que se siente crucificado *(excrucior,* que es la forma de sufrir que elige, como si estuviera clavado en una cruz, con cada mano en un extremo. De modo que «siento que es así y ésta es mi cruz» sería una castiza traducción).

Vamos a trazar ahora las líneas, que es algo que siempre resulta entretenido:

Odi et amo. Quare id faciam fortasse requiris.

Nescio, sed fieri sentio et excrucior.

A primera vista, el poema parece una ocurrencia anotada a boli en la servilleta de un bar. Eso es lo que tiene en común con la mayor parte de la poesía contemporánea.

La pequeña diferencia es que no lo es. Y esa pequeña diferencia es la poesía.

Y lo de «pequeña» lo digo sin ironía: no tiene la menor importancia que el lector se dé cuenta de cómo lo ha hecho el poeta, porque hace el mismo efecto sin saberlo.

Como escribió hacia 1935 W. H. Auden: *«Of the many definitions of poetry, the simplest is still the best: memorable speech»*. (De las muchas definiciones de poesía, la más simple sigue siendo la mejor: discurso memorable). Es decir, algo que se dice para que sea conservado en la memoria. Palabra en el tiempo, decía Machado.

José María Valverde, aquel gran profesor, nos hacía notar que si a un niño le preguntas para qué sirve una poesía, siempre te da la misma respuesta que Auden, aunque formulada con mucha más elegancia: pues para aprendérsela de memoria.

La métrica, la rima, las figuras retóricas, las pequeñas diferencias no son más que recursos que hacen más fácil recordar un poema, ayudan a clavarlo en la memoria.

Para mí, Catulo fue la fórmula secreta, el $E = mc^2$ que hizo por fin posible la fisión nuclear.

Porque de eso se trataba: de bombardear el núcleo del pensamiento binario, fragmentarlo, hacerlo añicos. ¿Amo y entonces o me aman o no me aman? Qué va, Catulo me enseñó a negar la mayor: ¿amo? ¿U odio? ¿O amo y odio sin saber por qué?

La misma fórmula de la poesía se puede aplicar luego a la prosa, por ejemplo al género narrativo de la filosofía: *cogito ergo sum*. ¿Pienso? Qué va. Pienso y no pienso. Soy y no soy. ¿Pienso luego existo o pienso a pesar de que existo? ¿Pienso que no existo o pienso para existir?

Qué gran descubrimiento, la fisión de silogismos hasta que estallen.

Antes de que se terminara aquel curso de latín, murió, de un ataque epiléptico, el profesor Peñuelas, al que todavía recuerdo con simpatía.

Catulo en cambio sigue vivo, gracias a la pequeña diferencia.

Hace poco me llevé una extraordinaria sorpresa. Toda la prensa recogió la noticia de que en 2009 el millonario Mark Lowe fue demandado por acoso sexual y laboral. La demandante era una becaria rubia de la empresa de Lowe, Nomos Capital. Una «rubia tonta», según dijo ella que le había llamado su jefe.

Eso no me sorprendió nada, todos sabemos cómo son los emprendedores. Lo sorprendente fue que la prueba más importante que se utilizó en el juicio fueron unos versos de Catulo, que aparecieron (¡dos mil años después! ¡Y en latín!) en todos los periódicos y en las noticias de la BBC.

Se trataba de otro de los más conocidos entre los *Catulli Carmina*, el XVI. El verso que Lowe le envió por correo electrónico a la becaria dice así: «*pedicabo ego vos et irrumabo*». Se lo envió en latín (a la rubia tonta, ¡que se dio por ofendida!). La defensa de Lowe adujo que aquello era «jocoso», mientras que la acusación mantenía que Lowe no lo usaba en broma, sino en su sentido más literal. Como la BBC, tan británica y tan gazmoña, se negó tajantemente a traducir el verso, gran parte del público no tenía muy claro a qué carta quedarse ni cuál era el (tan abominable al parecer) sentido literal del verso.

No se puede negar que el verso aislado quizá resulta ofensivo dirigido por un emprendedor de sesenta años a su becaria rubia de menos de treinta. Sin embargo, como no dejó de señalar el *Times Literary Supplement*, un conocimiento adecuado del poema completo hubiera sido la mejor defensa de Lowe, pues lo que viene a decir Catulo es: no juzgues sólo por la apariencia; si digo una cosa en mis versos, no significa que vaya a hacerla.

Nam castum esse decet pium poetam
Ipsum, versiculos nihil necesse est,

dice ese mismo poema XVI, como si dijera: pues el propio poeta debe ser casto, pero a sus versos no les hace falta ninguna.

¿Qué decía el dichoso verso? A mis alumnos del Sansón

Carrasco, tras vuestra santa paciencia, gente del porvenir, no puedo escatimaros un intento de traducción. *«Pedicabo ego vos et irrumabo»* se diría más o menos, en recto castellano: te daré por culo y me la chuparás. (Risas nerviosas de Jorge y de Olga. Cris esta vez se ruboriza de verdad. No me hagas eso, Yessi, no sonrías ahora. ¿Por qué sonríes así? ¿Por qué quieres tú matarme?)

Está probado que la becaria era rubia (he visto fotos), pero dudo que fuera tan tonta si comprendió ese correo electrónico escrito en el latín procaz del gran Catulo, al que sólo mantiene todavía vivo una pequeña diferencia: la poesía.

Francesco Petrarca estaba destinado a ser notario, como su padre, Pietro di Parenzo di Garzo, que era amigo de Dante y, por motivos políticos, emprendió el camino del destierro (la otra opción era que le cortaran una mano). Durante los tres primeros cuartos del siglo XIV Aviñón fue la capital de Occidente, porque allí estaba el Papa. Carpentras, al lado, era la ciudad administrativa y de negocios, donde había una constante demanda de chupatintas como él. Correspondencia, contratos, testamentos, siempre había trabajo para quien supiera leer y escribir. En latín, como es natural. Esta comunidad de burócratas leía los clásicos, por tanto, con una finalidad práctica, para mejorar su prosa latina y así sus oportunidades laborales. Con la misma finalidad práctica le regaló don Pietro a su hijo Francesco las obras de Cicerón: para que se hiciera abogado y después notario. El niño Francesco leía en voz alta a Cicerón y, sin entender ni una palabra, se extasiaba con la sonoridad y la dulzura de aquellas largas subordinadas: *«sola me verborum dulcedo quaedam et sonoritas detinebat»*. Marco Tulio se convirtió en el amigo imaginario de su infancia, el confidente y consejero de aquel niño gordito, asustadizo y un poco pasmarote.

El regalo paterno no tuvo el efecto deseado: Francesco decidió ser intelectual y poeta.

«Chaque notaire porte en soi les débris d'un poète», aseguraba Flaubert: cada notario lleva consigo las ruinas de un poeta. Petrarca en cambio se convirtió en un poeta que ocultaba en su interior los escombros de un notario.

¿Quién no transporta dentro de sí mismo las ruinas de otro hombre? El que se encuentra en secreto con su amante, el que le niega un préstamo a un amigo, el que traiciona a quien le ayudó, el que no es capaz de renunciar a ver el partido por la tele para escuchar a su hijo; todos vamos cargados con los tristes restos de otro derribado por nuestra mano: el marido ejemplar, el amigo fiel, el compañero leal, el padre cariñoso. Todos tuvimos sueños y seguimos viviendo, cargados con los trozos, los añicos, las virutas, los pecios del que se fue a pique, hundido dentro de nosotros, en el fondo del abismo.

A partir de cierta edad, este peso y esta compañía, tanto llevar a cuestas al poeta póstumo, al marido ejemplar o al amigo fiel, acaba provocando, además de melancolía, un resentimiento incómodo y sin remedio, porque ¿cómo se puede uno vengar de sus propios sueños?

¿Qué le sucedió a Petrarca en la cima del Mont Ventoux?

Es difícil asegurarlo. Quiere ser otro, un hombre mejor. Sabe quién quiere ser, pero ¿lo quiere de verdad? No del todo. También quiere lo que no debía querer. Él es dos y está en cada uno de los dos por entero. Escindido, el primer hombre moderno intenta encontrar las palabras para su crisis existencial:

> Lo que solía querer, ya no lo quiero. Miento: lo quiero, pero con menos intensidad. Otra vez acabo de mentir: lo quiero, pero más avergonzado, más triste. Ahora por fin acabo de decir la verdad. Así es: quiero, pero lo que querría no querer, lo que desearía odiar. Sin embargo, quiero, pero a mi pesar, pero obligado, pero sombrío y afligido.*

---

* *«Quod amare solebam, iam non amo; mentior: amo, sed parcius; iterum ecce mentitus sum: amo, sed verecundius, sed tristius; iamtandem verum dixi, sic est enim; amo, sed quod non amare amem, quod odisse cupiam; amo tamen, sed invitus, sed coactus, sed maestus et lugens.»*

En resumen, nos dice, su predicamento se condensa en unos *«versiculi famossisimi»*: *«odero, si potero; si non, invitus amabo»*.

Te odiaré, si puedo; si no, te amaré a la fuerza.

Los famosísimos versos son de Ovidio, de sus *Amores*, tercer libro. Petrarca está haciendo una *imitatio* humanista, que no era una copia o imitación, sino un proceso creativo, una apropiación del texto, para llegar a partir de él a otro lugar, como quien injerta un esqueje de rosal en sus geranios, a ver adónde le lleva o qué extraña flor le trae.

A donde iba Ovidio no ofrece duda: ama a una mujer que se acuesta con otros, casi con cualquiera, según dice, así que preferiría odiarla —si pudiera—. Como no puede, la amará a la fuerza, *à contrecoeur*, que es lo que quiere decir el *«invitus»* que usa también Petrarca y que en nuestro romance dio «amidos», «de grado o amidos», con gusto o a la fuerza, tan corriente en el *Cantar de Mío Cid* o en el *Libro de buen amor*. Dice Ovidio:

Aversor morum crimina —corpus amo
sic ego nec sine te ne tecum vivere possum.

Detesto los crímenes de tu conducta —amo tu cuerpo;
así que ni contigo ni sin ti tienen mis males remedio.

El amor, para Ovidio, como para mí, como para mis estudiantes del Sansón Carrasco, tiene que ver con el cuerpo, *corpus amo*, y no con el alma, el lugar donde sucede el amor cortés. Ni con la conducta o las costumbres. En este caso Ovidio abominaba del alma de su amada, hasta el punto de desear, como única solución posible, que fuera menos hermosa o menos casquivana (*«aut minus formosa, aut minus improba»*), pero una de dos. Esto son versos que cualquier estudiante del Sansón Carrasco interpreta con facilidad (y no pocos se identifican con ellos). Si no fueras tan puta. Si no fueras tan cabrón. Y si no se quisieran tanto los dos, si no desearan tanto el *corpus*, a despecho de los *crimina*.

Ahora bien, ¿adónde quería llegar Petrarca? No es creíble que Petrarca se sintiera atraído tan sin remedio por un *corpus criminis* o cuerpo del delito de cualquier sexo o edad. Entre sus pasiones no parece haber estado nunca la concupiscencia; prefería irse a la cama con un buen libro en latín.

Aquí es donde podemos comprender mejor qué es la *imitatio* humanista. Petrarca habría retenido el verso «*odero, si potero; si non, invitus amabo*». ¿Cómo no recordarlo con sólo leerlo una vez? Este verso, plantado en su memoria como una semilla, había ido germinando en otras direcciones. Cuando Petrarca hace cima en el Mont Ventoux y siente la dificultad de ser otro, de convertirse en otro, porque quiere demasiado al que ha sido hasta ahora y preferiría dejar de ser, el verso adquiere una lectura diferente: me odiaré si puedo; si no, me amaré a la fuerza.

Es dudoso que en estas fechas Petrarca hubiera leído a Catulo, al que debió de conocer hacia 1345, cuando sin duda dio un respingo al leer su carmen LXXXV:

> *Odi et amo. Quare id faciam fortasse requiris.*
> *Nescio, sed fieri sentio et excrucior.*

Está dedicado a Lesbia, sin duda, pero ¿no es tentador leerlo como dirigido a uno mismo? ¿No escribió también Vallejo: «¡César Vallejo, te odio con ternura!».

«Imitar» un poema no es hacer algo parecido, sino utilizar el mismo procedimiento para llegar a un resultado diferente. A veces una *imitatio* es una mala lectura, una *misreading*, un malentendido iluminador, como lo puede ser la atribución falsa (leer a Quevedo como si fuera César Vallejo o el *Quijote* como escrito por Pierre Menard). Petrarca, en sus cartas, lo solía comparar (en otra *imitatio* de los clásicos) con la imagen de la abeja que ingiere el néctar de una flor, lo procesa y lo transforma en cera o en miel, en lugar de hacer como las hormigas, que se limitan a llevar a cuestas el alimento de un lado a otro, sin comérselo, sólo para almacenarlo. Le escribió en otra ocasión a su amigo Boccaccio:

> He leído a Virgilio, a Horacio, Boecio, Cicerón, no una sino mil veces, y no he arrinconado sus conocimientos en el fondo de la memoria, sino que los he meditado y estudiado con suma atención; los devoraba por la mañana para digerirlos por la tarde, me los engullí de joven para rumiarlos de viejo. Y entraron en mí con tanta familiaridad que no sólo en la memoria, en la misma sangre se hicieron uno conmigo y se apoderaron de mi ingenio, hasta el punto de que si ya en el futuro no volviese a leerlos, permanecerían igual en mí, porque han arraigado en la parte más íntima del alma mía; incluso a veces olvido el autor de tal pasaje, y es que de tan larga convivencia se han convertido en algo propio, de suerte que, rodeado por ese gran fragor, ya no soy capaz de recordar de quién sean esos textos, o si por ventura son míos o de otro.

Para el primer hombre moderno dividido en dos, no hay mejor forma de expresar su escisión, su drama, que volver a escribir un poema de amor, pero como si estuviera dirigido a sí mismo.

Es el mismo procedimiento que utiliza Gil de Biedma en «Loca»:

> Yo sé que vas a romper
> en insultos y en lágrimas
> histéricas. En la cama,
> luego, te calmaré
>
> con besos que me da pena dártelos. Y al dormir
> te apretarás contra mí
> como una perra enferma.

Y como si sólo hubiera escrito un borrador, volvió a utilizarlo o imitarlo en «Contra Jaime Gil de Biedma»:

¡Si no fueses tan puta!
A duras penas te llevaré a la cama,
como quien va al infierno
para dormir contigo.
Muriendo a cada paso de impotencia,
tropezando con muebles
a tientas, cruzaremos el piso
torpemente abrazados, vacilando
de alcohol y de sollozos reprimidos.
Oh innoble servidumbre de amar seres humanos,
y la más innoble
que es amarse a sí mismo!

Lo que Gil de Biedma amaba y odiaba de sí mismo salta a la vista y, si no, el poeta centauro se encarga de explicárnoslo en sus indiscretos diarios.

Pero ¿qué le pasaba a Petrarca?

Quería no querer a su amada, Laura, quería odiarla, si pudiera. Eso era todo, no hay secreto, siempre que tengamos en cuenta que Laura era masculino, Lauro, el laurel que corona a los poetas.

Petrarca quiere ser otro hombre: el que no persigue la gloria. ¿Lo quiere de verdad? Como san Agustín, su director espiritual, sí lo quiere, pero no todavía. *«Da mihi castitatem et continentiam, sed noli modo»*, le pedía Agustín a Dios, según escribió en sus *Confesiones:* dame castidad y continencia, pero todavía no. Por favor, no de inmediato.

Necesitaba ser coronado de laurel antes de poder menospreciar la gloria. En eso se parece a cualquiera de los famosos de nuestro triste siglo: menosprecian la fama, la odian, pero sólo después de haber hecho todo lo necesario para conseguirla.

Ese día que subió al Ventoso, Petrarca ya era el padre de la filología y del humanismo, pero ansiaba algo más. A los veinticinco ya era un *philologus,* el primero, y había llevado a cabo el rescate y la edición crítica de Tito Livio. Entonces le entró la fiebre de ser *auctor.* A su enrevesado modo lo confiesa: conoció a los veintisiete años a Laura, según dice. Pero Laura no era una mujer: era el laurel del poeta en el que había decidido convertirse.

Tras un breve paso por la Universidad de Montpellier, su padre el notario le envía junto con su hermano a la de Bolonia, donde permaneció de 1320 a 1326, sin aprender a resignarse con su destino.

Laura aparece, según anotó Petrarca mucho más tarde (en su ejemplar de Virgilio), el 6 de abril de 1327, día de Viernes Santo, en la iglesia de Santa Clara de Aviñón, en la primera misa de la mañana. No olvida ese bendito día:

> *Benedetto sia 'l giorno, e 'l mese, et l'anno,*
> *et la stagione, e 'l tempo, et l'ora, e 'l punto...*

> Bendito sea el día, el mes y el año,
> y la estación, el tiempo, la hora y el punto...

Tan bien lo recuerda que, por supuesto, ese día de ese año ni siquiera era Viernes Santo (siempre hay alguien con tiempo de sobra para averiguar estas cosas).

—Para entender algo, lo primero que necesitan tener en cuenta es que todo lo que diga Petrarca es mentira. Siempre. Todo. O por lo menos no es del todo verdad —nos recordaba en clase una y otra vez don Francisco Rico—. Todo es inventado, salvo la copia manuscrita de Virgilio, que aún se conserva en la Biblioteca Ambrosiana de Milán. Yo la he visto.

En realidad, ésa fue la fecha en la que decidió convertirse en poeta y llevar consigo, ocultos (para que no los viera su alma), los restos de un notario hecho pedazos por él mismo.

Como Laura era inventada, también la hizo morir el mismo día del mismo mes en la misma ciudad, en 1348, víctima de la epidemia de peste.

Ésa fue la fecha en la que se dio cuenta de que, además de poeta y *philologus*, ahora quería ser un auténtico *philosophus*, así que Dios por fin podía hacerle casto, estoico, capaz de menospreciar la gloria.

¿Por qué la llamó Laura y no por ejemplo Vanessa, como se estila ahora (al menos en Manoteras)? Porque era un medioeval y recurrió a la imagen de Apolo y Dafne, que encontró en Ovidio.

Apolo era un dios de la segunda generación de los olímpicos y Zeus (o Júpiter) le regaló una lira para que se convirtiera en el dios de la poesía y el inspirador de los poetas (junto con Dionisos). Se enredó en multitud de líos con mortales y ninfas, entre ellas Dafne, que le rechazó y salió corriendo hacia unas montañas. Apolo la persiguió, y cuando iba a darle alcance, ella imploró a su padre que la transformara en cualquier cosa que Apolo no se pudiera follar. Lo que fuera, pero impenetrable. Dicho y hecho, la convirtió en laurel, que es lo que significa Dafne (Δάφνη) en griego. Apolo se quedó con un palmo de narices, ya que el laurel es un árbol de unos seis metros de altura, de tronco liso y corteza dura, hojas coriáceas, persistentes, aromáticas, pecioladas, oblongas, lampiñas, de color verde oscuro, lustrosas por el haz y pálidas por el envés. Es frecuente (y para mi madre, indispensable) añadir una de ellas a las lentejas (aunque a mí nunca se me obligó a comérmela). En cualquier caso: se trataba de algo infollable hasta para un dios de segunda generación.

Cuenta Ovidio que Apolo, al ver a Dafne por primera vez, la encontró muy de su gusto. Admiraba los dedos, las manos, los brazos y los hombros medio desnudos, que era lo que tenía a la vista, y se imaginaba que, lo que estaba oculto, sería aún mejor *(si qua latent, meliora putat)*, pero la ninfa echa a correr. Él intenta razonar: usted no sabe con quién está hablando, le dice, si lo supieras, no huirías; soy hijo de Júpiter, para que te enteres. Ella le deja con la palabra en la boca y corre más deprisa, tanto que el viento la iba desnudando, *nudabant corpora venti;* la ropa se le pegaba al cuerpo con vibración de bandera que flamea, y hacía aparecer la forma de sus senos basculantes, de sus caderas, de sus muslos; y aumenta su belleza con la huida *(auctaque forma fuga est)* y Apolo creyó que iba a reventar como un triquitraque o de la misma forma en que se acaba el mundo: no con un estallido, sino con un gemido, quizá un sollozo en la oscuridad.* Aceleran los dos, *hic spe celer, illa timore;* él por la esperanza (de atraparla), ella por el temor (a ser atrapada). Agotada, la ninfa siente el aliento del dios en la nuca. Le pide a su padre que la transforme y, al momento, ya le ciñe el pecho una corteza, se le enmaraña el cabello como hojas, sus brazos crecen hacia el cielo en forma de ramas, los pies se hunden en la tierra hechos raíces y su cara es la copa de un árbol: sólo la nitidez de su belleza permanece. Y Apolo sigue deseando ese resplandor: apoya la mano en el tronco y nota el temblor de sus pechos bajo la corteza (los nota trepidar, dice Ovidio), abraza las ramas, besa la madera, y aun así el árbol rechaza sus besos. Así que Apolo le asegura que, si no puede ser suya como ninfa, lo será como árbol, el laurel que le quedará consagrado, y con sus hojas se coronará a los generales victoriosos y a los poetas.

A partir de entonces el laurel fue el árbol de Apolo y por eso Petrarca plantó uno en el jardín de su casa, en Vaucluse: decía que le inspiraba versos inmortales. Esto le convirtió también en el padre de la jardinería.

Lo cierto es que la historia de Dafne nunca se alejó de su poesía, aunque es curioso que tuviera tendencia a identificarse más con Dafne que con Apolo: se imaginaba convertido él mismo en árbol. Tuvieron la culpa el amor y una mujer hermosa:

> Ante la cual de poco sirve
> el ingenio, o la fuerza, o pedir perdón;

---

* Eso decía T.S. Eliot en *The Hollow Men*: «*This is the way the world ends / Not with a bang but a whimper*».

> los dos me transformaron en el que soy,
> haciéndome de un hombre vivo un laurel verde.

> *Ver' cui poco già mai ni valse o vale*
> *ingegno, o forza, o dimanar perdono;*
> *e i duo mi transformaro in que ch'i' sono,*
> *facendomi d'uom vivo un lauro verde.*

Y contempla su pelo hecho hojas, sus pies vueltos raíces y sus brazos convertidos en ramas.

Además de una imaginación extraña, tan aviesa como el entendimiento de Mena, Petrarca tenía, como buen medieval, la visión de la época sobre el mito: quien busca la fama y la gloria acaba con las manos vacías, abrazado al tronco de un árbol, a veces un laurel, pero casi siempre convertido él mismo en un alcornoque.

Él también deseaba detestar la vanagloria, *sed noli modo*, pero no todavía: dame, oh Señor, el rechazo de las vanidades, el *comptemptus mundi* (que era como los medievales llamaban al desprecio del mundo), pero no tan pronto. Al fin y al cabo es más fácil rechazar la gloria cuando se obtiene que renunciar a probarla, como lo demuestra el hecho de que sólo los famosos se quejen de la fama; el resto no quiere otra cosa que cinco minutos de gloria al salir por la tele.

Si se enamoró de Laura, fue sin duda un Lauro, el laurel, la gloria del poeta. Insatisfecho como *philologus*, decidió ser *auctor*, pero el más sublime que hubiera disponible: el poeta laureado.

Petrarca, como tantos muchachos del Sansón Carrasco, quería *ser* poeta. *Escribir* de hecho poesías en cambio le parecía accesorio, un trámite más o menos molesto exigido para lo único que le interesaba: convertirse en árbol.

Pero había que escribir y Petrarca se puso manos a la obra.

Había empezado ya *De viris illustribus*, una colección de vidas de hombres ilustres, pero eso casi no puntuaba para la gloria poética, así que lo dejó aparcado en un cajón, porque la corona de laurel no podía esperar, y dio comienzo a su *África*, un agotador poema en hexámetros latinos sobre Escipión. Fue una suerte para todos que no lo acabara jamás.

En *África* pretendía aunar el rigor histórico de Tito Livio con el vuelo poético de Virgilio, pero así sólo consiguió que, si ya era bastante extenso, pareciera mucho más largo a quien intentara leerlo. Cada estrofa produce el efecto de haber leído con estupor treinta páginas. Algunos pasajes dan testimonio, ya que no de la humildad, sí de la franqueza de Petrarca: en el libro IX, el poeta Ennio le cuenta a Escipión que será famoso en el futuro y que, igual que Aquiles tuvo a Homero para cantar su gloria, él también tendrá su propio poeta. Le dice más al atónito Escipión: el propio Homero se le ha aparecido (a él, a Ennio) en un sueño, sin duda profético, y le ha revelado la identidad de los poetas del porvenir. Uno de ellos cantará sus hazañas, será su Homero, y así se conservarán para toda la eternidad. Será quizá el más grande, se trata de un joven toscano que descansa al otro lado del tiempo, en un valle oculto (Vaucluse), bajo un laurel, con la pluma en la mano, y que se llama... ¡Francesco! No está autorizado a revelarle más, hasta ahí puede leer, aunque quizá el apellido empiece por la letra pe: *qui potest capere, capiat*.

No podía conciliar el sueño, desvelado por sus visiones de la gloria poética. Era así Petrarca: en numerosas ocasiones planeaba su propia muerte (se lo contaba en cartas a sus conocidos), aunque nunca acababa de decidirse: moriría en Mantua, cuna de Virgilio. No, mucho mejor leyendo, como había muerto Ptolomeo. No, quita, quita: él moriría escribiendo, cálamo en mano, como Platón.

Además de escribir, para obtener reconocimiento como poeta juzgó indispensable pedir favores, «mover ciertos hilos», intrigar, «llamar a algunas puertas», dejarse caer en los lugares adecuados y hacerse el encontradizo con las personas indicadas. Acertó. En 1341 logró que le coronaran con laurel en el Capitolio de Roma, un honor que ni siquiera Dante había recibido.

Lo más extraordinario es que, en esas fechas, lo único que había logrado escribir Petrarca eran fragmentos del *De viris illustribus* y de *África,* unas pocas cartas en latín y un puñado de poemas romance. Nada entre dos platos. De donde se podría concluir que, si bien es necesario escribir algo, lo que sea, lo decisivo es contar con buenos contactos.

Ya era poeta laureado. Ahora, una vez coronado de laurel, sí que podía abominar a voces de la gloria, no amar lo que tanto había amado. Hacerse estoico incluso y hasta *philosophus* si le daba la gana. Al fin y al cabo, como dijo Juvenal en su octava sátira:

Gloria quantalibet quid erit, si gloria tantum est?

La gloria, por mucha que sea, ¿qué es si no es más que gloria?

Así la gloria de Petrarca se parece a su sombra: en algunas ocasiones va por delante de su cuerpo; en otras es mucho más alargada que él.*

En 1345, en el monasterio de Verona, rebuscando con paciencia entre los códices de la biblioteca, Petrarca encuentra un manuscrito que atrae de inmediato su atención. Es una copia de Cicerón, pero ¿de qué? No le suena a nada conocido. Sigue leyendo de pie, apoyado en el anaquel, hasta que se da cuenta de que son las cartas de Cicerón a su amigo Ático. Apenas puede creerlo, le tiemblan las manos: sabía de su existencia, llevaba años persiguiéndolas y ahora están ahí, al alcance de sus ojos. Lee como quien se arroja de cabeza a un pozo, sin cambiar de postura, sin acercarse a un asiento. Lo que está ahí no

---

* Montaigne recordaba un lugar común, según el cual la gloria *«va aussi quelque fois devant son corps: et quelque fois l'excede de beaucoup en longueur»* («De la gloire», *Essais,* II, XVI)

son unas cartas, es Cicerón en persona, una presencia viva, casi corporal, y le está hablando a él, a Francesco Petrarca.

En el atardecer de su vida, que comenzaba en la Edad Media al acercarse a los cuarenta *(ad quadragesimum aetatis annum appropinquans),* Petrarca consigue por fin hacer realidad un sueño de su infancia.

En la carta que Sigmund Freud le dirige a Wilhelm Fliess el 28 de mayo de 1899, muestra su admiración por Schliemann, un hombre feliz, el único que conocía, y escribe:

> Me ha interesado mucho la historia de su infancia. Este hombre encontró la felicidad cuando descubrió el tesoro de Príamo, pues hasta tal punto la felicidad se da sólo como satisfacción de un deseo infantil.

Cumplir en la edad adulta un deseo de la infancia es por tanto la única (aunque escasa) forma de felicidad a nuestro alcance. Por eso hay que poner más atención y considerar siempre: ¿qué niño ha deseado de verdad ser rico, consejero delegado de una empresa o propietario de una refinería de petróleo? Ningún niño, nunca jamás. Los niños persiguen cosas mucho más difíciles de conseguir: ser piratas o exploradores, encontrar un escondite perfecto, rescatar a una princesa, ser querido sin hacer nada para merecerlo, que desaparezca el universo sólo con cerrar los ojos o, por supuesto, desenterrar un tesoro que esté en la X del mapa. Schliemann se fascinó de niño con la *Ilíada* y dedicó su (cuantiosa) fortuna y todos sus esfuerzos a buscar Troya. En contra de la opinión de los arqueólogos, él estaba convencido, con la fe intacta y diamantina de los niños, de que las indicaciones de Homero había que tomarlas al pie de la letra. Tenía razón, encontró el tesoro y fue feliz.

Tan feliz como se debió de sentir Petrarca al encontrarse cara a cara con Cicerón, su amigo imaginario de la infancia. No estaba leyendo a Cicerón, sino que le tenía delante de los ojos, de cuerpo entero, mucho más real que su amigo de la infancia, tan de verdad que, tras tomar aliento y sentarse, decidió contestarle en el acto. ¿Que Cicerón estaba muerto hace siglos? Eso decían, pero ante los ojos de Petrarca, en esa correspondencia íntima, seguía vivo, más que nunca, porque ahora era el hombre, no el personaje, el grave senador, el abogado implacable, el maestro de la oratoria; era Cicerón hablando de asuntos diarios, de rumores, de la familia y de los molestos catarros que sufría. Petrarca pidió recado de escribir y empuñó la pluma: *Franciscus Ciceroni suo salutem,* empezó a escribirle a su amigo, *ubicumque es,* dondequiera que estés, como si lo conociera del patio del colegio:

> Tus cartas, tanto tiempo buscadas y encontradas cuando menos lo esperaba, he leído con avidez. Te he escuchado, Marco Tulio, muchas confesiones, muchas lamentaciones, muchos cambios de humor.

Y sigue así, respondiendo a un amigo muy cercano, contando habladurías, quejándose de su salud, preocupado por su hijo (que era un buscarruidos y no le dio más que disgustos), hasta que se despide agotado: *Aeternum vale, mi Cicero.**

Era un amigo. Tanto que podía hablar mal de él con sus otros amigos.

> Cicerón se comporta con tanta blandura *(molliter)* en sus tribulaciones, que me siento tan ofendido por sus juicios como encantado por su estilo. Añade las pendencieras cartas y los reproches e insultos contra grandes hombres a los que poco antes acaba de poner por las nubes *(laudatissimus)* con una veleidad sorprendente. Leyendo estas cosas, tan seducido como agraviado, no pude evitar, urgido por la ira, escribirle con la familiaridad del largo trato, como si fuera un amigo coetáneo, para reprenderle por aquello con que me había ofendido.

---

* *Epistolae de rebus familiaribus,* XXIV, 3.

Mucho más tarde, en 1373, aún seguirá guardando rencor a Cicerón por su costumbre de morder la mano que le da de comer (Petrarca siempre fue tan bien mandado como agradecido) y afirma: *in hoc uno pene oderim,* en este único aspecto casi le odio *(Epistolae seniles,* XIV, I). Así se lo escribió a Francesco de Carrara, uno de sus benefactores, que le acababa de regalar una villa en Arquà, cerca de Padua, donde vivió muy a gusto y se dedicó sin demasiado éxito a ser *philosophus.* No podía perdonarle a Cicerón su ingratitud y su desprecio hacia los poderosos, a quienes él puede que incluso admirara de verdad.

En la hermosa mansión de un millonario, Petrarca se había convertido ya en un consumado intelectual moderno: un estómago agradecido.

Agustín de Hipona, futuro san Agustín, visitó en una ocasión a Aurelio Ambrosio, futuro san Ambrosio, y se quedó muy sorprendido al encontrarlo leyendo en silencio. ¡Ni siquiera movía los labios! Un fenómeno nunca visto que Agustín consignó alarmado en sus *Confesiones:*

> Cuando leía sus ojos se desplazaban sobre las páginas y su corazón buscaba el sentido, pero su voz y su lengua no se movían.

Agustín creyó que intentaba proteger su garganta, pues solía quedarse afónico predicando.

Ambrosio fue un pionero. Hasta el siglo XV nadie leía sólo con los ojos.

Como Ambrosio, Petrarca también inventó una nueva manera de leer. Petrarca leía con pasión, discutiendo con el autor (a veces por escrito, en los márgenes), charlando con él, apropiándose del libro por completo. La copia de Virgilio que le regaló su padre la conservó toda la vida y tuvo con ese manuscrito una relación más íntima que con cualquier ser vivo. En él anotaba, no sólo su reacción ante el texto, sino lo que le pasaba, sus estados de ánimo y esas confesiones que sólo se le hacen al amigo más íntimo. Este Virgilio que se conserva en la Biblioteca Ambrosiana (signatura A79 inf.) fue el único confidente de Petrarca. En el códice, tan grande y pesado como una maleta, hay más de dos mil quinientas anotaciones en latín, unas eruditas, otras sentimentales, algunas pintorescas. Todos sus libros (y llegó a poseer la mayor biblioteca privada de su tiempo) están llenos de apostillas, comentarios y ocurrencias. Si un clásico habla de un hombre muy fuerte, Petrarca, como si estuviera charlando con él, anota al margen que él vio de niño a uno que levantó en vilo una carreta cargada de heno. Si un geógrafo menciona Aviñón, deja constancia de la casualidad, tan grata y sorprendente, de que él, mientras leía eso, ¡estaba precisamente en Aviñón! Si un autor menciona una práctica sexual insólita, le pregunta a pie de página, con letra temblorosa, si eso no dolerá demasiado.

Mucho más que Quevedo, él sí vivió en permanente *conversación con los difuntos.*

La lectura se convierte así en una experiencia, un acto que modifica a quien lee y en igual medida modifica lo escrito, como en el caso de la *imitatio*. Los libros nos cambian y nuestra lectura cambia los libros, por más que en este triste siglo pocos consigan prolongar esta relación apasionada con los libros más allá de la primera juventud, cuando, como hacían mis estudiantes de Manoteras, uno lee como si le fuera la vida en ello. Y les va. Jorge lo sabe. Lo sabe Cristina.

Cuando se levantó a finales de 2003 la losa de la tumba de Petrarca, el inevitable «grupo de expertos» italiano entregó los restos a los ineludibles «especialistas de la Universidad de Tucson, Arizona», quienes, tras someter fragmentos del cráneo al análisis del carbono-14, confirmaron que era de una mujer y además del siglo XIII, unos cien años anterior. Con lo que quedaba del esqueleto, que al parecer sí pertenecía a Petrarca, el grupo de expertos, encabezado nada menos que por el dottore Vito Terribile Wiel Marin, de la Universidad de Padua, llegó a conclusiones tan reveladoras como que había recibido una coz de caballo en las costillas y que debió de ser un hombre más bien obeso.*

El primer saqueo del panteón de Petrarca del que tenemos noticia sucedió ya en 1630, cuando un fraile aprovechó la grieta abierta por un oportuno rayo para llevarse un brazo. Desde entonces los huesos se han manoseado con regularidad, tanto por «grupos de expertos» oficiales como por espontáneos clandestinos: en 1843 alguien se apoderó de una costilla (quizá para formar a partir de ella una nueva Laura), en 1876 a otro «grupo de expertos» se les cayeron los huesos al suelo y se hicieron pedazos, en 1946 las autoridades se llevaron todo a Venecia para proteger al poeta de la guerra mundial y un largo etcétera.

Fue en el Renacimiento cuando al culto a las reliquias de santos se añadió el culto a las tumbas de los hombres ilustres. En Arquà, la sepultura de Petrarca atrajo a los más ricos de Padua, que construyeron villas de verano cerca del cadáver del poeta. Cada ciudad luchó por tener su ilustre difunto: Lorenzo el Magnífico intentó sin éxito arrebatarle a Spoletto el cadáver de Filippo Lippi para enterrarlo en la catedral; Boccaccio hizo campaña, también en vano, para trasladar a Dante de Rávena a Florencia; un panteón se convirtió en el objeto de deseo de toda población de mediano tamaño.

En la cultura medieval el terror a la muerte condensaba el miedo a la pérdida de la identidad: una calavera era una calavera, era cualquiera y éramos todos. En el Renacimiento, la vida de la fama conjura para los poderosos y sus empleados, los intelectuales, el miedo al vacío.

---

* La noticia apareció en varios medios, por ejemplo, en el *ABC* del 24 de abril de 2004 con el título: «Alguien robó el cráneo de Petrarca y dejó en su lugar el de una mujer».

Cartas, vidas de hombres ilustres, diálogos, poemas épicos... ¿Qué estaba buscando Petrarca? Sin ninguna duda la invención de la novela moderna, lo mismo que buscaba su amigo Boccaccio. Nunca la encontró, pero como suele suceder, apareció algo que no buscaba, el arma milagrosa o maravillosa, la *Wunderwaffe* que necesitaba el ejército de los poderosos: el petrarquismo.

La primera víctima del petrarquismo fue Madonna Laura; la segunda, Petrarca y su vida de la fama.

Si alguna vez existió, Laura murió en la primera epidemia de peste negra de 1348.

La fama de Petrarca fue abatida también por el petrarquismo, ya que su *Canzionere* murió de éxito: durante siglos fue el patrón poético, hasta el punto de que nadie pudo volver a leer a Petrarca, porque antes ya había leído lo mismo a sus imitadores y sonaba aburrido, sabido, ya visto y de segunda o tercera mano. Muerto Petrarca, su poesía se convirtió en un cadáver desenterrado, descarnado, entregado a los gusanos. Su vida de fama desapareció a manos de su propia creación del petrarquismo y le convirtió en una aburrida referencia escolar a la que nadie ha vuelto a leer jamás.

En cambio la *Wunderwaffe* de Villon nunca llegó a prestar servicio bélico en su tiempo, aunque siglos después resucitara para ser el tuétano de la posía moderna.

En el siglo XVI, en España, el petrarquismo se convirtió en el arma bacteriológica fulminante y desató una epidemia de proporciones gigantescas y duración casi insoportable. La picadura de una pulga en un endecasílabo es suficiente para transmitir la enfermedad, basta una mirada a un poema para que los «espíritus vivos y encendidos» entren por los ojos, y que el bacilo anaerobio pase «desde los ojos a las venas esparcidas en torno del celebro» e invada «la más delgada i tenue i apurada parte de la sangre del coraçón», explica Boscán en sus comentarios al soneto VIII de Garcilaso; hasta que alcanza los nódulos linfáticos, que se hinchan repletos de bacterias y forman dolorosos bubones en el cuello, las axilas y las ingles. La infección cursa con efusiones líricas difíciles de contener, hasta que la piel negra señala las imparables hemorragias internas, a las que siguen la gangrena, los delirios y la muerte.

A lo largo de tres siglos la guerra química dio la victoria a las tropas petrarquistas en toda Europa, un continente literario asolado por la peste poética.

7
Lo inesperable

Aquello es cuerdo lo que duerme un loco.

LOPE DE VEGA, *La Gatomaquia*

¿Encontraría a Martina? Tantas veces me había bastado, sin abrir los ojos, acercar la mano para reconocer la curva de su cadera y la temperatura de su cuerpo, el mismo que atravesaba mis sueños con los pies descalzos, que ahora tenía miedo de no volver a verla. Estaba solo y no me faltaba ninguna pieza dental, como comprobó de inmediato mi lengua, pero tenía un parche en el ojo izquierdo y el confuso recuerdo de una esquirla de acero al rojo vivo que salió despedida de la fragua al dar mi padre un martillazo sobre el yunque.

Estábamos en 1521, en pleno Renacimiento, pero había dormido en un pajar, vestido con basta estameña, como quien va de viaje y no quiere atraer a los salteadores de caminos: la vida, para la mayoría, seguía siendo pobre, desagradable, brutal y demasiado breve. Se habían levantado las Comunidades en Castilla y, tras la derrota de Villalar en abril, Juan Bravo, Padilla y Maldonado acababan de ser decapitados.

Llevaba conmigo un inocente devocionario encuadernado en becerro que había comprado en Segovia. En su interior estaba oculto un manuscrito en griego, aunque yo apenas sabía griego, porque me había incorporado al sistema nervioso de Diego del Carril, un bachiller perezoso pero espabilado que esperaba vender aquel infolio para salir de pobre y remediarse.

Me desayuné con tocino y pan tostado en las brasas, y un cuartillo de vino, y volví al camino cuando todavía era noche cerrada. Ni siquiera disponía de una mula.

Era una tierra de amaneceres abruptos y mediodías cegadores. Tras las tardes tenues, el crepúsculo titubeaba, obligado a improvisar con lo poco que aquel páramo avariento dejaba a su disposición: hilos de nubes desflecadas por el viento, la ladera cubierta de brezo de un monte, esos álamos lejanos que ofrecen el presentimiento o delatan el deseo de un río, el ladrido de un gozque apaleado fuera del alcance de la vista o el vuelo rasante de un grajo: desechos de tienta, como llamamos a lo que queda después de haber escogido lo poco que valía para algo.

Siempre hacia el norte, entré en tierras de León y caminé cinco jornadas por campos fríos, con solitarios árboles bronquiales, ateridos y raquíticos; por desfiladeros sombríos; por senderos pedregosos a través de bosques a los que no alcanzaba la luz del día.

En la sexta mañana, tras una pavorosa noche al raso y en despoblado, me desayuné con un mendrugo que traía de la última venta del camino, y seguí andando hasta que vi en una encrucijada acercarse una figura a lomos de lo que parecía una mula.

Nos saludamos y desmontó.

—Arrecia el frío —le dije, por pegar la hebra.

—¿Así os parece?

—Debe de ser el viento del páramo.

Me miró parpadeando, con gesto travieso, como si le diera el sol en la cara, y dijo:

—Más bien será la ausencia del emperador: siempre baja la temperatura de la patria.

En Aquisgrán, cerca de los huesos de Carlomagno, la sacra, real y cesárea majestad de Carlos V, máximo, fortísssimo rey cathólico de España y de las Yndias, Islas y Tierra Firme del Mar Océano, &c., acababa de ser coronado emperador del Sacro Imperio Romano Germánico.

—Somos un mundo abreviado —respondí, dejándome llevar por la complicidad que ofrecía su sonrisa—. ¿Cómo no íbamos a sentir frío cuando nuestro propio corazón se aparta de nosotros?

Como si hablara consigo mismo, dijo en latín:

—*Homo omnium rerum mensura est.*

El hombre es la medida de todas las cosas. Era la traducción de una frase que, según dicen, aparecía en una obra perdida de Protágoras, *Los discursos demoledores*. Uno de tantos libros desaparecidos de la Antigüedad, que nosotros, los humanistas y los vendedores, íbamos buscando por toda Europa y hasta bajo las arenas del desierto, ya fuese por afición al mundo antiguo, ya fuese, como era mi caso, por amor al beneficio que de ello pudiéramos sacar.

Puede que se tratara de una contraseña: quizá se había descubierto un poco para sondear si también yo estaba con las nuevas ideas, lo que entonces aún no se llamaba el Renacimiento. A mí sólo me interesaba lo que ayudara al negocio, pero sin humanismo, ¿quién iba a comprarme aquel mamotreto escrito en griego?

Bastaba con darle la vuelta a la sentencia de Demócrito, Ἄνθρωπος μικρὸς κόσμος (ànthropos mikròs kósmos), para pasar de la Edad Media al Renacimiento: el mundo es un hombre tan pequeño como cualquiera de nosotros, así que cada hombre es la medida del mundo entero.

A mí y mucho más a Diego nos traía sin cuidado. No nos constaba que el hombre fuera el centro del universo. Eso serían los más afortunados; el resto seguíamos, como siempre, pasando fatigas y sin comprender nada. Ya no había guerra contra los moros, esta vez habíamos ganado los buenos y España reconstruía el paraíso perdido de los godos: no trabajar, tener a Dios de nuestro lado, hablar a voces, proteger el honor más que la vida y cobrar rentas, beneficios, dineros de cualquier oficio real; lo que fuera, salvo trabajar. El oro de las Yndias iba a hacer posible el sueño visigodo, todos éramos hidalgos, todos viviríamos del aire. Las artes mecánicas estaban mal consideradas, eran cosa de judíos; echar cuentas tampoco era muy cristiano, lo mismo que leer y escribir, salvo que uno fuera un intelectual o un aristócrata, como solían ser mis clientes, esos nobles entre los que se había puesto de moda tener biblioteca.

Tras la caída de Constantinopla en poder del turco, habían aparecido los fugitivos bizantinos por Europa, siempre con noticias de Platón y Aristóteles, con papeles escondidos en el equipaje que lograron despertar cierto interés por los manuscritos griegos, a condición de que los humanistas aprendieran dicha lengua (lo que no sucedió casi hasta 1500). De esto podía vivir un joven tuerto y algo letrado como yo, que no tenía aún dieciocho años: compraba y vendía papeles, papiros, reliquias, monedas, esculturas, joyas o amuletos. Más que la cultura antigua había aprendido a conocer el mercado de la cultura antigua. Sabía mi latín y cuatro letras griegas, lo suficiente para pregonar mi mercancía, y compraba o robaba artículos de origen dudoso que vendía como auténticos tesoros. Además del escrito en griego, en la pequeña maleta que con una cuerda llevaba a la espalda, tenía una camisa, una daga, un reloj de sol, un libro de memoria, dos prepucios de Nuestro Señor, media mandíbula de santa Ana y la falange de un meñique de santa Viborada de Saint-Gall, la primera mujer canonizada por el Vaticano.*

Descabalgó el desconocido y seguimos los dos a pie. Era un mozo de mis años, vestido de camino como yo, aunque su porte, su forma de hablar y hasta los gestos con los que callaba delataban su noble origen, a pesar de su voz estridente, que sonaba a cristal arañado por el filo de un cuchillo. Tenía la nariz algo chata, ojos pequeños y escrutadores, sonrisa heladora y en la mejilla izquierda una cicatriz que la atravesaba de la oreja a la boca y hacía pensar (a Diego) en un duelo a espada, una dama con velo y un marido celoso. A mí en cambio me hacía preguntarme si aquel tajo no vendría de un accidente tan triste y tan sencillo como el que se llevó el ojo izquierdo de Diego. Don Humberto Contreras dijo que se llamaba, natural de Madrid y ocupado en la busca de antiguos papeles.

Me sorprendió que Diego desconfiara y le dijera que a él también le interesaban, pero que no había encontrado aún cosa

---

* En 1072, por el papa Clemente II. Es la patrona de las librerías y las bibliotecas, porque entregó su vida (y su virginidad) para salvar los libros (y el vino) de su convento. Las hordas magiares le partieron la cabeza en dos con un hacha.

de valor, a lo que don Humberto respondió que tampoco él, salvo una copia bastante reciente de una carta de Séneca. Me preguntó por mi nación y estado y yo le satisfice de mi persona lo mejor que mentir supe.

Comimos juntos en una venta del camino y allí nos despedimos, con muestras de afecto tan fingidas como exageradas.

—Volveremos a vernos —me dijo don Humberto, y yo supe (o temí) que así sería.

En León me desembaracé de los pequeños huesos y los amojamados prepucios (si es que eso eran aquellos pellejos), pero no logré el acuerdo que buscaba en el precio por el manuscrito y emprendí el camino de vuelta a Valladolid.

El último gran poeta de la Edad Media, François Villon, se había disipado como un solitario penacho de humo, empujado por el viento, deshecho por la lluvia, la soledad, el polvo, los caminos. No quedaban juglares y de la poesía se habían apropiado los trovadores, aristócratas como el marqués de Santillana, Gómez Manrique, Jorge Manrique (contemporáneo de Villon) y un largo etcétera. Muy pronto se creó una nueva clase de empleado de la burguesía y la aristocracia: el intelectual. Otro invento, como tantos, de Francesco Petrarca, aquel Edison del humanismo. El único resto de poesía popular que subsistía, cada vez más arrinconado, era el Romancero Viejo: lo demás era todo petrarquismo bubónico, ese flagelo peor que la peste negra, la *Wunderwaffe* de los poderosos.

En el Renacimiento se fueron extendiendo la imprenta y el telescopio, el reloj y el vidrio, la brújula y el astrolabio, la libre conciencia y el individualismo, pero también la artillería y las nuevas armas de fuego: arcabuces, espingardas, culebrinas y todas las bellas y feroces hijas de la santa pólvora y la voluntad de poder, y sobre todas ellas el pavoroso bacilo petrarquista.

Tras mil años de Edad Media y cultura popular, la alta cultura se había impuesto y empezaban a tener aceptación los productos culturales que los poderosos fabricaban para el consumo del pueblo, esos antepasados de Hollywood, los best-sellers y la música pop.

La guerra por las representaciones imaginativas parecía perdida y se avecinaban doscientos siglos de imperio y ruina, de honor y hambre, de Inquisición y Austrias.

Doscientos años de soledad

Con la esquizofrenia nupcial de la reina Juana dieron comienzo dos siglos de Austrias españoles, hasta llegar a Carlos II el Hechizado, que nació con cola de cerdo y murió sin descendencia. Doscientos años de soledad, desde el nacimiento del hijo de Juana, Carlos I de España (y V de Alemania), en 1500, hasta la triste muerte de Carlos el Hechizado, en 1700: los siglos XVI y XVII enteros bajo los Austrias.

Verlos a todos juntos es un espectáculo que encoge el corazón: deformes figuras apretadas en el tímpano de una iglesia, una sucesión de gárgolas de catedral con gestos pavorosos, mandíbulas desencajadas, erectos penes de sátiros, miradas ebrias, pies gotosos, dedos descoyuntados, balbuceos desoladores, todos ellos soberanos de España y su calamitoso imperio. Juana, embarazada, arrastra por Castilla el cadáver de su marido, otro arregla relojes hasta el amanecer, otro colecciona retratos de mujeres desnudas, culos pintados por Velázquez y tetas de Tiziano; y tiene a su primogénito encerrado en una torre, como al príncipe de *La vida es sueño*, de Calderón; otro no se separa de una baraja, otro es incapaz de mantener cerrada la bragueta, el último se deshace por dentro en un palacio encantado que el viento atraviesa sin misericordia.

Juana la Loca, hija de los Reyes Católicos, tenía dieciséis años en 1496, cuando conoció al príncipe Felipe el Hermoso, en Lierre, cerca de Amberes. Su boda estaba concertada para cuatro días más tarde, pero ambos exigieron celebrarla en el acto, para poder consumar el matrimonio ese mismo día, el 12 de octubre, porque no podían esperar más. Así lo hicieron, febriles y jadeantes, hasta caer exhaustos, tendidos ambos de medio lado sobre el costado derecho; entonces sintió Felipe la mirada fría de Juana en su espalda.

A las pocas semanas la alteración de Juana saltaba a la vista: llegó a agredir a puñetazos a cualquier mujer que se encontrara cerca de Felipe. Tenía motivos para sentirse celosa, pero del mismo modo en que a menudo un paranoico también tiene enemigos de verdad, sin dejar por ello de ser un lunático. Juana era el resultado de la tenaz endogamia de los Trastámara y estalló al contacto con un ramo de locura septentrional que le ofreció Felipe el Hermoso.

Tras Leonor, nace el esperado varón, Carlos, durante una fiesta en el castillo de Gante. Juana parió en un lavabo al que iba a ser emperador del mundo.

Que la vida es un río era ya un lugar común en la Edad Media, ahora bien: ¿a qué velocidad se mueve un río?

En principio bastaría para calcularlo con poner un corcho a flotar sobre el agua y medir cuánto tarda en llegar de un punto a otro, pero no es así, pues la pendiente y el trazado aceleran o refrenan la corriente. El corcho sólo proporciona, para un tramo o en conjunto, la velocidad media. Sin embargo, lo cierto es que dos gotas de agua lanzadas a la vez desde la cima nunca llegan al mismo tiempo al mar. En un cauce recto, el agua que se mueve más deprisa es la que está en el centro, justo por debajo de la superficie. La velocidad mínima se encuentra en las orillas y en el lecho del río. En un cauce tortuoso, en cambio, la máxima velocidad no se alcanza en el centro, sino en el exterior de cada curva. En el lecho del río, en la parte más profunda, el agua avanza con tanta lentitud que podría llegar a mantenerse inmóvil.

Puesto que el tiempo es un fluido,* bastan los principios de

---

* De esto no es posible dudar, pues la experiencia lo confirma cada vez que un minuto dura más de dos horas o dos horas transcurren en un solo minuto.

la mecánica de fluidos para explicar los viajes en el tiempo: un conjunto de haces nerviosos, detenidos en el fondo del cauce, se entrelazan con nervios arrastrados por la corriente superficial que avanza a mayor velocidad. De este modo cualquiera puede ser, durante un intervalo de tiempo, contemporáneo de todos sus antepasados o sus descendientes.

Si nos preguntamos por qué avanza el río del tiempo, la vida que llevamos, la única respuesta es la fuerza de gravedad. No son necesarias muchas averiguaciones para saber qué es lo que empuja al caudal de una vida hacia el mar, que es el morir (como sabía hasta el botarate de Jorge Manrique): la masa del vacío, mucho mayor que la de nuestras vidas, ejerce una irresistible atracción gravitatoria sobre cada uno de nosotros.

Eso es todo: nuestros deseos, lo que no conocemos de nosotros mismos, siempre está en el oscuro fondo del pozo al que nos empuja la irresistible gravedad de la nada.

Lascaux fue descubierto en 1940 por unos chavales que iban de excursión y encontraron la entrada por accidente, igual que en Altamira, siempre por casualidad, para quien esté dispuesto a creer en el azar. El llamado pozo, en lo más profundo de la cueva, es de reducido tamaño y difícil acceso. Contiene una de las primeras representaciones de un ser humano. La escena central es inolvidable, con un hombre y un bisonte, ambos heridos de muerte. El bisonte está encima, en posición de ataque. Una jabalina o lanza le ha atravesado el vientre, del que salen las entrañas ensangrentadas. El hombre, más que tumbado, está suspendido en el vacío, como un ahogado en el interior del agua, oblicuo, descendiendo muy despacio hacia el fondo. Tiene cabeza de pájaro (o una máscara) y una evidente, fascinante erección. El hombre se hunde y su pene se levanta. Los brazos, exangües, muestran el abandono de quien se entrega a su destino o a un abrazo. Hombre y bisonte parecen decididos a morir apretados uno contra otro.

Salta a la vista que en esa piedra hay dos estilos de pintura o dos pintores. El bisonte es naturalista; el hombre, esquemático. Cualquier niño podría dibujar el monigote del hombre empalmado y con cabeza de pájaro, pero ninguno, quizá sólo uno entre un millón, conseguiría la exactitud y la fuerza del bisonte herido.

Para algunos se trata de un rito mágico, para otros el humano es masculino y el bisonte simboliza lo femenino; el vientre herido, abierto (y la sangre, en la que muchos ven la forma de una vulva), traspasado por la lanza, no es más que una representación sexual; para otros es una dramática escena de caza en la que el depredador y su presa van a morir uno frente a otro.

Georges Bataille,* un francés pervertido, afirmó que se trataba de un milagro: el «nacimiento del arte», el momento en que «la humanidad por primera vez midió el alcance de su riqueza. De su riqueza, es decir, del poder que tenía para conseguir lo inesperado, lo *maravilloso*».

---

* En *La peinture préhistorique. Lascaux ou la naissance de l'art.*

El erotismo unido a la muerte, unido también a la culpa y a la expiación, es el argumento de lo que ocurre en el pozo: el pecado original y, por eso mismo, el nacimiento del arte (que nunca es inocente).

> Responde a la espera de un milagro, que es, en el arte o en la pasión, la aspiración más profunda de la vida. A menudo consideramos infantil esta necesidad de ser maravillados, pero volvemos a la carga. Aquello que nos parece digno de ser amado es siempre lo que nos vuelve del revés, es lo inesperado, es lo inesperable, como si, paradójicamente, nuestra esencia estuviera ligada a la nostalgia de conseguir lo que habíamos dado por imposible.

Desde que el doctor Borrallo atrajera mi atención hacia los escritos de Bataille, he advertido cierta afinidad con las ideas de este individuo que intentó fundar una nueva religión en la que los burdeles serían las iglesias y en la que se llevarían a cabo sacrificios humanos, pero sobre este asunto me extenderé en otro momento. Concentré mi atención en discernir la diferencia, que se me antojó crucial, entre lo inesperado y lo inesperable. Para la Academia se reduce a lo «que sucede sin esperarse» y lo «que no es de esperar».

Me di cuenta de que lo inesperable es algo distinto: aquello de lo que de pronto te acuerdas, cuando vas por el campo. Lo inesperado en cambio no es más que lo que recordamos al cerrar los ojos. El asombro que provoca el arte es el de algo que no éramos capaces de esperar, fuera de nuestro horizonte de posibilidades, algo que no nos es posible pensar (como diría Michel Foucault, otro francés no menos pervertido). De ahí el malestar, la turbación del arte, que nos mueve el suelo bajo los pies y nos deja suspendidos en el aire, como a nuestro antecesor de Lascaux, sin ningún espacio conocido desde el que nos resulte posible nombrar, hablar o pensar.

A lo que no estaba autorizado el facultativo era a llegar a las mismas conclusiones que Bataille: «No podríamos imaginar contradicción más oscura, mejor fabricada para asegurar el desorden de los pensamientos».*

Como es natural, el cometido de Borrallo, y del resto de mis facultativos, no podía ser otro que el de garantizar el orden de mis ideas, mientras que yo ya me había convencido de que el desorden de mi espíritu era de naturaleza sagrada.** *Le désordre des pensées* era el único medio a mi alcance para cumplir con la tarea que me había sido asignada, puesto que no se trataba de pensar algo distinto, sino de pensar desde un lugar distinto, ese lugar sin nombre, desconocido y deshabitado, sin suelo por debajo, donde tendríamos que pensar como pensaría un pez fuera del agua o el somorgujo al sumergir la cabeza en mitad de la noche, a cierra ojos.***

«Todo me lo destruyeron», se quejaba el coronel Thomas Edward Lawrence al final de su vida. Ya no se sentía inglés, veía a su propio país imperial con otros ojos, desde fuera; pero tampoco había logrado formar parte de la cultura árabe. «Me había despojado de una forma, pero no había podido adoptar la otra, y me había vuelto como el ataúd de Mahoma, según nuestra leyenda.»****

En Europa se creía, sin ningún fundamento, que el ataúd del Profeta permanecía flotando en el vacío, gracias a la atracción contrapuesta de varios imanes. Así se sentía Lawrence de Arabia poco antes de estrellarse con su moto, una Brough Superior SS100, y después de haber participado en la rebelión de los árabes contra los turcos: suspendido en el vacío, sin órbita ni gravedad, con los brazos abiertos, como un ahogado dentro de un río, a la deriva entre dos aguas.

---

* «*Nous ne pouvions imaginer contradiction plus obscure, mieux faite pour assurer le désordre des pensées*», Georges Bataille, *Les larmes d'Éros (Las lágrimas de Eros)*.
** «*Je finis par trouver sacré le désordre de mon esprit*», Arthur Rimbaud, *Un saison en enfer*.
*** Debe de ser el lugar del que habla Garcilaso en su primera canción (y al que él nunca logró desplazarse): «Si a la región desierta, inhabitable / por el hervor del sol demasiado / y sequedad de aquella arena ardiente, / o a la que por el hielo congelado / y rigurosa nieve es intratable, / del todo inhabitada por la gente, / por algún accidente / o caso de fortuna desastrada / me fuésedes llevada...».
**** Así lo admite en *Seven Pillars of Wisdom*.

Y así me sentí yo al contemplar la escena del pozo de Lascaux.

Me identificaba con el bisonte a veces y otras veces con el monigote itifálico con cabeza de pájaro y terca, desesperadamente empalmado en la ingravidez de la caída libre.

La atracción gravitatoria que la muerte ejerce sobre la vida se debe a su masa, mucho mayor que la de cada una de nuestras desdichadas existencias, y aumenta a medida que disminuye la distancia entre ambas. Sin embargo, el momento de la verdad (si es que alguno hay) tiene que ser aquel en que ambas masas son idénticas y su mutua gravedad se equilibra, como en aquella acera de la Castellana, cuando decidí confiar en mi esposa y revelarle la terrible naturaleza de la misión que me había sido encomendada.

Y ella se ofreció a acompañarme hasta el fondo del pozo.

En 1992, tras aprobar la oposición a catedrático, me había sido revelado por las voces el plan divino de convertir mi cuerpo en el de una mujer para que de mi vientre naciera una humanidad nueva. En ese momento, me resistí con todas mis fuerzas a semejante ignominia, por lo que fui recluido durante tres años en la clínica Valdemar, bajo el poder del doctor Bonilla, que consiguió que se me incapacitara a efectos legales. Esto hizo posible que en 2015 fuera internado en contra de mi voluntad en la clínica del doctor Borrallo, donde, reconciliado al fin con mi destino, escribo estas notas para beneficio de mis hermanos humanos.

Desde mi ventana veo a veces la lenta sombra de un buitre sobre el verde intenso de los pinos. Será un buitre negro de los bosques de Valsaín o uno leonado de los berrocales graníticos de La Pedriza. Cuando observo su vuelo lento pero inexorable, pienso en mi singular destino, el más difícil que le ha sido impuesto a un ser humano.

Es el mismo momento que recrean tantos romances, cuando suena un cantar y, como si fuera una señal convenida de antemano, el universo giratorio se detiene y cesan la música de las esferas y el latido de los corazones.

En el Romancero Viejo, una y otra vez aparece ese instante en el que se concentra la vida entera de cada uno, el momento en que hay que tomar una decisión. Y una y otra vez son las mujeres las que dan un paso adelante, mientras los hombres no son capaces de traspasar el umbral.

> ¡Quién hubiese tal ventura
> sobre las aguas del mar
> como hubo el conde Arnaldos
> la mañana de San Juan!

Así empieza el conocido romance, prometiendo un suceso extraordinario para el que el conde Arnaldos se creía bien preparado, con su halcón y sus flechas, ya que la caza de amor es de altanería, como escribió Gil Vicente, es decir que se lleva a cabo con un halcón.*

La caza, como el amor cortés, es un entretenimiento de la clase ociosa, pero nuestro conde va a encontrarse de pronto con la seriedad de la vida, en cuanto aparece un barco «que a tierra quiere llegar». En el barco hay un marinero que «diciendo viene un cantar», que, como un encantamiento, hace detenerse a los pájaros y salir del agua a los peces.

> Que la mar facía en calma,
> los vientos hace amainar,
> los peces que andan 'nel hondo
> arriba los hace andar,
> las aves que andan volando
> en el mástil las face posar.

---

* Es de altanería «la caza que se hace con halcones y todo género de volatería. Llamóse altanería porque los páxaros que se persiguen se suben mui altos, y los halcones se remontan más arriba para calarse encima de ellos; y también porque los cazadores han menester estar mirando a lo alto para gozar de este entretenimiento», *Diccionario de autoridades* (1726).

El conde le ruega que le diga ese cantar, pero ya conocemos la respuesta del marinero:

> Yo no digo esta canción
> sino a quien conmigo va.

¿Se atreverá a pasar de la tierra al mar, a cruzar un límite, a convertirse en otro?

Los augurios no podían ser peores para otro caballero que también va a cazar, en busca del amor, en el romance de la infantina:

> A cazar va el caballero,
> a cazar como solía;
> los perros lleva cansados,
> el falcón perdido había.

La suerte parece sonreírle, porque se encuentra a una mujer que le dice que es hija del rey de Castilla, pero que siete hadas le hicieron un encantamiento para que permaneciese en esa montaña durante siete años:

> Hoy se cumplían los siete años
> o mañana en aquel día.
> Por Dios te ruego, caballero,
> llévesme en tu compañía,
> si quisieres, por mujer;
> si no, sea por amiga.

¿Se puede pedir más? ¿Puede encontrarse una mujer con mejor disposición? ¿Qué le diríais vosotros?

¡Por amiga! (Jorge ha respondido de inmediato, con la inocencia que él no sabe que tiene.)

Pues el caballero necesitaba pensárselo, Jorge:

> Esperéisme vos, señora,
> fasta mañana, aquel día;

> iré yo a tomar consejo
> de una madre que tenía.

¡Pretende preguntárselo a su madre! ¿Alguno de vosotros necesitaría preguntárselo a una madre que tenga, a un padre, a un profesor?

De hecho, el caballero se da media vuelta y deja a la mujer sola y diciendo:

> ¡Mal haya el caballero
> que sola deja a la niña!

Consulta a esa madre que tenía y ella le da el mismo consejo que Jorge:

> Aconsejóle su madre
> que la tomase por amiga.

El final es desolador, como corresponde a quien no sabe, cuando se le presenta, reconocer el instante de la verdad y arriesgarse. Ese capítulo 31 al que tarde o temprano todos llegamos en nuestra propia novela.

Cuando vuelve al día siguiente, ya no la encuentra, aunque alcanza a verla alejarse escoltada por la caballería.

> El caballero, desque la vido,
> en el suelo se caía;
> desque en sí hubo tornado,
> estas palabras decía:
> —Caballero que tal pierde,
> muy grande pena merecía:
> yo mismo seré el alcalde,
> yo me seré la justicia:
> que me corten pies y manos
> y me arrastren por la villa.

Desde la pintura parietal a las epifanías de James Joyce, el arte también ha sido el esfuerzo por representar ese instante fugaz en el que la vida y la muerte alcanzan el mismo peso, idéntica masa, cuando la verdad (si es que alguna hay) sale a la superficie, esa pausa antes de que las fuerzas se desequilibren y se precipite el desenlace.

Ojalá sepáis reconocer ese instante. Ojalá sepais cuándo habéis llegado al capítulo 31. Ojalá no os equivoquéis.

Cuantas veces he estado en presencia del emperador Carlos me ha parecido uno de esos hombres que hacen un enorme esfuerzo por mostrarse solemnes y por exhibir la fastidiosa seriedad de quien no soporta perder el tiempo. En realidad, tenía muy poco que hacer, si no fuera hartarse de comer, beber y (en menor medida) fornicar. Tenía un rostro grave, áspero y triste; la nariz corva y levantada de en medio, que suele ser señal de magnanimidad y grandeza, como ya se advirtió en Ciro y otros reyes persas. Miraban distraídos sus ojos azules y huidizos, los cabellos tenía crespos y la barba entre roja y rutilante de color de oro muy fino, y el labio inferior caído, como lo tienen los de la Casa de Borgoña, pero no era la boca lo que más llamaba la atención en su cara, sino el maxilar inferior, el cual era tan ancho y tan largo que no parecía natural de aquel cuerpo, sino postizo, un añadido posterior, por lo que sucedía que, cuando cerraba la boca, no conseguía unir los dientes inferiores con los superiores, antes los separaba un espacio del grosor de un diente, de donde le venían dificultades para comer y también en el hablar, máxime al terminar la cláusula, pues balbuceaba alguna palabra, por lo cual frecuentemente no se le entendía casi nada. Esto hizo que, en su desdichada infancia, nadie le hiciera mucho caso, en especial su madre, Juana la Loca, que además estaba como una regadera, lo que debió de empujarle más tarde a exagerar hasta la caricatura su aspecto cesáreo, más aún cuando su legendaria gula le llevo a sufrir de continuo de hemorroides y de gota, por la que tenía contraídas las manos hasta tal punto que en ocasiones no era capaz ni de abrir una carta.

Tal era el hombre, de humor bilioso, melancólico y tornadizo, que acabó con la corona imperial sobre su cabeza.

Desde niño ya era duque y contó con los mejores preceptores, que no lograron que aprendiera gran cosa. Uno de sus maestros quería que «se aficionara a la lengua latina, pero el duque más se inclinaba a las armas, caballos y cosas de guerra. Y así, cuando ya era emperador, recibiendo a los embajadores, como le hablaban en latín, y él no lo entendía, ni podía responderles, se dolía de no haber querido en su niñez hacer lo que su maestro le aconsejaba».*

En otras palabras, era analfabeto. Analfabeto funcional, si se quiere; bastante funcional, qué duda cabe, puesto que tenía a su cargo un imperio, pero tan analfabeto como lo era en el siglo XVI quien no sabía ni leer ni escribir latín. «Los exercicios de su juventud, demás de las armas, eran luchas, pruebas de fuerça, juego de pelota, y la caça.»

Los propios de cualquier chaval de barriada, de uno de mis alumnos del Sansón Carrasco, como Jorge, por ejemplo, los que juegan al fútbol en descampados, cazan ranas y lagartijas y se pelean por cualquier cosa a puñetazos; y así, cuando alcanzan la edad adulta sin haber entendido nada, se sienten estafados e indefensos, miran a su alrededor y sólo ven el taller de chapa y pintura, la mujer desnuda que sonríe en un calendario de pared, la barra del bar, las deudas, la cena con la tele encendida; y vuelven aterrados la vista hacia el patio del instituto, y se miran las manos, en las que no encuentran nada más que «un vasto dolor y cuidados pequeños»:

Y el pesar de no ser lo que yo hubiera sido,
la pérdida del reino que estaba para mí,

---

* Así lo cuenta su cronista, fray Prudencio de Sandoval.

el pensar que un instante pude no haber nacido,
¡y el sueño que es mi vida desde que yo nací!*

El desdichado Carlos tenía una gran desventaja con respecto a mis chavales de Manoteras o al propio Lázaro de Tormes, su contemporáneo: a él se le debía todo y lo sabía, existía ese reino preparado para él, ¡todo un imperio!, así que ni siquiera necesitaba aprender nada y sólo de sí mismo podía tener miedo.

Sin embargo, la supina (aunque muy soberbia) ignorancia de los reyes, los nobles y los poderosos no ha sido nunca un problema exclusivo del siglo XVI, como atestiguan los reyes, banqueros, políticos y esos creadores de empleo y riqueza contemporáneos. Así como hoy los poderosos disimulan su inopia mediante asesores o funcionarios, en aquella época contaban con *dictatores,* que les escribían las cartas y procuraban que salieran en la foto con aire de haber leído uno o más libros. Carlos V tuvo como empleados a los mejores disponibles en España, por supuesto, como Alfonso de Valdés (hermano de Juan, el autor del *Diálogo de la lengua)* o fray Antonio de Guevara, para no hablar del siempre complaciente Garcilaso de la Vega.

No son pocas las quejas de los escribientes y secretarios de cartas de los nobles, como entenderá quien haya estado a las órdenes de un déspota, ya sea en una corte, en un taller mecánico, en una oficina o en un supermercado. Antonio de Torquemada, en su *Manual de escribientes,* recomendaba santa paciencia y mano izquierda para esos casos en los que «mandándome el Conde hazer una cédula, y replicando yo por parecerme que podría ser dañosa, me dixo ayradamente que hiziese lo que me mandava y callase». Pero si uno se calla y envía la cédula tal y como quiere el señorito, le echarán luego la culpa cuando sobrevenga el daño. Qué dilema. Si obedeces, malo; si desobedeces, también. ¿Qué hacer? Actuar siempre en beneficio del amo, qué vas a hacer:

---

* Rubén Darío, «Nocturno».

Quiero dar un aviso para los secretarios, y es que, aunque los señores se enojen de las cartas que les escrivieren, y con aquella ira manden escrevir desabridamente y con palabras coléricas, que ellos las tengan conforme a lo que les pareciere que conviene para que el honor del señor se guarde.

«Todo millonario necesita un intelectual»* y para desempeñar esa tarea (no siempre tan ingrata, como comprobó Petrarca en su agradable y regalada villa de Arquà) sobran en todo tiempo letrados alquiladizos y bien mandados.

Fue la complicación creciente de los asuntos administrativos (unida a la tosca inteligencia de los poderosos) lo que hizo necesaria, en las ciudades-estado del *Quattrocento* italiano, la invención de la figura del intelectual. El perfil para la nueva oferta de empleo lo diseñó Francesco Petrarca, que creó también un cuerpo organizado de intelectuales a los que se llamaba «humanistas». Lo que hizo fue transformar a la antigua clerecía en los nuevos y traicioneros *clercs*,** los antepasados de quienes hoy firman insufribles artículos de opinión (en apoyo de la OTAN o de la Ley Antiterrorista, si se les requiere a ello), reciben premios Cervantes y forman parte de las academias.

En nuestro país, la innovación de Petrarca no llegó hasta cien años después. Antes del Quinientos, en España los poetas (que no fueran nobles) tenían que resignarse a venderles canciones a los ciegos o a dar funciones en las ferias de los pueblos ante un auditorio de atónitos palurdos que ya no le veían ninguna gracia a la juglaría.***

Ahora ya podían hacerse intelectuales, siempre siguiendo el antipático modelo concebido por Petrarca. Erasmo de Rotterdam, que también fue consejero del emperador, los describe de forma inconfundible en su *Elogio de la locura* (o más bien de la estulticia) tal y como han seguido siendo hasta ahora mismo:

---
* Quizá lo dijo Antonioni o, si no, se lo inventó Francisco Umbral.
** Como llamaba Julien Benda a los intelectuales en *La trahison des clercs*.
*** El declive de los juglares llenó los campos de Castilla, como decía Antonio Machado, de «atónitos palurdos sin danzas ni canciones».

Llévate a un sabio a un banquete y lo enturbiará con su enfurruñado silencio, o con molestas cuestioncillas *(molestis questiunculis)*. Invítalo a una fiesta, y dirías que es un camello quien baila *(camelum saltare dices)*. Arrástralo a un espectáculo popular, y con su rostro mismo será un obstáculo para la diversión del público; se verá obligado a salir del teatro, como el sabio Catón, al no serle posible desarrugar el entrecejo [...] Si ha de comprar algo, si ha de hacer un contrato, si, en resumen, ha de hacer alguna de esas cosas sin las que esta vida no puede proseguir su curso cotidiano, dirías que el sabio ese es un pedazo de alcornoque y no un ser humano.

Son las mismas condiciones que impuso Petrarca, que pretendía escalar una montaña andando cuesta abajo. ¿Reconocéis a ese intelectual?

¡Es Juanjo! (Jorge, entre risas.) ¿Os acordáis cuando intentó bailar en la Zodiak? (La única que no se ríe es Olga, que ahora mira a Juanjo con más interés.)

Como el infante don Juan Manuel, «cualquier cosa que sea trabajosa, en efecto, la consideran también, por eso mismo, como algo distinguido», según dice Erasmo.

La alta cultura, ya en manos de los intelectuales, se convirtió en un acto penitencial: cuanto más esfuerzo cueste leer un libro, más valor tiene. En nuestros días hasta las editoriales y los críticos encarecen las virtudes de un libro calificándolo de «muy exigente», «sin concesiones» o «un desafío para los lectores», como si se tratara de un anuncio de disciplina inglesa publicado en la sección de contactos.

La cultura pop, que no es lo mismo que popular, sino lo contrario, dirigida al pueblo y fabricada por los poderosos, se ha vuelto en cambio «ligera», «refrescante» y «seductora».

Todo el pop viene del petrarquismo bubónico, que ocupó el espacio de la cultura popular, cautiva y desarmada por el ejército renacentista.

Cuando escuchaba la música de los ochenta, entendí de golpe a Garcilaso, que era el pop del siglo XVI y dirigido al mismo público para el que cantaban Paraíso, Los Secretos, Duncan Dhu,

Presuntos Implicados o Golpes Bajos. Aquellas canciones todas iguales unas a otras, con sus besos en portales o en paradas de autobús, sus amores difíciles, sus dulces lamentos, sus labios sin espadas, sus cuerpos en la sombra y su triunfo del amor por encima de la realidad. «Aunque tú no lo sepas, me he inventado tu nombre»: sigue siendo el dolorido sentir de Garcilaso tantos siglos después, la misma peste bubónica. Todas eran parecidas, como armadas con las mismas piezas en distinto orden, y eran pegadizas, fáciles de tararear, invitaban a ponerse en el lugar de quien cantaba y sentirse una persona mejor, con más profundidad y sentimientos más elevados. Alguien singular, en pocas palabras.

«*Nunca eu fun como te amo*», escribió en cambio Uxío Novoneyra: nunca fui como te quiero.

El amor, el de los poemas y el de las canciones pop, no nos separa del mundo y de los demás para exaltarnos: nos separa de nosotros mismos para someternos. Nos hace sentirnos singulares y así no sólo nos consuela, sino que nos desarma.

En 1521 un fraile agustino recibe la invitación del emperador del mundo, con el oportuno salvoconducto, para asistir a la Dieta de Worms.

Muchos años después, al final de su vida, de una sola cosa se arrepentía Carlos V: de no haber matado a Lutero. Con sus propias manos, si fuera menester. Por estrangulamiento, si no hubiera más remedio. El sentimiento de culpa le atenazaba: estaba convencido de que, si él hubiera liquidado allí mismo al maldito fraile, la Iglesia permanecería unida y la semilla herética jamás habría llegado a dar aquel fruto tan acerbo. Su vida había sido un fracaso como resultado de aquella pasividad de hacía treinta y cinco años. En Yuste, mortificado por su obsesión, remitió una circular ordenando que «quemen a todos los herejes» y explicó:

Porque errárase en dejarlos vivos lo que yo en no matar a Lutero. Pero atáranme las manos el juramento y salvoconducto, pensándolo remediar por otro día. Erré porque yo no era obligado a cumplirlo, por ser la culpa del hereje [...] y por no haberle muerto fue siempre aquel error de mal en peor que creo se atajara si le matara.*

Intentaba expiar su pecado, que había dividido a la cristiandad. En su testamento agregó un codicilo en el que dejó prescritos cuatro autos de fe para que se celebraran después de su muerte. Igual que otros piden misas por su alma, él ordenó que se quemaran unos cuantos herejes, por el eterno descanso de su mala conciencia; y así sucedió, en Valladolid y Sevilla, en 1559 y 1560.

Lutero estaba destinado a ser abogado y a casarse con una mujer rica, hasta que estuvo a punto de ser alcanzado por un rayo y, poseído por el terror a la muerte repentina, se hizo fraile en el acto, sin consultárselo ni siquiera a su padre. Se preguntaba el buen fraile: «¿Cómo es posible que no desespere el alma si no tiene otro consuelo contra sus pecados que sus propias obras?».

Un buen día, leyendo la Biblia, encontró la respuesta (en Romanos 3, 28): la fe es suficiente para salvarse. Sin obras, no importaba. A partir de ese momento se convirtió en el hombre de las «solas»: *sola scriptura, sola fide, sola gratia.*

Con rigorismo germánico y testarudez campesina, se negó a entender las sutilezas de la venta de indulgencias y clavó con un martillo sus 95 tesis en la puerta de la catedral de Wittemberg. Esperaba respuesta del papado. León X, sin duda iluminado por el Espíritu Santo, comentó que no tenía la menor importancia,

---

* Citado por Francisco Alonso-Fernández, *Historia personal de los Austrias españoles.*

porque sólo se trataba de «un borracho alemán», y aseguró que «en cuanto esté sobrio cambiará de opinión».

Gracias la reciente invención de la imprenta, las tesis de Lutero fueron conocidas en quince días por toda Alemania y en menos de un año en el resto de Europa. El cisma era inminente y el Papa envió al goliardo tudesco un ultimátum: o se retracta o le excomulga. Para entonces Lutero, incluso cuando no había bebido ni una sola cerveza, ya llamaba en público al Papa «el Anticristo».

Así fue como Carlos V, también iluminado por el Espíritu Santo, invitó a Lutero a la Dieta de Worms, donde esperaba resolver con facilidad el problema.

El salvoconducto era idéntico al que había recibido Juan Huss (o Jan Hus) cuando acudió a la Dieta de Constanza, en 1414, de donde sólo salió para ser conducido a la hoguera; pero Lutero decidió ponerse en manos de Dios. No tenía miedo.

Frente a frente, Carlos V iba a defender sus privilegios, que se sustentaban sobre la *Universitas Christiana;* Lutero sólo hablaba en nombre de su propia y terca conciencia. Carlos V cuenta con todo el poder; Lutero sólo con su fogoso Dios. Carlos V podría matarle si quisiera; Lutero lo sabe, pero está dispuesto a morir.

Señalando una montaña de las obras de Lutero, se le preguntó si rechazaba sus libros y los errores que contenían.

—Mientras yo no sea rebatido a través de las Sagradas Escrituras o con razones claras, ni quiero ni puedo retractarme, porque ir contra la conciencia es tan penoso como peligroso —respondió el abogado en ruinas que Lutero transportaba en su interior.

—*Gott helfe mir! Amen* —añadió en seguida el fraile agustino: que Dios me ayude.

Luego levantó la vista al auditorio y con voz sonora exclamó el campesino de Sajonia:

—*Schluss!* —como quien dice, con el gesto de apartar una mosca con la mano: asunto concluido.

Al día siguiente el emperador respondió en la única lengua

que hablaba, el francés, aunque fuera rey de España, donde los comuneros y las germanías estaban en pie de guerra. Habló de la autoridad divina, mencionó la obediencia al Papa, algo dijo de la unidad cristiana, pero no convenció a nadie y, quizá por timidez o por pereza, se abstuvo de estrangular al fraile. Lutero tendría que esperar: Carlos tenía prisa por sofocar la insurrección en aquel reino que le habían regalado.

Salió Lutero de Worms con un salvoconducto para veintiún días y de inmediato se publicó por orden del emperador un edicto que le declaraba criminal, empedernido y excomulgado, mandaba quemar todos sus libros, se prohibía darle asilo y protección, y se daba orden de prenderle en cuanto hubiese expirado el salvoconducto. Todos creyeron que el asunto estaba zanjado, menos Alfonso de Valdés, que anunció: «Asistimos al principio de una prolongada lucha».

Apenas Lutero se había puesto en camino, cuando unos jinetes encapuchados, apostados allí por el elector de Sajonia, se apoderaron de su persona y le condujeron a la fortaleza de Wartburg. Allí, en lo que él llamaba «mi isla de Patmos», continuó con bárbara energía la defensa de sus doctrinas.

Muy pocos años después, en 1527, el mismo emperador Carlos, el defensor del Papa y de la cristiandad, saquearía Roma y secuestraría al Papa, que sólo alcanzó a decir tres credos antes de salir corriendo con un avemaría en la boca. El borracho alemán en cambio siempre sostuvo la misma opinión.

«Aquel oscuro fraile agustino», llaman todavía hoy los historiadores de la España eterna* al que dio la vuelta a Europa como un calcetín y cambió la historia del continente.

La historia es la que quieren los poderosos (Jorge, casi con insolencia, pero dan ganas de aplaudirle. Lo ha comprendido todo: por eso parece tan asustado y necesita la cazadora de cuero negro y los puñetazos.) Tienes razón, Jorge. La historia es algo

---

* Como Manuel Fernández Álvarez, que llega a escribir que la actitud de Carlos V en Worms «nos demuestra hasta qué punto estaba sintonizando ya Carlos con la España de su tiempo»; la misma España que se había levantado en armas contra su autoridad.

que ha hecho muy poca gente, mientras todos los demás araban los campos y acarreaban cubos de agua.

La primera consecuencia para la cultura española fue una primavera erasmista, ya que Carlos V apoyó a Erasmo por una sola razón de gran peso: al menos no era Lutero. La primavera erasmista fue como las madrileñas, dulce y breve, tan fugaz en la realidad como duradera en el recuerdo. Se acabó cuando al César se le acabó la paciencia.

La segunda fue la Contrarreforma, el Concilio de Trento y el fanatismo ultramontano que Carlos V transmitió a su hijo, Felipe II, que nació mientras las tropas de su padre se entregaban a ocho memorables días de pillaje como no se había visto en Roma desde el saqueo de los bárbaros, en el 390. El Rayo de la Guerra celebró el nacimiento de su hijo matando un toro con una lanza en la plaza de Valladolid.

La tercera fue la exaltación de la singularidad y el individualismo. En ese espacio habilitado para instalar al amor sobraba sitio para el sentimiento de ser único, de ser uno mismo, distinto a todos los demás, independiente y libre; y por lo tanto más débil, más sometido, más indefenso frente al poder.

En Yuste, donde había prohibido la presencia de mujeres, como en los submarinos, Carlos V solicitó la dedicación de unas honras fúnebres en vida. Asistió así a su propio funeral, en el que hubo lágrimas y emocionados recuerdos del «difunto», que contempló todo con intensa curiosidad y mal disimulado regocijo. Desde entonces la visión del propio entierro se convirtió en una de las más fascinantes y originales aportaciones españolas a la cultura universal, con *El caballero de Olmedo*, de Lope de Vega y, sobre todo, con la figura de *Don Juan*, tanto en la versión atribuida (sin mucho fundamento) a Tirso de Molina, como en la de Zorrilla.

¿Nadie quiere preguntar nada? (¿Tampoco tú, Yessi? ¿Por qué ni me miras? ¿Por qué no me escuchas? Insúltame, como hacen las voces, pero no me hagas desaparecer.)

Al final, poco antes de ser conducido a la Clínica Graellsia, ir a clase se había convertido en un martirio para mí. Por un lado, estaban ciertas quejas, a iniciativa de un grupo de padres que, no sólo me consideraban un demente, puesto que afirmaba en clase haber conocido a Homero, a Fernando de Rojas o a Cervantes, sino que también me acusaban de «propagandista político», por haber mecionado la *Klassenkampf,* aunque fuera en alemán, y por «distorsionar interesadamente los hechos históricos».

Por otro lado, estaba ella, vamos a llamarla Yéssica. Acudió a mi despacho y fue ella la que me besó. Fui yo el que la dejé hacer y me acosté con ella, en mi coche, sólo en dos ocasiones. Fue ella la que me dijo con frialdad que no quería volver a hacerlo: que había sido un capricho, quizá por curiosidad, pero que no quería que volviéramos a vernos. Me dejó sin un reproche. Mi esposa tampoco le dio importancia, pareció alegrarse de que tuviera alguien con quien distraerme mientras ella hacía ganchillo. «Pórtate como un contemporáneo», me dijeron las dos por separado: aquello para ellas no tenía ninguna importancia.

Nadie quería preguntar nada, nadie iba a castigarme, nadie sufría las consecuencias; y todo ello hacía que mi dolor no tuviera remedio ni mi culpa pudiera extinguirse. Sólo las voces volvieron para recordarme quién era, sólo ellas amortiguaban el fragor de la vida diaria, tan semejante a mandíbulas de termitas masticando madera, sólo las voces se dirigían a mi alma inútil y desmazalada, dada de lado por el resto de los hermanos humanos.

Como aprendí leyendo a Proust, el que habla en pasado siempre espera dar pena.

La muerte desastrada

¿Cómo murió? (Olga, que siempre quiere saber el desenlace.)
También lo había preguntado yo en 1536, a través de Diego del Carril.

—Pues el emperador quería atacar Italia por tierra, lo que

hacía necesario atravesar el sur de Francia, y allí estaba su eterno enemigo íntimo y mortal, Francisco I, el traidor, esperando en silencio, como garduña agazapada en matorral, cual áspid que late bajo la hierba, lo mismo que tras la sonrisa acecha el tósigo...

El que hablaba era un poeta que decía ser muy amigo del difunto, aunque más aficionado parecía a su propia y nublada elocuencia. Estábamos en Toledo, en una reunión a la que me había invitado el conde del Quiebro, que quería enseñarme su biblioteca. Por mi parte, esperaba venderle mi manuscrito griego. Era auténtico, casi el único, porque en estos años había vendido muchos otros papeles recién falsificados y también algunas monedas y adornos desenterrados, según me garantizaron, en Italia (cíngulos, medallas, diademas, esa clase de cosas), pero aquel mamotreto verdadero no parecía interesar a nadie. Al menos no lo bastante para pagar por él. Daba mucho más beneficio vender mentiras.

Era una copia de una obra perdida de Homero, según me había asegurado el catedrático de griego de Salamanca, Hernán Nuñez de Toledo, al que llamaban Pinciano y firmaba en latín como *Fredenandus Nunius Pincianus*. Tomé la precaución de enseñarle una sola página, desencuadernada, que estudió con detenimiento y aseguró que era del *Margites,* aunque se trataba de uno de los pocos fragmentos ya conocidos. «Es un libro peligroso, confío en que no aparezca el resto», me dijo, «al menos en manos de Vuestra Merced.»

—Una muerte lamentable —explicó un caballero con acento italiano—. Sucedió en la Provenza, a cuatro millas de Fréjus, en un lugar pequeño a cuyo lado se eleva una torre redonda llamada de Muy. Allí había unos cincuenta villanos escondidos con arcabuces. Decían que no querían irse, porque aquél era su lugar.

—Cuánta insolencia —dijo una voz tan aguda que me dio dentera.

Le reconocí en el acto, aunque habían pasado quince años. Seguía teniendo el tajo en la mejilla y la misma sonrisa helada en los labios finos, lívidos y relucientes como el filo de una navaja.

Quince años recorriendo «la espaciosa y triste España» y sin rastro de Martina. Quince años acercándome a los gitanos para preguntar por ella, subiendo al monte para que las hechiceras me dieran razón, recorriendo villas y ciudades, plazas y mercados, ferias y prisiones; andando caminos con el corazón en vilo, por el temor de no encontrarla y el temor más agudo de hallarla ahorcada, despedazada en un rollo, envuelta en las llamas de un auto de fe. Quince años tan inacabables que casi me alegré de ver a don Humberto Contreras y su llamativa cicatriz. Sobre todo porque ahora que sabía que era auténtico sí podía ofrecerle el manuscrito, si no le interesaba al conde del Quiebro. Eso al menos era lo que pensaba Diego del Carril.

—El emperador mandó combatir la torre y arrimaron dos piezas de artillería, y pronto quedó abierta una brecha, pero los villanos no se entregaban. Todos sabían que su majestad estaba furioso porque era difícil de creer que las tropas no entrasen al primer golpe. Los caballeros se pusieron a pedir escalas para cumplir la voluntad del César.

—Picóse más que ninguno el maestre de campo, que pensaba que la reconvención del emperador iba dirigida a él. Tomó una escala y se puso a subir a la torre sin que nadie pudiera impedirlo. Iba sin coraza ni casco, sólo con la rodela y la espada en la mano. Llegaba ya al último peldaño cuando despeñaron de lo alto una gran piedra, que alcanzándole en la rodela con que se cubría, le hirió en la cabeza con su misma arma defensiva. Al violento impulso cayó de espaldas en el foso.

—Liquidado...

—No, qué va, todavía vivo, aunque malherido.

—El emperador, centelleando de ira, mandó asaltar con mucha gente la fortaleza. Hicieron rendir a los villanos y el César, que no quería oír palabras de piedad, mandó a don Luis de la Cueva que los ahorcasen a todos de las almenas.

—Rigor desacostumbrado en el ánimo benigno de tan gran príncipe, que nos muestra bien el exceso de dolor y de rabia con que destrozó su alma tan trágico suceso —afirmó don Humberto Contreras.

—Ni más ni menos.

—Garcilaso fue trasladado a Niza y asistido por los médicos del emperador. Allí estaba el marqués de Lombay, que no se apartó de él durante los veinte días que tardó en morir.

—¡Lombay!... —repetí, casi soñador.

—El Borja valenciano. De joven fue criado de la reina Juana —lo dijo—, como si insinuara que a él también le faltaba un tornillo un muchacho de unos quince o dieciséis años al que nunca había visto.

Tenía en una cara de niño una voz aguardentosa y empañada. Pensé que debía de ser alguno de los muchos amigos más jóvenes que solían acompañar a Garcilaso. Cuando le saludé, retuvo mi mano entre las suyas, que me parecieron de seda. Se llamaba Andrés Acuña y afirmó ser licenciado.

El marqués de Lombay luego se hizo jesuita, y firmaba S. J., *Societas Jesu*. Con veintidós años el joven noble de Gandía había servido a Juana la Loca en su prisión de Tordesillas. Más tarde pasó al servicio de la emperatriz Isabel de Portugal, una bella dama que murió a los treinta y seis años. Acompañó al féretro como custodio desde Toledo a Granada, donde se abrió la tapa para que pudiera reconocerla. Al ver el rostro descompuesto dijo: «He traído el cuerpo, pero a jurar que es ella misma, cuya belleza tanto me admiraba, no me atrevo». No derramó una lágrima y algunos aseguraron que le oyeron murmurar: «Nunca más servir a señor que se me pueda morir».

No dudé entonces de que, mucho antes, la visión del agonizante Garcilaso, con la cabeza destrozada, debió de abrir ya en él aquella herida que después, cuando vio el cadáver de la belleza más celebrada del siglo, le llevó a convertirse en san Francisco de Borja.

No podía apartar la vista del joven y, cada vez que él me miraba, mi propia turbación me daba miedo, aunque también sentía un alarmante placer, que debía de formar parte de los nervios de Diego del Carril. Todos conocíamos rumores de infames pecados a los que Garcilaso se entregaba con sus jóvenes amigos, y hasta con hombres de su edad, al tiempo que se quejaba en verso italiano de los desdenes de bellas damas con las que él jamás se quedaría a solas en un dormitorio, y mucho menos sin ropa.

El chico debía de ser estudiante y venía vestido de pardo, antiparras, zapato redondo, espada con contera y valona bruñida, con cara de ángel de retablo y ojos garzos. Tuve que reconocer que era hermoso. Si no llegaba a consumada, su belleza llevaba tanto camino recorrido que no debía faltarle más que un solo paso y tan pequeño como el que Armstrong dio en la Luna.

—¿Estaba muy desfigurado? —pregunté.

—Se le veían los sesos latiendo por un agujero en la frente, que tenía sin pelo.

—Se lo cortó cuando se lo cortó el emperador.

—Lo que hicimos todos, porque así debe ser* —dijo Contreras con su voz aguda como gruñido de rata.

Así empezó el Renacimiento y la modernidad: cuando los caballeros se cortaban el pelo, ¡con lágrimas en los ojos!, sólo para imitar al emperador. Así empezó el camino que fue a dar a la servidumbre voluntaria del siglo en que me ha tocado vivir.

—No era su rostro lo peor, aunque se quedó ciego y pálido como una sábana. Lo más doloroso de sufrir eran sus delirios. Preguntaba dónde estaban sus manos, aunque las tenía sin daño, al final de los brazos, como de costumbre. El alma tenía mucho más desfigurada que el rostro: decía obscenidades con voz ronca, como poseído por un demonio. Se cagó en el emperador varias veces. Habló de cosas impensables, actos nefandos, pecados sin remisión...

---

* Así lo refiere la *Historia de la vida y hechos del emperador Carlos V*, de Prudencio Sandoval: «Con todos estos caballeros salió el emperador de Barcelona, donde, porque él se cortó el cabello largo que hasta entonces se usaba en España, por achaque de un dolor de cabeza, se lo quitaron todos los que le acompañaban, con tanto sentimiento que lloraban algunos. Y ha quedado en costumbre que no se usó ya más el cabello largo, que los primeros siglos tanto preciaban».

Todos nos santiguamos y pensamos lo mismo: poca novedad había en saber que Garcilaso a veces tenía infame trato con el emperador del mundo.

—Dios le haya perdonado —dijo alguien.

Garcilaso, muerto a los treinta y cinco años, había sido el capitán general del ejército de ocupación. Sus nuevas piezas artilleras de fabricación italiana bombardearon con églogas, sonetos y liras la imaginación del país y difundieron el mortífero bacilo del petrarquismo bubónico, causando gran mortandad. La resistencia se batió con valor, pero casi sin armamento. Como ocurre siempre, la causa popular se enfrentó en alpargatas a los Stukas nazis.

Cristóbal de Castillejo fue uno de los capitanes de la milicia popular. No soportaba a tantos «muy gentiles caballeros / que por sos cancioneros / echan suspiros al viento»;* hasta la coronilla le tenía el «dolorido sentir» de aquellos señoritos «que no se dan a escribir / sino penas y dolores». Denunciaba la falsedad de ese «amor cortés» que era fingido, interesado e ideológico:

> Y algunos hay, yo lo sé,
> que hacen obras fundadas
> de coplas enamoradas
> sin tener causa porqué.
> Y esto está
> en costumbre tanto ya,
> que muchos escriben penas
> por remedar las ajenas,
> sin saber quién se las da.

Castillejo lo sabía, todos lo sabíamos. Cómo no recordar a Calisto enamorado porque lo ha leído en los libros, a don Quijote haciendo penitencia de amor en Sierra Morena o al propio Garcilaso jurando que pierde el seso por una señora de

---
* «Contra los encarecimientos de las coplas españolas que tratan de amores.»

la que no sabe ni el nombre. Visto desde este triste siglo, visto desde las películas románticas, queda patente que la interioridad, el alma inventada, el amor de verdad, no eran más que las nuevas armas químicas de la conspiración contra la cultura popular.

> ¡Cosa vana,
> que la lengua castellana,
> tan cumplida y singular,
> se haya toda de emplear
> en materia tan liviana!

El otro ala del ejército de resistencia se desplegó, por raro que parezca, en los poetas más devotos: fray Luis de León y san Juan de la Cruz se resisten a la epidemia desde otra posición que, sin embargo, lleva a san Juan a escribir la más intensa poesía amorosa del siglo y a fray Luis (algo más afectado por Petrarca, justo es decirlo) a lograr un verso natural y popular que deja atrás los lugares comunes del petrarquismo. Del mismo modo, la prosa más llana, diáfana y perdurable está, aparte del *Lazarillo,* en santa Teresa de Jesús.

A la multiplicación del bacilo contribuyó de forma decisiva el hecho de que el *Canzionere* es un «ars combinatoria»: fuego, ojos, lágrimas, pies de cuyas huellas nacen flores, cejas como arco y mirada como flecha, sangre, dientes como perlas, cabellos dorados y un completo catálogo de piezas de mecano se combinan incansablemente en antítesis y paradojas, en comparaciones mecánicas y metáforas repetitivas, de forma que al leer a varios poetas petrarquistas uno tiene la sensación de estar mirando por un calidoscopio, ese tubo opaco en cuyo interior, con cada giro, las mismas cuentas vidrio coloreadas cambian de posición y componen un poema diferente y sin embargo igual de monótono.

Cuando el buen Sancho, en el capítulo 10 de la segunda parte del *Quijote,* se ve en el aprieto de describirle a su señor cómo es Dulcinea, a la que asegura haber visto, la mejor solución que encuentra es recurrir al mecano petrarquista, ese juguete hecho de piezas armables con las que pueden montarse infinidad de sonetos. El único problema es que Sancho sólo lo tiene sabido a medias y monta mal todas las piezas, igual que confunde una hacanea, una jaca grande, con una cananea, natural de Canaán, que tanto habría oído mencionar en la iglesia, que es el único lugar por el que aún aparecen con frecuencia los cananeos.

> Sus doncellas y ella todas son una ascua de oro, todas mazorcas de perlas, todas son diamantes, todas rubíes, todas telas de brocado de más de diez altos; los cabellos, sueltos por las espaldas, que son otros tantos rayos del sol que andan jugando con el viento; y, sobre todo, vienen a caballo sobre tres cananeas remendadas, que no hay más que ver.
> —Hacaneas querrás decir, Sancho.
> —Poca diferencia hay —respondió Sancho— de cananeas a hacaneas; pero vengan sobre lo que vinieren, ellas vienen las más galanas señoras que se puedan desear, especialmente la Princesa Dulcinea mi señora, que pasma los sentidos.

Para acabar de arreglarlo, en seguida ve don Quijote a la misma que Sancho le ha descrito como princesa y resulta ser una labradora pobre. Por suerte don Quijote lo achaca a encantamiento y maldice a los hechiceros que le persiguen. Sancho se suma aliviado y también increpa a los encantadores: «Bastaros debiera, bellacos, haber mudado las perlas de los ojos de mi señora en agallas alcornoqueñas, y sus cabellos de oro purísimo en cerdas de cola de buey bermejo».

«El socarrón de Sancho» cree que se ha salido con la suya y siguen su camino hacia Zaragoza, pero poco después, en el capítulo siguiente, don Quijote, que se ha quedado pensativo, le interroga, porque sospecha que ha cambiado de sitio todas las piezas del mecano:

> Mas, con todo esto, he caído, Sancho, en una cosa, y es que me pintaste mal su hermosura, porque, si mal no me acuerdo, dijiste que tenía los ojos de perlas, y los ojos que parecen de perlas antes

son de besugo que de dama; y a lo que yo creo, los de Dulcinea deben ser de verdes esmeraldas, rasgados, con dos celestiales arcos que les sirven de cejas; y esas perlas quítalas de los ojos y pásalas a los dientes, que sin duda te trocaste, Sancho, tomando los ojos por los dientes.

—Todo puede ser —respondió Sancho—, porque también me turbó a mí su hermosura como a vuesa merced su fealdad.

Finalmente, el conde del Quiebro declinó comprarme el manuscrito griego. Tan acostumbrado estaba a falsificaciones que debió dudar de su autenticidad. Salí desalentado de aquella casa. No encontraba nunca a Martina y además tenía que ir cargando con un manuscrito que ni siquiera podía leer.

En la puerta me estaba esperando don Humberto Contreras:

—Y volvemos a vernos —me saludó, como si no hubieran pasado quince años desde aquel encuentro en el camino.

Seguía teniendo la misma y molesta voz que daba dentera y los mismos ademanes contundentes. Debía de tener, como yo, poco más de treinta. Le pregunté qué le traía por Toledo y me contó que, como siempre, seguía buscando obras perdidas de la Antigüedad, a las que confiaba, según dijo, arrancar la *humanitas* que estaba capturada en la lengua latina (y ahora también en la griega, de la que sin embargo no comprendía ni jota la primera generación de humanistas, la de Petrarca).

—¿Ha encontrado muchos tesoros?

—No tantos. Lo que más me conmovió fue una elegía desconocida de Propercio.

Con la emoción que le permitía su voz de falsete, me relató el rescate. Fue en Alcañiz donde al tirar un muro apareció emparedado, escondido en un tratado de medicina, el pergamino con los solemnes dísticos elegíacos. Me aseguró que había sido como liberar de una mazmorra a un amigo romano preso por los bárbaros.

Contreras creía que, tras la caída de Roma, los bárbaros se habían apoderado del universo, hasta ahora mismo, cuando gracias a él y otros humanistas amigos suyos volvería el fabuloso brillo de la edad antigua. Lo demás sólo era un paréntesis, una edad intermedia y tenebrosa. Recitó a Petrarca: «*Nam fuit et fortassis erit felicius evum. / In medium sordes*», pues hubo y tal vez habrá de nuevo una edad más feliz. En medio sólo hay basura.

Casi mil años de «*medium aevum*», de Edad Media que, para él y sus distinguidos amigos, no significaban más que tinieblas y basura.

—¿Estaba en buen estado el Propercio?

—Estaba herido y mutilado por copistas torpes; demacrado y sórdido, como los reos de muerte, con la barba como crines de caballo y el pelo enmarañado. Parecía estar pidiendo auxilio, que alguien evitara su suplicio y su ejecución —me dijo, aunque por supuesto en latín: *moestus quidem ipse erat ac sordidatos, tanquam mortis rei solebant*, etc.*

Me pareció el momento oportuno para ofrecerle mi manuscrito griego, que insistió en examinar de inmediato. Nos encaminábamos hacia mi posada, donde lo tenía escondido, cuando apareció el muchacho, Andrés Acuña, que tanta confusión y rubor me provocaba.

—¡Vuestra Merced debe acompañarme! ¡Se trata de un asunto que toca a su honor! —le anunció a Contreras.

—¿Qué honor, si ni siquiera soy casado?

Como era sabido, el único honor de los españoles se encontraba entre las piernas de sus mujeres.

—A la sangre de sus antepasados digo —exclamó el muchacho con una autoridad incontestable.

Parecía que se trataba de un asunto de limpieza de sangre, ante el que Contreras reaccionó de inmediato. Apartando el herreruelo, quizá para empuñar una daga, descubrió en el pecho un hábito con una cruz roja.

—¡Vamos pues! —dijo al muchacho, y luego a mí—: ¡Volveremos a vernos!

---

* En parte de lo que decía Contreras creí reconocer palabras de Poggio Bracciolini.

Era cosa seria. Del sueño medieval del paraíso perdido de los godos, el Renacimiento había despertado con la pesadilla de la limpieza de sangre. Los valores dominantes (los de la clase dominante) eran los de los cristianos viejos: aristocratismo, desprecio al trabajo, desprecio al comercio, desprecio al intelecto, cerrada defensa de sus privilegios, intolerancia y autoritarismo militar. Lo raro es que la decadencia española no fuera más catastrófica.

Y se alejaron los dos a paso muy tendido, y quedé solo y, por culpa de un hermoso muchacho, sin poder vender mi manuscrito.

En cuanto vi al enjuto y sombrío Bonilla, mi intuición me previno de que se me iba a administrar terapia electroconvulsiva (TEC) con el propósito (jamás logrado) de alterar el hipocampo de mi cerebro y hacerme perder la memoria, así como el de desplazar mi amígdala (hacia el lóbulo occipital) para intervenir en mis emociones.

Se me instaló en una habitación del ático, con el techo inclinado, una cama, un escritorio y un diminuto cuarto de baño. La vida que llevé durante la primera semana fue de total inmovilidad; ni siquiera me acerqué una sola vez a la ventana, donde por lo demás no había nada que ver, salvo unos árboles dudosos y un contenedor de basura, siempre a través de los barrotes de hierro. Estaba convencido de que, en defensa propia, tenía que mantener una pasividad absoluta. Esta idea fue provocada en mí por las voces que me hablaban. Hice pues el inconcebible sacrificio de abstenerme durante una semana de todo movimiento corporal (voluntario) y pronto se hizo evidente que el personal sanitario, y sobre todo Bonilla, no eran capaces de interpretar mi conducta, pues para ellos era poco más que un desdichado imbécil catatónico (en el mejor de los casos). Esta apariencia estaba tan alejada de la realidad como un huevo de una castaña. Sobre mí pesaba el deber de librar un combate casi imposible en beneficio de la humanidad venidera, aunque por desgracia mi aspecto indicaba lo contrario y el resultado fue una acumulación de vejaciones sobre mi indefensa persona.

Al cabo de la semana se me condujo, atado en una camilla, al sótano, donde sufrí la primera de las treinta TEC de las que fui víctima.

Después de cada descarga eléctrica entraba en coma, a veces durante varios días, pero al despertar siempre volvían las voces a martirizarme. No supe encontrar otro remedio que el aullido. Bonilla, ciego a la auténtica realidad, lo interpretó siempre como delirio furioso, lo que me conducía una y otra vez al sótano negro.

Sólo puedo decir, como el pobre Lázaro, que para mí aquella clínica fue la casa de la muerte, la casa lóbrega y oscura, la casa triste y desdichada, la casa donde nunca comen ni beben y en la que sufrí suplicios, no tanto por las voces, ni por los TEC, cuanto por la incomprensible, desoladora crueldad del doctor Bonilla.

8
Un arcipreste responde una carta

The Child is father of the Man; I could wish my days to be bound each to each by natural piety.

El Niño es padre del Hombre; desearía que cada uno de mis días se enlazaran uno a otro con amor filial.

WILLIAM WORDSWORTH

Vuestra Merced escribe se le escriba y relate el caso muy por extenso, y me ha dejado pesaroso y titubeante, pues ¿cómo contar una vida? ¿Por dónde empezar? ¿De qué hilo se tira para devanar el ovillo de una existencia o en qué aspadera se sostiene?

Para esto mismo nos contamos desde el principio de los tiempos tantos cuentos los unos a los otros: para entender qué es una vida, porque si lo supiéramos tal vez podríamos aprender a vivirla.

Y para que dure más lo poco que aprendemos de nosotros mismos, dejamos por escrito las historias a nuestros hermanos venideros. Según la variedad de los tiempos, así se fue descubriendo la variedad del escribir entre los hombres. Primero escribieron en ceniza; después, en cortezas de árboles; después, en piedras; después, en hojas de laurel; después, en planchas de plomo, y después, en pergamino; y lo último vinieron a escribir en papel. Es también de saber que en las piedras escribían con hierro; en las hojas, con pinceles; en la ceniza, con los dedos; en la corteza, con cuchillos; en el pergamino, con cañas, y en el papel, con péñolas. La tinta con la que escribieron los antiguos fue la primera de un pez que le llamaban jibia; después la hicieron de zumo de zarzas; después, de hollín de humo; después, de bermellón; después, de cardenillo, y al fin la inventaron de goma, agallas, caparrosa y vino. Los tiempos y los días sin piedad avientan la ceniza, descorchan el árbol, deshacen la piedra en arenisca y borran la tinta, y lo que leemos se vuelve escrito sobre el agua, estela que deja el vuelo de un águila en el aire o el rastro de la serpiente sobre la roca; y tan misterioso, tan ilegible, como la huella del paso del hombre en la mujer.*

Pero escribimos todavía.

Decía Plinio que «no hay libro, por malo que sea, que no tenga alguna cosa buena» y, si de todo se puede sacar fruto, también esta carta mensajera podrá contener enseñanza de provecho para otros. Porque, si así no fuera, muy pocos escribirían para uno solo, pues no se hace sin trabajo, y quieren, ya que lo hacen, ser recompensados, cuando menos con ser leídos y quizá con que sea materia de arrepentimiento para quienes, aunque no lo sepan, lo han menester más que la sangre por las venas. Y también porque consideren los que heredaron nobles o medianos estados, cuán poco se les debe y cuánto deben ellos a los demás, y que todos a quienes les fue contraria la Fortuna son sus acreedores.

Sepa Vuestra Merced, ante todas cosas, que a mí llaman Lucas Gómez, hijo de Pedro Gómez y de Isabel de Úbeda, y nunca supe que fuéramos de mejor familia que otra, hasta que mi padre me lo comunicó. Primero lo hizo de viva y resonante voz, en presencia de un criado de mi edad con el que había jugado toda una tarde.

—De ti se espera siempre más, Lucas, porque has tenido más oportunidades —me dijo.

Después, miles de veces, lo repitió por medio de hechos, que siempre llevaba a cabo con semblante soberbio y la mandíbula apretada.

Desde mi niñez recibí la llamada de la palabra, a la que me entregué y la cual me levantó por los aires, como soplará un día el viento del espíritu mis frías cenizas sobre las aguas del olvido.

Leí sin parar, recibí órdenes sagradas y honré mi estado, y llegué a arcipreste de esta ciudad de Segovia, donde gasté tantas

---

* Palabras son de Agur, sobre poco más o menos: Proverbios 30, 18-19.

noches leyendo a la luz de la vela, no sólo las Sagradas Escrituras, sino también las letras humanas, de las que conocí cuanto dejaron escrito los antiguos y también lo que iban añadiendo los modernos.

Un día la carne se interpuso entre mi destino y yo, como un río caudal. Para llegar a la otra orilla de mi vida no tenía más remedio que meterme en él y atravesarlo con la cabeza por debajo del agua.

Si mi estado y las órdenes recibidas no fueron bastante a retenerme, ¿cómo iba a lograrlo lo leído? ¿Qué escudo me iba a prestar que fuera yo letrado y tan sabidor, cuando los más sabios del mundo habían tropezado en el peñasco al que iba de cabeza? Por más sabio que sea un hombre y letrado, si en tal acto de amar y lujuria se pusiere, no sabe de allí adelante tener en sí templanza alguna, ni aun los actos de la lujuria en sí refrenar; antes bien, los que más científicos son, después que en el tal uso se envolvieren, menos sabios son y menos se saben desenvolver de ello que los simples ignorantes. ¿Quién no recuerda a Aristóteles tal y como le recordaba el arcipreste de Talavera, «uno de los letrados del mundo y sabedor, ponerse freno en la boca y silla en el cuerpo, cinchado como bestia asnal, y ella, la su coamante, de suso cabalgando, dándole con unas correas en las ancas»? ¿Quién no renegaría de amor, viendo un tan gran sabio, sobre cuantos fueron sabios, hacer una simple mujer de él bestia enfrenada andando a cuatro pies? Pues así aconteció, cuando la hetaira Filis se hizo amazona a lomos del Filósofo con bridas y ensillado como cuadrúpedo, tal y como le encontró Alejandro el Magno.

¿Quién vio a Virgilio, un hombre de tanta acucia y ciencia, que estuvo en Roma colgado en un cesto de una ventana, a vista de todo el pueblo romano, sólo por decir y porfiar que su saber era tan grande que mujer en el mundo no le podría engañar? Pues así sucedió, cuando una hechicera le nubló el juicio, aunque Virgilio sin penitencia no la dejó, que apagar hizo, por arte mágica, todo el fuego de Roma, y vinieron a encender en ella todos fuego en su vergonzoso lugar, como nos lo recuerda el arcipreste de Hita:

> Non podíen aver fuego, por su desaventura,
> si non lo encendían dentro de la natura
> de la mujer mesquina; otro non les atura.

¿Que nos les atura es que no les gusta? (Olga, siempre tomando apuntes, con manchas de tinta en los dedos.) No, «aturar» es durar. Dice que el fuego, si viene de otro lugar, se les apaga al momento, no dura.

Castigo fue el fuego ardiendo en su natura para aquella hechicera, mientras que para doña María Coronel en cambio fue galardón de castidad, como lo contaba Juan de Mena en su *Laberinto de Fortuna*:

> La muy casta dueña de manos crüeles,
> digna corona de los Coroneles;
> que quiso con fuego venzer fus fogueras.

Y la glosa de Fernán Nuñez, comendador de la orden de Santiago, deja memoria de la heroica dueña, la Lucrecia de Andalucía:

Estando su marido absente, vínole tan grande tentación de la carne que, por no quebrantar la castidad y fe debida al matrimonio, eligió antes morir; y metióse un tizón ardiendo por su miembro natural, del qual murió, cosa por cierto hazañosa e digna de perpetua memoria, aunque la circunstancia del caso parezca algo escurecerla.

En resumen lo digo: más me hubiera valido arrojarme a la zarza ardiente o dañar con los carbones encendidos mi natura, pero nadie diga que es débil la carne, si cuando se sufre, no ya una grave enfermedad, sino un simple romadizo, el dolor de cabeza, los estornudos y los mocos son bastante para avasallar cualquier espíritu y echar por tierra todo buen propósito. Será hierba, mas echada sobre el alma como ese musgo tenaz que cubre la piedra entera y la quebranta.

Ella tenía unos doce años, se llamaba Teresa Luján y no me prestaba la más mínima atención, pues aún jugaba a las muñecas y al corro, cuando no fregaba mi casa a cambio de algo de comer y unas monedas.

Apenas la vi supe que estaba perdido, como cantaba el buen Juan Ruiz, arcipreste como yo:

> Coraçón, que quisiste ser preso e tomado
> de dueña que te tiene por demás olvidado,
> posístete en presión e sospiros e cuidado:
> penarás, ¡ay!, coraçón tan olvidado, penado.
>
> ¡Ay, ojos, los mis ojos! ¿Por qué vos fustes poner
> en dueña que non vos quiere nin catar ni ver?
> Ojos, por vuestra vida, vos quesistes perder:
> penaredes, mis ojos, penar e amortesçer.
>
> ¡Ay, lengua sin ventura! ¿Por qué quieres dezir,
> por qué quieres fablar, por qué quieres departir
> con dueña que te non quiere nin escuchar ni oír?
> ¡Ay, cuerpo tan penado, cómo te vas a morir!

Ay, ojos, corazón y lengua, todo lo daba por perdido, penado, dañado, por muerto todavía sin sepultura, puesto de pie, tan olvidado, tan sin ventura.

Más me habría valido leer al buen Juan Ruiz, en lugar de tanto Petrarca, tantos trovadores y lo poco que conocía entonces, y mucho amaba, del caballero Garcilaso. Al leer, descubría sin asombro que cuantos versos caían bajo mis ojos trataban de mí, y hacían crecer mi dolor, pero convertido ya en cauterio suave, dulce llama que tiernamente hería y con el propio filo del daño acariciaba mi más sensible parte: la propia estimación. A mis ojos ya no era yo aquel sacerdote de impuros deseos, un hombre ridículo, mayor, que quería llevarse a la cama a una moza joven, casi niña. Cuanto más leía más me iba convirtiendo en un enamorado, alguien con sentimientos a gran altura; y sobrevolaba la vida diaria, describiendo círculos como un águila, y así se me ensanchaba el alma, inflamada de dulces y dolorosas sensaciones, pero también crecía la conciencia mercenaria, reclutada por los versos, siempre a favor de mis propios deseos y dispuesta a complacerme.

Podría haber sido como el monje fornicario del milagro de Berceo, pecador y aun así «un omne bono», pero eran otros los tiempos: caer en la tentación ya no merecía castigo, sino que nos hacía incluso mejores, mártires del amor, que por encima de todo se alzaba, que todo vencía, *omnia vincit amor,** l'amor che move il sole e l'altre stelle,*** como dijo el Dante, este amor nuestro, mezquino amor siempre en defensa propia.

No digo esto tanto por escusar mi culpa cuanto por acusar a mi vida: no hacía otra cosa que leer de amores y amoríos. Y en un momento, cuando menos lo esperaba, de aquello mismo que leía me morí.

Cuando yo estaba vivo madrugaba a decir misa, estudiaba en mis libros no profanos, predicaba mis sermones, ayunaba los adventos, hacía mis disciplinas, lloraba mis pecados y rogaba por los pecadores, por manera que cada noche hacía cuenta con mi vida, y cada día renovaba mi conciencia.

Después que yo morí a manos de la métrica italiana, después que sepulté en las páginas mi conciencia, aflojaba en los ayunos, quebrantaba las fiestas, olvidaba las disciplinas, no hacía limosnas, rezaba poco, predicaba raro, hablaba mucho solo y para mí mesmo, con tanto dolorido sentir que me quitaba

---

* «Todo vence el amor», dice Virgilio, y añade: *et nos cedamus amori:* «cedamos nosotros al amor».
** Así dice el último de los 14.229 endecasílabos de la *Divina Comedia.*

el sentido; y el resultado de que cada noche apretaba el nudo de mi muerte y cada día me atolondraba más y mi rostro parecía una mancha de humedad en la pared, y mis ojos, ay los mis ojos, no dejaban de mirarla cuando barría, que los sobacos tenía un poco mojados, la boca pequeña, los dientes menudos y blancos, el pecho alto, y la redondez y forma de las pequeñas tetas me daba escalofríos, ay ojos dañados, perdidos ojos míos, ay lengua, ay corazón, ay cuerpo tan penado, cómo te vas a morir; ay sombra, cómo el viento del amor te va a separar de la vida que compartías con los demás, y hasta de ti mismo te alejará.*

Un día se acercó acaso a mí para escuchar lo que leía y, al pasar de página, *tutto tremante*, apreté mis labios sobre su boca. *Quel giorno più non vi leggemmo avante.***

Esa noche dormí con ella, sin culpa, enamorado. Después la acogí en mi casa, criada a mi servicio.

Cada vez que se me antojaba, entraba a su cama, y así resucité, volví a madrugar, a decir misa y predicar con entusiasmo. A veces, desde el pasillo, al otro lado de la pared, la oía llorar. Tenía sólo doce años. Los rumores debían de hacerla sufrir, los que decían no sé qué y sí sé qué, y le daban a Teresa otros nombres con una sonrisa sucia.

Así que resolví casarla y comencé a buscar marido que a los tres nos conviniera.

Lo encontré en la persona de un muchacho que pregona los vinos que en esta ciudad se venden, entre ellos los míos, y acompaña a los que padecen persecución por la justicia, declarando a voces sus delitos: un pregonero, hablando en buen romance. Es éste oficio muy vil y bajo, el más infame que hay, pero al cabo es oficio real y no pocos dineros deja. El muchacho estuvo en todo de acuerdo, también en lo que a ninguno nos interesaba decir, pero él era despierto y cerramos el trato,

---

* «*Ch'amor di nostra vita dipartille*», dice Dante *(Inferno,* V) sobre las más de mil sombras *(più di mille ombre)* que el amor separó de nuestra vida.
** «Ese día ya no seguimos leyendo más», Dante, *Inferno*, V.

una vez le aseguré que de mí no le podía venir sino bien a favor, y así Teresa vino a ser casada con Antonio de Eresma, el pregonero, al que llamaban así porque dicen que nació dentro del río, en una aceña en la que a su madre le tomó el parto una noche.

Y les alquilé una casilla par de la mía; y los domingos y fiestas, casi todas las comían en mi casa. Y nunca dejé de favorecerles, con más de una carga de trigo al año, carne, regalos, bodigos y mis calzas viejas que siempre les doy.

Malas lenguas nunca faltaron ni faltarán, así que al joven matrimonio pronto le empezaron a decir no sé qué y sí sé qué de que veían a la esposa venir a hacer la cama y a guisarme de comer.

Tuve que hablar un día con Antonio, estando ella delante:

—Antonio de Eresma, quien ha de mirar a dichos de malas lenguas nunca medrará; digo esto porque no me maravillaría que alguna habladuría hubiera, viendo entrar en mi casa a tu mujer y salir della. Ella entra muy a tu honra y suya. Y esto te lo prometo. Por tanto, no mires a lo que pueden decir, sino a lo que te toca: digo a tu provecho.

Como dije, el muchacho era despierto y no titubeó al responder:

—Señor, yo determiné de arrimarme a los buenos. Verdad es que algunos de mis amigos me han dicho algo deso.

Entonces Teresa echó juramentos sobre sí, que parecía que la casa se hundiera con nosotros; y después se puso a llorar a lágrima viva. Mas yo de un cabo y Antonio de otro, tanto le dijimos y otorgamos, que cesó su llanto, con juramento que le dimos de nunca más en nuestras vidas mentalle nada de aquello, y Antonio juró también que él holgaba de que ella entrase y saliese, de noche y de día, pues estaba bien seguro de su bondad.

Y así quedamos todos tres bien conformes.

Antonio, desde entonces, juraba sobre la hostia consagrada que Teresa era tan buena mujer como vivía dentro de las puertas de Segovia, y que quien otra cosa le dijere se mataría con él. Y nada decían y así él tuvo paz en su casa y estaba en su prosperidad y en la cumbre de toda buena fortuna.

Y yo quedé feliz hasta que apareció el maldecido libro.

El libro está impreso en Amberes, en casa de Martín Nucio, en el año 1554. Es de tamaño reducido, en doceavo, de faltriquera, y no contiene grabados. Lleva como título *La vida de Lazarillo de Tormes, y de sus fortunas y adversidades*. Llegó a mis manos a finales de 1555, cuando el emperador ya había abdicado y decidido retirarse del siglo para rendirse a la enfermedad moral que le impedía seguir viviendo: se sentía culpable de no haber impedido el luteranismo.

Bajo su apariencia inofensiva, el breve librito me atacó como al rey Rodrigo le comió la serpiente de dos cabezas por do más pecado había: una se dirigió al lector que yo era; la otra, a mi corazón.

Como lector, nada me había preparado para algo semejante: tuve que aprender de nuevo a leer.

Nada más echarle la vista encima me di cuenta de que era una de tantas autobiografías que se estampaban por docenas, cada vez más a menudo con forma de carta mensajera. Así comencé a leer, convencido de hallarme ante el discurso de su propia vida escrito por un tal Lázaro de Tormes, pero a las pocas páginas me di cuenta de que aquello no era verdad, no era historia, sino ficción, narración fabulosa. No lo había escrito quien lo firmaba, era una falsificación, un apócrifo. Y sin embargo no se parecía en nada a los libros de ficción que hasta entonces había leído: novelas de caballerías y novelas sentimentales como la *Cárcel de amor*, de Diego de San Pedro. No era verdad ni tampoco una fábula, no era historia ni era ficción, sino una narración fabulosa, inventada, contada como si fuera real, que se hacía pasar por historia.

El autor, el maldito autor, quienquiera que fuera, no era desde luego Lázaro de Tormes, aunque no había tenido más remedio que firmar así para hacernos pasar a todos por el aro y caer en todas sus trampas. A pesar de que empieza hablando del deseo de fama y alabanza que le impulsa a escribir, sepulta en el silencio su nombre. Está jugando con nosotros, no cabe duda, nos está enseñando a leer, porque ha descubierto un mundo más nuevo que el que encontró Cristóbal Colón, un espacio insólito y hasta su llegada tan *terra nullius* como *incognita*: la ficción narrativa moderna.

Así entendí que tuvo que resignarse al anonimato para enseñarnos a leer como si fuéramos párvulos.

¿De dónde se había sacado ese mundo nuevo? Lo que podía haber leído el maldito autor, a la altura de 1550, bien lo conocía yo. Novelas de caballerías y sentimentales, todavía no las pastoriles, que estaban esperando a la vuelta de la esquina y que nada le habrían enseñado. También habría leído al arcipreste de Talavera, tomando buena nota de su atención a la realidad más trivial: los lamentos de la mujer que ha perdido una gallina, el miserable ajuar de una casa pobre, el miedo de un niño que se pierde en el campo. Habría leído mucho al obispo de Mondoñedo, fray Antonio de Guevara; su *Marco Aurelio* y sobre todo sus *Epístolas familiares* (como aquella en la que «Cuenta Andrónico todo el discurso de su vida»). Y no sólo ésas, hubo un diluvio de cartas que se publicaron en esos años y se hizo muy popular, no sólo leerlas, sino escribirlas, para lo cual aparecieron gran número de manuales. De casi cualquiera (incluso de un Lázaro de Tormes auténtico) se podía esperar que diera a la imprenta una carta sobre su vida. Fue tal el éxito que un criado del cardenal Fonseca escribió: «Quisiera hallar dos cosas a vender en la plaza: barbas hechas y cartas mensajeras».

El maldito autor también conocía muy bien, eso saltaba a la vista, *La Celestina*, de la que había aprendido cómo retratar a una persona a través de sus cosas. De *Las ciento novellas* de Boccaccio, que aparecieron en 1550, algo aprendería sobre cómo construir escenas aisladas, pero ni una palabra acerca de cómo contar una vida, una vida tan real como las nuestras. Puede que tuviera en la cabeza también la carta VII de Platón. Conocería como yo las facecias que desde hacía siglos circulaban sobre maleantes, mendigos y ciegos fingidos o de oficio. Por último, puede que conociera a Luciano, pero salta a la vista que siempre tenía en la cabeza a Apuleyo y su *Asinus aureus* (El Asno de oro),* donde Lucio cuenta sus aventuras, el hambre que pasó en casa de Milón y cómo se ve convertido en burro y como tal anda al servicio de varios amos. Cierto, pero aquí no hay ungüentos maravillosos ni metamorfosis mágicas. O sólo una: la de Lazarillo en Lázaro, pero no es obra de un encantamiento, sino el resultado (inevitable) de una vida humana, como la de cualquier otro.

Siempre he tenido a la transformación por el centro de todo lo que se narra, desde Ovidio hasta ahora mismo. Una narración la protagoniza aquel que sufre una transformación, pero la que le impone el maldito autor a su muchacho nada tiene que ver con la de Dafne o la de Lucio: es la vida que vivimos todos.

Que con estos escasos mimbres armara tal cesto es prodigioso, si se tiene en cuenta que, además de inventar su historia, tenía que inventar a sus lectores, que en 1555 no sabíamos cómo enfrentarnos a ese maldecido libro: nos enseñó a leer otra vez.

Sea como fuere, la dichosa carta del maldito autor comienza como era costumbre: en respuesta a alguien, un Vuestra Merced, que le pide cierta información sobre «el caso». Los dos saben de qué se trata, aunque para mí no se reveló hasta la última página cuál era «el caso».

---

* Tan popular entonces: la traducción de 1522 se reeditó en 1536, 1539, 1543 y 1551.

Y pues Vuestra Merced escribe se le escriba y relate el caso muy por extenso, paresciome no tomalle por el medio, sino por el principio, porque se tenga entera noticia de mi persona.

He aquí la novedad diabólica del maldito: cualquier «caso» necesita toda una vida para ser explicado.

¿Por qué éste ha traicionado a un amigo? ¿Por qué aquélla ha abandonado a su marido? ¿Por qué el de más allá ha prevaricado? Cada caso es un punto suelto en una vida y se convierte en el vértice de una pirámide, que se extiende hacia atrás, hacia el pasado entero, y se ensancha hacia todos los demás con quienes ha vivido, a la sociedad en la se encuentra y al conjunto de su universo. Así cualquier «caso» sirve para devanar la madeja de una vida entera, recorre todo el tejido y lo deshace para mostrarnos las costuras.

El «caso» sobre el que Vuestra Merced pregunta a Lázaro son las habladurías acerca de si su mujer mantiene o no una relación con el arcipreste. A Vuestra Merced sólo le interesa eso, pero ¿cómo explicarlo sin hablar de su infancia, de lo que ocurrió con el ciego, del tiempo que pasó con el hidalgo escudero, de su madre y su padre, y de su hermano, que no sabía que era tan negro como ese padre que le daba miedo?

El «caso» sólo se puede entender «del principio», con «entera noticia de mi persona». Toda la pirámide de la narración de Lázaro está subordinada a ese «caso», que es la cima desde la que contempla su propia vida, cuando se pregunta cómo ha llegado a sucederle eso o por qué Lazarillo se ha transformado en Lázaro.

Sabiendo lo que sabemos después de leer, ¿qué habrá más natural que quien ha vivido esas fortunas y adversidades acabe así?

Lázaro niega que haya caso alguno, afirma que su mujer es tan honrada como el arcipreste, y como él mismo, y que están «todos tres bien conformes».

Por supuesto que miente, lo sabe cualquier lector, precisamente porque conoce a Lázaro y su vida.

Miente por necesidad, pues existían castigos legales para los maridos consentidores. Miente también por interés, porque gracias al *ménage à trois*, se encuentra «en mi prosperidad y en la cumbre de toda buena fortuna». Miente, sobre todo, porque es lo que le han enseñado a hacer.

Al convertirse en cornudo consentidor, al resignarse a mirar para otro lado y poner la mano para recibir los obsequios del arcipreste, ¿se ha degradado Lázaro?

Sin duda, pero lo ha aprendido de nosotros. De su madre Antona y del negro Zaide, del ciego cruel y astuto, del avaro clérigo de Maqueda, del escudero enloquecido por la honra, del buldero hipócrita y estafador. Todos ellos le han desengañado, le han mostrado la realidad de la vida, en la que sólo cuenta arrimarse a los buenos.

Al llegar al final, conocemos a Lázaro tal y como es, mejor de lo que él mismo se conoce.

El sobresalto nos alcanza cuando nos damos cuenta de que Lázaro es un espejo de nosotros mismos, de nuestro mundo, de la forma en que vivimos y hemos enseñado a vivir a ese muchacho. En cuanto a mí, sepa Vuestra Merced que el sobresalto me cogió al cerrar el libro, cuando me pregunté por mi «caso». ¿Qué había hecho yo con Antonio y con Teresa? ¿Quién era yo, quién había sido durante toda mi vida?

La enfermedad moral se apoderó de mi alma, lo mismo que de la del Emperador. Por eso decidí colgar los hábitos, abandonar Segovia y dejar todos mis bienes en manos de Antonio y Teresa.

Tampoco tengo yo remedio. A menos que se me pueda demostrar con pruebas que, desde el punto de vista del universo, importa un rábano que una niña llamada Teresa Luján haya sido despojada de su infancia por un arcipreste como yo; a menos que se pueda probar (y si se puede, entonces la vida es una broma), no habrá ningún consuelo para mi aflicción ni remisión para mis pecados.* ¡Ay, corazón, cómo te vas a morir!

---

* Es sorprendente el eco con el que resuenan estas palabras, siglos después, en otra lengua, escritas por Vladimir Nabokov: «*Unless it can be proven to me —to me*

Esto fue el mesmo año en que nuestro emperador y césar falleció en Yuste, después de haber asistido en vida a su propio funeral. Vale.*

Todo el mundo sabe que para escribir novelas no hace falta imaginación: basta con tener cuñados. Cuando un novelista acude a una boda (banquete, comunión o bautizo) sobran parientes (sobre todo cuñados, los legendarios cuñados) que no dejarán de decirle: «Tengo unas historias que, si te las contara, podrías escribir veinte novelas».

Nada hay que no tengan ya inventado los cuñados, así que, ¿para qué podría necesitar imaginación un novelista?

La necesita para tres cosas, gente del porvenir: tiene que inventarse a sí mismo, inventar a sus lectores e inventar la tradición literaria.

Cada escritor (y cada generación literaria) lee la tradición y la utiliza de manera diferente, la crea, como el autor del *Lazarillo* seleccionó entre los materiales disponibles (Apuleyo, quizá Luciano, las cartas mensajeras, las autobiografías, etc.) y así inventó su propia tradición; y la leyó de una forma tan nueva que le permitió inventar la novela moderna.

Y también, sin duda, encontrar otra respuesta a cómo contar una vida. Desde entonces leemos novelas sobre personas como nosotros, que no saben qué hacer con lo que leen, como tampoco comprenden su vida ni qué hacer con ella.

El *Quijote* ha sido leído por cada generación con un sentido

---

as I am now, today, with my heart and my beard, and my putrefaction— that in the infinite run it does not matter a jot that a North American girl-child named Dolores Haze had been deprived of her childhood by a maniac, unless this can be proven (and if it can, then life is a joke), I see nothing for the treatment of my misery».

* Esta lectura del Lazarillo arranca de las clases de don Francisco Rico, que supo ver (y contarnos) la novela como la explicación del «caso» en el eje de la diacronía y otras muchas otras cosas que nadie debería dejar de leer, tanto en el clásico *La novela picaresca y el punto de vista,* como en su *Problemas del Lazarillo.*

distinto: libro de humor, conflicto entre idealismo y realismo, polifonía, ficción dentro de la ficción y un largo etcétera. La tradición, los grandes clásicos, están vivos. Azorín, el «mínimo y dulce» Azorín, de quien, como de la exuberante Cristina, nadie esperaba inteligencia, nos sorprendió un día escribiendo:

> ¿Qué es un autor clásico? Un autor clásico es un reflejo de nuestra sensibilidad moderna. La paradoja tiene su explicación: un autor clásico no será nada, es decir, no será clásico, si no refleja nuestra sensibilidad. Nos vemos en los clásicos a nosotros mismos. Por eso los clásicos evolucionan según cambia y evoluciona la sensibilidad de las generaciones.*

Un autor es clásico porque escribe sobre nosotros, que somos quienes inventamos a nuestros clásicos.

Así pues, un escritor inventa una tradición, no la acepta ni la recibe, sino que la crea, porque el presente, como diría T.S. Eliot, también altera el pasado y «lo que sucede cuando se crea una nueva obra de arte es algo que les sucede simultáneamente a todas las obras de arte que la preceden»;** la tradición literaria es un río cuyas aguas corren tanto hacia atrás como hacia delante. Al leer a César Vallejo, se modifica nuestra lectura de Quevedo o de Villon; *Poemas humanos* es algo que también les sucede a los sonetos de Quevedo, como a los de Garcilaso les sucede la poesía de Neruda, o como el *Lazarillo* o el *Quijote* le suceden a quien escribe hoy una novela.

No otra cosa era para Petrarca la *imitatio* sino una apropiación que crea y recrea, o inventa, la tradición literaria.

Además, un escritor necesita imaginación para inventarse a sus lectores. O en otras palabras, tiene que volver a enseñarles a leer. Ésta es la perplejidad del lector que se enfrentaba al *Lazarillo*: ¿cómo debía leer aquello? ¿Era una carta real? ¿Era

---

* *Lecturas españolas* (1920).
** «*What happens when a new work of art is created is something that happens simultaneously to all the works of art that preceded it*», escribió en *Tradition and the individual talent* (1919).

ficción? Y si era inventado, ¿para qué inventar lo trivial, lo de todos los días, lo que todos conocemos de sobra? Un libro como el *Lazarillo* tuvo que ocultar a su autor para crear a sus lectores.

Por último, el mayor esfuerzo imaginativo para un novelista debe ser inventarse a sí mismo. El que escribe es otro, alguien inventado, una voz distinta, otro punto de vista. Toda obra es póstuma, ha sido escrita por alguien que ya no existe, porque se escribe como lo hacía Rovirosa: desde el punto de vista del muerto. Desaparecer, convertirse en otro, quitarse de en medio es la principal obligación de un novelista. La primera novela moderna, el *Lazarillo*, está escrita por otro, su autor se ha convertido en otro, en el desdichado Lázaro. La segunda novela moderna, el *Quijote,* está escrita desde el otro lado, es nuestra propia vida vista desde fuera, por alguien enterrado «a cuatro metros de altura».

Para estas tres cosas necesita imaginación el novelista. Del resto pueden ocuparse los cuñados y otros parientes de los que suelen acudir a bodas, banquetes, bautizos y comuniones.

Queremos ver la vida desde el otro lado, pero el principal obstáculo para el autor es, no tanto cómo morirse, sino cuánto morirse.

No es conveniente para el novelista morir del todo ni tampoco es posible que se mantenga por completo con vida. Debe ser capaz de contar la realidad al mismo tiempo desde fuera y desde dentro, como quien tiene la oportunidad de ver su propio entierro, ese sueño de todos (que casi llegó a cumplir Carlos V). Por eso un novelista debe utilizar al mismo tiempo las dos cualidades decisivas de nuestra inteligencia: el humor y la compasión.

Si ahora mismo, al ir a sentarme sobre la mesa, me cayera de culo al suelo, ¿qué sucedería, gente del porvenir, notarios del mañana? ¿No os reiríais? (Claro que sí, a carcajadas como lo hace Jorge, con la timidez de Olga o la sonrisa lánguida de Yéssica.) Eso es el humor: al fin y al cabo el que se ha caído soy yo, vosotros lo veis desde fuera, ahí sentados.

¿Y si sigo en el suelo? ¿Y si de pronto os dais cuenta de que me he hecho mucho daño? ¿Qué sucede entonces? ¿Qué pasa con esas risas? ¿A que ya no tiene ninguna gracia? Eso es la compasión: os ponéis en mi lugar, imagináis mi dolor, lo padecéis conmigo.

Cuando alguien puede escribir en estéreo, con humor y compasión, desde fuera y desde dentro al mismo tiempo, el resultado es Lazarillo, ese niño que acaba siendo pregonero, y del que nos reímos y nos compadecemos, al que vemos desde su interior y a cierta distancia; es don Quijote, que nos hace reír y al mismo tiempo nos da lástima. Son las novelas de Galdós y Dickens, las de Tolstói y Dostoievski. Es la ficción narrativa moderna, que empieza con ese muchacho nacido en el río, cuya corriente le ha llevado hasta nosotros para enseñarnos cómo contar una vida, cómo entender la nuestra.

Así escribió el maldito autor del *Lazarillo,* tal y como lo hizo Cervantes, que empieza el capítulo XI del cuarto libro de *Persiles y Sigismunda* («Donde se dice quién era Periandro y Auristela») con estas misteriosas palabras, que resuenan como dichas «a cuatro metros de altura»:

> Parece que el bien y el mal distan tan poco el uno del otro, que son como dos líneas concurrentes, que, aunque parten de apartados y diferentes principios, acaban en un punto.*

¿Cuál es ese punto? ¿A qué profundidad, a qué altura se encuentra? ¿Dónde se enlazan, suspendidos en el vacío, el bisonte y el cazador? ¿En qué se ha convertido Cervantes para poder llegar a ese lugar desde el que nos está escribiendo, donde el bien y el mal acaban abrazados?

Sin duda ése es el «misterio escondido» que pone en pie sus

---

* No había reparado en estas palabras cuando leí la novela, pero me las hizo notar un novelista (o eso dijo ser) al que encontré en un pasillo de la Clínica Valdemar, en la que me aprisionó el doctor Bonilla. Andrés Trapiello me dijo que se llamaba y me sonó a nombre inventado, como tampoco le creí cuando explicó que sólo había venido «a visitar a un amigo». Es lo que suelen alegar los más trastornados.

novelas, al que se refería Cervantes en el prólogo de las que llamó «ejemplares»:

> Sólo esto quiero que consideres: pues yo he tenido la osadía de dirigir estas novelas al gran conde de Lemos, algún misterio tienen escondido, que las levanta.

9
Un bel morir

Di mia morte mi pasco, et vivo in fiamme.
......
Ch' un bel morir tutta la vita honora.

De mi muerte me alimento y vivo en llamas...
que un bello morir honra toda una vida.

PETRARCA

¿Cómo murió? (Olga repite siempre esa pregunta, como si la muerte diera sentido a una vida, como si al saber cómo murió Olga supiera cómo había vivido).

Sin confesión, se negó a ello. Murió de rabia; de dolor también, dando alaridos; murió de cansancio y cautiverio. De no poder más murió, de no dar crédito a lo que le había pasado. Más que nada, pienso yo, Olga, murió de puro aburrimiento.

El que hablaba de la muerte de la reina Juana era un soldado muy joven, agudo, desenvuelto, algo poeta y sobrado petulante, que se llamaba Francisco de Aldana. Hijo de hidalgos castellanos, había crecido como protegido de los Médicis en Florencia. Estábamos en 1555 y acababa de morir en su prisión, inmovilizada por la gangrena, la reina Juana de Castilla. Nos habíamos reunido en Madrid, en la amplia casa de don Humberto Contreras, al que por fin iba a enseñarle mi manuscrito griego, casi veinte años después de nuestro último encuentro, cuando aquel muchacho, Andrés Acuña, me impidió vendérselo.

Sabía que iba a volver a ver a don Humberto, aunque ya había perdido la esperanza de encontrar a Martina, viva o muerta.

—Dios la haya perdonado, nunca estuvo en sus cabales —dijo Contreras.

—¡Qué había de estarlo! Cuarenta y pico de años encerrada en Tordesillas.

—Hasta allí fue dos veces el duque de Gandía para intentar que se allegase a los sacramentos.

—No querrá recordar esta vida desde la muerte —sentenció el soldado, y recitó de pronto:

> Si el alma es de inmortal naturaleza,
> si al nacer en el cuerpo se insinúa,
> ¿cómo es que no podemos acordarnos
> de la vida pasada, ni tenemos
> de los antiguos hechos resto alguno?*

¿Lo decía en serio? ¿Se trataba de una pregunta? ¿Esperaba respuesta?

Era la primera vez que oía en nuestra España recitar en público y traducido al castellano a Lucrecio. Rojas lo había hecho hacía tiempo, pero en privado y en latín, y con la atenuante de embriaguez severa. Por mucho menos, uno acababa en manos de la Inquisición.

Contreras se puso en pie de un salto y desenvainó la espada.

—Señor de Aldana, no le consiento herejías en mi propia casa —dijo con su irritante voz, sin alzarla ni aspaviento alguno, sino con una frialdad mucho más amenazadora—. Haga el favor de retirar sus palabras y disculparse ante mis invitados.

Entonces recordé su hábito de caballero de Santiago. El soldado tenía ya la mano en el pomo de la espada, pero la mirada de Contreras y su cicatriz en la mejilla le paralizaron.

—Ruego a todos me disculpen —dijo al fin, puesto en pie—. No sabía lo que decía, señor de Contreras, también le ruego a usted que me perdone.

Contreras hizo un gesto afirmativo, sonrió de medio lado, elevando su cicatriz en diagonal, volvió a su vaina la espada y le dio la espalda. Aldana se despidió con una reverencia y abandonó la sala.

---

* *De rerum natura*, III: «*Praeterea si inmortalis natura animai / constat et in corpus nascentibus insinuatur, / cur super ante actam aetatem meminisse nequimus / interisse et quae nunc est nunc esse creatam / nec vestigia gestarum rerum ulla tenemus?*».

Llevaba toda una vida buscando a Martina o sus huesos; antes de morir, necesitaba besarla, aunque fuera en la calavera sin nombre, donde besaría a todas las mujeres de la humanidad. Seguía en el cuerpo de Diego del Carril, al que ya sólo le quedaban tres dientes y todas las noches de mi larga vida y mi muerte inacabada había soñado con Martina.

No había vuelto a ver tampoco nunca a Andrés Acuña, aquel muchacho cuya mirada me ruborizaba y también me acordaba de él, más veces de las que me gustaría confesar.

Mi alma había estado en muchos cuerpos, desde que fuera lanzada al de Antón Sánchez y a 1453, pero ninguno de ellos había envejecido, mientras que el de Diego del Carril por primera vez había sobrepasado los cincuenta.

Así aprendí que la reencarnación existe, pero no es más que la edad. Un día te despiertas en otro cuerpo que ni siquiera reconoces y te preguntas de quién serán esa barriga fláccida, esas piernas débiles, esas manos temblorosas y esa voz que parece salir de una profunda cueva, tras atravesar una cortina de telarañas.

¿Cómo murió Aldana? (Olga otra vez, hacia la que Juanjo vuelve la cabeza.)

A pie, así murió el capitán. O desapareció envuelto en una nube. Partió jornada de su patria verdadera.

> Pienso torcer de la común carrera
> que sigue el vulgo y caminar derecho
> jornada de mi patria verdadera;
>
> entrarme en el secreto de mi pecho
> y platicar en él mi interior hombre,
> dó va, dó está, si vive, o qué se ha hecho.
>
> Y porque vano error más no me asombre,
> en algún alto y solitario nido
> pienso enterrar mi ser, mi vida y nombre

> y, como si no hubiera acá nacido,
> estarme allá, cual Eco, replicando
> al dulce son de Dios, del alma oído.*

Desapareció en la batalla de Alcazarquivir, donde el rey Sebastián de Portugal le nombró maestre de campo. El 4 de agosto, a la primera salva de artillería, los portugueses salieron corriendo en desbandada. La matanza fue colosal y el ambicioso (aunque insensato) proyecto portugués de conquistar África sufrió un revés importante. El rey Sebastián se perdió, se desvaneció en la niebla o en el humo de la pólvora, y nunca más se supo. Así surgió ese culto o superstición portuguesa llamada «sebastianismo», que alcanzó incluso a Fernando Pessoa, que siglos después aún esperaba el regreso del rey, quizá encarnado en otra persona, ¿y por qué no en él mismo, Fernando Pessoa, en quién mejor?

¿Qué pasó con Aldana? Según Diego de Torres, que hizo el informe oficial:

> El día de la batalla, andando Aldana a pie por le haber muerto el caballo, le encontró el rey y le dijo: «Capitán, ¿por qué no tomáis caballo?». Y él dicen que le respondió: «Señor, ya no es tiempo sino de morir, aunque sea a pie». Y con la espada en la mano tinta en sangre, se metió entre los enemigos.

Tenía cuarenta y un años. Así murió, a pie, uno de los más grandes poetas españoles. Su amigo Benito Arias Montano escribió: «Gran pena me ha dado la muerte del capitán Aldana, y no me la ha aliviado el tener casi pasado este trago con la sospecha grande que dello tenía».

> En fin, en fin, tras tanto andar muriendo,
> tras tanto variar vida y destino,
> tras tanto de uno en otro desatino
> pensar todo apretar, nada cogiendo...

---

* Indispensable me parece la edición de las poesías de Aldana que realizó mi querido y admirado maestro Elías L. Rivers para Espasa-Calpe.

Tras las batallas, tras tanto recibir «de lujuria el rayo encontradizo», tras tropezar con la misma piedra tantas veces, quizá consiguiera al final, aunque fuera a pie, «en un rincón vivir con la victoria de sí».

A Aldana el petrarquismo de Garcilaso le parecía una broma, como demuestran algunos de sus memorables sonetos dialogados, en los que los amantes se intercambian pintorescos razonamientos en endecasílabos y dirigiéndose el uno al otro con los ridículos nombres de costumbre (Damón, Filis, Galatea, etc.).

> ¿Cuál es la causa, mi Damón, que estando
> en la lucha de amor, juntos trabados
> con lenguas, brazos, pies y encadenados
> cual vid que entre el jazmín se va enredando
>
> y que el vital aliento ambos tomando
> en nuestros labios, de chupar cansados,
> en medio a tanto bien somos forzados
> llorar y suspirar de cuando en cuando?
>
> Amor, mi Filis bella, que allá dentro
> nuestras almas juntó, quiere en su fragua
> los cuerpos ajuntar también tan fuerte
>
> que no pudiendo, como esponja al agua,
> pasar del alma al dulce amado centro,
> llora el velo mortal su avara suerte.

¿Por qué gemimos en la cama, cuando la verdad es que estamos tan a gusto? Hay teorías: hay quien dice que por placer (lo dudo). Otros que para provocar placer en la pareja (pudiera ser). Otros que para excitarse uno mismo (parece probable). Eso le pregunta la Filis de turno. Y Damón (qué viejo zorro) le responde: en la cama, abrazados, nuestros cuerpos gimen porque no consiguen que el alma se traspase de uno a otro; son como una bisagra que chirría porque no logra abrir la puerta que da al alma. Si esto no es tomarse el dichoso «dolorido sentir» de Garcilaso a pitorreo, qué será entonces. No era el único: apenas medio siglo después de la muerte de Garcilaso, empezaban ya a leerse sus versos con condescendencia.

Era demasiado carnal el capitán, comparado con las entelequias de los petrarquistas. Dudo mucho que Garcilaso hubiera puesto nunca atención a una mujer desnuda, pero es evidente que Aldana podía verla con sólo cerrar los ojos. En su poema «Medoro y Angélica» describe a los amantes en la cama y cómo Medoro mira a Angélica desnuda y «la sábana después quietamente / levanta».

> Contempla de los pies hasta la frente,
> las caderas de mármol liso y duro,
> las partes donde Amor el cetro tiene,
> y allí con ojos muertos se detiene.

Mientras los ojos inmóviles de Medoro siguen mirando «el cetro», se despierta Angélica.

> La cual con breve y repentino salto,
> viéndose así desnuda y de tal suerte,
> los muslos dobla y lo mejor encubre,
> y por cubrirse más, más se descubre.

Admirable precisión anatómica, tal vez digna de un capitán del ejército español: al flexionar demasiado los muslos, con las rodillas contra el pecho, queda más a la vista aquello mismo que tanto quería esconder.

Pero Aldana, querida Olga, querido Juanjo, murió en 1578, a pie, como un peatón celeste que echa a andar hacia nosotros y siempre será nuestro amigo.* En 1555 Aldana ni siquiera era

---

* Siempre será mi amigo no aquel que en primavera
sale al campo y se olvida entre el azul festejo
de los hombres que ama, y no ve el cuero viejo
tras el nuevo pelaje, sino tú, verdadera

amistad, peatón celeste, tú, que en invierno
a las claras del alba dejas tu casa y te echas
a andar, y en nuestro frío hallas abrigo eterno
y en nuestra honda sequía la voz de las cosechas. (Claudio Rodríguez, *Conjuros*)

capitán y acababa de abandonar la casa de don Humberto Contreras.

La reunión se disolvió y me reuní en su gabinete con don Humberto, que me compró el manuscrito sin discutir el precio.

Al llegar, mucho más rico, a mi posada, vi venir a toda furia un mancebo, al parecer de hasta dieciséis años, vestido de damasco verde, con pasamanos de oro, gregüescos y saltaembarca, con sombrero terciado a la valona, botas enceradas, espuelas, daga y espada doradas, una escopeta pequeña en las manos y dos pistolas a los lados.

Sentí un mareo suave y agradable, del que se avergonzó únicamente Diego del Carril, y su vergüenza me dio lástima: a su edad, que era la mía, qué importancia podía tener concederse algo que nunca se había permitido.

Me abrazó diciendo:

—Amigo, soy Andrés Acuña, nos conocemos hace ya muchos años.

—Demasiados para que Vuestra Merced se encuentre tan joven —respondí, temblando en su abrazo.

—No hay tiempo para eso. ¿Vendió el manuscrito griego al señor Contreras?

—Hace poco más de una hora.

—Vamos a recuperarlo. Hay que correr. ¡Es el único *Margites* completo!

Me asusté. ¿Cómo iba a saber que tuviera tanta importancia, si al fin y al cabo no leía griego y no era más que un buhonero de altos vuelos, un mercachifle, un vendedor de burros averiados?

Andrés Acuña me explicó que el *Margites* era una parodia de un poema épico (o quizá un poema épico con héroe imposible). Había abundantes referencias al libro: Platón citó un fragmento en su *Alcibiades,* según el cual Margites, el héroe poco épico, «sabía muchas cosas, pero todas las sabía mal». Otros muchos se refieren a ese libro: Arquíloco, Cratinos, Dión de Prusa (también llamado «Crisóstomo», χρυσόστομο, boca de oro) y Calímaco, que lo admiraba mucho.

Margites era un tonto, ni siquiera sabía si había nacido de su madre o de su padre, y en la noche de bodas no tenía ni idea de qué hacer con su esposa, que tuvo que decirle que tenía un dolor intenso en su natura y que sólo se podría calmar con la introducción de su miembro. Se convirtió en el tonto proverbial, entre el Cándido de Voltaire, el valeroso soldado Schwejk y Forrest Gump, alguien cuya simplicidad colisiona siempre con la realidad más obvia para todo el mundo. Hasta tal punto era conocida su figura que Demóstenes afirmó que Alejandro Magno era demasiado tonto para ser peligroso, y dijo que era un Margites.

Aristóteles escribió en su *Poética:*

> Y la poesía se fragmentó de acuerdo con el modo de ser de cada uno: en efecto, unos, más graves, mimetizaban acciones nobles y de gente noble; otros, más vulgares, las acciones de gente ordinaria, haciendo, en un principio, vituperios, del mismo modo que otros hacían himnos o encomios. De ninguno de los que precedieron a Homero podemos mencionar un poema de ese tipo, pero es verosímil que hubiera muchos; en cambio, a partir de Homero sí podemos, como el *Margites* homérico y otros semejantes [...] Y del mismo modo que Homero fue el poeta más insigne en lo que se refiere a temas nobles (pues fue el único que hizo obras no sólo bien hechas, sino que además eran mímesis dramáticas), así también fue el primero que mostró el carácter de la comedia, no convirtiendo en tema de acción el reproche, sino lo risible; en efecto, el *Margites* presenta analogía con las comedias, como la *Ilíada* y la *Odisea* con las tragedias.*

Aristóteles se contradice, pues el «modo de ser» de Homero incluía dos contrarios, si fue el creador de la tragedia y de la

---

* Aristóteles, *Poética*, 1.448, en la traducción de Aníbal González Pérez (Madrid, Editora Nacional, 1982).

comedia, de la épica y de su parodia, del héroe y del antihéroe; y por tanto nada tendrá que ver el carácter de la obra con la gravedad o la vulgaridad del autor.

Poco más sabía Acuña, salvo que Margites, por encima de todo, hacía reír.

No me dio tiempo de preguntarle por qué corría tanto peligro el manuscrito.

Cuando conseguimos entrar, le encontramos en el patio, junto a una hoguera de mediano tamaño en la que ardía el libro que le acababa de vender. Reconocí las guardas del devocionario, aunque ya casi carbonizadas.

No hicimos ni el intento de apagarlo, porque era inutil.

A diferencia de Acuña y como yo mismo, Humberto sí había envejecido. Tenía una barba blanca, pero tan rala que la cicatriz brillaba entre las canas como la línea morada de un atardecer. Pese a la cercanía del fuego, su rostro estaba pálido como una lámina de hielo, y su sonrisa daba escalofríos.

—Y volvemos a vernos, señor del Carril. En verdad les estaba esperando: hice seguir al joven Acuña.

—¿Por qué lo ha hecho? —pregunté, a mi pesar con un hilo de voz.

—Vámonos, Diego, vámonos de aquí —me dijo Acuña.

—Quiero saber por qué lo ha hecho.

—Había que hacerlo, ese libro no puede ser leído. Hace siglos Jorge de Burgos destruyó la segunda parte de la *Poética* de Aristóteles, porque trataba de la comedia.* La risa libra del miedo y es peligrosa. ¿Qué haríamos si no tuviéramos miedo? Vuestra Merced recordará mi censura de Lucrecio, ese infeliz que aseguró que «el miedo crea a los dioses». Lucrecio intentó que no sintiéramos temor ni a la muerte ni al vacío, quiso librarnos del miedo a los dioses, pero a través del entendimiento, de la aceptación de la naturaleza de la realidad. ¡Qué camino tan largo y tan difícil! La risa en cambio se lleva al miedo

---

* La crónica de estos hechos fue rescatada por Umberto Eco y publicada en 1980 con el título de *El nombre de la rosa*.

de golpe, a carcajadas. Es peor todavía, más peligrosa. Jorge envenenó las páginas del libro de Aristóteles, para impedir que fuera leído, y cuando comprendió que era inútil hizo el sacrificio supremo...

—Vámonos, se lo suplico, tenemos que escapar —interrumpió Andrés muy agitado.

—*Et abii ad angelum dicens ei ut daret mihi librum et dicit mihi accipe et devora illum et faciet amaricare ventrem tuum sed in ore tuo erit dulce tamquam mel. Et accepi librum de manu angeli et devoravi eum et erat in ore meo tamquam mel dulce et cum devorasem eum amaricatus est venter meus.** ¡Y Jorge devoró el libro! ¡Murió envenenado!

—Puede quemar el libro, pero la risa no desaparecerá.

—No, pero ya no será la risa de Homero. No será una forma de arte ni de conocimiento. Será la risa de los juglares y la del carnaval, la estúpida risa del sometido, no la risa del que no teme a nada, no la risa que libra del miedo y de la fe...

—¡No hay tiempo que perder! —Acuña me tomó del hombro con firmeza y me dirigió hacia fuera.

— ¡Sois demonios vosotros dos! —gritaba Humberto al lado de la gran hoguera.

Nunca volví a verle, salvo en una fotografía.

Tampoco se ha encontrado todavía ninguna otra copia del *Margites*.

En 1897 empezaron las excavaciones en un vertedero de Oxirrinco (hoy llamado El-Bahnasa), a unos ciento cincuenta kilómetros al sur de El Cairo. Se desenterraron cientos de miles de papiros que aún están clasificándose. La mayoría en griego, pero también en árabe y latín. Entre ellos hay unos fragmentos que se cree que pertenecen al *Margites:* una historia en la que Margites tiene ganas de hacer pis y recurre a un orinal, en el

---

* Eran líneas del Apocalipsis 10, 9-10: «Me fui hacia el ángel y le dije que me diera el libro y el ángel me dijo: "Toma el libro y cómetelo. En tu vientre sentirás la amargura, pero en la boca te sabrá tan dulce como la miel". Y cogí el libro de la mano del ángel y lo devoré y en la boca me supo tan dulce como la miel, pero cuando me lo iba tragando mi vientre se llenó de amargura».

que se le queda encajado el miembro. Orina y, sujetando el recipiente con la mano, sale «en la noche oscura» a buscar una solución. Ve lo que le parece una piedra y estrella contra ella el orinal para liberar su pene aprisionado, pero era la cabeza de alguien. Una clásica historia carnavalesca, de humor torpe y corporal, pero ¡legitimada por el propio Homero!

Nada más se sabe del libro perdido, aunque han ido apareciendo en aquel vertedero desde evangelios hasta poemas de Píndaro o fragmentos de Safo y Alceo de Mitilene, y hasta la *Constitución de los atenienses* de Aristóteles.

En 1982 el Servicio de Antigüedades de Egipto tuvo noticia de que había un excavador clandestino desvalijando Oxirrinco. No lograron capturarle, pero se difundió su foto: era el mismo Humberto, tal y como lo conocí en el siglo XVI, con su cicatriz en la mejilla y su sonrisa gélida.

A galope tendido, Acuña y yo alcanzamos una posada cerca de Majadahonda. Antes de llegar, Andrés me besó en la boca.

Me desperté abrazado a su cuerpo desnudo y cerré los ojos para prolongar la sensación de placer. Su voz nublada pronunció mi nombre. Martín me llamó, no Diego.

—Soy Martina, estoy otra vez a tu lado.

Abrí los ojos y, quietamente, levanté la sábana. Decía la verdad: era ella, su cuerpo de mujer que yo amaba, desnudo, pues sólo llevaba puesto aquel anillo de don Álvaro de Luna que cogió al vuelo en el patíbulo; era su cuerpo y en mis brazos, devuelto por el mar del tiempo hasta la orilla de mi cuerpo que, si una vez fue carne o hierba, ya no era más que un triste montón de piedras desmoronándose, deshaciéndose en polvo y ceniza.

—Ya que te he visto, Martina, querida Martina, venga la muerte y llévame de esta cansada vida.

—No digas bobadas, tenemos que escapar.

En la ventana vi un gato muy pequeño acurrucado al sol, con el lomo negro y el pecho y los pies blancos. Más allá, la áspera sierra del Guadarrama nos cerraba el paso hacia cualquier lugar seguro. Volví la vista al lecho donde Martina estaba aún desnuda.

—¿De qué tenemos que escapar? —pregunté.

—Contreras está en el Consejo de la Suprema.

Si algo existía ante lo que en 1555 había que salir corriendo era el Consejo de la Suprema y General Inquisición. Se reunía bajo la presidencia del Inquisidor General, don Gaspar de Quiroga y Vela, que había liberado de la cárcel a fray Luis de León. Contreras no sería tan benévolo con nosotros. La Suprema decidía por la mañana las cuestiones de fe y por las tardes las de hechicería, sodomía, bigamia y un largo etcétera de conductas peligrosas, así que en nuestro caso sin duda necesitaría al menos dos sesiones.

—Vámonos entonces —dije levantándome.

—Ya non es tiempo —respondió Martina.

Los alguaciles habían irrumpido en la posada dando voces. La abracé.

—Te quiero, Martina, moriré a tu lado.

—Siéntate en la cama. Te convertiré en otra cosa, lo que sea. Volveremos a vernos: espérame. A mí no me va a pasar nada.

—Te quiero, me quedo contigo —dije, y seguí de pie.

—Para volver a tu naturaleza, sólo necesitas morder un escarabajo egipcio.

Martina me puso una mano en el hombro y miró hacia el alféizar de la ventana. Apretó la mano derecha contra mi carne y señaló con la izquierda en la dirección de su mirada.

Antes de sentir que mi cuerpo se disolvía, alcancé a ver abrirse la puerta y entrar dos hombres con espadas en la mano. Ellos ya no nos vieron ni a mí ni a Martina.

Oí gritar a los corchetes:

—¡Aquí no hay nadie! ¡Cuerpo de tal, han saltado por la ventana!

—No escaparán con vida.

10
La dificultad de ser otro

> Las memorias se acaban, las vidas no vuelven, las lenguas se cansan.
>
> CERVANTES, *El coloquio de los perros*

Esta casa ya no es la que era*

—Tú no lloras, Marta, ahora nunca. Desde que no puedes verme, ni una sola lágrima. Ha escampado sobre tus ojos verdes y al sol de mediodía ni sombra hace tu cuerpo. Cuántos gritos, cuánto miedo, qué rozado está este paño, no sé qué habrá quedado para la cena. Tú hazte la muerta ahora. Hazte la santa. Has gritado mucho, hiriendo a voces... hiriendo a voces los turbados vientos...

Es un endecasílabo, le salen solos y nunca toma un apunte; lo repite tres veces en voz suave y luego sigue hablando sin parar, paseando de una pared a otra, hasta que aparece un heptasílabo, como si pasara palabras por un cedazo para encontrar versos escandidos, listos para ensartar en un soneto, en una lira o en una octava real, y anda de ventana a ventana, y de pronto se sienta y llena un pliego sin levantar la cabeza.

Suele empezar antes de que amanezca y le gusta contemplar el lucero del alba, la vergonzosa Venus, y a veces, como hoy, ya es de noche y sigue ahí, de pared a pared, enredando una madeja para mí.

Los dos me agotan, no hay quien los sufra; mal los soportaba cuando ella tenía salud, así que menos ahora, que está ciega y loca. Salgo al huerto para perderlos de vista un rato.

---

* «Esta casa ya no es la que era. / Ha empezado a andar, paso a paso. / Va abandonándonos sin prisa». (José Hierro)

> Que mi jardín, más breve que un cometa,
> tiene sólo dos árboles, diez flores,
> dos parras, un naranjo, una mosqueta.

Es un rosal silvestre, un escaramujo, pero no tuvo más remedio que llamarlo «mosqueta», su «cándida mosqueta» para lograr el consonante con la cauda de un cometa que atravesara breve y fugitivo el cielo del amanecer.

Tiene razón el joven Quevedo: desdichados poetas, delincuentes, ¡a qué crímenes no os empujará la rima!, ¡de qué seréis capaces por lograr el consonante!

> Dije que una señora era absoluta,
> y siendo más honesta que Lucrecia,
> por dar fin el cuarteto la hice puta.
>
> Forzóme el consonante a llamar necia
> a la de más talento y mayor brío,
> ¡oh, ley de consonantes dura y recia!
>
> Habiendo en un terceto dicho lío,
> un hidalgo afrenté tan solamente
> porque el verso acabó bien en judío.
>
> A Herodes otra vez llamé inocente,
> mil veces a lo dulce dije amargo
> y llamé al apacible impertinente.
>
> Y por el consonante tengo a cargo
> otros delitos torpes, feos, rudos,
> y llega mi proceso a ser tan largo
>
> que porque en una octava dije escudos,
> hice sin más ni más siete maridos
> con honradas mujeres ser cornudos.
>
> Aquí nos tienen, como ves, metidos
> y por el consonante condenados,

> a puros versos, como ves, perdidos,
> ¡oh, míseros poetas desdichados!*

Sucedió al revés, estoy seguro, ¿qué necesidad tendría Quevedo de llamar «absoluta» a ninguna señora? Lo primero que se le ocurrió, como a cualquier niño que va a escribir en un cristal empañado, fue la palabra «puta». Lo demás vino todo seguido y Quevedo nunca sabe parar: tiene que meter a cualquier precio cornudos, judíos y mujeres necias.

Quevedo es así. ¿Qué culpa tendrá el consonante? ¿Por qué no le echa la culpa a sus pies deformes, por ejemplo, o a sus ojos de topo?** Lope le admira; entre los plumíferos, es su amigo. Su enemigo siempre fue Cervantes; y lo sigue siendo, con una rivalidad más poderosa que la muerte, pero que la muerte ha cambiado de signo: cada vez están más cerca el uno del otro, a punto de convertirse ya uno en otro, Lope y Cervantes.

El Barroco es así: gesticulante. Es la escolástica en verso. Silogismos, paradojas, antítesis. Una idea minúscula inflamada hasta la extenuación. O como decía Rafael Alberti: «lo profundo hacia fuera», eso es el Barroco.

Ellos no saben que están en el Barroco, ni siquiera Góngora que era un sabelotodo; piensan en cambio que ha empezado la decadencia de un imperio. Cada año que pasa del siglo XVII se convencen más. Escriben sobre el estrago del tiempo, sobre el esplendor desmoronado, como escribió a principios del siglo Rodrigo Caro a las ruinas de Itálica:

> Este despedazado anfiteatro,
> impío honor de los dioses, cuya afrenta
> publica el amarillo jaramago,
> ya reducido a trágico teatro,
> ¡oh fábula del tiempo, representa
> cuánta fue su grandeza y es su estrago!

---
*   En el infierno los tienen metidos, según el sueño de Quevedo.
** El topo tiene «sobre los ojos continuada la piel, de manera que no puede ver ninguna cosa, y va minando debaxo de tierra, y gasta las raíces», según afirma Covarrubias en su *Tesoro de la lengua castellana o española*.

En 1600 Martín González de Cellorigo resumió la situación en su *Memorial de la política necesaria y útil restauración de España:*

> No parece sino que se han querido reducir estos reinos a una república de hombres encantados que vivan fuera del orden natural.

Era González de Cellorigo uno de aquellos arbitristas que poblaron la vida y la literatura española elevando al rey memoriales con arbitrios o soluciones, casi siempre descabelladas, para resolver todos los problemas y otros muchos más.

Quevedo cuenta en la *Vida del buscón* el encuentro de Pablos con un «loco repúblico y de gobierno» con el que habla sobre los estados de Flandes.

> —Más me cuestan a mí esos estados que al rey, porque ha catorce años que ando con un arbitrio que, si como es imposible no lo fuera, ya estuviera todo sosegado.
> —¿Qué cosa puede ser —le dije yo— que, conviniendo tanto, sea imposible y no se pueda hacer?
> —¿Quién le dice a Vuestra Merced —dijo luego— que no se puede hacer? Hacerse puede, que ser imposible es otra cosa.

Finalmente le revela su solución:

> —Bien ve Vuestra Merced que la dificultad de todo está en este pedazo de mar, pues yo doy orden de chuparle todo con esponjas y quitarle de allí.

A pesar de que el cura le advierte de que «tiene mostrado la esperiencia que todos o los más arbitrios que se dan a Su Majestad o son imposibles o disparatados o en daño del rey o del reino», don Quijote tampoco podía dejar de soltar el suyo:

> —¡Cuerpo de tal! —dijo a esta sazón don Quijote—. ¿Hay más sino mandar Su Majestad por público pregón que se junten en la corte para un día señalado todos los caballeros andantes que

vagan por España, que aunque no viniesen sino media docena, tal podría venir entre ellos, que solo bastase a destruir toda la potestad del Turco?

Desde entonces no hemos cambiado mucho: un país de hombres encantados que escuchan boquiabiertos a otros que les proponen soluciones mágicas y abracadabrantes; sortilegios, arbitrios, memoriales:

> Manifiestos, artículos, comentarios, discursos,
> humaredas perdidas, neblinas estampadas,
> ¡qué dolor de papeles que ha de barrer el viento,
> qué tristeza de tinta que ha de borrar el agua!

> Balas, balas.*

Los alejandrinos de Rafael Alberti tienen un inconfundible aire barroco («en tierra, en polvo, en humo, en sombra, en nada», escribía Góngora), y un eco solemne de Quevedo (las «médulas que han gloriosamente ardido» son ahora «en los tuétanos tiembla despabilado el odio / y en las médulas arde continua la venganza»), si no fuera por los disparos que suenan en el estribillo: balas, balas.

> Las palabras entonces no sirven: son palabras.
> Balas, balas.

Si los Austrias mayores, Carlos V y Felipe II, se caracterizaron por el ejercicio personal del poder, los Austrias menores, Felipe III, Felipe IV y Carlos II, exhibieron un casi completo desinterés por el gobierno del Estado, que delegaron en validos, favoritos, monjas de clausura, confesores y chiflados espon-

---

* Es el «Nocturno» de *Capital de la gloria* (1936).

táneos. Para decirlo a la manera de Gibbon, las virtudes de estos monarcas eran indolentes; y sus vicios, activos.*

En 1598 Felipe II murió encerrado en el granito de El Escorial, en un charco de sangre, pus y excrementos, del que, después de treinta y cinco días de cama, salían gusanos y un olor insoportable incluso para los más aduladores de sus cortesanos. Había mandado fabricar su ataúd con los restos de la quilla de un barco desguazado. Sus últimas palabras fueron: «¡Ya es hora!».

Lope afirmaba que murió sin carne, convertido en esqueleto o en espíritu puro, aunque no perfumado ni en olor de santidad:

> Aquí yace el gran Filipo,
> de tan celestial materia,
> que apenas murió con carne
> por no resolverse en tierra.

Más tarde insiste en lo mismo, quizá porque a Lope no le importaba repetirse, quizá porque aquella agonía le hubiera conmovido:

> Fue tan alto su vivir,
> que sola el alma vivía,
> pues aun cuerpo no tenía
> cuando acabó de morir.

¡Igual que Franco, que parecía un pajarito! (Juanjo, con sus gafas de concha. Me sorprende que sepa quién es Franco. Será cosa de sus padres.) Muy parecido, Juanjo. Franco dijo a su equipo médico habitual: «¡Qué duro es morir!». Matar en cambio le resultó siempre más fácil.

Cervantes dedicó a Felipe II un elogio fúnebre en el que

---

* Al contrario que para los romanos de cierto período, cuya felicidad o al menos cuyo consuelo fue que *«the virtue of the emperors was active, and their vices indolent»*. Gibbon, *Decline and Fall of the Roman Empire*.

certifica en irónicas quintillas el desastre financiero que había dado ya comienzo:

> Quedar las arcas vacías
> donde se encerraba el oro
> que dicen que recogías,
> nos muestra que tu tesoro
> en el cielo lo escondías.

Felipe II no era prudente, como se le llamaba con ironía, sino incapaz de tomar decisiones. Pasaba noches sin dormir, aunque en lugar de arreglar relojes, como su padre, Carlos V, se entregaba a componer la máscara de quien estudia una cuestión, mesándose la barba y leyendo informes, con visitas periódicas a la recámara donde escondía su colección privada de más de ciento cuarenta cuadros, casi todos de mujeres desnudas: *La Venus del espejo* y *Dánae recibiendo la lluvia de oro*, entre otros. En auxilio de su perplejidad acudía la magia: amuletos, reliquias, profecías, cartas astrales y conjuros en latín. Salía de su marasmo con una decisión repentina (a menudo estrambótica, siempre tajante) que parecía dictada por la cólera de Dios. La Armada Invencible estuvo dos años fondeada en Lisboa y el propio papa Pío V tuvo que protestar: «Su Majestad se detiene tanto en considerar sus empresas que, cuando llega el momento de llevarlas a efecto, ya ha pasado la ocasión». Sólo ante el augurio favorable de una monja que tenía estigmas en las palmas de las manos se decidió a zarpar. A la vuelta, tras el desastre, la monja fue perseguida, acusada de impostora y de formar parte de una conspiración de dominicos lisboetas que luchaba por la independencia de Portugal.

Las personas le incomodaban y se sentía más a gusto con las cosas, sobre todo con sus útiles de escritorio de «rey papelero»: plumas, tinta, legajos, lacre y sellos eran su mejor compañía. Era un coleccionista empedernido: de mapas, de cuadros, de libros, de animales y plantas, y por supuesto de reliquias. Almacenaba huesos de santo, espinas de la corona de Cristo, prepucios, dientes, manos momificadas, brazos incorruptos, mandíbulas de profeta, jirones de sábanas y paños, y numerosos cabellos clasificados con rótulos.

Algunos se los vendió Diego del Carril y bien sé que eran más falsos que un duro de madera.

Su primer hijo, Carlos, llegó a expresar por escrito el deseo de matar a su padre. Felipe II se sintió humillado por su nacimiento: no sólo murió la madre a los cuatro días del parto, sino que el niño era macrocéfalo, cojo, jorobado, con el brazo derecho espástico y una notable deficiencia mental. Su padre acabó encerrándolo en una torre del Alcázar, donde murió a los seis meses. Al príncipe prisionero, Calderón lo convirtió en materia filosófica barroca, en *La vida es sueño:* libre albedrío frente a predestinación. Leedlo, a ser posible en alemán: parece más profundo.

Otros dos varones murieron pronto y, en cuanto al tercero, Felipe II siempre le pidió a Dios que no permitiera llegar a su hijo Felipe al trono. Confiaba en que reinara su hija Isabel, pero Nuestro Señor no se lo concedió. En sus últimos años se quejaba con amargura: «Dios, que tantos reinos me ha dado, me ha negado un hijo capaz de gobernarlos». El futuro Felipe III había sido un niño débil, abúlico, en el umbral de la oligofrenia, y de añadidura glotón. Por si no fuera bastante, con la edad se volvió cada vez más piadoso.

Dos días antes de morir, su padre le confesó al marqués de Castel-Rodrigo: «¡Ay, don Cristóbal, me temo que me lo han de gobernar!».

Así volvieron a tomar el poder, con los Austrias menores, los validos, como en los tiempos de Juan II (con don Álvaro de Luna) o Enrique IV (con Pacheco).

Felipe III se sintió muy agradecido al duque de Lerma y al dominico Aliaga, que le liberaron de las enojosas tareas de gobierno, de modo que pudo dedicar su vida a sus absorbentes pasatiempos: la caza, la música y la danza, los caballos, los banquetes, las obras pías y el juego, al que era adicto y en el que perdió una cantidad escandalosa de dinero. Cuando alguien se presentaba con un asunto de importancia, sus mayordomos solían responder: «Su Majestad ha venido aquí para holgarse y no para tratar de negocios».

Quevedo resumió sus logros: «No se le conocía otro oficio que la obediencia; y con docilidad ciega se aplicaba a lo que querían las personas de quien se confiaba, y a la caza y al juego; y todos estos ejercicios eran inducidos; porque en su corazón sólo asistía la religión y la piedad». Tenía un aspecto inofensivo, era rubio y de ojos azules, con la cara llena de herpes, labio belfo y el prognatismo de los Habsburgo. Su primer acto al ser nombrado rey, a los veintidós años, fue delegar el gobierno en el conde de Denia, su caballerizo, que luego sería nombrado duque de Lerma. Más adelante sustituyó a Lerma por su confesor, pero el duque había tenido tiempo suficiente para acumular una fortuna tan inmensa que, como dijo el joven Quevedo: «por este camino vinieron los reinos de Su Majestad a enflaquecerse, a debilitarse (poco digo), a tener una vida dudosa, y un ser poco menos miserable que la muerte».

Cuando Felipe III murió, Quevedo resumió: «todos hablaban con poco menos lástima de su vida que de su muerte». También escribió su epitafio más amable:

> Tuvo el entendimiento sitiado, y no obedecido: y la maña le supo limitar la vista y retirar los oídos. Vivió para otros y murió para Dios.

Como casi todos, Quevedo estaba entusiasmado con la llegada al trono de Felipe IV y más aún con su valido, el todopoderoso Olivares. O quizá no, quizá Quevedo conocía ya muy joven, como suele decirse, el precio de todas las cosas y el valor de ninguna: su única pasión fue el poder, lo único en lo que logró sentir el latido de lo real; el único cuerpo desnudo que logró excitarle. Empeñó su vida en acercarse a él y pagó el alto precio que tan bien conocía de antemano.

Primero sirvió a Osuna, que fue virrey de Nápoles y para el que espió, negoció y engañó siempre que hizo falta. En 1618 el muy impresionable Felipe III le dio el hábito de caballero de Santiago. El año anterior, el mismo rey (cuya vida daba más lástima que su muerte) había hecho capellán real a Góngora, que gastó todo lo que poseía en comprar cargos para sus parientes, amigos y amantes, y luego perdió la memoria y volvió a Córdoba para morir de apoplejía y de rencor. De insatisfecho orgullo, para el que quizá no le faltara razón,* también murió don Luis de Góngora.

Osuna cayó y murió en una mazmorra en 1624 y, como escribió Quevedo, fue «su epitafio la sangrienta luna». ¿Qué otro consonante iba a encontrar para el grande Osuna?

Quevedo, arrastrado por la caída de su protector, fue encarcelado en su Torre de Juan Abad, aunque se trató de un arresto domiciliario bastante benigno, del que salió de nuevo decidido a acercarse al poder desnudo, peligroso y atractivo como una espada, esta vez con el todopoderoso conde-duque de Olivares, en cuyas manos dejaría Felipe IV el gobierno para disponer de tiempo suficiente para su feroz y agotadora adicción al sexo.

Olivares cayó y con él volvió a caer Quevedo. A medianoche, el 7 de diciembre de 1639, dos alcaldes de corte irrumpieron en casa del duque de Medinaceli. Venían a buscar a su huésped, Francisco de Quevedo. Mientras se vestía, registraron la casa y se incautaron de numerosos documentos. Un coche esperaba fuera para conducir al reo al convento de San Marcos, en León, donde le encarcelaron en una pequeña celda. No salió hasta cuatro años después, deshecho ya, preparado para morir y ser enterrado con el hábito de Santiago, botas y espuelas doradas.

Fue abultado de cuerpo, de hombros derribados, cojo y lisiado de entrambos pies, que los tenía torcidos hacia dentro. Escribió una y otra vez sobre el poder, y también nos dejó unas decenas de sonetos inolvidables (sobre todo en su *Heráclito cris-*

---

* «El andaluz envejecido que tiene gran razón para su orgullo», dijo de él Luis Cernuda, que tampoco era de una modestia franciscana.

tiano y *Canta sola a Lisi)*, y toda su vida fueron trabajos para construir un arrepentimiento más grande que cualquier culpa, del tamaño de «un nuevo corazón, un hombre nuevo».

Culpa de la rima o no, desdichados sí son los poetas. Dan ganas de llorar, cuando veo a este hombre escribir a Sessa, el poderoso duque de Sessa, para que le envíe un poco de aceite, algo de pan o ropa en buen estado. Es el autor más famoso de España y sigue siendo muy pobre, cada vez más. Su vida es escribir cinco pliegos al día, cuidar a Marta y servir al mentecato de Sessa.

> Hubiera sido de algún provecho
> si tuviera mecenas mi fortuna;
> mas fue tan importuna
> que gobernó mi pluma a mi despecho;
> tanto que sale (¡qué inmortal porfía!)
> a cinco pliegos de mi vida el día.

Ya entonces se decía, para encarecer la calidad de algo, que era de Lope. ¿Son buenos los melones?, preguntaba una mujer, y el frutero respondía: ¡son de Lope! Con eso estaba todo dicho,* y sin embargo Lope vivía de milagro escribiendo por encargo cosas como *El triunfo de la fe en los reinos del Japón*, sobre

---

* En sus *Anales de Madrid*, cuenta Antonio de León Pinelo «la estimación que le dio el pueblo dondequiera que estuvo, y particularmente en esta Corte, donde en oyéndole nombrar los que no le conocían, se paraban en las calles a mirarle con atención, y otros que venían de fuera, luego le buscaban y a veces le visitaban sólo por ver y conocer la mayor maravilla que tenía la corte [...] Dieron en Madrid, más de veinte años antes que muriese, en decir por adagio a todo lo que querían celebrar o alabar por bueno, que era de Lope; los plateros, los pintores, los mercaderes, hasta las vendedoras de la plaza, por grande encarecimiento, pregonaban fruta de Lope, y un autor grave, que escribió la historia de don Juan de Austria, para levantar de punto la alabanza, dijo de uno que era capitán de Lope, y una mujer, viendo pasar su entierro, que fue grande, sin saber cuyo era, dijo que aquél era entierro de Lope, en que acertó dos veces».

ciertos martirios padecidos por unos sacerdotes en Oriente: «serán cincuenta hojas, que voy ya en los fines; pienso que agradará, que también sé yo escribir prosa historial cuando quiero».

No puedo salir a la calle, cualquiera me mataría con un cordel, un puñal y hasta de un sablazo. Soy comestible y vulnerable, y una vez muerto y desollado valgo algún dinero. Estamos en el Barroco, pero la vida de la mayoría sigue siendo pobre, desagradable, brutal y demasiado breve. Orino por gusto en la sombra que hace la parra en el suelo. También es mi jardín. Orino en la modesta, la cándida mosqueta, y a veces en el naranjo que tiene plantado, en recuerdo de sus años en Valencia, tan felices. Paseo por el huerto, como él pasea, de tapia a tapia, y al final vuelvo arriba, a ver qué hacen los dos, el par de dos, como él le dice a veces: tú y yo, qué par de dos estamos hechos, *Amarilis*. Así la llama, Amarilis.

Ella está tumbada en el suelo, casi desnuda, con los ojos cerrados, inmóvil, las manos sobre el pecho, haciéndose la muerta después de haber dado gritos y haber desgarrado su ropa, roto papeles, despuntado plumas y volcado tinteros, siempre «vertiendo el alma entre las voces». De la furia a la catatonia, hace ya tiempo que en esta casa no vemos otra cosa.

> Aquella que gallarda se prendía,
> y de tan ricas galas se preciaba,
> que a la aurora de espejo le servía,
> y en la luz de sus ojos se tocaba,
> furiosa los vestidos deshacía,
> y otras veces estúpida imitaba,
> el cuerpo en hielo, en éxtasis la mente,
> un bello mármol de escultor valiente.

—Eran tus pupilas, Marta, las que anudaban los hilos del muñeco de madera que siempre he sido yo; eran tus pupilas donde el cabo suelto de la noche se enhebraba para que hubiera siempre un día siguiente, otra mañana, después de cada noche, Marta, años y años...

Ahora está sentado en la silla de su escritorio. Me subo a sus muslos. Tiene voz delicada, envolvente, que tranquiliza y da ganas de arrebujarse en su regazo, de ser acariciado en la espalda por esa mano que escribe. Ella sigue difunta, a sus pies, con la cabeza ladeada sobre el frío suelo. Lope vuelve a leer la carta que hay sobre la mesa. Es de Sessa, que solicita su compañía para uno de sus «días de nueces», que así llamaba el botarate a «las cuatro piernas», como se dice en Madrid, y que es hacerse dos un solo animal de cuatro piernas. A Sessa se le antoja parecido a cascar dos nueces juntas, apretándolas en el puño. ¿Secretario del duque? Es su alcahuete, el que le trae las mujeres y le allana el camino. Si es menester, hasta le quita o le pone la ropa cuando Sessa ha bebido tanto que le cuesta sacarse las calzas. Más que esas pupilas ya sin luz de Marta, siempre es el duque el que mueve los hilos; y Lope, el títere.

—Cerraste los ojos para volverte invisible, como hacía Marcela de pequeña. Mudos están tus ojos, mi carne escucha ese silencio, tan resonante y oscuro como el de un pozo profundo. No estás aquí ya, no estás dentro de ti misma, pero a veces sí estás, lo sé, lo siento como Apolo sentía en sus dedos, al tocar la corteza del árbol, el temblor de los pechos de Dafne; esa trepidación; pasos que se acercan a mis labios o a mi cabeza; el viento, ese viento que nos arrastra a todos... ¡Menos al condenado duque, su excelencia, a quien Dios confunda!

Se ha arrimado a la mesa y oigo la pluma sobre el papel, un arañazo menos suave que de costumbre, porque sin duda está respondiendo a Sessa. Ronroneo, sin embargo; me gusta oirle escribir cuando estoy sobre sus piernas, por debajo de la mesa. Nos gusta a los dos, a mí y al gato a cuyo cuerpo había lanzado Martina mi alma, como una piedra con una honda. Reconozco el rasguño violento de la firma, que él siempre estampa como quien escupe o como si pegara una bofetada.

—Tú sí que te mereces una *Ilíada*, Micifuf; te la debo, prometida queda —me dice.

Y cumplió su promesa, me inmortalizó en *La Gatomaquia*, donde aparezco con el nombre que él me puso y mi vera efigie:

> Gato valiente,
> de hocico agudo y de narices romo,
> blanco de pecho y pies, negro de lomo.

Marramaquiz, un gato romano, es mi rival por los favores de la bella, traviesa y algo aturdida Zapaquilda. Es una parodia de un poema épico y lucho contra Marramaquiz armado con la misma gallardía casera que don Quijote y su bacía de barbero:

> Un cucharón sin cabo,
> destos de hierro, de sacar buñuelos,
> por casco en la cabeza.

En la batalla final, en un tejado, uno que «andaba / tirando a los vencejos» mata a Marramaquiz, que quedó «entre las duras tejas insepulto», dejándome a mí como «héroe sin victoria victorioso» y con el dudoso premio de Zapaquilda, y de añadidura «su padre amado».

Tendré que conformarme con eso, pues, como él escribió en *La Dorotea*: «¿Qué mayor riqueza para una mujer que verse eternizada?».

Gatos hay de monjas, relamidos; de doncellas, taimados y melindrosos; hambrientos gatos de clérigo, gatos feroces de soldados, mimosos gatos de viuda y tristes gatos de ciego, llenos de mataduras y marrullerías. A mí me ha tocado ser gato de poeta y él mismo lo dice: «Los poetas son hombres despeñados. Toda su tienda es de imposibles».

La piedra del suelo le ha dado a Marta una rigidez de auténtico cadáver o de mármol de sepultura. Tiene los pezones de punta, pero él ya no la mira ni la toca, como hacía antes: se sentaba a su lado, la acariciaba, se vaciaba sobre sus muslos y ella ni siquiera cambiaba de postura; y él parecía que iba a echarse a llorar. Ahora sólo la mira con tristeza y sigue hablando:

—Yo no puedo cerrar los ojos ni siquiera de noche. Yo aún lloro algunos días, Marta. Tú no me ves llorar. Tú no lloras ya.

Qué sola estás. Mas sóla cuanto menos me separo de ti. Sólo te escucho yo...

De pronto se calla, va de pared a pared repitiendo la frase, y me mira y me dirige la palabra:

> Solo la escucho yo, solo la adoro,
> y de lo que padece me enamoro.

Ella se incorpora, todavía muy hermosa, con los pechos a la vista, y él le pasa la mano por el pelo.

—Mátame, Lope, no quiero vivir.

—Ponte de rodillas, Amarilis.

—Mi capellán —murmura.

Él es su capellán, además de su amante y el padre de su hija Antonia Clara. Hace tiempo que es sacerdote, se ordenó en 1614, a los cincuenta y dos años. Mientras esperaba la fecha para tomar los hábitos dormía las más de las noches con una comedianta, Jerónima de Burgos; otras noches, con Luciana de Salcedo, a la que siempre llamó «la loca», sin saber entonces lo que era la locura verdadera. Lope es así, completamente sincero en el altar y en el lecho; capaz de entregarse a la vez en dos direcciones contrarias con la misma fuerza, de querer con la misma intensidad una cosa y la contraria.

Luego apareció Marta, por las mismas fechas en que murió Cervantes, en la casa de aquí al lado, calle del León esquina Francos. «El escritor alegre» le llamaban, pero lo sería sólo por escrito; siempre tenía cara de volver de un viaje demasiado largo.

El sacerdote enamorado le escribió por entonces a Sessa:

> Yo estoy perdido, si en mi vida lo estuve, por alma y cuerpo de muger, y Dios sabe con qué sentimiento mío, porque no sé cómo ha de ser ni durar esto, ni vivir sin gozarlo.

No sé si Dios sabría de sus sentimientos mucho más que el propio Lope, ni cómo lo arreglaría la voluntad divina, omnipotente aunque inescrutable, pero a las pocas semanas lo gozaron y al final se vino a esta casa, y ya tienen una hija, Antonia Clara, a la que él llama *Clarilis*, que ha convivido aquí con hijos de otras dos mujeres de Lope (con Carlos, con Marcela, con Lopito).

—Quiero matarte, Lope. Mátame tú, es lo único que te pido. Me acuso de querer matarte.

—Lo sé. Tú no tienes culpa.

También lo sabía yo: la vi hace dos noches, a la luz de la luna que entraba por el balcón abierto. Se levantó y fue a la cocina, rozando la pared con la mano. Volvió con un cuchillo y puso la mano izquierda en el pecho de Lope, para asegurar el golpe; levantó la derecha que empuñaba el cuchillo (a mí se me erizaron los pelos y arqueé el lomo para parecer más grande: tenía miedo y quería dar miedo, olvidando que la pobre era ciega), la mantuvo en alto un instante y me preparé para saltar sobre ella, decidido a arañarle la cara si fuera necesario, pero entonces bajó la mano, dejó el cuchillo en la mesa y se acostó al lado de Lope, que había estado despierto todo el tiempo, sin moverse, mirándola, dispuesto a morir acuchillado por ella, que pensaba que él dormía. Lope me miró y advirtió que yo lo sabía. Ahora los dos compartimos un secreto. Marta volvió a acostarse y acarició con la mano el pecho de Lope, en el mismo lugar donde había querido herirle.

Bajé al huerto para tranquilizarme y porque, como he dicho, me tienen más que aburrido. Aquí no hay escarabajos, ni de Egipto ni de Calatayud. Si al menos me hubiera mandado que comiera rosas. El *Scarabeus sacer,* que aquí llamamos escarabajo pelotero, era adorado por los egipicios, que se arrodillaban ante casi cualquier cosa, hasta cocodrilos, lo que tuvieran más a mano. En este siglo XVII aún se creía que el escarabajo no tenía hembra, sino que se engendraba a sí mismo, como el amor de Garcilaso. Expulsaba su esperma en esa pelota de estiércol que va empujando y de ahí salía un nuevo escarabajo. Los egipcios pensaban que esta criatura era la que transportaba cada noche al sol que desaparecía bajo el horizonte y lo empujaba a través del mundo suberráneo, para que volviera a salir por el otro lado cada mañana. Era el dios de la transformación y ponían en los cadáveres un escarabajo de piedra sobre el pecho para asegurarse de que su propio corazón no daría testimonio contra el muerto en el Juicio Final. El corazón siempre es un traidor, un agente doble, al servicio también del enemigo, ¡ay, corazón penado, tan olvidado!

Dos días más tarde ella volvía a estar de rodillas a los pies de Lope.

—Mátame tú, Lope, te lo suplico. ¿Por qué no quieres matarme?

—Voy a hacerte la cena, algo habrá por ahí, pero antes te voy a bendecir: *deinde, ego te absolvo a peccatis tuis in nomine Patris, et Filii, et Spiritus Sancti. Amen.*

Ella se santiguó y fue entonces cuando se dio cuenta de que tenía los pechos desnudos. Soltó una de sus carcajadas de loca. Quien no las haya oído no sabe cuánto miedo dan: como el canto del somorgujo cuando acaba de sacar la cabeza del agua.

Él le arregla la ropa, la sienta en una silla de cadera, la abriga con una manta, le entrega a una criada el mensaje para Sessa, donde le dice que no podrá acompañarle a cascar nueces, busca en la alacena y encuentra un poco de ajo, algo de tocino y pan duro, para prepararle una sopa a Marta, se sienta a su lado, la ayuda con la cena, sonríen tristes los dos, se rozan sin darse cuenta, pero eso es la felicidad, aunque parezca mentira, y los dos lo sabían, y sonreían; él porque sabía que ella no podía verle, ella porque creía que nadie la veía.

En 1622 perdió la vista de pronto, sin ningún dolor ni causa aparente. Se quedó ciega y el médico dijo que era amaurosis, que también se llama gota serena, porque el fondo de ojo no tiene ningún daño, está limpio como un cielo de verano. Seis años después, en 1628, perdió la razón, también sin previo aviso ni otro daño que el que ella pudiera hacerse.

Desde entonces esta casa ya no es la que era.

11
Relámpagos en zigzag

Hambre en la vida y mármol en la muerte.

Lope de Vega

Antes de 1600, no era Lope el único que no lograba sentir simpatía por Cervantes, aquel poetón ya viejo que arrastraba por el suelo de Madrid la raída capa, el rencor radiante y el orgullo intacto; a él siempre se le debía algo, siempre se le hacía de menos, siempre se le daba de lado.

—Su padre era sordo desde la infancia, eso no debe de haber sido tan fácil —decía Lope, quizá compasivo, en el fondo despiadado.

—Y con esas mujeres, ¿qué vida puede llevar un hombre con semejantes perdidas? —le sugería su amante de entonces, Micaela.

Las Cervantas eran todas litigantes, ambiciosas y alquiladizas.

Una de las hermanas del sordo, María de Cervantes, vivía amancebada con un hijo de Diego Hurtado de Mendoza, duque del Infantado, un tal Martín, hijo del viejo duque y de una gitana, y que le asignó como dote a la Cervantes la friolera de seiscientos mil maravedíes. Cuando murió el duque, el padre de la niña, como haría cualquier rufián, reclamó judicialmente la suma que se adeudaba a cambio del honor de su hija. Había estudiado leyes este Juan Cervantes, abuelo del poetón, y aunque durante el proceso tuvo que ir a la cárcel, al final lo ganó.

Los amigos de Lope se escandalizaban: ¡ponerle pleitos a un Mendoza! Cánovas del Castillo solía decir que en España mandan doscientas familias. Menos quizá, pero sin duda los

Mendoza desde siempre y hasta la consumación de los tiempos. Hacia 1525 el duque del Infantado poseía 800 aldeas y 90.000 vasallos. Como la duquesa de Alba. (Cristina, que lee la prensa del corazón.) Lo de esa señora era más grave, Cris, mucho peor.

Deudas, cuentas que nunca cuadran, mujeres incorregibles, querellas, cárceles y quimeras, todo eso era el viejo Cervantes. Sus hermanas tasaron sus honras y su única hija, Isabel, le amargó la vida con sus amantes y sus litigios: era capaz de demandar al mismo tiempo a las tres personas de la Santísima Trinidad por la vía civil y por la penal.

El padre del poetón, Rodrigo Cervantes, el sordo, también estuvo a la sombra por impago. Cuando embargaron sus bienes en Valladolid sólo encontraron en la casa tres sillas y dos bancos. Nada más. Al salir se fueron a Córdoba y luego a Madrid, cuando Cervantes tenía diecinueve años. Era un poco tartamudo, «tardo de pico», decía él. Quería vivir toda la familia de la hermana, Andrea, que buscó un protector, pero lo único que le dejó fue una hija, Constanza, y un dinero prometido que nunca apareció.

—Dicen que le dio una cuchillada a un maestro de obras —aseguraba Lope— y por eso se fugó a Italia.

Le juzgaron en rebeldía y fue condenado a que le cortaran la mano derecha. En Roma, donde el rey de España no tenía jurisdicción, fue criado del cardenal Acquaviva, pero aguantó poco: tenía demasiado orgullo. Le hizo decir a su licenciado Vidriera: «Que yo no soy bueno para palacio, porque tengo vergüenza y no sé lisonjear». Y Lope soltaba una risotada:

—No se conoce adulador más aplicado que Cervantes. Ni con peor fortuna, eso también es cierto.

Bien sabía yo de dónde venía la risa nerviosa de Lope. Como todos los poetas, él vivía del favor de los poderosos. El duque de Sessa le usaba de mamporrero y él le trataba como si fuera el más dulce amor de su vida. Y al conde de Lemos, de quien fue criado, le escribió versos como éstos:

> Mostrara yo con vos cuidado eterno,
> mas haberos vestido y descalzado
> me enseñan otro estilo humilde y tierno.

Es verdad que Cervantes era adulador, pero quizá no tanto por interés como por su propio papanatismo: los ricos y nobles le deslumbraban, no lo podía evitar. «Es anejo al ser rico el ser honrado», llega a escribir en el *Quijote*, puesto en boca de un cabrero y al parecer sin ironía (I, 51).

El episodio de don Quijote con los duques, sin embargo, fue su magnífica venganza, donde deja al descubierto la crueldad y ceguera de los poderosos, y el triste papel que le conceden a don Quijote, del que pretenden burlarse. Quizá toda la grandeza de Cervantes se muestra en el capítulo 41 de la segunda parte, cuando caballero y escudero están a punto de montar en Clavileño, el caballo de madera, y dejarse vendar los ojos. Dudan y se preguntan si no se estarán burlando de ellos, a lo que afirma don Quijote:

—Tapaos, Sancho, y subid, Sancho, que quien de tan lueñes tierras envía por nosotros no será para engañarnos, por la poca gloria que le puede redundar de engañar a quien dél se fía; y puesto que todo sucediese al revés de lo que imagino, la gloria de haber emprendido esta hazaña no la podrá escurecer malicia alguna.

Las burlas sólo escarnecen a quien las hace; a quienes van de veras nadie podrá arrebatarles la gloria del intento.* Que no os la quiten nunca, gente del porvenir. (Yessi, mírame, por favor, dime que te he hecho daño. Dime que ha tenido consecuencias. Acúsame tú, como lo hace mi corazón traidor.)

En 1570 Miguel de Cervantes se alista en la armada contra el turco. Era arcabucero, como lo fue Lope en la Armada Invencible. El día que por fin encontraron al enemigo en Lepan-

---

* Sobre esta lección de vida de don Quijote escribió páginas memorables Luis Landero en *Juegos de la edad tardía*.

to, Cervantes estaba enfermo, ni siquiera pudo asomarse por la borda para ver Ítaca, pero se obstinó en combatir. Fue un soldado valiente o testarudo, eso hasta Lope lo reconocía. Recibió tres disparos de arcabuz, dos en el pecho y otro en la mano izquierda. Desembarcaron en Messina y permaneció en el hospital unos cuantos meses. Las heridas del pecho se curaron, pero la mano izquierda le quedó inútil para siempre.

Como en el antiguo cuento de *El gesto de la muerte*, el que huye de Madrid para evitar que le corten la mano derecha se dirige hacia el lugar en el que perderá la mano izquierda, igual que quien abandona Bagdad para escapar de la muerte encontrará que la muerte le está esperando en Samarcanda.

Vuelve a incorporarse a la Armada, que pasó tiempo sin combatir, lo que le permitió disfrutar de los puertos italianos, en especial de Nápoles. A finales de 1574 abandonó el ejército y el 20 de septiembre de 1575 embarca en Nápoles en *La Sol*, con la que no consiguió volver a España. Los piratas berberiscos abordaron la galera y embarcaron en sus naves a la mayor parte del pasaje, para conducirlos cautivos a Argel. Lo usual era que le hubieran subastado como esclavo, pero creyeron, por unas cartas que le encontraron, que era persona de importancia, y fue entregado a Dalí Mamí, que pidió por él un rescate de cinco mil escudos, y luego lo rebajó a quinientos ducados. El cautiverio duró cinco años. No siempre encadenado ni en una celda, pues los cautivos gozaban de cierta libertad para moverse por la ciudad, celebrar misa y hasta representaciones teatrales. «En aquella época no se hubiera permitido otro tanto a los moros cautivos en España», anota Clemencín al relato del morisco en el *Quijote*. Cervantes intentó cuatro veces fugarse, sin otro resultado que los castigos que recibió. Al final pagaron el rescate entre los trinitarios (doscientos escudos) y lo que reunió su madre (trescientos), pero no pudo abandonar Argel hasta que terminó un proceso que le acusaba de «cosas viciosas y feas». Todos los testigos declararon a su favor y se le absolvió.

En 1580, tras cinco años y un mes cautivo, desembarcó cerca de Denia, en la playa de Piles.

Lope fue hijo de una reconciliación entre sus padres. Félix de Vega, maestro bordador, originario del valle de Carriedo, se casó con Francisca Fernández Flores. Tuvieron un hijo, Francisco, que murió; y una hija, Isabel; y se instalaron en Valladolid. A principios de 1562, Félix conoció a una mujer, Elena, de treinta años y viuda, y abandonó a la familia para irse a Madrid con ella. Francisca, a la que Félix solía llamar Paca, no se resignó ni puso el grito en el cielo; se echó sobre los hombros el manto de estameña y se fue a Madrid a buscar a su marido. Lope de Vega, que todo lo ponía por escrito, como si se hubiera propuesto no tener intimidad y dejar siempre lo profundo hacia fuera, lo contó en verso:

> Siguióle hasta Madrid, de celos ciega,
> su amorosa mujer, porque él quería
> una española Elena, entonces griega.
> Hicieron amistades, y aquel día
> fue piedra en mi primero fundamento
> la paz de su celosa fantasía.
> En fin, por celos soy, ¡qué nacimiento!
> Imaginalde vos, que haber nacido
> de tan inquieta causa fue portento.

Aunque llevaba un cuchillo, Paca no contaba con hacer uso de él: estaba dispuesta a pegarle puñetazos a la otra, si hubiera hecho falta, pero en cuanto Félix la vio venir, embellecida por la furia, cogió su capa y salió con ella a la calle.

—Pareces una ménade, Paca —le dijo el bordador, que había leído más de media docena de libros.

—Tú pareces idiota, y no me toques. ¿Qué cosa me has llamado?

—Las ménades son mujeres poseídas, que desvarían, rugen,

bailan fuera de sí y cabalgan en panteras. Despedazaron a Orfeo. Son como las bacantes, que despedazaron a Penteo.

—Te he dicho que no me toques —entonces sacó el cuchillo.

—Paca, mujer, no te pongas así.

Desde esa misma noche se instalaron en Madrid, donde pusieron la primera piedra del niño que nació en noviembre de ese año, el día de San Lope, y que sería el *Fénix de los Ingenios* o el *Monstruo de la Naturaleza* (como le llamó Cervantes).

En el prólogo a sus *Ocho comedias y ocho entremeses,* con una generosidad nunca vista en un escritor hacia otro (y casi con seguridad irónica o fingida), Cervantes hace balance de la contribución de Lope al teatro:

> Entró luego el Monstruo de Naturaleza, el gran Lope de Vega, y alzóse con la monarquía cómica; avasalló y puso debajo de su juridición a todos los farsantes; llenó el mundo de comedias proprias, felices y bien razonadas, y tantas, que pasan de diez mil pliegos los que tiene escritos, y todas (que es una de las mayores cosas que puede decirse) las ha visto representar, o oído decir, por lo menos, que se han representado; y si algunos, que hay muchos, han querido entrar a la parte y gloria de sus trabajos, todos juntos no llegan en lo que han escrito a la mitad de lo que él sólo.

Siempre hay que desconfiar de la admiración de Cervantes. Él mismo escribió en *La gitanilla:* «esto de ver medrar al vecino que me parece que no tiene más méritos que yo, fatiga». Al final de su vida, el poetón viejo estaba extenuado, hasta la coronilla, harto de casi todos sus vecinos del mundo literario, ese invento del siglo XVII.

A partir de 1600, gracias a la imprenta, empezó a ser posible ganar algo de dinero con la pluma, sobre todo cuando lo escrito pasaba «de las musas al teatro», y se creó un sistema literario, el mismo que sigue vigente en nuestros días, un mercado de prestigios en el que todo está permitido para alterar la cotización: OPAS hostiles, maniobras, maquinaciones, noticias falsas, intervención del regulador bursátil o del Gobierno (mediante premios nacionales, nombramientos, academias, subvenciones, institutos Cervantes, etc.) y cualquier forma de presión ejercida por la prensa, la televisión, los suplementos literarios, los grupos editoriales o la publicidad. Y por supuesto, entre los valores cotizados, la puñalada trapera, el rumor insidioso, la infamia minúscula y el insulto directo, en el que los escritores del Barroco fueron auténticos maestros, como de sobra sabéis.

Lope de Vega tuvo, de su padre, el buen carácter y la afición sin remedio a las mujeres; y de su madre, la impulsividad y el desinterés por tomarse demasiado en serio a sí mismo, salvo a intervalos muy pasajeros. Abandonó los estudios, según él a causa de unos amoríos: «Cegóme una mujer, aficionéme, perdóneselo Dios».

Precoz y abominable, a los veinte años era ya un reconocido poeta y mujeriego: «¡Ay de mis veinte y dos años y de mis veinte y dos mil tormentos! ¡Cuándo se han de acabar ellos o esta miserable vida!», escribió después en *La Dorotea*.

Yo socarrón, yo poetón ya viejo*

Cuando Cervantes volvió a casa los encontró a todos más pobres, más viejos y más tristes. Su hermana Andrea tenía un nuevo protector, si bien la edad y la presencia de la hija, Constanza, habían reducido bastante la contraprestación monetaria. Su hermana Magdalena en cambio, en el mismo empleo, iba ya por el cuarto empresario, un vizcaíno llamado Juan Pérez Alcega.

Intentó entonces conseguir dinero para pagar las deudas contraídas por su madre. En el Consejo de Castilla le dijeron que nones. Sólo encontró un empleo temporal, con una comi-

---

* Así se pinta Cervantes en el *Viaje del Parnaso*.

sión que le llevó a Orán y por la que percibió en total cien escudos. A la vuelta fue a Lisboa, donde Felipe II había establecido la corte, volvió a solicitar trabajo y le dijeron otra vez que nones. En 1582 está en Madrid y empieza a escribir lo que entonces se puso de moda, una novela pastoril. En 1584 vendió los derechos de *La Galatea* al librero Blas de Robles por ciento veinte ducados.

—Un farsante, el muy soberbio, siempre igual —decía Lope—. No puede dejar de presumir cargado de humildad. Le oyes hablar de sus comedias y parece que haya inventado el teatro él solo en media hora. El primero, siempre el primero.

> Y esto es verdad que no se me puede contradecir, y aquí entra el salir yo de los límites de mi llaneza: que se vieron en los teatros de Madrid representar *Los tratos de Argel*, que yo compuse; *La destrucción de Numancia* y *La batalla naval*, donde me atreví a reducir las comedias a tres jornadas, de cinco que tenían; mostré, o, por mejor decir, fui el primero que representase las imaginaciones y los pensamientos escondidos del alma, sacando figuras morales al teatro, con general y gustoso aplauso de los oyentes; compuse en este tiempo hasta veinte comedias o treinta, que todas ellas se recitaron sin que se les ofreciese ofrenda de pepinos ni de otra cosa arrojadiza; corrieron su carrera sin silbos, gritas ni barahúndas.

Lope se calla las siguientes frases, que ya conocemos, porque piensa que es un halago envenenado: «Tuve otras cosas en que ocuparme; dejé la pluma y las comedias, y entró luego el monstruo de naturaleza, el gran Lope de Vega, y alzóse con la monarquía cómica».

¿Sus *Novelas ejemplares*?

> Yo soy el primero que he novelado en lengua castellana, que las muchas novelas que en ella andan impresas todas son traducidas de lenguas estranjeras, y éstas son mías propias, no imitadas ni hurtadas: mi ingenio las engendró, y las parió mi pluma, y van creciendo en los brazos de la estampa.

De *Los trabajos de Persiles y Sigismunda* no estaba menos satisfecho y él mismo decía que era «libro que se atreve a competir con Heliodoro» y por supuesto «el mejor que en nuestra lengua se haya compuesto, quiero decir de los de entretenimiento».

Su *Don Quijote* lo consideraba eterno:

> Yo he dado en *Don Quijote* pasatiempo
> al pecho melancólico y mohíno,
> en cualquiera sazón, en todo tiempo.

Y en general de sí mismo no se sentía muy descontento: «Yo soy aquel que en la invención excede a muchos».

—¡Cervantes, siempre la primera gallina que puso un huevo! —se desesperaba Lope.

Algunos le acusaban de inmensa vanidad, pero bien pensado: ¿habrá mayor insulto que decir de alguien que posee una vanidad minúscula?

Manco y tartamudo, se lió con la mujer de un tabernero, Ana Franca, con la que tuvo en 1584 una hija, Isabel, a la que, cuando murió el marido de Ana Franca, Cervantes reconoció y a la que le dio su apellido. Isabel, con los años, se convertiría en una pesadilla como tantas de las Cervantas.

Cuando murió su amigo Pedro Laynez, su viuda, Juana Gaitán, se casó con un muchacho de veinte años y se fueron a vivir a Esquivias, adonde Cervantes acudió para recoger unos poemas de su amigo muerto.

Allí conoció a una mujer muy joven que vestía de luto por la muerte de su padre. Dos meses más tarde Catalina Salazar y Cervantes se casaron y se quedaron a vivir en el pueblo toledano, famoso por sus vinos, para consuelo del sediento escritor. En marzo del año siguiente, 1585, salió a la venta el volumen en octavo de la *Primera parte de La Galatea, dividida en seys libros.*

No le dio ni fama ni dinero, al menos no en la cantidad necesaria, aunque tuvo cierto éxito. En el prólogo a la segunda parte del *Quijote* escribió:

Bien sé lo que son tentaciones del demonio, y que una de las mayores es ponerle a un hombre en el entendimiento que puede componer y imprimir un libro con que gane tanta fama como dineros y tantos dineros cuanta fama.

Con su habitual modestia, siempre recordará que:

> Yo corté con mi ingenio aquel vestido
> con que al mundo la hermosa Galatea
> salió para librarse del olvido.

Días antes de morir, en el prólogo al *Persiles,* seguiría convencido de que el universo esperaba con impaciencia la segunda entrega de aquel ladrillo.

El éxito de que gozó el muy fastidioso género pastoril es un misterio que quizá tenga algo que ver con la nostalgia de una Edad de Oro en aquel país encantado que ya empezaba a sumergirse en las «aguas heladas del cálculo egoísta». El caso es que, entre 1559 y 1600, la *Diana* de Montemayor conoce veintiséis ediciones. La pastoril sustituye a las de caballerías porque proporciona a los lectores de vida acomodada un alma, esa parcela de interioridad que les había regalado el petrarquismo y en la que ahora podían edificar sus mejores sentimientos.

De lo que más presumía Cervantes, sin embargo, no era de sus obras literarias, sino de su vida de soldado y de haber estado en Lepanto.

Lo que no he podido dejar de sentir es que me note de viejo y de manco, como si hubiera sido en mi mano haber detenido el tiempo, que no pasase por mí, o si mi manquedad hubiera nacido en alguna taberna, sino en la más alta ocasión que vieron los siglos pasados, los presentes, ni esperan ver los venideros. Si mis heridas no resplandecen en los ojos de quien las mira, son estimadas a lo menos en la estimación de los que saben dónde se cobraron: que el soldado más bien parece muerto en la batalla que libre en la fuga, y es esto en mí de manera que, si ahora me propusieran y facilitaran un imposible, quisiera antes haberme hallado en aquella facción prodigiosa que sano ahora de mis heridas sin haberme hallado en ella. Las que el soldado muestra en el rostro y en los pechos, estrellas son que guían a los demás al cielo de la honra, y al de desear la justa alabanza.

Con esto no quería significar que no buscara alabanza, a su parecer siempre justa, también para sus escritos. Ni mucho menos:

> Jamás me contenté ni satisfice
> de hipócritos melindres. Llanamente
> quise alabanza de lo que bien hice.

De él, lo que más dispuesto estaba a reconocer Lope era su vida de soldado, ya que él mismo también se consideraba un héroe de guerra. Él decía que había estado en la batalla naval de la isla de Terceira y también en la Armada Invencible, que de ese modo los unió a ambos, cada uno a un extremo de un hilo invisible.

En 1578, en el norte de África, en la batalla de Alcazarquivir, desaparecieron el capitán Aldana y el rey Sebastián de Portugal. Como Sebastián muró sin sucesión, en 1580 Felipe II fue nombrado rey de Portugal. España parecía estar en su cénit, pero en las islas Azores no reconocían la autoridad del rey español, así que en 1582 Felipe II mandó una flota contra ellas, que dio batalla en mar abierto cerca de dos de las Azores, la isla Terceira y la de San Miguel. Por eso decía Felipe II: «El reino de Portugal lo heredé, lo compré y lo conquisté».

Vencidos en mar los portugueses, vencer a Inglaterra parecía coser y cantar y el rey preparó la Armada Invencible. Lope se alistó en ella como arcabucero. La Armada también necesitaba provisiones y para ello había que requisar trigo, con el que hacer bizcocho y galleta, que es lo que se solía llevar en las naves. Así al otro extremo de la cadena apareció también Miguel de Cervantes, incautando el grano necesario.

Todas eran cartas de mujeres

A los veinticinco años Lope estaba en la cárcel, acusado de difamar en verso, tanto en castellano como en latín macarrónico, a Jerónimo Velázquez y a su familia. El tal Velázquez era un famoso actor y empresario teatral y Lope se había enamorado de su hija, Elena Osorio, de la misma forma en que le sucedió siempre: en el acto y sin mirar atrás.

Elena, educada entre gente que vivía de la carátula, era muy hermosa, aunque morena, amiga de exhibirse en el teatro y en todo tipo de fiestas, graciosa por naturaleza y por arte, y un tanto desenvuelta. Se había casado en 1576 con Cristóbal Calderón, casi siempre ausente y consentidor, como era costumbre en aquellos tiempos, desde el buen Lázaro de Tormes, hasta el punto en que declaró Quevedo llegado el momento en que «ha de ararse en España con maridos». El padre, Jerónimo Velázquez, tampoco puso ningún obstáculo a la relación con Lope, siempre que éste le entregara sus comedias y no le impidiese a Elena tener otros amantes, a ser posible con mayores medios de fortuna. La belleza de Elena, a la que Lope llamaba *Filis*, era por tanto el principal activo de la pequeña empresa familiar de los Velázquez.

Lope tenía el misterio de la transparencia, el oscuro secreto del diamante: lo contaba todo, en prosa y en verso, su intimidad era del dominio público; sus amores, desatinos y felicidades corrían de boca en boca por todo Madrid y, por eso mismo, se convirtió en alguien opaco, puesto que todo estaba oculto a plena luz, a la vista, por fuera, pero inaccesible. Lope protegía su secreto haciéndolo público, como quien se abriga con una capa dada la vuelta.

En la cárcel lo negó todo y le atribuyó los poemas a un amigo ya fallecido. Se practicaron pruebas periciales a cargo de críticos literarios; la acusación presentó a uno llamado Amaro Benítez, que declaró que don Luis de Vargas leyó uno de los poemas:

Y luego como le leyó, dixo: este romance es del estilo de quatro o cinco que solos lo podrán hacer; y podrá ser de Liñán y no está aquí; y de Cervantes y no está aquí; pues mío no es, puede ser de Vivar o de Lope de Vega, aunque Lope de Vega no dixera tanto mal de sí, si él lo hiciera; y a esto, uno de los que le estaban oyendo dixo: ande vuesa merced, que eso suele ser estilo, que el que hace una cosa como ésta suele nombrarse el primero.*

Aún eran amigos entonces Lope y Cervantes, antes de que llegara el fin de siglo y acabaran insultándose hasta en letra impresa.

Otro día, según declaró, el tal Amaro Benítez se encontró al propio Lope y le preguntó a bocajarro si era, como se decía, el autor de aquel romance que empieza:

> Los que algún tiempo tuvisteis
> memoria del Lavapiés...

Lope le preguntó que quién decía eso. «Por ahí lo dicen», respondió el testigo.

Y a esto el dicho Lope de Vega le respondió a este testigo que votaba a Dios que qualquiera que a este testigo se lo hubiese dicho mentía, porque no era él hombre que hacía semejantes cosas, y que se matará a cuchilladas con ellos aunque fuese amigo o enemigo.

El círculo de sospechosos, sin embargo, se iba estrechando y las pesquisas literarias apuntaban a Lope, al que se interrogó.

Preguntado de qué vive e se entretiene en esta corte, dixo que hasta ahora había servido al marqués de las Navas [...] Preguntado si ha hecho este confesante algún soneto, redondillas o tercetos, u otro género de verso en versos macarrónicos, dixo que en su vida hizo verso macarrónico ni latino, porque, aunque es ver-

* *Proceso de Lope de Vega por libelos contra unos cómicos* (Madrid, 1901).

dad que entiende latín y le sabe hablar, nunca hizo versos latinos ni macarrónicos, ni jamás se habrá visto obra suya que no sea en castellano.

Hubo una segunda denuncia, porque el tal Velázquez aseguraba que seguía escribiendo libelos incluso desde su celda. Se ordenó un registro nocturno y testificó el carcelero que acompañaba al alguacil:

> El alguacil vele aquí a Lope de Vega, el qual estaba acostado y desnudo en la cama [...] y le sacó fuera del aposento en camisa, con una capa que este testigo le dio, y le echó en el patio de la cárcel y, quedando él fuera, se cerró el dicho aposento [...] y le halló cantidad de papeles en el baúl y en las faltriqueras de los gregüescos que solía traer puestos, y ansí los fue mirando y tomó dello el alguacil los que le pareció.

Volvieron a traer a Lope y, tiritando de frío, declaró lo siguiente:

> Yo quiero bien a Elena Osorio y le di las comedias que hice a su padre, y ganó con ellas de comer, y por cierta pesadumbre que tuve, todas las que he hecho después se las he dado a Porres, y por esto me sigue; que si yo le diera mis comedias no se querellara de mí.

El alguacil le dice que se acueste y le devuelve los papeles que le tomó, ya que «todas eran cartas de mujeres y letras dellas de amores».

Le condenaron a ocho años de destierro de la corte y dos del reino, y abandonó Madrid en compañía de Gaspar de Porres, su nuevo empresario, y de un amigo calavera de su juventud, Claudio Conde, al que siguió unido toda su vida.

Aunque el quebrantamiento del destierro estaba castigado con la muerte, lo primero que hizo fue volver a Madrid para raptar a Isabel de Urbina, con la que se casó por poderes un 10 de mayo. Pocos días después decide de improviso alistarse en Lisboa en la Armada Invencible, a bordo del *San Juan*, el navío almirante, uno de «los árboles portátiles de España» listos para navegar hacia Inglaterra. Como es sabido, los bosques navegantes españoles no llegaron a la costa inglesa, a diferencia de los árboles del bosque de Birnam, que sí lograron acabar con Macbeth.

No cabe duda de que se casó enamorado de Isabel, aunque la acabara de conocer, ni tampoco de que se embarcó por sincero patriotismo, por más que tomara la decisión en diez minutos: Lope era así, podía poner a la vez todo su corazón en dos sitios distintos y opuestos, con la misma fuerza y la misma urgencia.

El retraso en hacerse a la mar, causado por la exasperante prudencia del rey, le deja tiempo para nuevos amores en Lisboa, que también fueron sinceros, hondos y permanentes mientras duraron.

Tras la derrota, Lope desembarcó en Cádiz y se fue a Valencia a reunirse con *Belisa*, como se le ocurrió llamar a Isabel en anagrama, cambiando de orden las letras de su nombre. Allí fueron felices, como atestigua el naranjo del huerto. Valencia era entonces la capital editorial de España y se imprimían sin cesar cancioneros y romanceros. Lope se reencontró así con la tradición popular oculta, hecha prisionera por el petrarquismo:

> Hortelano era Belardo
> de las huertas de Valencia,
> que los trabajos obligan
> a lo que el hombre no piensa.

Así comienza su famoso romance en el que enumera lo que está plantando:

> El trébol para las niñas
> pone al lado de la huerta,
> porque la fruta de amor
> de las tres hojas aprenda.

Albahacas amarillas,
a partes verdes y secas,
trasplanta para casadas
que pasan ya de los treinta;

y para las viudas pone
muchos lirios y verbena,
porque lo verde del alma
encubre la saya negra.

Toronjil para muchachas
de aquellas que ya comienzan
a deletrear mentiras,
que hay poca verdad en ellas.

El apio a las opiladas,
y a las preñadas almendras;
para melindrosas cardos
y ortigas para las viejas.

Lechugas para briosas
que cuando llueve se queman,
mastuerzo para las frías,
y ajenjos para las feas.

Como el gigante Anteo, que perdía todo cansamiento y se volvía invulnerable cada vez que tocaba con los pies la tierra, la poesía de Lope es invencible en cuanto entra en contacto con la lírica popular.

La santa multitud de los amores*

Desde Valencia le envía sus comedias a Porres y renueva la escena teatral en un par de semanas.

---

* Endecasílabo feliz de Cervantes en el soneto que pone al frente de *La Dragontea* de Lope de Vega.

> Necesidad y yo partiendo a medias
> el estado de versos mercantiles,
> pusimos en estilo las comedias.
> Yo las saqué de sus principios viles
> engendrando en España más poetas
> que hay en los aires átomos sutiles.

Sigue con sus amoríos y trapisondas y por fin en 1592 vuelve a Madrid, donde, tras otro proceso por amancebamiento (con Antonia Trillo, viuda hermosa y alegre), se casa con Juana Guardo, hija de un rico comerciante que abastecía los mercados de carne y pescado. Los veinte mil reales de dote de la novia levantaron sospechas de matrimonio por interés, pero lo cierto es que Lope ni los cobró ni los reclamó jamás.

Tras el matrimonio con Juana, sigue su relación con Micaela de Luján, comedianta de tres al cuarto a la que él llama *Belinda* y también *Camila Lucinda*, casada con un tal Diego Díaz que tenía oportuna residencia en el lejano Perú. Lope mantiene dos hogares simultáneos y Juana se resigna.

Al comienzo del nuevo siglo, el XVII, los corrillos literarios estaban alborotados con el anuncio de novedades importantes: la segunda parte del *Guzmán de Alfarache* (1605), el *Quijote* (1605), *La pícara Justina* (1605) y, por supuesto, *El peregrino en su patria* (1604), de Lope.

Muy distintas entre sí, tienen algo en común: todas son novelas o alguna clase de ficción narrativa, muy largas, o quizá libros muy gordos, una nueva moda, más bien una plaga que desde entonces azota periódicamente nuestra industria editorial. En el siglo anterior, salvo las de caballerías, la tradición eran ficciones centradas en uno o pocos personajes, bastante cortas y de asunto único y bien caracterizado: novela pastoril, morisca, bizantina, colecciones de cuentos o facecias, algunas vidas de hombres ilustres y otras cosas por el estilo.

Algo le había ocurrido durante su matrimonio con Juana, una mujer sencilla y demasiado paciente con el insufrible Lope. En 1604 se imprime *El peregrino en su patria* y Lope estampa en la portada, grabada en cobre, bajo su retrato, un fantasioso escudo nobiliario en el que hace poner nada menos que diecinueve torres, las de Bernardo del Carpio (y alguna más, quizá las hubiera contado con los dedos). También aparecía una estatua de la Envidia y un lema en latín, repartido sobre dos pedestales. En uno dice: *Velis nolis Envidia*, y en la otra: *Aut unicus aut peregrinus*. Faltan el nombre y el verbo, que los proporciona el escudo: *Lupus est*, o mejor todavía, *ego sum*. Es decir, quieras o no, Envidia, Lope es o único o muy escogido.

Que Lope, hijo de un bordador y casado con la hija de un carnicero rico, se hubiera convertido en el primer poeta de España puede que entusiasmara a ese pueblo de Madrid que le saludaba por la calle, pero a los inquilinos del parnaso literario les revolvía las tripas. El asunto del escudo les dio amplia ocasión para demostrarlo.

Decía Cervantes que «no hay amistades, parentescos, calidades ni grandezas que se opongan al rigor de la envidia», pero ¿cuándo empezó a sufrirla él? Sin duda mucho antes, quizá llevara décadas rabiando en silencio, pero ahora ya no se podía permitir callar: era un hombre que estaba a punto de enseñar su última carta, la última baza, la que ya no podía perder sin perderlo todo.

Góngora y Lope eran de la misma edad, pero Cervantes les llevaba quince años y era, cuando iba a empezar el siglo XVII, un hombre acabado. Quevedo, casi veinte años más joven que Lope y Góngora, era alguien que aún no había empezado.

A pesar del suministro de vino, apenas aguantó Cervantes un par de años los discutibles encantos del matrimonio y de la vida de pueblo y en 1578 abandonó Esquivias, a su mujer y la literatura: «Tuve otras cosas en que ocuparme; dejé la pluma». No volvió a ella en veinte años, se dedicó a esas otras cosas, todas bastante enrevesadas.

A los cuarenta años consiguió un puesto como comisario encargado de acopiar trigo para el aprovisionamiento de la Armada Invencible, así que, en cierto modo, trabajó para darle de comer a Lope. En estos inverosímiles y borrascosos menesteres pasó quince años, ganó dinero, recorrió media España, fue denunciado y condenado, estuvo en la cárcel, perdió el dinero, entre otras cosas porque nunca supo ni hacer una suma correcta (se equivocó en su contra, como han probado los estudiosos repasando sus cuentas), fue excomulgado dos veces, siempre por causa de los que se resistían a entregar el trigo, y fue gran aficionado al naipe (lo que tampoco le ayudó mucho a conservar su dinero). Más que harto de vagar por ventas y caminos, solicitó por segunda vez pasar a Indias y se le respondió: «Busque por acá en que se le haga merced». Este peregrinaje acabó con un encarcelamiento breve en Castro del Río 1592 y otro en Sevilla, más largo, de unos siete meses, del que salió en abril de 1598.

Murió Felipe II en 1598 y escribió Cervantes un soneto que le enorgulleció siempre, aquel que comienza: «¡Voto a Dios que me espanta esta grandeza!» y termina con el estrambote:

> Y luego in continente,
> caló el sombrero, requirió la espada,
> miró al soslayo, fuese, y no hubo nada.

No deja de tener su gracia, pero resulta difícil entender que lo tuviera «por honra principal de mis escritos». A no ser que pensemos que, ante el sepulcro del rey, quizá Cervantes no viera otra cosa que el vacío de una España arruinada, el fin de una grandeza hueca, el agotamiento tras un esfuerzo inútil, el desengaño que iba a ser la médula del Barroco.

Ana Franca, la tabernera, había muerto también, y su hija Isabel pasó a llamarse Isabel Saavedra y a vivir con la hermana de Cervantes, Magdalena.

El poetón viejo, después de tantos años, vuelve a vivir con Catalina, y reúne, a partir de 1604, en Valladolid, a todas esas mujeres, en la que llamaban «la casa de las Cervantas»: su mujer, Catalina; sus hermanas, Andrea y Magdalena; Constanza, la hija de Andrea, y la hija de Cervantes, Isabel, que estaba amancebada con un portugués. Se decía que las mujeres recibían demasiadas visitas. Se decía que Cervantes frecuentaba las casas de juego y las tabernas, y volvía de ellas sin blanca y tambaleándose. Se decía también que andaba escribiendo algo.

Había vuelto a tomar la pluma, pero nadie esperaba ya nada de él. Era casi póstumo, la sombra de un escritor que había desaparecido hacía ya tiempo, remplazado por un militar, por un hombre de negocios, por un estafador de escasa suerte, por un tahúr, por un taciturno bebedor.

En cuanto vio el turbio asunto del escudo de armas, Cervantes le dedicó a Lope varias pullas, además un soneto de cabo roto como un salivazo, en el que el claro ingenio alcalaíno le pide al Fénix que borre toda su obra, a excepción de las comedias. Ni un viejo soldado podía ser tan temerario como para despreciar las comedias de Lope.

Tres principales clases de enemigos tenía Lope: los aristotélicos, que abominaban de su rechazo de las reglas y de su adhesión al arte popular; los gongorinos, que ya empezaban a croar sus gorgoritos por todos lados, y la «legión de los dolorosos de la gloria ajena» (como los llamaba Sainz de Robles).

Los aristotélicos eran poderosos, pero se trataba de archimandritas trasnochados a los que no tenía por qué hacer mucho caso; los gongorinos eran de su edad, con más peligro, porque Lope se daba cuenta, a despecho de su pedantería y su dificultad, del mérito de la poesía de Góngora, pero sospechaba la verdad, que nadie iba a tomarse aquello demasiado en serio;* la famélica legión de dueñas doloridas en cambio era imprevisible, se trataba de individuos apasionados, despechados por la gloria, para los que cada triunfo de Lope era una usurpación, algo perpetrado en su contra y a su costa. En esta triste cohorte de acreedores estaba alistado Cervantes.

El 14 de agosto de 1604, cuando el *Quijote* aún no había fatigado las prensas de Juan de la Cuesta, Lope escribió desde Toledo a un médico amigo suyo:

> Toledo está caro, pero famoso, y camina con propios y extraños al paso que suele [...] Representa Morales, silba la gente; unos caballeros están presos [...] De poetas, no digo: buen siglo es éste; muchos están en ciernes para el año que viene, pero ninguno hay tan malo como Cervantes, ni tan necio que alabe a *Don Quijote* [...] V. md. viva, cure y medre y ande al uso: no cumpla cosa que diga, ni pague si no es forzado, ni favorezca sin interés, ni guarde el rostro a la amistad.

¿Había leído Lope ya en agosto de 1604 el manuscrito del *Quijote*? En absoluto, cómo iba a hacerlo si aún no había acabado Cervantes de escribirlo, pero había oído hablar de la novela y se había enterado de que no pensaba pedir sonetos en alabanza de su obra, como era costumbre entonces poner al frente de cualquier novedad. El orgulloso Cervantes había decidido inventárselos él mismo y atribuírselos ni más ni menos que a Orlando furioso, Amadís de Gaula o al caballero de Febo.

¿Y si el redomado viejo le daba una sorpresa? ¿Y si se la daba a todos? ¿Y si el *Quijote* tenía éxito?

Cervantes dio la campanada y Lope, nada más abrir el li-

---

* Por lo menos hasta que llegaran los señoritos de la Generación del 27.

bro, se encontró unas décimas elogiosas presuntamente escritas por Urganda la Desconocida.

> No indiscretos hierogli-
> estampes en el escu-
> que cuando todo es figu-
> con ruines puntos se envi-

Acabáramos, ya estaban ahí las torres del escudo. Y cuando todo es figura, con ruines puntos se envida. Las figuras son las cartas de menos valor y Cervantes le está llamando fanfarrón.

A continuación hay un soneto que firma Amadís de Gaula, que termina así:

> Tendrás claro renombre de valiente;
> tu patria será en todas la primera;
> tu sabio autor, al mundo único y solo.

No faltaba más: Cervantes se reía ahora de su lema, *aut unicus aut peregrinus*.

De Cervantes no se lo esperaba. Que montara en cólera en cambio el ensoberbecido don Luis de Góngora y Argote no le había sorprendido a Lope.

> Por tu vida, Lopillo, que me borres
> las diez y nueve torres de tu escudo
> pues aunque tienes mucho viento, dudo
> que tengas viento para tantas torres.
> ¡Válgante los de Arcadia! ¿No te corres
> de armar de un pavés noble a un pastor rudo?
> ¡Oh troncho de mi col! ¡Nabal barbudo!
> ¡Oh brazos Leganeses y Binorres!
> ¡No le dejéis en el blasón almena!
> Vuelva a su oficio, y al rocín alado
> en el teatro sáquele los reznos:
> ¡no fabrique más torres sobre arena!
> Si no es que ya segunda vez casado
> quiere volver las torres en torreznos.

¿Por qué le pregunta si no se corre? (Jorge ha conseguido, a escaso precio, la carcajada general que esperaba.) Correrse es avergonzarse, ya lo sabíais, y un pavés es un escudo. Michol y Nabal son personajes bíblicos, pero también aluden a las coles y los nabos. Vinorre y Leganés fueron dos locos famosos entonces en Madrid. El rocín alado es Pegaso y el rozne es un parásito del caballo: le está diciendo que despioje sus comedias.

—Las torres en torreznos, qué ingenioso, qué bien puesto para aludir a mi matrimonio. Lope lo pilla, Gongorilla, Lope sabe leer.

> No sólo mis comedias son salchichas
> embutidas de carnes diferentes,
> ya impresas en papel, ya en teatros dichas,
>
> pero veréisme entre diversas gentes
> ya por archipoeta coronado
> con hojas de laurel resplandecientes,
>
> ya de otros con espinos laureado.
> Pobre nací: bien hayan mis mayores;
> diecinueve castillos me han honrado.
>
> ...
>
> No se tiene por hombre el que primero
> no escribe contra Lope sonetadas,
> como quien tira al blanco de terrero.
>
> Necios, no soy pared; si en las borradas
> caber pueden de nuevo otros renglones,
> éstas ya están del tiempo derribadas.
>
> ¿Soy yo vuestro zaguán, negros carbones?
> ¿Soy yo vuestro estafermo? ¿Es mi tarjeta
> la obligada de tantos encontrones?

Luego se canoniza de poeta,
y a las musas del monte cabalino
despacha por el grado la estafeta,

cualquiera que ha enseñado a su vecino
el sonetazo escrito contra Lope,
y es discreto del conde palatino.
...

Piensa esta pobre y mísera caterva
que leo yo sus sátiras. ¡Qué engaño!
Bien sé el aljaba sin tocar la hierba.
...

Difícil es ver la propia viga;
yo sé quien se pusiera colorado:
la paciencia ofendida a mucho obliga.

A Góngora (y también a Quevedo) se atribuyen estos versos que resumen buena parte de su vida y que tampoco perdonan la obligatoria alusión a la hija del abastecedor de carne y pescado:

Fue paje, poco estudiante,
sempiterno amancebado,
casó con carne y pescado,
fue familiar y fiscal
y fue viudo de arrabal
y sin orden ordenado.

Familiar de la Santa Inquisición, que en efecto fue, como también menciona Cervantes cuando alude a él sin dar su nombre en el prólogo a la segunda parte del *Quijote*.

Cervantes había tenido un éxito inmediato con el *Quijote*, pero no donde él quería. Era un libro con el que se partían de risa hasta los tontos de pueblo. Los intelectuales, como es natural, no le tomaron en serio, ya los conocemos. Además, a poco de aparecer el *Quijote,* a pesar de su fama, acaba otra vez en la cárcel.

La noche del 27 de junio de 1605, hacia las once, se oyen gritos en la calle. Una vecina se asoma y ve a un hombre tirado en el suelo. Está desangrándose. Entre la vecina y Cervantes lo meten en la casa e intentan auxiliarle. Tiene dos profundas heridas, una en el muslo derecho, otra en el bajo vientre. Acuden un cirujano y un sacerdote, que oye al desconocido en confesión. El alcalde Villarroel interroga al herido: se llama Gaspar de Ezpeleta y, después de cenar con el marqués de Falces, había sido abordado por un hombre vestido de negro, frente al hospital de la Resurrección. Se armó un duelo y recibió dos estocadas y el hombre de negro desapareció en la noche y la neblina del Esgueva. Villarroel da la impresión de querer encubrir algo: el criado de Ezpeleta acusa a un marido celoso que vivía al lado, pero no hace caso. Tampoco a una vecina que vio al agresor. Además, se apodera a escondidas de un papel que la víctima guardaba, plegado en cuatro, en su bolsillo. Lo más insólito es que sólo sospecha de los habitantes de la casa y en particular de Cervantes. Interroga a su hermana Andrea, que proporciona al sumario la más precisa y lacónica estampa de la vida y el carácter del escritor. Según ella, su hermano es «un hombre que escribe e trata negocios e que por su buena habilidad tiene amigos». Interroga a una vecina beata y mojigata, que le cuenta que aquella casa, la de «las Cervantas», es un escándalo, con un hombre ya mayor, ocioso, que bebe demasiado y va a casas de juego, y cuatro mujeres que no paran de recibir hombres «de día y de noche». También denuncia que Isabel, la hija de Cervantes, está amancebada ¡con un portugués!

En el sumario consta también que Isabel, la hija de uno de los más grandes escritores de la historia, no sabía ni leer ni escribir.

El 29 de junio murió Ezpeleta y al día siguiente Villarroel mandó encarcelar a Cervantes y a otras diez personas, entre ellas su hija Isabel y su hermana Andrea. A las cuarenta y ocho horas tuvo que soltarlos, pero había conseguido su propósito: poner a salvo al verdadero culpable. Cervantes reclama que se le libre de «unas calzas y un jubón y una ropilla» que tiene en su poder de don Gaspar de Ezpeleta, «porque se pudre con la sangre que tiene». Al portugués amante de Isabel se le prohibió entrar en la casa y la deshonra se hizo pública.

Pasado el verano, Cervantes abandona Valladolid, donde ya le señalaban por la calle: borrachín, punto fijo en las timbas y garitos, enredador de negocios turbios, padre de una hija descarriada... Se había convertido en la comidilla de la ciudad del Pisuerga. Vuelve a Madrid, donde ya se quedará hasta su muerte. Intenta formar parte del mundillo literario, pero ahora cuenta con un importante enemigo: Lope de Vega. Pronto circula un poema de Lope violentamente grosero que sin duda respondía al soneto de cabo roto de Cervantes contra él.

> Yo, que no sé de la-, de li-, ni de lé-,
> no sé si eres, Cervantes, co- ni cú-,
> sólo digo que es Lope Apolo, y tú
> frisón de su carroza y puerco en pie.
>
> Para que no escribieses orden fue
> del Cielo que mancases en Corfú.
> Hablaste, buey, pero dijiste mu;
> ¡oh, mala quijotada que te dé!
>
> Honra a Lope, potrilla, o ¡guay de ti!,
> que es sol, y si se enoja, lloverá.
> Y ese tu Don Quijote baladí,
>
> de culo en culo por el mundo va,
> vendiendo especias y azafrán romí,
> y al fin en muladares parará.

Se veían a menudo, sin embargo, en las reuniones literarias que llamaban academias. Le escribe Lope a Sessa:

Las academias están furiosas; en la pasada se tiraron los bonetes dos licenciados; yo leí unos versos con unos anteojos de Cervantes que parecían huevos estrellados mal hechos.

Cuando Cervantes llegó a Madrid vivió cerca de Atocha, luego en la calle Magdalena y acabó instalándose en la casa de al lado, en la calle del León esquina con Francos. Allí le he visto muchas veces, a través de la ventana abierta, sin dejarme ver. A Cervantes no le gustan los animales. Tampoco gran cosa las personas. Lo mira todo *sine ira et studio,* sin odio ni parcialidad, ecuánime y con ojos tristes, aunque vivaces. Era fácil llegar por los tejados. Ahí estaba casi todas las mañanas, rostro aguileño, cabello castaño, frente lisa y desembarazada, nariz corva, inclinado sobre un pliego, con la pluma en la mano y el jarro de vino siempre a su alcance. De cuando en cuando se daba palmadas en la frente y se mordía las uñas, estando mirando al cielo; y otras veces se ponía tan imaginativo, que no movía ni pie ni mano, ni aun las pestañas, tal era su embelesamiento. Le oía murmurar entre dientes y al cabo de un buen espacio dio una gran voz, diciendo: «Vive Dios que es el mejor terceto que he hecho en todos los días de mi vida», y escribiendo aprisa en su cartapacio daba muestras de gran contento.

Estaba componiendo su *Viaje del Parnaso,* una larga venganza en tres mil endecasílabos, la pataleta de alguien que se siente maltratado. En 1610 el conde de Lemos había sido nombrado virrey de Nápoles y quería organizar una expedición de poetas a su virreinato. Le encarga a Lupercio Leonardo de Argensola que confeccione la lista de invitados, de la que excluye tanto a Góngora como a Cervantes, que era ya un sexagenario. Así que su poema es otra expedición de poetas reclutados por él mismo para defender a la verdadera poesía en el monte Parnaso: un ajuste de cuentas, la diatriba de un despechado mezclada con el elogio de un arribista, algo entre pelota y acusica. Menciona a ciento cincuenta poetas, amigos y rivales, repartiendo laureles y fustazos, entre otros, cómo no, a Lope y sus amigos. De sí mismo dice:

> Yo que siempre trabajo y me desvelo
> por parecer que tengo de poeta
> la gracia que no quiso darme el cielo.

Tampoco se abstiene el buen Cervantes de «dar a los Lupercios un recado»:

> Que tienen para mí, a lo que imagino
> la voluntad, como la vista, corta.

¿Quiénes eran estos Lupercios? Dos hermanos que, entonces, eran mucho más reconocidos que Cervantes: Lupercio Leonardo Argensola y Bartolomé Leonardo Argensola. ¿Por qué les llamó Cervantes los Lupercios en lugar de los Leonardos, que era el nombre que compartían los dos Argensolas? Para llamarles merluzos. (Jorge, en el último banco.) Tienes razón: suena a algo entre merluzo y lechuzo, a insulto. Hoy los Argensola son recordados por un solo soneto que ni siquiera sabemos cuál de los dos merluzos escribió. El poema se titula «A una mujer que se afeitaba y estaba hermosa». (Carcajadas. Codazos. Olga se sonroja: tiene un bozo suave sobre el labio superior.) Afeites eran en la época los productos de belleza que usaban las mujeres. Y algunos hombres. Se afeitaban, como hoy se maquillan. Algunas como puertas. (Otra vez Jorge, en voz baja, señalando a Cris, que no se sonroja: se esponja satisfecha y es verdad que otra vez va pintada como una puerta.)

> Yo os quiero confesar, don Juan, primero,
> que ese blanco y color de doña Elvira
> no tiene de ella más, si bien se mira,
> que el haberle costado su dinero.
>
> Pero, tras eso, confesaros quiero
> que, es tanta la beldad de su mentira,
> que en vano a competir con ella aspira
> belleza igual en rostro verdadero.

> Así ¿qué mucho que yo perdido ande
> por un engaño tal, pues que sabemos
> que nos engaña así Naturaleza?
>
> Porque ese cielo azul que todos vemos,
> ni es cielo, ni es azul: ¡lástima grande
> que no sea verdad tanta belleza!

Aquí está otra vez, pero llevado a su extremo, el desengaño barroco. Las apariencias caen y se desbarata el engaño en que vivimos. El placer, la alegría, la vida misma, no son más que una cáscara mentirosa: la única verdad es la muerte y la nada. Detrás de los labios está esperándonos la sonrisa de la calavera. Desengaño también político, porque el imperio ya se ve que también era una superficie brillante bajo la que sólo había decadencia, deudas y corrupción, y una república entera de hombres encantados.

El maquillaje es un buen motivo para expresar el desengaño, pero lo habitual es que entonces el poema sea jocoso, como tantos de Quevedo sobre los afeites de las mujeres. También es una excusa excelente para llevar a cabo el repetidísimo «menosprecio de corte y alabanza de aldea». Cuando Quevedo está en el campo, hasta las mujeres le parecen más tentadoras, porque:

> Las caras saben a caras,
> los besos saben a hocicos,
> que besar labios con cera
> es besar un hombre cirios.

Se trata de lo natural y verdadero frente a lo artificioso y mentiroso.

¿Es así? No del todo, gente del porvenir. ¿Este soneto va en serio o en broma? ¿Es azul el cielo o no? Lo vemos azul, pero no tiene color. (Juanjo, siempre el más veloz.) Cierto, el Lupercio que fuera el autor lo sabía. No por la nueva ciencia, no a través de Galileo o Copérnico, aunque Bartolomé llegó a cartearse con Galileo: era un lugar común de origen aristotélico (o quizá sólo de los comentaristas de Aristóteles del XVI).*

¿Desengaño? ¿Entonces por qué tanta lástima? ¿No es preferible la belleza verdadera que la comprada con dinero y cosméticos? ¿Quién nos engaña? ¿Doña Elvira?

Ningún Lupercio podía desconocer la relación entre la cosmética y el universo. El cosmos griego, κόσμος, es tan ordenado y adornado que aquello que hace parecer más hermosa se llama cosmética. El mundo latino era igual, de forma que lo contrario no tenía más remedio que ser inmundo *(immundus)*, y por tanto ni puro ni limpio *(mundus)*. Nos engaña la belleza, que ha dejado de ser verdad, como había sido siempre: la verdad era la belleza (y viceversa). Peor todavía: es la naturaleza misma la que nos engaña. Quizá el Lupercio que compuso este soneto está diciendo más de lo que parece: la naturaleza no es verdad. Al menos nuestra concepción de la naturaleza: ese cielo azul, el que todos vemos. No hay ni orden ni hay sentido, como queremos ver en ella. Son los átomos girando en el vacío. Es otra vez Lucrecio y su materialismo ateo, y ahora podemos imaginar sobre qué le escribiría Bartolomé a Galileo, que acabó quemado en la hoguera, no sólo por sus concepciones astronómicas, sino por su visión de la naturaleza de las cosas, *de rerum natura*.

Éste es el fondo del desengaño del Barroco, que no conduce a Dios ni a la vida eterna, sino que nos devuelve a la realidad libres de miedo. Mediante el entendimiento, como perdió el miedo Fernando Rojas, o mediante la risa, como lo hacían los juglares, como lo haríamos los demás si no hubiera yo vendido a un inquisidor mi manuscrito griego. (¿Por qué no me miras? ¿Por qué no me odias, Yessi? ¿Por qué no me libras de la culpa con tu castigo? Llámame viejo triste entre los viejos, pégame una patada en la cara, querida Yessi, dime que soy viva muerte y muerta vida.)

---

* Otis H. Green lo dejó claro en «Ni es cielo ni es azul. A note on the "barroquismo" of B.L. Argensola», *Revista de Filología Española*, 34, 1950.

Sin el *Margites*, ¿cuándo volveremos a creer en la risa? ¿Cuándo nos la tomaremos en serio? ¿Qué podrá quitarnos el miedo y enseñarnos a vivir sin dioses? ¿Cuándo podremos repetir lo que decía Laurence Sterne? Sterne le escribía a Mr. Pitt:

Firmemente convencido de que cada vez que alguien sonríe —y mucho más cuando ríe— contribuye en algo a ese fragmento de la vida que disfrutamos cada uno de nosotros.*

De tanto mar de amor

Lope seguía teniendo dos hogares, el legítimo, con Juana; y el clandestino (o no tanto, todo Madrid lo sabía), con Micaela. A partir de 1608 se distancia de Micaela, después del nacimiento de Lopito. Se da cuenta, casi con miedo, de que es feliz con su mujer, que ni es tan rica como parecía ni tan hermosa como solían ser las amantes de Lope. Compra por 9.000 reales esta casa de la calle Francos, con su inscripción grabada en el dintel: PARVA PROPRIA, MAGNA. MAGNA ALIENA, PARVA. Lo poco, si es propio, es mucho; lo mucho, si es de otro, es poco.

Después de tanto mar de amor, ha encallado en el bajío del matrimonio. En mí, o mejor dicho, en *Micifuf*, está la prueba. También en la epístola que le escribe al doctor Matías de Porras:

> Ya, en efecto, pasaron las fortunas
> de tanto mar de amor, y vi mi estado
> tan libre de sus iras importunas,
> cuando amorosa amaneció a mi lado
> la honesta cara de mi dulce esposa,
> sin tener de la puerta algún cuidado.

---

* «*Being firmly persuaded that every time a man smiles —but much more so, when he laughs, it adds something to this Fragment of Life*», *The Life and Opinion of Tristram Shandy, Gentleman*.

Hasta él mismo se emociona al recordar (más tarde, cuando esta casa ya no era la que fue) la vida diaria en familia:

> Llamábanme a comer; tal vez decía
> que me dejasen con algún despecho;
> así el estudio vence, así porfía.
> Pero de flores y de perlas hecho,
> entraba Carlos a llamarme, y daba
> luz a mis ojos, brazos a mi pecho.
> Tal vez que de la mano me llevaba,
> me tiraba del alma, y a la mesa
> al lado de su madre me sentaba.

También va cambiando el tono de las cartas a Sessa, deja de hablar de amoríos y enredos, y ahora, a quien las leyera, le enternecería su pobreza y su preocupación por la familia (aunque nunca consiguieron ablandar a su destinatario, el noble Sessa). Entre líneas avanza la enfermedad de Juana y la del hijo, Carlos:

V. ex.ª, Señor, sea servido, por el amor que me debe, de avisarme dónde va y cuándo quiere que le vaya a ver..., que si no fuera por esta familia pobre, a cuyo sustentillo debo acudir, ya estuviera a caballo para seguir a V. ex.ª

La cassilla y familia están de servicio de su dueño, que es V. ex.ª, aunque la pobre Juana con sus dolores. Carlos prevenido a calzones, que le ponemos el domingo...

Yo me vine a acostar, donde paso insufribles noches con los corrimientos de doña Juana. No sé qué fuera de mí si no me esforzara a servilla su mucha virtud y bondad. Carlos anda con calzones; dize que desea que V. ex.ª le vea.; yo digo lo mismo por ver aquí a V. ex.ª...

Las deudas crecen cada día; no nos falta sino volvernos locos... Nuevas diligencias se hazen para la salud de doña Juana; resuélvense los médicos en hazelle una fuente; yo la quisiera en mi huerto, que por falta de agua se me ha secado; y para las mujeres, ninguna como la de sus maridos. En estas dificultades, con poco sueño, no buena comida e inmortal inquietud, he pasado estos días...

Ya no se quexa doña Juana, que no es poco no quexarse una mujer, y más siendo propia. Carlos está sin calentura, y muy gentil hombre aquí a mi lado, dize que escribe a V. ex.ª una carta...

Por si fuera poco, se decreta el cierre de los teatros, principal fuente de ingresos de Lope, en señal de luto por la infanta Catalina Micaela.

Yo he despedido las musas por el ausencia de las comedias; falta me han de hacer, que al fin socorrían tanta enfermedad como mi casilla padeze...

Su criado de V. ex.ª, Carlitos, está con tercianas dobles muy trabajoso; no come; si allá hay alguna xalea, mande a V. ex.ª a Bermúdez que la embíe...

No debió de comparecer Bermúdez con la jalea, porque no hay carta de agradecimiento de Lope, siempre tan adulador.
En 1612 muere Carlos Félix primero y pocos meses después Juana, de sobreparto, como era costumbre en la época, y al que sobrevive la hija Feliciana.

> Feliciana el dolor me muestra impreso
> de su difunta madre en lengua y ojos;
> de su parto murió, triste suceso.

El poema es tan abominable que obliga a pensar que el sentimiento tuvo que ser verdadero.
El testamento de doña Juana, otorgado pocos días antes de la muerte, revela la penuria económica que imperaba en esta casa y también da testimonio de la avaricia del suegro, el rico carnicero, que nunca quiso ayudarles.

Cansado y triste, a los cincuenta y dos años, en 1614, se ordena sacerdote.

> Dejé las galas que seglar vestía;
> ordeneme, Amarilis, que importaba
> el ordenarme a la desorden mía.

Aparece la segunda parte del *Quijote*, donde no escasean los ataques a Lope de Vega, que sin duda algo había tenido que ver con la publicación del *Quijote* de Avellaneda.

En una fiesta conoce a *Amarilis* (como decide llamarla) y poco tiempo después muere Cervantes.

Lope se quedó abatido y se sintió de pronto solo, como si en realidad hubiera estado siempre más cerca de Cervantes de lo que él y Cervantes querían creer.

Marta de Nevares, Amarilis, tenía poco más de veinte años y era tan bella como inteligente. A los trece años había sido casada, o sacrificada en el altar de Pluto, como diría Lope, con un tal Roque. Es un amor sacrílego, puesto que es sacerdote, pero Lope se entrega a él con el mismo entusiasmo que a sus *Rimas sacras,* en las que confiesa, dirigiéndose a María Magdalena:

> Resta que tú, que yo, que las piadosas,
> o las que el ciego error convierte en hielo,
> con su ejemplo santísimo, lloremos
> no haber llorado, y que llorar debemos.

Tiempo llegaría de abundantes lágrimas.

Como de costumbre, todo Madrid habla de la pareja, sin duda por la incapacidad de Lope para callar algo de su intimidad y no contarlo en el acto en un poema («todo el mundo mis pasiones, / de mis versos presume, / culpa de mis hipérboles causada»). Circulan coplillas, como esta de Góngora (ni tan aguda ni tan graciosa como el autor pensaba):

> Dicho me han por una carta
> que es tu cómica persona,
> sobre los manteles mona
> y entre las sábanas *Marta:*
> agudeza tiene harta
> lo que me advierten después,
> que tu nombre del revés,
> siendo Lope de la haz,
> en haz del mundo y en paz
> pelo de esta *Marta* es.

O esta de Ruiz de Alarcón:

> Culpa a un viejo avellanado,
> tan verde que al mismo tiempo
> que esta forrado de martas
> anda haciendo magdalenas.

En 1617 nace una hija de Marta y Lope, Antonia Clara. Él seguía siendo pobre y escribía menesterosas y suplicantes cartas al botarate de Sessa:

Suplico a V. ex.ª mande que me den para este aposentillo donde me muero de frío, cinco reposteros de lana, que los bolberé a las açémilas en pasado el frío; y antes por dicha si me concierto en unos tapizes viejos. V. ex.ª no se canse de mis ymportunidades... Después que Marcela tuvo viruelas me pasé aquí este frío y húmedo. Ya sabe V. ex.ª que es mi sol en el ynvierno y mi sombra en el verano...

Y otras en las que mostraba su cansancio de tanto mar de amor (y lo a gusto que estaba con Marta), pues le daba ya infinita pereza:

Andar a conocer voluntades nuevas, nuevas sábanas, nuevos alientos y, por decirlo a lo pícaro, nuevos «tómalo, mi vida».

Hasta que así quedamos en esta casa: ella sin vista y sin razón, llamando a la muerte a voces; él cuidándola; ella pidiéndole que la mate; él dispuesto a dejarse matar por ella; ella desnuda en el suelo; él de sotana y escribiendo.

En 1632 murió Marta en brazos de Lope, después de pronunciar una sola palabra: «Gracias». Él la bendijo. La peinaron y la vistieron con un hábito. Lo intentaron Lope y el médico, pero ninguno pudo cerrarle los ojos, aunque sólo miraban hacia dentro de sí misma. Hubo que enterrarla con los ojos abiertos, inmóviles, como si estuviera desvelada o deslumbrada por una luz repentina.

> D.ª Marta de Nevares murió en la calle de Francos en siete de abril de 1632; recibió los Santos Sacramentos de manos del licenciado Juan Lucas; no testó; enterróla Alonso Pérez, librero, que vive a la Platería, y pagó de fábrica ocho ducados. (Archivo parroquial de San Sebastián)

Entonces Lope dejó de llorar y escribió uno de los grandes sonetos de la lengua española:

> Resuelta en polvo ya, mas siempre hermosa,
> sin dejarme vivir, vive serena
> aquella luz, que fue mi gloria y pena,
> y me hace guerra, cuando en paz reposa.
>
> Tan vivo está el jazmín, la pura rosa,
> que, blandamente ardiendo en azucena,
> me abrasa el alma de memorias llena:
> ceniza de su fénix amorosa.
>
> ¡Oh memoria cruel de mis enojos!,
> ¿qué honor te puede dar mi sentimiento,
> en polvo convertidos mis despojos?
>
> Permíteme callar sólo un momento:
> que ya no tienen lágrimas mis ojos,
> ni conceptos de amor mi pensamiento.

Se quedó solo con Antonia Clara, la niña de sus ojos, a la que adoraba.

En 1634 cumplió Antonia Clara diecisiete años, cuando un poderoso y rico caballero la oyó cantar en una fiesta y se enamoró de ella. La persiguió recatándose, sobornó a una criada; Antonia se enamoró de él, se gozaron secretamente; y como Lope concibiera sospechas de la conducta de su hija, ésta huyó una noche de la casa paterna, en compañía de la criada infiel, llevándose todo cuanto pudieron; y se fue para vivir, no como esposa, sino como manceba del caballero.

Nunca volvió a verla. Se murió de dolor.

—De todas las formas de perder a una persona, la muerte es la más piadosa —le oí decir.

12
Vale más de tu jabón la espuma

*No pots perdre-t'hi més. Dóna'm la mà que és
l'obra bona del passat, que ets tu.*

GABRIEL FERRATER

Tras la muerte de Cervantes y tras la muerte de Marta, a Lope no le había quedado otro consuelo que sus hijos. Lopito murió en 1634 en un naufragio, como correspondía a un buscarruidos como él, durante una expedición para buscar perlas en la isla Margarita. Ese mismo año, Antonia Clara le abandonó para siempre. Sólo le quedaba mi compañía y tan pocas razones para vivir que tuvo que convertirse en otro para poder hacerlo.

Se sentía estafado por la tradición poética, desde los trovadores a los petrarquistas, desde don Juan de Mena a Garcilaso. Por otra parte, a los poetas culteranos, lo que se llamaba entonces «la nueva poesía», los veía como la desembocadura natural del artificio petrarquista, unido a la creación de la figura del intelectual y en el marco de un sistema literario que empezaba a institucionalizarse. A su edad, habría preferido ser juglar. Tres lustros después de su muerte estaba logrando entender a Cervantes, que también echaba de menos la literatura de entretenimiento y a los perdidos juglares, su soledad, su lluvia, sus caminos. En el prólogo a las *Novelas ejemplares* consignó su nostalgia de la literatura popular, que había sido sustituida por la alta cultura:

> Mi intento ha sido poner en la plaza de nuestra república una mesa de trucos, donde cada uno pueda llegar a entretenerse, sin daño de barras; digo, sin daño del alma ni del cuerpo, porque los ejercicios honestos y agradables antes aprovechan que dañan.

Sí, que no siempre se está en los templos; no siempre se ocupan los oratorios; no siempre se asiste a los negocios, por calificados que sean. Horas hay de recreación, donde el afligido espíritu descanse. Para este efecto se plantan las alamedas, se buscan las fuentes, se allanan las cuestas y se cultivan con curiosidad los jardines.

La literatura, desde que se separó de la cultura popular (que la había creado en nuestra lengua), se había ido a hacer gárgaras y se había convertido en un simulacro, en un arte decorativo, en algo que no hablaba «de veras».

Estábamos perdiendo la guerra.

Entonces fue cuando Lope se inventó a Tomé de Burguillos, un heterónimo, el primero de la historia de la literatura, mucho antes que los de Pessoa, Machado o Max Aub.

«Antes de escribir un poema», decía Antonio Machado, «conviene imaginar al poeta capaz de escribirlo.» Lope no habría podido hacerlo, necesitaba otra persona, alguien que todavía pudiera en verso hablar de veras. Lejos del arte y cerca de la verdad: «Lope, yo quiero hablar con vos de veras», le dice Burguillos a Lope, que ya es sólo un personaje más de su obra maestra, el *Quijote* de la lírica: las *Rimas de Tomé de Burguillos*.

De haber leído este libro, que tengo aquí conmigo (en la segunda edición de Planeta de las *Obras poéticas,* a cargo de José Manuel Blecua, publicado en 1974), no tengo ningún recuerdo, pero sí numerosas pruebas con mi letra, a lápiz, en los espaciosos márgenes en blanco que dejan los libros de poesía y a pesar de la incomodidad de escribir sobre papel biblia. En una página leo anotado un «Exorcismo para jóvenes narradores españoles: Benet, yo te conjuro, abandona el cuerpo de esta criatura». Está al lado de un soneto que empieza:

> Conjúrote, demonio culterano,
> que salgas deste mozo miserable,
> que apenas sabe hablar, caso notable,

> y ya presume de Anfión tebano.
> Por la lira de Apolo soberano
> te conjuro, cultero inexorable,
> que le des libertad para que hable
> en su nativo idioma castellano.

Tampoco tengo recuerdo de haber probado este exorcismo y, si lo hice, no tuvo éxito, a la vista está que ninguno de los poseídos ha recuperado aún el uso de «su nativo idioma castellano».

Seguí los pasos de mi predecesor, pisando sobre sus huellas, leyendo lo que había subrayado ese joven licenciado que fui, impaciente al parecer por recibir laureles, puesto que está anotado un poema sobre el asunto. En el poema, el joven reclama su «laurel triunfante», viendo que los reparten a dos manos, pero le asegura un bedel que ya no quedan laureles para él, precisamente para él.

> «¿Por qué?», le dije; y respondió sin miedo:
> «Porque los lleva todos un tratante
> para hacer escabeches en Laredo».

Laura escabechada: Petrarca en vinagreta: ésa es una de las especialidades de Burguillos, la única defensa frente a la guerra bacteriológica del petrarquismo bubónico.

Como en una escena del crimen, recojo huellas, intento comprender a aquel lector que fui, un ladronzuelo que entró en el libro por una ventana, rompiendo el cristal, y se paseó por las páginas sin atreverse a encender la lámpara, examinando versos a la luz de la llama del mechero Bic.

Se apoderó de algunas cosas de poco valor, ciertos endecasílabos donde dejó sus huellas dactilares: «Tu bestia soy, amor, dame de palos».

Como quien se lleva una tele de plasma, arrastró sonetos enteros sólo por el título, «A una dama que a todo respondía: ¡Zape!», «A una dama que criaba un cernícalo» o «Describe un monte sin qué ni para qué», por ejemplo, cuyo final, tras una rimbombante descripción del monte en cuestión, es éste:

> Y en este monte y líquida laguna,
> para decir verdad como hombre honrado,
> jamás me sucedió cosa ninguna.

Burguillos estaba, no ya saboteando su propio soneto, sino impugnando la poesía misma tal y como la conocía: aquello en lo que las tropas de ocupación habían convertido la indefensa poesía capturada a los juglares.

Inexperto, ignorante, nervioso, el ladrón joven no encontró la caja fuerte ni las piedras preciosas, así que apandó lo que le pilló a mano, y se dejó lo de más valor, como siempre sucede.

A pesar de las condiciones en que lo escribió Lope, a pesar de las condiciones en que lo he vuelto a leer yo, en esta clínica donde toda incomodidad tiene su asiento, es uno de los libros más alegres, radiantes y divertidos que puedan imaginarse.

Entre otras cosas es una parodia de un cancionero a la manera de Petrarca, donde Laura ha sido remplazada por Juana, una lavandera del río Manzanares.

Burguillos hace añicos el petrarquismo a pedrada limpia. Hay un soneto en el que declara su amor por Juana y comienza: «Muérome por llamar Juanilla a Juana».

Quiere la intimidad, poder usar el diminutivo, pero ella le desdeña, así que el poema concluye:

> Créeme, Juana, y llámate Juanilla;
> mira que la mejor parte de España,
> pudiendo Casta, se llamó Castilla.

Hasta la patria, escucha, ¡hasta la patria!, pudiendo ser casta, prefirió dejar de serlo, así que no me vengas tú ahora con repulgos de empanada.

Mis estudiantes del Sansón Carrasco utilizaban el mismo método terrorista para desmontar a Garcilaso. Les bastaba a veces con leer sus versos separando de otro modo las sílabas: El dulce lamen tarde dos pastores..., recitaban, y el más valiente (Jorge, siempre el que tenía más miedo y menos que perder) preguntaba:

—¿Y por qué no han lamido antes ese dulce?

Un poco más adelante, en la misma primera égloga, uno de los pastores, Nemoroso, se arranca a cantar a su amada, «Elisa, vida mía», que según él afirma está muerta.

Se pregunta Nemoroso dónde estarán ahora los claros ojos y en general el resto de su difunta, cabellos rubios, blanco pecho y la «columna que el dorado techo con proporción graciosa sostenía». El cabello rubio, a causa del pecho, se ha convertido en dorado techo. Son las iniquidades a las que arrastra la rima, el delincuente consonante. La respuesta ya la conocemos:

> Aquesto todo agora ya s'encierra,
> por desventura mía,
> en la escura, desierta y dura tierra.

Volvamos a las preguntas, a aquello que Nemoroso echaba de menos:

> ¿Do están agora aquellos claros ojos
> que llevaban tras sí, como colgada,
> mi alma, doquier que ellos se volvían?
> ¿Dó está la blanca mano delicada,
> llena de vencimientos y despojos
> que de mí mis sentidos l'ofrecían?

Recuerdo el comentario que hacía en clase el muy malicioso don Enrique Tierno Galván, que fue el mismo que hacían (con otras palabras) mis estudiantes: observen ustedes con qué delicadeza evoca Garcilaso la masturbación del pastor por la pastora.

La blanca mano que tanto echa de menos Nemoroso es la que le masturbaba (delicada) y que él, o sus sentidos, llenaba de «vencimientos y despojos», extraídos de sí mismo: ése debía de ser el dulce que aquellos dos pastores, solos junto al río, lamían, ay, demasiado tarde.

Como se sabe, el origen del término masturbación se discute mucho, pero es indudable que al final la mano siempre acaba manchándose (sea *manus turbare* o *manus stuprare*).

Así se vuelve más claro el dichoso «dolorido sentir» del pastor Nemoroso y su «desventura». El recuerdo de esa blanca mano que ahora ya está «bajo la escura, desierta y dura tierra» es estremecedor, siempre que se lea como lo hacía, desde el último banco, Jorge, el del taller mecánico.

Carlos García Gual nos explicaba la guerra de guerrillas de los filósofos cínicos. Frente al idealismo platónico, oponían un chiste, una anécdota, una cuchufleta, un juego de palabras. Siempre amable, en voz baja, persuasivo, García Gual nos decía con suave acento y el pelo alborotado:

—Es como un petardo que el terrorismo intelectual del cínico coloca al pie de los monumentales sistemas ideológicos, quiebros ágiles contra la seriedad fantasmal de la opinión dominante, muecas un tanto de payaso para desenmascarar esa aparatosa seriedad de las ideas solemnes y las convenciones cívicas.

Aquel terrorismo intelectual, como el de los juglares, incluía el uso del cuerpo, del gesto y de la pantomima. Diógenes Laercio recuerda que, cuando Platón definió al hombre como «un bípedo implume», ante los aplausos de todo el mundo, Diógenes (el otro Diógenes, el del tonel) desplumó un gallo y lo presentó en la Academia con estas palabras: «Éste es el hombre de Platón».

—El gran opositor al idealismo no es Aristóteles —nos advertía García Gual—, sino el cínico con su menguada teoría, con su actitud plebeya, con su sarcasmo.

El gran opositor al petrarquismo no es el culteranismo ni el conceptismo, esa poesía barroca que no es más que manierismo de Petrarca salpimentado con escolástica; es Burguillos, sus golpes de mano, sus emboscadas, su terrorismo lírico.

Decía Diógenes que «desde que me liberó Antístenes jamás fui esclavo». Y comentaba Epícteto:

> ¿Cómo le liberó? Escucha lo que dice: me enseñó las cosas que son mías y las que no son mías. Lo poseído no es mío: parientes, familiares, amigos, fama, lugares habituales, modo de vida, todo eso no son sino cosas ajenas. ¿Qué es entonces tuyo? El uso de las representaciones imaginativas. Ése me mostró que lo poseo como algo inevitable e inviolable. Nadie puede forzarme a usar mi imaginación sino como quiero.*

De eso trata esta guerra, gente del porvenir: de que no nos impongan otra representación imaginativa. De que sepamos resistir y oponer la nuestra, inventar nuestra propia vida.

Los juglares iniciaron la tradición literaria en nuestra lengua, desde las jarchas al *Cantar de Mío Cid* o el *Libro de buen amor*. El contraataque aristocrático, la conspiración para suprimir la literatura popular y ocupar su sitio, empezó de inmediato; primero con los trovadores y más tarde con la poesía petrarquista. Luego se construyó la figura del intelectual, el autor, el hombre de letras. Después vino el arma química de Petrarca: la interioridad, esa alma en la que instalar el amor recién inventado y más tarde el individualismo, la creencia de que somos singulares.

Es un combate por lo único que poseemos de verdad: las representaciones imaginativas. Podemos imaginar quiénes somos, cuál es nuestra historia, cómo es nuestro país, cuáles son las relaciones laborales, cómo queremos transformar el mundo. Nadie puede, en efecto, forzarnos a usar nuestra imaginación sino como queramos, pero sí es posible imponernos otras representaciones imaginativas. Desde el mester de clerecía al cine de Hollywood hay una línea recta. Juan Ruiz, Rodrigo Cota, Celestina, Lazarillo, Cervantes, Lope de Vega son otra línea recta: esfuerzos por volver a la tradición suprimida de la cultu-

---

* No hay que dejar de leer (otra vez, si es el caso) *La secta del perro*, de García Gual.

ra popular; golpes de mano y emboscadas, guerrilla y maquis, sabotajes y resistencia. Y el arma que recuperaron Lope y Cervantes: la risa.

Por eso Burguillos rechaza con firmeza la cultura que imponía su época. En otro poema, recuerda que Virgilio celebró la hermosura de Amarilis; Propercio, la de su Cintia; Catulo, la de su Lesbia, etc.

Él en cambio prefiere a su novia lavandera:

> Juana, celebraré tus ojos bellos:
> que vale más de tu jabón la espuma,
> que todas ellas y que todos ellos.

En otro poema empieza con los manoseados galimatías petrarquistas y neoplatónicos:

> Espíritus sanguíneos vaporosos
> suben del corazón a la cabeza,
> y, saliendo a los ojos, su pureza
> pasa a los que miran, amorosos...

Son las mismas entelequias que un Garcilaso escribía totalmente en serio, aunque cueste creerlo:

> De aquella vista pura y excelente
> salen espíritus vivos y encendidos,
> y siendo por mis ojos recibidos,
> me pasan hasta donde el mal se siente...*

Pero Burguillos en los tercetos ya se va cansando de semejante bobada y decide dejarse de pamplinas (Mira, Juana...), hasta que acaba con un final asombroso, que deja en ridículo a los nobles caballeros petrarquistas, y recurre a la risa, para quitarnos el miedo y perderles el respeto (a ellos y a los dioses y hasta al vacío de nuestra propia aniquilación):

---

* Garcilaso, soneto VIII.

> Esos puros espíritus que envía
> tu corazón al mío, por extraños
> me inquietan, como cosa que no es mía.
> Mira, Juana, qué amor; mira qué engaños;
> pues hablo en natural filosofía
> a quien me escucha jabonando paños.

Ante esta Juana, lavandera, es imposible no recordar a la Otilia de César Vallejo, que cómo no iba a poder azular y lavar todos los caos:

> El traje que vestí mañana
> no lo ha lavado mi lavandera:
> lo lavaba en sus venas otilinas,
> en el chorro de su corazón, y hoy no he
> de preguntarme si yo dejaba
> el traje turbio de injusticia.

Hay una inesperada sintonía entre Tomé de Burguillos y César Vallejo. «Siempre mañana y nunca mañanamos»; este verso es de Burguillos, pero parece de Vallejo, porque Burguillos (como Villon en el XV) está escribiendo la poesía más moderna de todo el XVII, la única vía de escape del callejón sin salida, ese *cul-de-sac* en que había metido el petrarquismo al verso.

Demasiado temprano, como François Villon.

En algunos poemas, Tomé de Burguillos se disculpa con Lope de Vega, porque su estilo es llano y tosco y sus musas muy poco espirituales. Hace el intento de escribir en tono elevado..., pero se cansa en seguida:

> Comienzo, pues: ¡Oh tú, que en la risueña
> aurora imprimes la celeste llama,
> que la soberbia de Faetón despeña...!
> Mas, perdonadme Lope, que me llama
> desgreñada musa de estameña,
> celosa del tabí de vuestra fama.

El tabí es una tela antigua de seda, con labores ondeadas y que forman aguas. En otro poema asegura rotundo, inmejorable:

> Mis musas andarán con alpargatas,
> que los coturnos son para las supremas.

Burguillos desmonta el petrarquismo, el artificio del arte, pero también ataca el artificio de la sociedad.

Lope es pobre y ha vuelto a solicitar el cargo de cronista (ya lo hizo en otras dos ocasiones), que de nuevo le conceden a otro (a Pellicer, contra quien van dirigidos gran parte de los ataques en este libro).

> Vuesa merced se puso a la ventana,
> y luego conoció que era poeta.
> (Que la pobreza nunca fue secreta:
> sin duda se lo dijo mi sotana.)
>
> Si bien no a todos fiera e inhumana
> estrella sigue y saturnal cometa,
> a muchos dio carroza, a mí carreta;
> para otros venus, para mí sultana.
>
> Soy en pedir tan poco venturoso,
> que sea por la pluma o por la espada,
> todos me dicen con rigor piadoso:
>
> «Dios le provea», y nunca me dan nada;
> tanto, que ya parezco virtuoso,
> pues nunca la virtud se vio premiada.

Se siente Lope ya hermano de Cervantes, compañero de quien nunca consiguió nada de nadie, ni siquiera poder emigrar a América, pues dos veces le dijeron que buscara por aquí quien le hiciera merced.

Cuenta el licenciado Márquez Torres en la aprobación de

la segunda parte del *Quijote* que ciertos caballeros franceses que habían venido con el embajador, «apenas oyeron el nombre de Miguel de Cervantes, cuando se comenzaron a hacer lenguas, encareciendo la estimación en que así en Francia como en los reinos sus confinantes se tenían sus obras».

> Fueron tantos sus encarecimientos, que me ofrecí llevarles que viesen el autor dellas, que estimaron con mil demostraciones de vivos deseos. Preguntáronme muy por menor su edad, su profesión, calidad y cantidad. Halléme obligado a decir que era viejo, soldado, hidalgo y pobre, a que uno respondió estas formales palabras: «¿Pues a tal hombre no le tiene España muy rico y sustentado del erario público?».

Siempre hay un gracioso de buen corazón, en este caso otro francés que dijo: «Si necesidad le ha de obligar a escribir, plega a Dios que nunca tenga abundancia, para que con sus obras, siendo él pobre, haga rico a todo el mundo».

El destino de un escritor lo describe de forma lapidaria Burguillos:

> Decid (si algún filósofo lo advierte)
> ¿qué desatinos son de la Fortuna
> hambre en la vida y mármol en la muerte?

La frustración y el rencor que podían sentir Cervantes y Lope contra sus protectores ricos los convierte Burguillos en una crítica al orden social, a la injusticia de las leyes, al poder y a la explotación. Hasta dos sonetos escribe «a la braveza de un toro que rompió la guardia tudesca». La guardia tudesca era la que empujaba y mantenía a raya a la multitud en acontecimientos a los que acudía el rey. En estos poemas, el héroe es el toro, y Burguillos afirma lo que Lope no se habría atrevido a decir: que ese toro es el vengador del pueblo contra el poder. «Tú sólo el vulgo mísero vengaste / de tanto palo.»

> Mas, descortés, el socarrón torillo,
> sin hacer al balcón de oro mesura,
> desbarató la firme arquitectura
> del muro colorado y amarillo.

Ese toro embistiendo contra la bandera nacional casi parece pintado por Picasso y debe de ser hijo del que mató Carlos V para celebrar el nacimiento de Felipe II.

Lope, sacerdote, familiar de la Inquisición, ¿podía acaso escribir un soneto burlesco sobre un auto de fe? Para eso necesitaba a Burguillos, capaz de afirmar que, aparte «del rey y los tapices», nada hubo solemne ni interesante en el espectáculo, salvo la cínica frivolidad de los asistentes: «fue todo cortesanas meretrices», mucho «grande y forastero incauto» y al final, como si se tratara de un baile:

> Partióse el Rey, llevóse los amantes,
> quedó al lugar un breve olor de Corte,
> como aposento en que estuvieron guantes.

Los guantes solían perfumarse con ámbar y dejaban tras de sí un perfume inconfundible.

Todo es falso, trivial, inútil, y también, o sobre todo, la poesía.

El desengaño de Lope lo cuenta Burguillos en un soneto titulado «Madruga a escribir el poeta y toma por achaque el enfadarse del mundo para volverse a dormir»:

> Tomé la pluma, Fabio, al gallicinio,
> pasada la intempesta nocturnancia,
> y no para buscar pueblos en Francia;
> que no tengo historiógrafo desinio.
>
> Y haciendo de las cosas escrutinio
> deste mundo, visible mi ignorancia,
> en todo hallé disgusto y repugnancia
> con tanto descompuesto latrocinio.

> Intenté comenzar por desengaños,
> del mar de nuestra vida breve espuma,
> que a tantos necios consumió los años;
>
> pero al mirar la innumerable suma
> de invenciones, de máquinas, de engaños,
> dejé los libros y arrojé la pluma.

¿Cómo volver a escribir de veras? Lope se ha propuesto hacerlo a través de Burguillos, que regresa a la tradición perdida de los juglares, a echarse a los caminos y cantar y recitar para la gente vulgar, nuestros hermanos humanos. En realidad, es por fin un *Quijote* en verso lo que está haciendo Burguillos, el *Quijote* de la poesía española.

Si en el capítulo 67 de la segunda parte, al volver a casa, don Quijote toma la resolución de hacerse pastor y seguir la vida del campo, es que aún cree que es posible volver atrás, corregir el rumbo, recuperar un arte popular, una nueva juglaría (que nada tiene que ver con la almidonada novela pastoril). Aún cree en la posibilidad de ser otro.

> Yo compraré algunas ovejas, y todas las demás cosas que al pastoral ejercicio son necesarias, y llamándome yo el pastor Quijotiz, y tú el pastor Pancino, nos andaremos por los montes, por las selvas y por los prados, cantando aquí, endechando allí.

Pocos capítulos más adelante, en el 74 y último, ya se ha desengañado: sabe quién es. Al comenzar su aventura, en el capítulo 5 de la primera parte, afirmaba:

> —Yo sé quién soy —respondió don Quijote—, y sé que puedo ser, no sólo los que he dicho, sino todos los Doce Pares de Francia, y aun todos los nueve de la Fama.

Al final del viaje el «yo sé quién soy» se ha convertido en «ya sé quién soy». Ya sé que sólo puedo ser el que soy. El mismo desolador final de toda vida humana: la dificultad de ser otro.

Sin embargo, Lope consiguió ser otro, siquiera sea por un instante fugaz y resplandeciente: ese otro licenciado Burguillos que logra escribir sus prodigiosas rimas.

Como a don Quijote y como a Cervantes, el desengaño final le revela que sólo puede ser el que es, y así nos lo confesará en su último suspiro: *Huerto deshecho*.

Muerto su mortal enemigo, Lope ha leído bien el *Quijote* y ha comprendido a Cervantes, ha aprendido de él.

Escribe Burguillos sobre su amada, deshaciendo el patrón petrarquista:

> Aunque decir que entonces florecieron,
> y por ella cantaron ruiseñores,
> será mentira, porque no lo hicieron.
>
> Pero es verdad que, en viendo sus colores,
> a mí me pareció que se rieron
> selvas, aves, cristal, campos y flores.

Comienza otro soneto diciendo: «Bien puedo yo pintar una hermosura» sin igual en mi Juana, pero puede que algún lector «viéndola después se desengañe».

> Pues si ha de hallar algunas partes feas,
> Juana, no quiera Dios que a nadie engañe:
> basta que para mí tan linda seas.

Cuando Sancho Panza se entera de que Dulcinea es Aldonza Lorenzo, apenas puede creerlo: de sobra la conoce él a Aldonza: «tira tan bien una barra como el más forzudo zagal de todo el pueblo. ¡Vive el Dador, que es moza de chapa, hecha y derecha, y de pelo en pecho», y felicita a su amo: «¡Oh hideputa, qué rejo tiene, y qué voz!», y le confiesa que hasta entonces había creído que sería una princesa o cosa semejante.

«Bástame a mí pensar y creer» que es hermosa, le responde don Quijote, «y píntola en mi imaginación como la deseo» (I, 25).

En la segunda parte (capítulo 32), los maliciosos duques intentan poner en un aprieto a don Quijote a cuento de si Dulcinea es una bella princesa o una villana que estaba ahechando un costal de trigo, por más señas rubión. El de la Triste Figura sale al paso como sabe hacerlo: «todas o las más cosas que a mí me suceden van fuera de los términos ordinarios», sin duda por la «malicia de algún encantador invidioso»; así que, como Sancho la vio un día como princesa, «en su mesma figura»; y otro día él la vio como «labradora tosca y fea, y no nada bien razonada», no queda más remedio que concluir que, puesto que él no está encantado, es ella la que está encantada. De hecho, les explica a los taimados duques que, en su tercera salida, la halló «encantada y convertida de princesa en labradora, de hermosa en fea, de ángel en diablo, de olorosa en pestífera, de bien hablada en rústica [...] y finalmente, de Dulcinea del Toboso en una villana de Sayago». No cabe duda: «ella es la encantada, la ofendida, y la mudada, trocada y trastrocada, y en ella se han vengado de mí mis enemigos, y por ella viviré yo en perpetuas lágrimas, hasta verla en su prístino estado».

Con ese buen corazón de los poderosos, «perecía de risa la duquesa» oyendo hablar al desdichado don Quijote.

Así Juana es Dulcinea, pero de veras («Lope, yo quiero hablar con vos de veras»), es decir desencantada, libre del narcótico petrarquista, vuelta a su ser, por muy villano y maloliente que sea, por mucho que se trate de una lavandera.

Quizá Cervantes lo vio ya a finales del XVI, cuando murió Felipe II; Lope no olió el poste, se dio de bruces contra él cuando, hacia 1630, ya resultaba evidente que era España entera la que estaba encantada, ofendida, trocada y trastrocada, sin que nadie obtuviera más beneficio de ello que todos los validos, duques, condes y banqueros, que se perecían de risa, como la duquesa ante don Quijote.

Aquí es donde aparece en Lope, a través de Burguillos, el desengaño barroco. El mismo que con tono más truculento denuncia Quevedo en tantos sitios, como en aquel soneto que comienza:

> Miré los muros de la patria mía,
> si un tiempo fuertes ya desmoronados,
> de la carrera de la edad cansados,
> por quien caduca ya su valentía.

Y termina:

> Y no hallé cosa en que poner los ojos
> que no fuera recuerdo de la muerte.

Cervantes envidiaba las comedias Lope, él quería ser, haber sido en el teatro como Lope. Lope envidiaba las novelas, ejemplares y no ejemplares, de Cervantes; quería ser, haber sido en la novela como Cervantes.

Muerto Cervantes, muerta Marta, muerto Lopito, desaparecida Antonia Clara como si hubiera muerto, Lope estaba a solas conmigo, desengañado del amor, de la patria, de la vida, de la sangre, de la fortuna (por no admitir o disimular que del engaño de Dios había salido ya hacía tiempo); y desengañado también del arte, al que había dedicado su vida entera.

Aquel hombre seguía siendo transparente, incapaz de no dejar a la vista, en sus versos, su interior. Poco le quedaba ya por escribir: sólo el dolor de la pérdida de Antonia Clara.

Contó los hechos con un tenue disfraz de égloga pastoril y luego contó lo que le pasaba por dentro en *Huerto deshecho*.

De noche cae una tormenta sobre su huerto que, «en el lluvioso abismo, amaneció mentira de sí mismo». El huerto y él son una misma cosa y han sufrido la misma tragedia:

> Áspero torbellino,
> armado de rigores y venganzas,
> súbitamente vino
> a deshojar mis verdes esperanzas,
> haciendo el suelo alfombra de colores

> tantas hojas escritas como flores...
> [...] ¿Qué es esto, huertecillo? ¿Qué fortuna
> tan áspera te aflige?
> ¿Cuándo la envidia en humildad ninguna
> fue tan cruel?

Si hubiera caído la tormenta sobre los reales jardines de Aranjuez, aun lo habría entendido Lope, pero ¿sobre su huerto y sobre él? «¡Mas tú, mas yo, venganzas tan crueles!».

La causa de la tormenta fue la desaparición de la primavera, el abandono de Antonia Clara.

> Huerto desta ribera,
> para siempre se fue, ¡qué infausto día!,
> la dulce primavera
> que con su hermoso pie te florecía:
> por eso te faltó sereno el cielo,
> y a su occidente sol siguióse el hielo.
> A mí me daba vida,
> y a ti te daba flores: ya la muerte,
> con su veloz partida,
> en estériles campos nos convierte;
> que a vivir estos valles, no lo ignores,
> a mí me diera siglos y a ti flores.

No nos hemos movido, gente del porvenir. Seguimos en el mismo huerto, el de Melibea, que se convirtió en su tumba; el del Amor y el Viejo que será humillado, el huerto deshecho de Lope, mentira de sí mismo.

Cuenta Gibbon en su *Historia de la decadencia y caída del Imperio romano* que en una ocasión se propuso en el Senado poner uniforme a los esclavos, para controlarlos con facilidad e identificarlos a simple vista. La idea se desechó de inmediato en cuanto alguien hizo ver a los señores senadores el peligro de que entonces los esclavos pudieran llegar a darse cuenta de cuántos eran.*

---

* «*It was once proposed to discriminate the slaves by a peculiar habit; but it was justly apprehended that there might be some danger in acquainting them with their own numbers.*»

Lejos de uniformar a los esclavos, los poderosos no han hecho sino exacerbar el individualismo, para controlarnos y para protegerse. Ésa fue el arma química del petrarquismo: la interioridad en la que cada uno es singular; el amor, del que cada uno puede ser el protagonista único y excepcional. Así es como los explotados hemos acabado perdiendo ese sexto sentido que, según Augusto Monterroso, permite a los enanos reconocerse unos a otros a simple vista. A ese sexto sentido también se le suele llamar conciencia de clase. Un desahucio, un despido o perder la cobertura sanitaria es algo que sólo le puede ocurrir a otros, porque son distintos de nosotros, que somos únicos, y cada uno nos vestimos como nos da la gana y tenemos garantizado el derecho a elegir el color de nuestro móvil y nuestro propio perfil en las redes sociales. Para saber quiénes somos, también es necesario saber cuántos somos. Sólo entonces la solidaridad se podrá convertir en resistencia efectiva. No hay que ser uno mismo, gente del porvenir, por mucho que lo repitan los poetas y las compañías telefónicas: hay que ser otro, todos los demás.

Digan lo que digan, el tamaño importa. Tenemos que ponernos uniforme para reconocernos unos a otros y saber que, si no somos iguales, somos mentira de nosotros mismos, como un huerto deshecho. Ahora ya los únicos que tienen conciencia de clase (e intereses comunes que defender) son los explotadores. Los demás tenemos que hacer recuento, «nómina de huesos» (diría César Vallejo), para saber cuántos somos y por tanto quiénes somos. Sólo así es posible la transformación social, que también desencadena la individual: la posibilidad de ser otro. Frente al derecho propugnado por los poderosos de ser uno mismo, se alza el derecho y el deber de ser todos los demás.

La guerra no ha terminado.

El 1 de noviembre de 1700, a los treinta y ocho años, falleció Carlos II. En el mismo momento en que expiró, en Madrid brillaba el planeta Venus al lado del sol, lo que se consideró un augurio maravilloso.

Carlos II fue el resultado de doscientos años de endogamia y de la última cópula lograda por un hastiado y melancólico Felipe IV, envejecido a los cuarenta y cuatro años, con su esposa de quince, Mariana de Austria. Fue nombrado rey a los cuatro años, cuando aún no había conseguido andar. Oligofrénico, torpe y desvalido, fue siempre un esperpento. Ni siquiera tenía buen corazón: en cuanto pudo reinar, a los dieciséis, su primera decisión fue alejar a su madre, Mariana de Austria, que había ejercido hasta entonces la regencia, y nombrar un valido, Juan José de Austria. Nunca aprendió a leer ni a escribir. Se decía, quizá por piedad, que estaba hechizado. El Inquisidor General, Tomás de Rocaberti, se puso en contacto con un exorcista de Cangas de Tineo, que solía mantener conversaciones con ciertos demonios que poseían a menudo a las monjas de su convento, y le pidió que interrogase a estos demonios sobre el hechizo del rey. El fraile asturiano contestó por escrito:

> Me dijo el demonio anoche que el rey se halla hechizado maléficamente para gobernar y para engendrar. Se le hechizó cuando tenía catorce años con un chocolate en el que se disolvieron los sesos de un hombre muerto para quitarle la salud y los riñones, y para corromperle el semen e impedirle la generación.*

Acusaba del hechizo a su madre, la postergada regente, y de proporcionar los sesos del muerto a una tal Casilda Pérez.

Se decidió recabar una segunda opinión de otro exorcista, nada menos que de Turín, fray Mauro Tenda, capuchino, que corroboró lo dicho por el asturiano.

Apareció en la corte un mozo, a través del cual hablaba un

---

* Citado por Francisco Alonso-Fernández, *Historia personal de los Austrias españoles*.

espíritu, que señaló como responsable a «una hechicera española que está señalada con la letra T debajo del brazo». Se detuvo a varias mujeres, ninguna de las cuales llevaba ni la T ni otra letra bajo el brazo o en otra parte de su cuerpo.

Su agonía estuvo amenizada por las prácticas médicas de la época: para los vahídos le aplicaban cantáridas en los pies y pichones recién muertos en la cabeza. Sobre el estómago, entrañas humeantes de cordero, para devolverle el calor natural.

Según escribió el médico, su cadáver:

> No tenía ni una sola gota de sangre, el corazón apareció del tamaño de un grano de pimienta, los pulmones corroídos, los intestinos putrefactos y gangrenados, tenía un solo testículo negro como el carbón y la cabeza llena de agua.

De la cola de cerdo nada dice, aunque ¿hay motivo para dudarlo?

Acercábase el momento de una terrible pérdida para las letras y la nación española. Lo vi venir; de muy lejos lo vi venir. Estaba tan triste, tan avasallado y lleno de congoja, que le suplicaba a Dios que le abreviara la vida; quería acabar de una vez y lamentaba que no le hubiera acuchillado Amarilis cuando él no dormía.

El 24 madrugó y en ayunas se encerró en el pequeño aposento donde se disciplinaba todos los viernes, en memoria de la Pasión del Señor, con un flagelo de seis puntas. Dejó en la pared manchas de sangre. Luego dijo misa en el oratorio y se quedó en el estudio, a solas conmigo, mano en mejilla, la péndola en el palillero, papando moscas y haciendo inventario de musarañas, hasta que se resignó.

—Todo está ya escrito —murmuró, con voz desalentada y suave, y se puso a leer.

Leía el canto segundo de la *Eneida*. Comió algo de pescado, del que me dio la mitad, y un huevo con fideos. Luego se fue al Seminario de los Escoceses.

A las pocas horas le trajeron de vuelta. Le dieron un minorativo para purgarle, le hicieron una sangría, aunque por la cara del médico no debía de ser buena la sangre.

Más tarde pasó el doctor Negrete, que le tomó el pulso y escuchó su respiración, trabajosa, como si allí tuviera algún animal luchando por salir de un pozo o de una caverna. Pidió Negrete que le diesen el Santo Sacramento y, para no asustarle, le explicó:

—Sirve de alivio al que va a morir, pero las más de las veces también de mejoría para el que ha de sanar.

—Pues Vuestra Merced lo dice, ya debe ser menester —respondió Lope muy conforme.

Entonces se volvió del otro lado, con la cara contra la pared, sin decir nada más.

Recibió la extremaunción y se despidió como si partiera para una jornada larga.

Cuando nos quedamos solos, dijo en voz alta:

—La verdadera fama es ser bueno.

Se durmió agitado y el lunes amaneció ya levantado el pecho y tan débil que no tenía aliento para formar palabras. O no tenía ganas, la habitación se había llenado de gente: el duque de Sessa y otra docena de personas, además de varios religiosos de todas las órdenes. Así, en silencio, tras dirigirme una mirada cariñosa, expiró a las cinco y cuarto de la tarde.

Sessa, que no enviaba aceite ni jalea ni un real a esta casa, se encargó de los solemnes funerales, que duraron dos días. El cortejo pasó, dando un rodeo, por las Trinitarias, a petición de sor Marcela, que quiso verle por última vez. Todo Madrid estaba triste. Entonces apareció aquella mujer, como si hubiera sido encargada por un productor de cine, y al ver la multitud se santiguó y dijo sobrecogida:

—¡Menudo entierro, si parece de Lope!

Le enterraron en la iglesia de San Sebastián, en un nicho

provisional, ya que Sessa tenía el plan de construir para él un suntuoso sepulcro. Eso decía, pero ni un ladrillo se puso de la obra.

No sólo nunca lo hizo, sino que también dejó de pagar los derechos parroquiales, a lo que se había comprometido, hasta que en una de las mondas o extracciones de cadáveres que tenían lugar periódicamente los restos de Lope fueron trasladados con pala y carretilla a un osario común, confundidos con los huesos de todos los demás, convertida su cabeza en la calavera de otro, en la de cualquiera, en la de todos nosotros.

Salto la tapia del huerto y echo a andar. Ya ni siquiera tengo miedo, salvo el de no volver a ver a Martina. No sé cómo he pasado tanto tiempo en este huerto deshecho. No sé cuándo volveré a mi siglo para terminar mi muerte que dura demasiadas vidas, hasta que el pene paleolítico y la vagina rupestre se fundan en una sola esfera de bronce.

Murió Cervantes, murió Lope, ahora ha muerto el rey Carlos II, el animal mitológico que había de poner término a la estirpe; ha muerto solo, en el centro del laberinto de la sangre de los Austrias, encerrado en un palacio que será arrasado por el viento o anegado por el mar. Después vendrá la guerra de Sucesión, que será muy pronto una guerra civil, a la que seguirán otras, la de la Independencia o las tres guerras carlistas, hasta que España, en tiempo de la Ilustración, acabe siendo conocida como «el país de los buitres», siempre atraídos por los cadáveres en las cunetas.

Ni siquiera me persiguen por las calles, estoy tan acabado que no es posible ya darme por liebre, y si durara un solo día más, ya no sonaran *Micifuf* ni Martín ni se oyeran otra vez en el mundo. Apenas puedo dar un paso, pero mi corazón cada vez late más deprisa: quiere arrojarse de cabeza al otro lado de la raya del horizonte.

Tus pupilas eran un vórtice, Marta, ahora lo sé, todo se lo tragaban; miraste a Lope y él desapareció, y han seguido abiertos tus ojos bajo la tierra, como gargantas ávidas, sedientas de la vida, duros ojos verdes como diamantes; torbellinos de viento que nos arrancarán del suelo, remolinos de agua que nos llevarán hacia el fondo del abismo.

Junto a un árbol descuajado, he visto un escarabajo arrastrando el sol para devolverlo al oriente por debajo de la tierra. Lo muerdo y sabe amargo.

Iam nova progenies caelo demittitur alto.
Ya desciende una nueva raza del alto cielo.
VIRGILIO, Égloga IV

En cualquier obra, cuatro cosas hay que dejar establecidas: su causa material, la efectiva, la formal y la final; porque el escuchante o lector siempre debe saber quién es el auctor, e de qué obra trata, e cómo en ella trata, e a qué fin o provecho.

La causa material en esta obra es la Historia de la Literatura, *scilicet* la memoria de una expropiación que encubierta estaba. La causa eficiente es quien la hace: el paciente de la habitación 9 de la Clínica Graellsia. La causa formal, la forzada navegación en el mar del tiempo. La final: el avance de la ciencia literaria e por ende la redención de la humanidad.

Para lograrla, tuve que resignarme a la perspectiva de convertirme en mujer. Conseguí reconciliarme con una idea tan terrorífica, tras años de esfuerzo, en el otoño de 2014, convencido del carácter sagrado e imperativo de mi misión. Al volver la vista atrás, los sacrificios que se me han impuesto forman una cadena de martirios que sólo puedo comparar con la crucifixión de Jesucristo, lo que con frecuencia me hace ver a mi esposa como una Magdalena compasiva, el único apoyo firme y permanente en la dolorosa oscuridad de mi existencia.

Si no le he escrito cartas ni he hablado por teléfono con ella desde que me encuentro aquí se debe a que hasta ayer mismo estaba convencido de que la humanidad entera había sido aniquilada, quizá hace mucho tiempo, y por tanto no tenía sentido mantener correspondencia ni aceptar llamadas telefónicas o visitas de una réplica improvisada de mi esposa, que sin duda se desharía al trasponer la puerta de la clínica.

Por este motivo me negué a participar en la comedia, hasta que Borrallo me convenció de que debía recibirla, precisamente con el único propósito de demostrarle su inexistencia al también inexistente facultativo.

Sucedió lo contrario: mi esposa era real, la misma persona viva a la que había unido mi destino.

Lo supe en cuanto estuvo ante mi presencia, en el despacho del doctor Borrallo, cuya ventana se abre a aquellas rocosas cimas grises y azuladas, plutónicas (el granito de Siete Picos, La Pedriza o el Yelmo) o metamórficas (el gneis de La Maliciosa o La Mujer Muerta), con sus laderas cubiertas de pino silvestre, sobre el que ya planean las solemnes aves necrófagas describiendo círculos.

Me enseñó el puño y al abrir la mano vi el brillo del oro y oí en el acto el ruido que hizo un anillo al caer sobre la mesa. Era un sonido ancho y hondo, tan triste que empañaba los ojos. Levantó abierta la mano derecha y dijo:

—Soy Martina.

—Soy Martín —dije levantando también mi mano abierta.

Era el anillo de sello que había sido del condestable, con sus dos iniciales grabadas, una A y una L.

Con mucho esfuerzo, pues ya casi no podía mover las manos martirizadas por la artritis, se lo puse en el dedo y le dije:

—Soy tuyo: sálvame.*

—*Nos duo turba sumus* —respondió ella, y su voz parecía dirigirse al fondo de un pozo, donde tiene lugar el momento de la verdad (si alguno hay).

Ahora los dos sabíamos quiénes éramos: una multitud.

---

* Como suplicaba el salmo 118, 94: *Tuus sum ego salvum me fac.*

Vi lágrimas en sus ojos. También yo estaba llorando.

Nosotros dos somos la multitud, todos los hombres y mujeres sobre la tierra.

Son palabras de Decaulión a Pirra, tras el diluvio, en el primer libro de las *Metamorfosis* de Ovidio. Están solos en un mundo anegado, pecios de un naufragio, son toda la especie humana, una mujer y un hombre devueltos por las olas a la arena.

Se miran, también ellos entre lágrimas, y Decaulión le dice:

> *O soror, o coniunx, o femina sola superstes,*
> *quam commune mihi genus et patruelis origo,*
> *deinde torus iunxit, nunc ipsa pericula iungunt,*
> *terrarum, quascumque vident occasus et ortus,*
> *nos duo turba sumus; possedit cetera pontus.*

> Oh hermana, oh esposa, oh única mujer sobreviviente,
> a la que me unió una familia común y un origen de primos,
> y después un lecho, y ahora nuestros propios peligros nos unen;
> de cuantas tierras contemplan el ocaso y el amanecer,
> nosotros dos somos la multitud: los demás, patrimonio del mar.

La humanidad somos Emilia y yo, Martina y yo, el resto yace en sepulcros de agua, a la deriva en el mar del tiempo, mecidos por las olas, amortajados por la espuma. Nosotros somos todos los demás y, ahora lo sé, seremos los creadores de una nueva humanidad, concebida en mi vientre que será fecundado por la madre de mis hijos.

> Y al fin en un océano de irremediables huesos
> tu corazón y el mío naufragarán, quedando
> una mujer y un hombre gastados por los besos.*

—Estoy preparada. Volveré mañana a la misma hora.
—Mañana. Sálvame: soy tuyo. Estaré preparado.

---

* Miguel Hernández: «Canción del esposo soldado».

# Epílogo

Las paredes de la Clínica Graellsia, situada en un hondo valle del Guadarrama, al norte de Madrid, recogieron los últimos aullidos y carcajadas de Martín Belinchón, que falleció, tras un delirio furioso e insomne que duró más de setenta horas, en la habitación número 9, en el ala oeste de la tercera planta del edificio, con vistas a la Peña del Águila, tras la que se había puesto el sol. Ojalá ya no tuviera miedo.

De su penosa vida apenas conocemos lo que él mismo nos relata en estos papeles, aunque sí se ha documentado que fue bisnieto de Benito Belinchón, el narrador de *La cadena trófica*. Benito, el último Belinchón, murió convencido de no haber dejado descendencia. La literatura era, por tanto, su destino natural, pues la familia de los Belinchón, al menos desde 1820, fue una interminable saga de autores de segunda fila que fracasaron testarudamente durante doscientos años.

Se creía, en efecto, que Benito fue el último Belinchón, hasta que hace pocos años se descubrió que, en Llanes (Asturias), había dejado embarazada a la cocinera de un hotel, Berta Sánchez. Su hijo, Benito Belinchón Sánchez, que llegó a ser alcalde de Cangas de Onís (Asturias) tras la guerra civil, fue el abuelo Benito del que habla Martín en sus singulares memorias.

Como él mismo relata, su hermano Enrique se suicidó poco antes de su primera crisis, que tuvo lugar en 1980 y se solucionó con una breve estancia en la Clínica Cavia. El segundo episodio fue más violento y su desenlace mucho más doloroso. Fue conducido a la Clínica Valdemar, donde es cierto que recibió terapia electroconvulsiva, aunque es dudoso que llegara a los treinta electrochoques de los que él habla. Tras tres años de hospitalización, recibió en 1995 el alta del doctor Bonilla y, con admirable fortaleza, volvió a su actividad docente, que desempeñó de forma irreprochable (a pesar de ciertas quejas de algunos padres de alumnos) durante veinte años, en los que mantuvo una decorosa y pacífica vida conyugal con Emilia Montalvo, su esposa y tutora legal, desde que Martín fuera inhabilitado en 1994. Su última crisis se desencadenó, según él dice sin entrar en detalles, a partir de una breve aventura erótica con una de sus alumnas, a la que él llama Yéssica, y que por el momento no ha podido ser identificada. Ella debía de tener entonces entre quince y diecisiete años; él estaba a punto de cumplir cincuenta y tres.

El sistema delirante elaborado por Belinchón es deudor del paranoico por excelencia, Daniel Paul Schreber, cuyos *Sucesos memorables de un enfermo de los nervios* (Madrid, Asociación Española de Neuropsiquiatría, 2003) utiliza a menudo Martín para dar forma a su pesadilla.

Si concebimos la psicosis como el hundimiento del universo simbólico del sujeto, que se enfrenta así a un vacío de significación, el delirio puede ser visto como una búsqueda de sentido, y de esta forma como una terapia que el propio enfermo elabora para defenderse. Lo más notable es que casi siempre son comunes los elementos esenciales en todos los delirios: el enfrentamiento con la divinidad, el mesianismo, la redención y la soledad insoportable de quien no puede comunicar su experiencia a otro ser humano.

Con estas precarias armas se enfrentó Martín a la adversidad, en un combate contra la locura y la opresión, en el que resultó destruido, pero quizá no vencido.

Además de este manuscrito, a su muerte se encontró una tarjeta postal, con una reproducción de la escena del pozo de la cueva de Lascaux, en la que Martín Belinchón dejó escrito, con su habitual (y a menudo insufrible) pedantería, un verso del *Cantar de Mío Cid:* «Podedes oír de muertos, ca de vencidos no».

Su viuda, Emilia Montalvo, le sobrevivió apenas unos meses y falleció en un accidente doméstico nunca del todo esclarecido.

www.maxitusquets.com

www.planetadelibros.com